援疆志

卢一萍 著

浙江人民出版社

图书在版编目（CIP）数据

援疆志 / 卢一萍著 . — 杭州：浙江人民出版社，2024.5
　ISBN 978-7-213-11464-9

　Ⅰ．①援⋯ Ⅱ．①卢⋯ Ⅲ．①纪实文学-中国-当代 Ⅳ．①I25

中国国家版本馆CIP数据核字（2024）第088405号

援疆志

卢一萍　著

出版发行：浙江人民出版社（杭州市环城北路177号　邮编　310006）
　　　　　市场部电话：(0571) 85061682　85176516
责任编辑：徐雨铭　王　燕　王　易　柴艺华
营销编辑：张紫懿
责任校对：何培玉
责任印务：程　琳
封面设计：今亮后声
电脑制版：杭州兴邦电子印务有限公司
印　　刷：浙江新华数码印务有限公司
开　　本：710毫米×1000毫米　1/16　　印　张：25.75
字　　数：310千字　　　　　　　　　　　插　页：2
版　　次：2024年5月第1版　　　　　　　印　次：2024年5月第1次印刷
书　　号：ISBN 978-7-213-11464-9
定　　价：78.00元

如发现印装质量问题，影响阅读，请与市场部联系调换。

做好新疆工作是全党全国的大事,必须从战略全局高度,谋长远之策,行固本之举,建久安之势,成长治之业。

——习近平
《在第二次中央新疆工作座谈会上的讲话》
2014 年 5 月 28 日

序章 大国构想与浙疆情缘

西域在古代泛指玉门关以西的广大地区，在西汉正式归入我国版图。当时的疆域西至巴尔喀什湖，南至喀喇昆仑山脉南麓；至唐代，其疆域更为辽阔，西界直抵咸海；元朝的西部疆域较汉唐广阔；到清代强盛之时，其西界仍抵巴尔喀什湖以东以南地区。而最早奠定这一基础、居功至伟者，除了张骞，还有浙江绍兴人郑吉——作为第一任西域都护，他在中西交通史和西域史上均具有堪与"凿空西域"的张骞比肩的重要地位。

疆域意味着治理之责，自西汉以来，历朝历代都重视对西域的开发和守护，所以才留下了那么多故城烽燧、屯垦遗址、古道驿站。疆域开发总与人口迁移紧密相连。在这些遗址的背后，有无数先民西出阳关、筚路蓝缕的身影。这种迁徙活动与人类存在的历史一样古老悠久，也正是频繁的迁移从人种学和文化学意义上促进了世界的交流，并推动着历史的进程。

中国在上古就有"夏人十迁""殷商不常厥邑""周人东迁"的记载。西汉时期"丝绸之路"的开通，使西域成为人口往来迁徙的黄金通道。汉初，月氏人和乌孙人西迁；汉唐时期，汉人因屯田戍边进入西域；清代，也有锡伯族从东北西迁伊犁河谷、土尔扈特部自伏尔加河流域东归新疆的实例。这些大规模的移民使新疆一直是一个移民区，也带来了各种文化与观念、方言和习俗。它们兼收并蓄，形成了现代新疆自由开放、剽悍旷达、宽容大度的气派。

而新疆的屯垦，早在西汉就开始了。西汉统一西域，从一定意义上说，就是在屯垦过程中实现的。2014年4月29日，习近平总书记在新疆五家渠市主持召开兵团座谈会时，就说，历史上，从秦始皇时代后的各个朝代都把屯垦戍边当作开发边疆、巩固边防的重要举措。新疆地区的屯垦活动，从汉武帝开始，已经有2000多年的历史。"屯垦兴，则西域兴；屯垦废，则西域乱。"

汉开封六年（前105）护送细君公主与乌孙王和亲的西汉军队在眩雷（今伊犁河谷中）屯戍，揭开西域屯垦史的第一页，自那时到清朝，中央政府在新疆的屯田点计有102处，它们遍及天山南北。西汉屯戍官兵最盛时累计多达2.5万余人。西域都护府的建立标志着中央政权对西域行政管理的有效实施。都护郑吉以屯垦为依托，使中国西部经济文化得到了飞速发展。正如《后汉书·西域传》所载："立屯田于膏腴之野，列邮置于要害之路。"它使许多地名从那时起，就以其浓郁的历史感流传至今，比如轮台、楼兰、伊循、和阗、焉耆、龟兹、高昌、交河等。唐太宗借鉴汉代经验，在西域大兴屯戍，大至城镇守军，小到烽台驿站，有军即有屯，使西域屯军最多达10万之众。屯田巩固了唐朝的辽阔疆域，同时也使"丝绸之路"空前繁荣。清代的屯田规模最大。乾隆帝平定准噶尔叛乱后，有识之士如浙江人龚鉴即主张在西北兴屯，为此，清朝将屯田作为安边定国之策，不但兴办了军屯，还招募迁徙关内农民来西域以推行民屯。同时，组织发配新疆的囚犯屯田耕种，实行犯屯；并从南疆迁移500户维吾尔农民到伊犁河谷垦荒种地，组织回屯。不足20年时间，就在西域开垦了近百万亩耕地。

作为改良主义的先驱，龚自珍很早就开始关注西北边疆问题。在国家面临危机之际，他以"天下兴亡，匹夫有责"的社会责任感，积极筹边谋防，向朝廷进言献策，为西域的长治久安，写成《西域置行省议》，成为最早建议在新疆建省的知识分子。

行走在新疆大地，你可以感觉到，那些有功于西域的人，无不被这片热土所铭记。这其中就包括抬棺西征、维护了国家领土完整的清代"中兴之臣"左宗棠。

英俄两国利用浩罕汗国军官穆罕默德·阿古柏作为吞并新疆的工具，使新疆陷入了国土沦丧的严重危机之中。光绪元年（1875），左宗棠受命于危难之时，被清政府任命为钦差大臣，督办西北军务。在胡雪岩强有力的后勤支援下，从光绪二年（1876）至四年（1878）初，左宗棠所率大军所向披靡，用了不到一年半时间，就光复了除沙俄盘踞的伊犁之外的新疆所有土地。随后又于光绪六年（1880）抬棺西征，白发临边，迫使俄国把已吞下去的领土又吐了出来。

抗日战争时期，新疆由于所处的地理位置以及所具备的特殊的战略条件，而成为中国抗战的大后方、重要的国际交通要道和中国安全的军事基地。著名文学家茅盾来到新疆，开辟了民主阵线，宣传抗日救亡运动。

中华人民共和国成立时，新疆几乎没有任何工业，农业落后，年人均占有粮食不足两百公斤，除去种子，所剩余粮难以糊口。从关内运输，仅兰州到哈密，运价即等于粮价的7倍，如再运到伊犁、阿勒泰、喀什、和田等地，价格还得翻番。从苏联进口，每吨粮价为300卢布，所需总价要数亿元人民币。除此之外，新疆商业几乎为空白。于是，浙江省响应中央号召，从全省各地挑选了500多名优秀青年，在1955年9月慨然进疆，分赴天山南北，肩负起了振兴新疆商业的使命。随后，有无数浙江人因为工作、经商，扎根于此。

也就是从那时候起，浙江与新疆开始建立更为紧密的联系。

新疆地处亚欧大陆的中心，三山逶迤，南有昆仑，中有天山，北有阿尔泰。天山以南，俗称"南疆"；天山以北，俗称"北疆"。在三山的臂弯里，夹着两个巨大的盆地，南疆为塔里木盆地，盆底为浩瀚的塔克拉玛干沙漠；北疆为准噶尔盆地，盆底为广阔的古尔班通古特沙漠。新疆地大物博，面积160多万平方公里，拥有330多万公顷耕地，5700多万公顷草原；发现和探明的有色金属矿种138种，占全国总量的80%以上；石油、天然气储量分别占全国陆地总储量的30%和34%，煤炭储量占全国总储量的40%。新疆因有特殊的水、土、光、热资源，成为"瓜果之乡"和全国重要的商品棉基地及畜牧基地。新疆的棉花产量占全国的90%以上。环塔里木盆地为优势产区，种植面积1525万亩，盛产香梨、红枣等特色林果。克拉玛依、准东、塔里木和吐哈四大油田，使新疆成为中国重要的能源和石化工业基地，也是中国重要的能源资源国际大通道。新疆计有边境线5600多公里，与蒙古、俄罗斯、哈萨克斯坦等国接壤，自古以来都是我国连接西北亚、南亚、欧洲和北非的前沿通道。

新疆是我国西北的战略屏障。西北的稳定，特别是新疆的稳定，事关我国发展和稳定大局。但受制于自然环境和地理交通的影响，新疆的发展一直较为落后。如何经营新疆，让它走上稳定、发展、繁荣之路？

中华人民共和国成立后，采用了以屯垦来保障新疆长治久安的方法。

1950年2月，毛泽东命令驻疆大军"把战斗的武器保存起来，拿起生产建设的武器"。这道命令宣告了在新疆铸剑为犁这一梦想的开始。驻疆20万大军除保留一个国防师，其他部队全都一手拿枪，一手拿锹，以急行军的速度开到了与天地鏖战的新战场。他们发扬南泥湾精神，当年开荒6.41万公顷，播种5.57万公顷，创办军垦农场13个。1954年10月7日，遵照中央军委命令，10万大军就地转为新疆军区生产建设兵团，他们可称得上是中华人民共和国成立以来，最早、最稳定、最庞大的援疆、固疆、稳疆力量。

到改革开放前，为解决区域发展和资源分布不平衡问题，按照"全国一盘棋"的指导思想，中央政府依靠计划经济体制，对各种资源进行全国性的调配。虽没有明确提出对口支援新疆的政策概念，但从20世纪50年代中期到60年代初期，中央和各省、自治区、直辖市从人员、资金、技术等多方面支援新疆建设。

1978年，党的十一届三中全会后，新疆发展再次进入中央决策层的视野。以次年4月召开的全国边防工作会议为标志，中央对"对口支援"新疆首次有了明确表述。这次会议上，时任中央统战部部长乌兰夫在《全国人民团结起来，为建设繁荣的边疆巩固的边防而奋斗》的报告中提出，国家将加强边境地区和少数民族地区的建设，增加资金和物资投入，并组织内地省市对口支援边境地区和少数民族地区。中央第一次对我国内地省市对口支援少数民族地区的发展确定了具体的对口安排，即北京支援内蒙古，河北支援贵州，江苏支援广西、新疆，山东支援青海，上海支援云南、宁夏，全国支援西藏。

1981年8月，邓小平在新疆考察时指出，新疆稳定是大局，不稳定一切事情都办不成。当年底，中央政府决定恢复1975年撤销的新疆生产建设兵团建制。1984年10月1日，《中华人民共和国民族区域自治法》实施，2001年2月28日根据第九届全国人民代表大会常务委员会第二十次会议《关于修改〈中华人民共和国民族区域自治法〉的决定》修正，第64条是："上级国家机关应当组织、支持和鼓励经济发达地区与民族自治地方开展经济、技术协作和多层次、多方面的对口支援，帮助和促进民族自治地方经济、教育、科学技术、文化、卫生、体育事业的发展。"对口支援民族自治地方从此有了法律依据。

1988年，经过10年改革开放，我们取得了举世瞩目的成就。但邓小平敏锐地认识到，国家的发展需要平衡，在全力发展东部的同时，广袤的西部地区也要加快发展。他运筹帷幄，提出了东西部共同发展的"两个大局"思想。一个大局是，东部沿海地区要加快对外开放，使之较快地先发展起来，中西部地区要顾全这个大局；另一个大局是，当发展到一定时期，比如全国达到小康水平时，就要拿出更多的力量帮助中西部地区加快发展，东部沿海地区也要服从这个大局。

20世纪与21世纪之交，"第一个大局"基本实现，而西部的生产总值仅占全国的17.1%，新疆城镇居民人均可支配收入均排在全国与西部倒数第二位。

1996年，中央做出开展援疆工作的重大决策。由浙江及北京、天津、上海、山东、江苏、江西、河南8个省市和中央及国家有关部委选派到新疆工作的首批200多名援疆干部陆续抵疆，进一步开展援疆工作。

中国作为一个发展中大国，幅员辽阔、人口众多，各地区自然、经济、社会条件差异明显，区域发展不平衡是我国的基本国情。但东西部长期发展不平衡，必然带来社会矛盾。历史一再证明，对于文化多元、民族众多、宗教信仰复杂的新疆，要繁荣，则需长期稳定的环境，而边疆的稳定，也事关国家的发展。为此，中央提出西部大开发战略。新疆又一次成了全国瞩目的焦点。

此后10多年，在中央政府和全国各地大力支持下，在数批援疆干部的努力下，新疆民生财政投入增长了数倍以上，老百姓的生活得到了持续改善。但新疆的发展仍面临诸多困难，新疆稳定仍面临严峻挑战,新疆的民生问题依然突出,特别是南疆喀什、和田和克孜勒苏3个地州情况尤其令人担忧。为此,根据国家批准的《南疆三地州建设项目专项规划》,加大了对喀什、和田两地区和克孜勒苏柯尔克孜自治州的资金投入,2009—2013年,国家补助投资500亿元,建成大中小型项目超过1.3万个,以缩小南北疆的发展差距。

由于地理环境特殊、国际政治因素复杂、宗教极端思想渗透,在新疆,稳定是压倒一切的大局。2010年,新疆经济工作会议提出:"新疆不安全、不稳定、不确定的因素依然存在,维护社会大局稳定的任务异常艰巨繁重。"新疆社会科学院《2009—2010年:新疆经济社会形势分析与预测——经济社会蓝皮书》指出,必须把改善民生放在更加突出的位置,通过切实提高各族群众的生活水平,为稳疆兴疆、富民固边构筑牢固的群众基础。新疆要一手抓改革发展,一手抓团结稳定。发展与稳定已成为密切相连的两个要素。若不解决发展问题特别是民生问题,新疆也很难实现真正的稳定。

2010年3月29日至30日,全国对口支援新疆工作会议在北京召开。借鉴2008年中央曾经发布的《汶川地震灾后恢复重建对口支援方案》中"一省市帮一重灾市县"的方式,19个省市提出了"对口支援"的援疆模式,决心举全国之力支援新疆发展。

与此前的援疆相比,新一轮的对口援疆战略是干部、人才、技术、教育、管理、资金的全面援疆。支援新疆发展的省市为北京、天津、河北、山西、辽宁、吉林、黑龙江、上海、江苏、浙江、安徽、福建、江西、山东、河南、湖北、湖南、广东和深圳,共19个,受援方由过去的新疆10个地州56个县市和新疆生产建设兵团3个师,扩大到新疆12个地州82个县市和兵团12个师，受惠面遍及天山南北。其广度、深度和对新疆经济社会跨越式发展的影响前所未有，其起点高、力度大、意义深远，受到世界瞩目。

党中央、国务院对援疆工作高度重视。2010年5月、2014年5月、2020年9月，三次召开新疆工作座谈会；2010—2023年，9次召开全国对口支援新疆工作会议。

对于新疆，习近平总书记十分熟悉。20世纪80年代初，习近平同志就到过新疆。在浙江任主要领导期间，习近平同志就对口支援和田地区建设、推进浙江和新疆两省区经济合作，同新疆同志多次交流探讨。2003年，习近平同志带领浙江省党政代表团赴新疆考察8天，在天山南北都留下了足迹。

到中央工作后，习近平同志于2009年到新疆考察5天，身影留在了巴音郭楞、喀什、克拉玛依、石河子、乌鲁木齐等地的农村、企业、社区、学校。2014年4月，习近平总书记再次到新疆考察和调研。2022年7月，习近平总书记又赴新疆考察，到新疆大学、乌鲁木齐市天山区等走访、调研。

党的十八大以来，以习近平同志为核心的党中央高度重视新疆工作，多次召开中央政治局常委会会议、中央政治局会议研究新疆工作。特别是习近平总书记亲临新疆考察，在第二次中央新疆工作座谈会上发表重要讲话，参加十二届全国人大五次会议新疆代表团审议，从战略和全局高度审视、谋划、部署新疆工作，丰富和发展了党的治疆方略。

为做好新形势下新疆工作，全国19个省市对口支援对象也做了调整，浙江从原来的对口支援和田地区三县一市调整为对口支援阿克苏地区八县一市和新疆生产建设兵团第一师阿拉尔市。

浙江省委、省政府全面贯彻新时代党的治疆方略，站在战略和全局高度认识对口援疆工作的重要性，把对口援疆工作摆在突出重要位置来抓。为适应新一轮综合性援疆工作要求，浙江建立了"1＋2"的援疆领导机构，"1"即省委、省政府建立省对口支援工作领导小组，"2"即后方的省对口办和前方的援疆指挥部。省对口支援工作领导小组统一负责指导、协调全省援疆工作，办公室（简称省对口办）设在省发展改革委，承担省对口支援工作领导小组日常工作。省援疆指挥部以及各市10个市指挥部形成"1＋10"的前方工作体系。后方的省对口办和前方的援疆指挥部密切联系、紧密配合。各市分别参照这一组织指挥体系建立各自的领导机构，主要领导亲自挂帅，有关部门牵头负责，形成了全省援疆工作的组织领导和保障体系。

对于援疆，浙江人发扬"干在实处、走在前列、勇立潮头"的浙江精神，雷厉风行，浙江各市无不闻令而动，第一时间召开专题会议部署，第一时间发动援疆志愿人员，第一时间组建起"浙江省对口支援新疆阿克苏地区和兵团第一师指挥部"，第一时间踏上奔赴新疆的路途。这真正诠释了什么叫"浙江速度"和"浙江精神"。

自郑吉立功西域，成为首任西域都护以来，浙江人便为西域、为新疆的巩固、稳定和发展贡献着智慧和力量。从某种角度而言，浙江也代表了内地与西域、与新疆的血肉联系。自党中央把西部开发、对口援疆作为大国构想付诸实践，浙江与新疆因此成为结对省份。11批援疆干部秉持"忠诚报国，团结实干，倾情援疆，勇立潮头"的精神，在新疆各族人民的努力和包括浙江在内的19个省市人民的无私支援下，新疆获得了快速的发展，体现了平等、团结、互助、和谐的新型民族关系，完美地体现了社会主义制度的优越性。

用一本书，把古往今来浙江与新疆相关联的人物和事件予以贯通，形成一个文本，从而反映历代与西域、与新疆有关的浙江人的面貌，是笔者的一个心愿。

而历史是"人"创造的，只有书写"人"在历史长河和现实中的所思所想所为，才能表现时代的巨变。也是这个原因，《援疆志》以"人"为志，将历史事件的复杂面貌和中央大政方针的实施过程转化成一个个真实、鲜活的人物故事，内在应和"志"的精神主旨，由此更好地书写"人"的牺牲与奉献、光荣和梦想。

为创作《援疆志》，笔者钩沉了历代跟西域有关的古籍，从2022年末至2023年3月，五越天山，三渡瀚海，先后前往乌鲁木齐、石河子、塔城、伊犁、哈密、库尔勒、阿克苏、和田、喀什等地寻访历代浙江人留下的踪迹，接下来又赶赴浙江杭州、宁波、温州、金华、湖州、绍兴、台州等地采访，走遍了新疆、浙江的绝大多数地方，寻找了郑吉在新疆的遗踪，根据骆宾王的诗作，重赴他在新疆的诗歌之路，去了浙江茅盾、艾青在乌镇、义乌的故里；寻访了20世纪50年代进疆的500多名浙江青年中10多位在世者、20多位浙籍政商人士，采访了70多位援疆的参与者，从数千分钟采访录音、300多万字的采访笔记中，选取自西汉郑吉以来35位浙籍人士的故事，用文学手法，细腻地描写了他们与历史和时代的关系，以图通过从古至今浙籍人士在新疆的事功，书写新疆与内地自古一体、血肉相连的历史样本和田野个案。这是笔者一次艰难却充满激情的采写，我希望，这个"中国样本"能因其独特性，而具有别样的价值和意义。

目录

第一章 历史的回声 [001]

首任西域都护郑吉	002
骆宾王的西域军旅岁月	011
收复新疆的功臣胡雪岩	024
祝应泰的新丝路	036
好书记宋汉良	043

第二章 文润新疆 [057]

文化拓荒者茅盾	058
荒漠吹笛人艾青	069
西部文学的耕耘者陈柏中	082
"在异乡建设故乡"的诗人沈苇	097

第三章 先行者 [109]

叶曼娇的万里进疆路	110
转战南北疆剿匪的邵柏恒	118
谢钟绍的荒原人生	126
黄立诚入学记	139
又名"卡玛尔江"的黄祥荣	151
陶敦海的巴音布鲁克	161
托木尔峰下的王忠义	171
库尔勒的女助产士王夏兰	182
"毛驴车上的都乎托"李秀棣	190

第四章 商海英雄谱 [203]

"编外援疆干部"林垂午	204
"西部大开发的先行者"葛永品	214
书写维药传奇的吴志豪	221
林氏三兄弟的南达新农业	239
"守疆戍边"的民族企业家石昌佳	251
来到库车的"80后"电商张浩	262

第五章 万方乐奏 [273]

包哲东的和田情	274
和田孩子的"妈妈"朱群兰	285
王昌侯的树及牺牲者王立	299
首位援建和田地区的女性胡越	311
冯水华的女儿们	319

第六章 边地踏歌 [327]

连新良援疆的"温拜模式"	328
"光明使者"吴坚韧	338
"天山的灯"姚仁汉	345
携女援疆的黄期朋、陈柳莺夫妇	358
黄群超的柯坪湖羊梦	366
刘青青的《天山水长流》	380

参考文献	390
后　　记	393

第一章 历史的回声

首任西域都护郑吉

已不知郑吉生于何年何月，其字号也不详。除了2000多年的时间过于久远，也跟他以卒伍从军、出身卑微有关。《汉书·景武昭宣元成功臣表》载，郑吉于神爵三年（前59）四月因率兵迎匈奴日逐王归汉、破车师国两件大功，被封为安远侯。封侯11年后去世，即死于黄龙元年（前49）。

在2000多年前的西汉，一个生于会稽郡山阴县（今浙江绍兴）的少年，当兵入伍后，数出西域，能拜将封侯，成为中国历史上第一任西域都护，管理辽阔的西域，本就是传奇。

但历史向来简略。《汉书》有《傅常郑甘陈段传》，即傅介子、常惠、郑吉、甘延寿、陈汤、段会宗的合传，其中涉郑吉的有400余字，记载了他的生平事功，肯定"都护之置自吉始焉"，以及"汉之号令班西域矣，始自张骞而成于郑吉"。

郑吉之所以能屡建奇功、彪炳史册，与当时汉朝雄视天下、积极进取的开拓精神，以及朝野上下的大一统理念和为朝廷建功立业的人生追求有关。这为性格坚韧、意志顽强的郑吉提供了施展才能的舞台。他虽为卒伍，但为人坚强执着，胸怀大志，在战争中十分关注西域诸国地理、政治和军事情况，热心研究西域诸国事务，了解和熟悉西域风情习俗，具有广博的知识储备，最终脱颖而出，勇担重任，成就伟业。

《汉书·傅常郑甘陈段传》记载的郑吉的人生轨迹分四步：

一是早期"数出西域"为侍郎,二是"屯田破车师"迁卫司马,三是"迎日逐王降汉"升都护,四是封定远侯。

"数出西域"为侍郎,没有时间事迹记载,只有"郑吉,会稽人也,以卒伍从军,数出西域,由是为郎。吉为人强执,习外国事"寥寥几句,但可以肯定的是,"数出西域"发生在"屯田破车师"之前。而郑吉率队去渠犁(今新疆尉犁一带)屯田,是在地节二年(前68),《汉书·西域传》记载:"汉遣侍郎郑吉、校尉司马憙将免刑罪人田渠犁,积谷,欲以攻车师。"所以,要理清郑吉"数出西域"的具体时间,只需要估算郑吉的年龄,结合汉朝在此之前用兵西域的历史背景,即可做出初步推论。

对郑吉的享年,可根据袁祖亮主编的《中国人口通史》予以推测。该书对历代各阶层人口的平均寿命做了研究,其中《东汉卷》为袁延胜所编,该作第七章是东汉时期人口寿命的论述,袁先生通过对《后汉书》中官吏、学者、处士等有明确年龄记载的141人的寿命进行统计分析,得出结论,上述人物除18人非正常死亡外,其余123人的平均寿命为71.8岁。年龄在70岁以上者87人,占总数的70.73%。如果取平均寿命71.8岁,郑吉死于黄龙元年(前49),大致可推断他生于元狩二年(前121)至三年(前120)。

虽然史书记载阙略,但从郑吉的那段传记也可推测,郑吉生活于西汉武帝、昭帝及宣帝年间,这一时期正是西汉对匈奴及西域地区频繁用兵的年代。西汉初,西域三十六国皆役属匈奴,受匈奴僮仆都尉统辖。西汉用兵的主要目的是拉拢西域诸国、反击匈奴。在地节二年以前,汉朝对西域共用兵八次,其中武帝时五次,昭帝时两次,宣帝时一次。

武帝时五次为两击楼兰,一击大宛,两击车师。

第一次用兵为元封三年(前108)。楼兰和车师二国地处西域门户，因攻劫汉使王恢，又多次为匈奴充当耳目，赵破奴和王恢便率领属国兵马及郡兵数万，攻打楼兰，俘虏了楼兰王，攻破了车师。这次战争时郑吉只有十二三岁，所以第一次用兵西域的行伍里，不太可能有少年郑吉的身影。

第二次用兵为汉宛之战，也称天马之战、汗血马之战，发生于太初元年（前104）至太初四年（前101）。《汉书》载，太初元年，贰师将军李广利"发属国六千骑及郡国恶少年数万人以往，期至贰师城取善马"，贰师城远在大宛，即费尔干纳盆地。此战耗时4年，出兵两次，先后出关作战者10余万人，转输供应撼动全国。这是汉武帝几乎倾全国人力、物力、财力而发动的中国古代史上征程最远、条件最恶劣的一次大仗。当时的郑吉十七八岁，血气方刚，很可能参加了这次举国皆知的军事行动。所以，大宛之战有可能是郑吉"数出西域"的第一次。

此后，汉朝曾两击车师。一次是天汉二年（前99），贰师将军李广利率3万骑出酒泉，击右贤王于天山，斩杀俘虏敌万余人。但因杅将军公孙敖出西河，与强弩都尉路博德会师涿涂山，没有取得任何战果。而李陵率步骑五千，在居延以北与单于作战八个日夜，转战900多里，最后不敌，李陵投降匈奴，最后只有400人突出重围。为配合此次李广利西击右贤王，汉朝以匈奴降将介和王为开陵侯，率领楼兰国兵攻打车师，匈奴遣右贤王率数万骑救援，汉军未能攻下车师，只能撤退。史称"此汉争车师者一，汉未得车师"。另一次是征和三年（前90），贰师将军李广利率7万人出五原，御史大夫商丘成率3万人出西河，重合侯马通率4万骑出酒泉，三路14万大军北击匈奴。为配合正面战场，消除侧翼危险，汉朝再次派开陵侯介和王率楼兰、尉犁、危须（今新疆库尔勒）等六国兵马围攻车师，车师王降服，臣属于汉，史称"此汉争车师者二，汉得车师"。郑吉作为老兵，不管在谁的麾下，都应在远征将士之列。

昭帝时在西域用兵两次。

在汉朝势力进入西域之前，匈奴右部日逐王的力量牢牢地控制着西域。武帝一朝对西域的经略，使得一些西域小国开始臣服于西汉。昭帝以来，西汉与匈奴争夺西域的战争仍在继续，争夺的焦点之一便是位于焉耆、危须、尉犁之间的地带，这里是原僮仆都尉的驻地，也是"丝绸之路"南道的要冲，向北可达匈奴右部，向西则是中原通往中亚和西欧的必经之路。为此，该地成为汉匈争夺的重要区域。

昭帝时期，对匈奴的军事胜利，加快了汉朝在西域势力的巩固和发展，而与龟兹的冲突也加快了西域屯田的节奏。

赖丹屯田是继武帝初兴西域屯田之后，西汉又一次西域屯田热潮的开始，并首开西域人士率领中原军民在西域屯田的先例。

赖丹系扜弥国（今新疆库车西北部）太子，曾为龟兹国质子，后随李广利到中原，成为西汉质子。赖丹在长安生活20多年，受到优厚礼遇。赖丹通过学习，深谙汉朝文化和制度。昭帝元凤四年（前77），赖丹被任命为使者校尉，管理轮台、渠犁屯田事宜。赖丹是汉朝任命的第一位使者校尉，也是汉朝在西域设置官职以来，首位来自西域本土的屯官。

赖丹到达轮台后，挂汉印，称校尉。赖丹降汉之前本为扜弥国为表臣服抵押给龟兹的人质，现在却为西汉委派西域的官员，在龟兹边上屯田，这让龟兹人感到害怕。况且，赖丹屯兵的轮台距离龟兹仅200多里，如赖丹从轮台发兵攻打龟兹，几日之内，便可兵临龟兹城下。尤为严峻的是，赖丹熟悉龟兹国情，现为西汉所派遣，等同于汉使，赖丹屯田于轮台事实上是西汉经营西域的前哨阵地，对龟兹构成严重威胁，引起了龟兹极大的恐惧和不满，在大臣姑翼的建议下，龟兹王派兵偷袭轮台，赖丹以身殉汉，他率领的人马或被杀，或被俘，或逃亡。

　　赖丹在西域屯田的时间虽然不长，但他不畏艰险，率领士卒，开垦耕地、屯田积谷，为开发西域、便利中西交通做出了重要贡献。他作为首位带领中原军民在西域屯田的西域人士，具有非同一般的意义。但郑吉是否随赖丹屯田于轮台，在受到龟兹攻击后逃回汉地，难以推测。但宣帝地节二年，已为侍郎的郑吉和校尉司马憙率免刑罪人到渠犁屯田时，已明显汲取了赖丹屯田被攻击的教训，没有继续在轮台，而是选择了距河西较近、西汉势力便于控制的渠犁。但郑吉以渠犁为根据地，逐渐向西拓展到了轮台地区。据徐松《西域水道记》卷二记载："玉古尔者，汉轮台地……庄南四十里，有故小城。又南二十里，有故大城。又南百余里，尤多旧时城郭，田畴阡陌，畎陇依然，直达河岸，疑田官所治矣。"由此可见，西汉屯田范围后来逐渐发展到了轮台等地。

　　也是在元凤年间，匈奴在西域重整旗鼓，卷土重来，不断扩张势力，龟兹、楼兰等西域小国，纷纷倒向匈奴，经常劫杀汉朝的使节和过往商人，才有龟兹击杀赖丹、楼兰劫掠汉使的行为，于是汉昭帝命令傅介子出使大宛国时，顺道问罪龟兹、楼兰。傅介子到达西域后，与副使分别访问西域诸国，宣示汉朝天威，赏赐与汉友好的王国，责问龟兹和楼兰，使其认罪归服。为震慑龟兹，他还袭杀了正在龟兹的匈奴使者。但傅介子返回后，楼兰、龟兹又背叛汉朝，归顺匈奴。傅介子对大将军霍光说，楼兰、龟兹反复无常，应当惩治，他愿前往刺杀，以威示诸国。

　　元凤四年，傅介子的请求获准，他率领士卒，带领大量金帛财物从长安出发，前往西域。到达楼兰后，傅介子以黄金和五彩丝绸诱惑楼兰王，楼兰王贪图财物，前来会见。傅介子与他同坐饮酒，然后对楼兰王说："天子有密报让我转达于你。"楼兰王信以为真，起身随傅介子进入帐中，旋即被两位壮士从背后刺杀，楼兰归顺汉朝，傅介子晋封为义阳侯，两位壮士都升为侍郎。

因为赖丹屯田西域与傅介子刺杀楼兰王时间差不多，所以郑吉如果参加了赖丹的轮台屯田，就不可能再跟随傅介子到楼兰。也就是说，两次行动，郑吉可能参加了其中一次。

宣帝时在西域用兵一次。

本始二年（前72），乌孙因长期受匈奴侵扰，其首领昆弥请求汉朝的保护，光禄大夫常惠率500人出使乌孙。次年，朝廷以15万骑攻击匈奴，但没有什么收获，唯有常惠以乌孙兵5万骑大获全胜，斩杀匈奴将士近4万人，获马牛羊等70余万头，使匈奴走向了衰落；当年冬天，丁令乘弱攻其北，乌桓入其东，乌孙击其西，三国共杀匈奴将士数万人，获马数万匹，牛羊无数。加之饥饿，人民死亡十人有三，牲畜减少一半，原来羁属匈奴的诸国全部瓦解，匈奴顿时虚弱。常惠凯旋回师时，发诸国兵5万人围攻龟兹，为遭龟兹杀害的赖丹讨要说法，龟兹王将杀害赖丹的贵族姑翼交给常惠，常惠处决姑翼后，班师回朝。

这次战斗距郑吉以侍郎屯田渠犁仅3年，他应是参与了此次对匈奴和龟兹的作战，且立有战功，朝廷给予晋升，并受到重视。

正是由于郑吉曾"数出西域"，参加了上述重大军事行动，丰富了阅历，增长了见闻，铸就了堪当大任的人格品质。

地节二年，郑吉率部屯田渠犁，积蓄牲畜粮草。渠犁地域广阔，土地肥沃，草木丰茂，充足的水源可灌溉田地5000余顷。当时参与屯田的大多是免刑罪人，史称"屯卒"，为准军事组织，平时垦荒种粮，养牛喂马；战时披坚执锐，冲锋陷阵。

征和四年（前89），汉军出兵西域，再破车师后，桑弘羊与田千秋等联名上书，建议武帝扩大轮台屯田规模，以保障军粮供给,但武帝下《轮台诏》,对此建议未予采纳,轮台屯垦一度中断。但在汉宣帝时,经郑吉的努力,屯田戍边再次成为西汉巩固西域的战略,得以不断发展。其间郑吉还带去了中原的先进生产技术,将井渠法和穿井技术用于屯田。同时把西汉先进的生产工具与西域诸国的商品进行交换,从而推动了西域诸国的生产。

在屯田的同时,郑吉还率部参加了对车师及匈奴的战争。《汉书·西域传》"车师"条载,地节二年,郑吉奉命发诸国兵3万人及屯田士卒1500人西击车师,攻破国都交河城(今新疆吐鲁番),车师王降汉,郑吉因功升为卫司马,负责守护鄯善以西数国,即今塔里木盆地以南、昆仑山以北"丝路南道"诸国的安全。为安定车师,郑吉留下一个军侯及20名士兵保卫车师王,自己领兵回到渠犁。车师王害怕匈奴军队去杀他,逃到乌孙,郑吉得知,便把车师王的妻小安排在渠犁,不久又派人送到长安,汉朝给予了他们很丰厚的赏赐。

接着,郑吉派出官兵300人前往车师屯田。车师土地肥沃,靠近匈奴,匈奴因汉朝在车师屯田寝食难安,派骑兵来攻击屯田官兵,郑吉便将渠犁的屯田军1500人全部带到车师去屯垦,匈奴也增派骑兵到车师,汉朝的屯田军较少,抵挡不住,退守车师城内。幸得常惠带兵援救,郑吉的屯田军才得以出城,回到渠犁。随后,汉朝将车师国民大部迁走,让他们到渠犁居住,并将车师太子军宿立为新国王;而车师北部,匈奴另立兜莫为王,自此车师分为前、后部(或称前、后国)。元康四年(前62),逃亡乌孙的车师王顺利抵达长安,汉宣帝赐给他府第,供他和妻小居住。

神爵二年(前60),匈奴内讧,日逐王先贤掸欲降汉,秘密派人与郑吉联系,郑吉即发渠犁屯田军及龟兹诸国兵5万人前往迎接,日逐王率部下1.2万人及大小头目12人来归,郑吉将其安置在河曲（今青海），凡逃跑的人，均被追杀。随后，他将日逐王护送至京师，汉宣帝封日逐王为归德侯，留居长安。

日逐王投降后，匈奴控制西域的僮仆都尉被废。于是汉朝让郑吉兼护北道，即"丝绸之路"南、北两道，均由郑吉领护，故号称"都护"。郑吉成为西汉王朝派驻西域的最高军政长官，治所称西域都护府，设在乌垒城（今新疆轮台一带）；俸禄二千石，属官有副校尉、丞各一人；司马、侯、千人各二人，职责是统辖西域诸国，据《汉书·西域传》载，西域都护统辖西域诸国共48个，自译长、城长、君、监、吏、大禄、百工、千长、都尉、且渠、当户、将、相至侯、王，皆佩汉印绶，共376人；并管理屯田，颁行朝廷号令，诸国有乱，发兵征讨。所以，都护除直接率领汉朝在西域的驻军外，奏请朝廷获准后，还可以调遣西域诸国军队。

从此，西域正式划入西汉王朝的版图。

郑吉破车师、降抚日逐王，威震西域。神爵三年（前59），汉宣帝嘉奖郑吉之功，下诏说："都护西域骑都尉郑吉，拊循外蛮，宣明威信，迎匈奴单于从兄日逐王众，击破车师兜訾城，功效茂著。其封吉为安远侯，食邑千户。"

郑吉任西域都护期间，正是西域屯田规模达到空前时期。轮台屯田区最盛时，一直至莎车，屯田士卒达3000人。轮台成为汉朝在西域的著名粮仓之一。这既减轻了西汉政府和当地人民的负担，又解决了军队的后勤供应，增强了西域的防守能力，为统一与安定西域提供了可靠的物资保证。

汉代西域都护府还对往来商队进行过保护。

"丝绸之路"始于西汉武帝时，约元鼎二年（前115）正式开通，它联结了当时欧亚大陆东西两端两个最繁荣、强大的国家——中国和罗马。丝路起于西安，向西北穿越沙漠和高原，进入阿富汗，再到达地中海东岸地区，最后货物从这里装船运往罗马。罗马共和国晚期，已有罗马人用上了中国的丝绸，如克拉苏军团使用的军旗就由丝绸织成。恺撒在罗马祝捷时，也向罗马人展示了一大批丝绸织物。恺撒还曾用丝幔遮挡太阳妨碍了表演，引起兵变。

郑吉去世后，汉朝延续了对西域的管理，至西汉末，前后任西域都护者18人，姓名见于史册的，自郑吉之后，还有韩宣、甘延寿、段会宗、廉褒、韩立、郭舜、孙建、但钦、李崇等人。考古工作者曾在今阿克苏地区的古城中发掘出一枚西汉时期曾任西域都护的李崇的印，还发现了一枚"汉归义羌长"铜印，即汉朝颁授西域首领的官印。这都反映了西汉在西域设官置守、任命各级官员的情况。

骆宾王的西域军旅岁月

转眼700多年已过,荏苒的时光从大汉流逝到了大唐。

唐朝是继汉朝之后的又一个强大王朝。但是,唐朝自开国初期就面临外患,尤其是北方的突厥,势力强盛,屡屡南侵,一度对唐朝构成严重威胁。唐朝向边塞调兵遣将,开始了漫长而艰苦的对外征战。在唐与周边政权的战争中,一方面,边塞将帅需要文人进入幕府,从事文书工作,这为文人走向边塞创造了客观条件;另一方面,唐人尚武,文人也需要利用幕府这一平台张扬文采,求资博名。两者互为因果,加上唐朝初期的经济繁荣和社会稳定,战争的胜利、国力的高扬,激发了文人的自豪感和自信心,更让众多诗人对立功边塞充满向往。他们洋溢着蓬勃朝气和进取热情,耻于皓首穷经,推崇任侠尚武,渴求在边塞建功立业。

在这一背景下,另一位浙江人来到了西域。他就是"初唐四杰"之一的骆宾王。他被称为"边塞诗祖",他的边塞诗反映了他从军西域的心态变化,也记录了唐蕃之战对西域局势的影响。

初唐许多诗人都有出塞从军或使边游边的经历,如王无竞、卢照邻等奉命使边,乔知之、陈子昂等出塞从军。但骆宾王出塞时间早,从军次数多、时间长、足迹远,他用亲身经历和细腻的笔触,为初唐边塞诗开拓了一片新奇的天地。

骆宾王生卒年不详,历来众说纷纭,本文采619—687年之说。骆宾王,字观光,婺州义乌(今义乌市)人,自幼聪慧颖悟，精通百家，是位天才少年，七岁作《咏鹅》："鹅鹅鹅，曲项向天歌。白毛浮绿水，红掌拨清波。"成年后更是才华横溢，上元三年（676）写下《帝京篇》，赞美长安城的宏伟富丽，一时传为绝唱。但他宦海浮沉，历尽坎坷，郁郁不得志。

贞观十五年（641），骆宾王入京考试，名落孙山。后辗转多地，在兖州完婚后，不得不上京谋仕。经过一番奔波，终于在右卫军中谋得一个录事的小官。但没过多久，因同事的诬陷加害，不仅被免了职，还差一点遭受牢狱之灾。骆宾王心情郁闷，为了洗清冤屈，多方奔走上诉，未能如愿。一筹莫展之际，唐高祖李渊的第十六子、任豫州刺史的道王李元庆，派人前来邀请他去道王府任职。骆宾王在道王府度过了几年舒心的日子，结交了一批来自全国各地的诗人骚客。

然而好景不长，不久，李元庆死，骆宾王再次入京，在门下省担任一名草拟文书的小官。之后，深受掌管选拔官吏的司列少常伯李敬玄的青睐，成为座上宾。他原以为凭借自己学富五车，满腹经纶，能再度出仕，李敬玄也想重用他，可惜没有合适的空缺，只能作罢。他郁郁然回到兖州，不想竟闲置12年，积蓄用尽后，不得不亲自躬耕，生活难以为继，无奈之下，只得再次入京。后经人举荐，乾封二年（667），48岁的骆宾王才谋得了一个奉礼郎的职事。

咸亨元年（670）春，发生了一件震动朝野的大事。因文成公主和亲而一度安定的吐蕃突然翻脸，一举攻占了唐军镇守的西域十八州。唐高宗下诏，火急征兵，并派右威卫大将军薛仁贵率兵讨伐，素有侠义心肠与忠勇肝胆的骆宾王时年虽已51岁，仍激情澎湃，应征入伍，准备一展才华，建功边塞。

初唐时期，崇尚汉朝文化的心态在诗人中比较普遍，骆宾王亦然。他在出塞之前就将汉代英雄引为楷模，到边塞之后，这种英雄意识变得更为强烈。骆宾王在边塞诗中提到的汉代英雄有张骞、霍去病、窦宪、班超、耿恭以及苏武、崔骃、陈平等。骆宾王《从军行》云："不求生入塞，唯当死报君。"此处反用班超典，更突出了骆宾王誓死报国的决心。他在《久戍边城有怀京邑》中说"拜井开疏勒"，用汉代驻守西域的名将耿恭典；在《西行别东台详正学士》中又说"泄井怀边将，寻源重汉臣"，也是以据守疏勒抗击匈奴的耿恭和凿空西域、奉旨寻找黄河源头的张骞为榜样，可见骆宾王在诗中提及汉代英雄，不是在搬弄史书典故，而是寻找建立功业的榜样激励自己。

骆宾王任侠使气，胸怀阔大，他以一个诗人的身份与历史上的英雄相类比，充满了自信，反映了唐代诗人昂扬奋发的精神风貌。骆宾王的精神访古不仅涉及武将，还涉及文臣，其《边夜有怀》云："苏武封犹薄，崔骃宦不工。"苏武出使匈奴，大义凛然，宁死不屈；崔骃曾随窦宪北击匈奴，指陈时事，反遭罢黜。骆宾王笔下的这些汉代英雄当年在西域、北疆叱咤风云，上演了人生精彩壮丽的一幕，骆宾王将对他们的景仰崇拜之情述诸笔端，充满了欲有作为的英雄气概。

当然，从军西域，也是他怀才不遇、科举不第、仕途艰难的一部分原因。当时，他任奉礼郎时，因一次祭器摆设错误而差点被免去职务，因而想另辟蹊径，应募从军，立功沙场，便当即向吏部侍郎裴行俭写了一封自荐信，并附了一首《咏怀古意上裴侍郎》。

  天子未驱策，岁月几沉沦。
  轻生长慷慨，效死独殷勤。
  徒歌易水客，空老渭川人。

一得视边塞，万里何苦辛。
剑匣胡霜影，弓开汉月轮。
金刀动秋色，铁骑想风尘。
为国坚诚款，捐躯忘贱贫。

在这首诗里，骆宾王向裴行俭表明了自己从军自效的决心。他激励自己要"勒功思比宪，决略暗欺陈"。窦宪曾北击匈奴，登燕然山刻石勒功而还；陈平是刘邦的重要谋臣，曾设计擒韩信，解平城之围。全诗表达了骆宾王愿以死报国、立功塞外而不惧苦寒的精神。在诗的最后也抒发了自己的豪情壮志，想此次出塞在功劳上要和窦宪比个高低，在决策上也与陈平不分伯仲，并说如果不能冒着霜雪的侵袭从军杀敌，就是虚度年华，辜负了自己多年来干谒求仕、报效朝廷的一腔热血。激昂之情，溢于言表。

裴行俭以"从军自救，以续前谴"的名义，同意他投身军营。

骆宾王非常激动，还没踏上西域大地，已在脑海中勾勒了军伍生活，写下了《从军行》：

平生一顾念，意气溢三军。
野日分戈影，天星合剑文。
弓弦抱汉月，马足践胡尘。
不求生入塞，唯当死报君。

这首诗是边塞诗中的名作，格调激昂，意气风发，读来令人精神抖擞。作品抒发了骆宾王想在塞外金戈铁马的战场生活中立功报国的慷慨意气，有一种突破压抑生活、重获新生的兴奋之感。

但非常遗憾的是，他注定梦想难成。首先，他没能进入薛仁贵的讨伐大军，而是进入了阿史那忠的安抚军。前者可杀敌，但薛仁贵军在大非川与吐蕃军遭遇后，就被打败了；而阿史那忠军是安抚和劳问，无仗可打，自然只能无功而返。

阿史那忠于咸亨元年（670）安抚西域的军事行动，新旧《唐书》和《资治通鉴》并无记载。后来发现的、立于昭陵的《阿史那忠碑》和20世纪70年代出土的《阿史那忠墓志》所记录的阿史那忠安抚西域的军事行动，为骆宾王从军西域的史实提供了新线索。他写西域的边塞诗也与阿史那忠的军事行动相符合。

《阿史那忠墓志》云："而有弓月扇动，吐蕃侵逼。延寿莫制，会宗告窘。以公为西域道安抚大使兼行军大总管。公问望著于遐迩，信义行乎夷狄。飨士丹丘之上，饮马瑶池之滨。夸父惊其已远，章亥推其不逮。"《阿史那忠碑》也有他奉诏为西域道安抚大使兼行军大总管，"有征而无战，威信并行"的说法。

学者郭平梁认为，唐朝有一个惯例，每次出征要派两支军队，一支"讨伐"，一支"安抚"。咸亨元年四月，吐蕃陷西域十八州，龟兹、于阗、焉耆、疏勒四镇陷入危机，唐朝为了平定这一变乱，派薛仁贵为逻娑道行军大总管讨伐吐蕃，同时派阿史那忠为西域道安抚大使兼行军大总管，远征西域，对西域受吐蕃挟制的部落和地区进行安抚。骆宾王参加的就是阿史那忠的军队。

薛仁贵军离京西征的同时，阿史那忠军也在春夏之交随之出征。临行前，一些东台详正学士前来送别骆宾王，他作了《西行别东台详正学士》。

意气坐相亲，关河别故人。
客似秦川上，歌疑易水滨。

塞荒行辨玉，台远尚名轮。
泄井怀边将，寻源重汉臣。
上苑梅花早，御沟杨柳新。
只应持此曲，别作边城春。

从这首诗中，可以看出骆宾王离京时就知道，此次西征要出玉门关，目的地在西域的轮台、疏勒等地，而《阿史那忠墓志》也述阿史那忠此次西征"飨士丹丘之上，饮马瑶池之滨"，丹丘应是西域的雅丹地貌，瑶池指天池，用来形容其征程之荒凉遥远。骆宾王其后的诗中则出现了莫贺延碛、流沙、轮台、疏勒、蒲类津、天山、交河、弱水、龙鳞水、马首山、密须、温城、碎叶等具体地名。

据严耕望先生《唐代交通图考》，长安西通凉州有南北两条驿道，唐军出兵西域常走北线，因沿途镇戍甚多，容易集结兵力。阿史那忠军从长安至凉州这一段征程，当与薛仁贵军同行。骆宾王行经泾州，时在余春，还曾与在安定任县尉的李峤相会。李峤少有才名，15岁精通《五经》，20岁进士及第，初授安定县尉。其以文辞著称，与苏味道并称"苏李"，又与苏味道、杜审言、崔融合称"文章四友"。他是唐朝"干城"，历经五朝，曾三度拜相，但也因趋炎附势，被史家诟病。李峤当时20岁出头，在安定见了50余岁的骆宾王后，作了《送骆奉礼从军》，希望骆宾王能建立卓著军功，勒石铭记。

玉塞边烽举，金坛庙略申。
羽书资锐笔，戎幕引英宾。
剑动三军气，衣飘万里尘。
琴尊留别赏，风景惜离晨。

笛梅含晚吹，营柳带余春。

希君勒石返，歌舞入城闉。

唐朝这次派薛仁贵出兵，除了讨击吐蕃，直指吐蕃都城逻娑（今西藏拉萨），还有一个任务，就是护送被吐蕃所灭的吐谷浑回还故地，而吐谷浑可汗诺曷钵及弘化公主正在凉州避难，薛仁贵军要先至凉州接上他们，再南下攻打吐蕃。骆宾王于六月底随军抵达凉州后，薛仁贵军南下，阿史那忠军则继续西征。

约在七月中旬，骆宾王随军抵达玉门关，在那里写下了《早秋出塞寄东台详正学士》，其中"促驾逾三水，长驱望五原"的诗句，说他自长安北上，途经了陕西彬州、甘肃盐池等地；"溪月明关陇，戎云聚塞垣。山川殊物候，风壤异凉暄。戍古秋尘合，沙寒宿雾繁"则述其自关中越过陇山，山川风物已大不同于关中，时序寒温的变化已经明显能感觉得到，正是晋乐府诗所说的"陇头流水，鸣声幽咽，遥望秦川，肝肠断绝"，边地环境的恶劣，尘土弥漫着荒凉的戍楼，茫茫夜雾笼罩着寒冽的沙漠。骆宾王身处荒楼迷雾间，想起自己出塞的缘由，心中不由掀起层层波澜。随后，骆宾王回顾了自己多年来的求学与坎坷的为官经历，道出了自己不得已而出塞的苦衷，一朝穿上戎衣，就只有随军转战。"乡梦随魂断，边声入听喧"也道出了他出玉门关时的乡关之愁，边关之地勾起的不仅是骆宾王对故乡的思念，还有自己的一腔愤懑之情，"南图"壮志难酬，"北上"也生活艰难。最后，骆宾王以李广自喻，表明自己的心志：虽然命运多舛，但仍将和李广一样，始终坚持自己的气节，仍然把希望寄托在遥远的异域，希望立功边塞来冲淡自己的愁绪，获得一种精神寄托。

阿史那忠此次远征西域执行的主要任务是"安抚"和"劳问"，有征无战，情不论功，这也是骆宾王的军旅诗、边塞诗没有关于战斗、献捷或败绩的描写的原因所在；这也注定骆宾王想以军功改变命运的梦想要落空，所以诗中弥漫着消沉、郁闷的情绪。

出玉门关后直到在西域军中的这一段时间，骆宾王共作诗六首，分别是《夕次蒲类津》《晚度天山有怀京邑》《边庭落日》《在军中赠先还知己》《久戍边城有怀京邑》和《荡子从军赋》，这六首诗集中反映了阿史那忠军在西域的活动，为进一步了解唐蕃之战给西域政治形势带来的影响提供了佐证。

二庭归望断，万里客心愁。
山路犹南属，河源自北流。
晚风连朔气，新月照边秋。
灶火通军壁，烽烟上戍楼。
龙庭但苦战，燕颔会封侯。
莫作兰山下，空令汉国羞。

骆宾王这首《夕次蒲类津》写了他秋夜在蒲类津的所见所感，描绘了塞外迥异的风光，抒发了独特而真实的感受。月照边塞，寒气袭人，壁垒森严，烽烟报警，衬托边塞气氛的紧张和征战生活的艰辛。西域之地远离中原，汉代武将出塞多而诗歌极少，后代对西域的了解多通过史书。南北朝时期，诗人借史书在边塞诗中建构了一组西域地理意象，而骆宾王笔下的塞外风光则是他亲眼所见，真实可信。

著名学者傅璇琮先生主编的《新编唐五代文学编年史》将《夕次蒲类津》写作时间定于咸亨元年七月，即作于当年八月薛仁贵军兵败大非川之前，两诗均描写了边地壮丽、独特的风光。

第一章 历史的回声

当时骆宾王随军驻扎在属北庭都护府的蒲类津。东望归路，归路断绝，身在万里之外、荒漠之中，不由得勾起了骆宾王的羁旅愁思；军营灶火连营，戍楼烽烟袅袅，说明骆宾王所在的阿史那忠军在西域处于紧张的防卫中；"龙庭但苦战"以下四句是骆宾王的议论，应该是对西域将士的一种激励，希望将士们齐心合力勇敢作战。

他还写了一首抒情之作《边庭落日》，应写于咸亨元年八月后。开头两句说离开京城后的行程到了居延泽一带。此时，薛仁贵军在大非川战败的消息已经传来，吐蕃兼并吐谷浑的目的已经达到，还占有唐在西域的部分军镇和领土，但吐蕃也知道不能彻底激怒唐朝，所以在其后保持了与唐的联系，没再进一步向西域进逼，因此，在安西前线，唐蕃两军处于一种紧张又平静的对峙状态。

在这首诗中，诗人写自己辞家万里，来到西域，本想立功荒外，但遭遇到的现实是军事上的失败与艰苦的生活，"候月恒持满"等四句写交战前的紧张气氛，四野昏暗，塞云渐合，出现在诗人面前的是一片苍茫大地，戍楼的烽烟燃起，将士们严阵以待。面对着边庭的落日西沉，边塞立功的希望似乎已经不大了，但诗人仍然强打精神，写出了"君恩如可报，龙剑有雌雄"的豪言壮语，表达诗人希望报效朝廷，与敌人决一雌雄的雄心。

随后，同僚都奉调返京，骆宾王却不得不继续留在边塞。战事的不利与苦闷的生活已逐渐磨灭了诗人建功立业的雄心，他最渴望的就是回到京城。遥望玉门关，乡关路远，思念之情，极其哀切。

岁月催人老，骆宾王在边塞跟随大军一路奔波，风餐露宿，边塞的风尘在诗人的脸上刻下了深深的印记，本想立功边塞以期荣归京城，但残酷的现实将诗人的梦想击得粉碎。遥想当初出塞立下的宏愿——"勒功思比宪，决略暗欺陈"，现在却无奈地成为"献凯多惭霍，论封几谢班"，无功不说，还不得不滞留边塞。

骆宾王的心态也由意气昂扬转变为灰心无奈。《在军中赠先还知己》中的"别后边庭树，相思几度攀"抒发了强烈的思归之情。

骆宾王独在西域边塞，更是忧思重重，因此写下了《久戍边城有怀京邑》，他在"扰扰风尘地，遑遑名利途。盈虚一易舛，心迹两难俱"四句诗中，回顾了自己一生对仕途的追逐，描写了在西域的军旅生活，抒发了在边塞的思乡之情。对自己出塞前的生活作了总结，自己在"风尘地"与"名利途"中遑遑奔波，早年立下远大志向，却怀才不遇，最终投笔从戎，走向边塞，形影相吊，图荣自诬，在悲苦的人生道路上疲于奔命，感情基调灰暗，伤感至极，表达了诗人久在西域立功无望、回京不得的惆怅哀伤之情。

这首诗在古诗中颇长，共有38韵，其中有如下诗句：

　　季月炎初尽，边亭草早枯。
　　层阴笼古木，穷色变寒芜。
　　海鹤声嘹唳，城乌尾毕逋。
　　葭繁秋色引，桂满夕轮虚。
　　行役风霜久，乡园梦想孤。

炎热初退，边塞的野草就枯黄了。秋色浓郁，萧瑟渐起，令人生出无限感慨。由于骆宾王出塞路途遥远，时间漫长，所以他在展示边塞风光的同时，多次流露出浓重的思乡情感。他感慨自己鬓发如霜，军戎依旧，当节物变换，炎凉更替，他感慨自己仍在关山万里之外，但功业未建，只能遥望长安，寄托乡愁。"春去荣华尽,年来岁月芜。边愁伤郢调,乡思绕吴歈。"春秋更替,时光流逝,他的乡思也更浓。在《边夜有怀》中,他将自己比作随波逐流的菜梗和漂泊无依的飞蓬:"旅魂劳泛梗,离恨断征蓬。"

骆宾王最有代表性的诗作是《晚度天山有怀京邑》,诗作把思乡的哀切写到了极致:

忽上天山路,依然想物华。
云疑上苑叶,雪似御沟花。
行叹戎麾远,坐怜衣带赊。
交河浮绝塞,弱水浸流沙。
旅思徒漂梗,归期未及瓜。
宁知心断绝,夜夜泣胡笳。

身在西域军营,心已飞往京城。天山在骆宾王笔下竟是如此安详柔媚,他由天山的云和雪联想到长安的"上苑叶"和"御沟花",在美妙的联想中隐含着难以言说的伤感。当然,乡愁浓郁并非说骆宾王的斗志消磨了,他是闻一多先生在《唐诗杂论·四杰》中所说的"久历边塞而屡次下狱的博徒革命家",也是感情丰富的诗人。他思念家乡的诗歌多作于晚上,《宿温城望军营》《晚度天山有怀京邑》《边夜有怀》《边城落日》《夕次蒲类津》等都是如此。白天军旅生活紧张,到了晚上,才有时间慢慢梳理那细腻而真挚的乡愁。

从咸亨元年至三年(672),诗人在西域至少待了三个年头。从西域返回京师长安不久,又到西南边塞,入姚州道大总管李义军幕。仪凤三年(678),归朝任侍御使,因事被诬下狱,次年获释，旋赴幽燕军幕。三次从军，骆宾王的足迹远达西域和西南、东北边塞，这极大地丰富了他的人生阅历，不仅为其诗歌创作提供了生动鲜活的素材，也为边塞诗注入了强烈的时代气息。

根据现存较全的《骆临海集笺注》统计，骆宾王有关西域之诗仅存10余首。

初唐时期，诗歌题材的开拓改变了淫靡的诗风，骆宾王对五言排律和歌行的贡献尤为突出。胡应麟《诗薮》说："沈、宋前，排律殊寡，唯骆宾王篇什独盛。"《光明日报》曾刊发《陇右唐诗之路》，文中称："唐代第一位从军西域走过'陇右唐诗之路'并留下作品的诗人是骆宾王，他奠定了唐代边塞诗的基础。"《唐诗简史》载："后人曾经有观点认为，他是唐代第一个走向边塞大漠的知名诗人，是唐代边塞诗的开山人物。"闻一多先生在《唐诗杂论》中说："宫体诗在卢（照邻）骆（宾王）手里是由宫廷走向市井，五律到王（勃）杨（炯）的时代是从台阁移至江山与塞漠。台阁上只有仪式的应制，有'绮句绘章，揣和低昂'，到了江山与塞漠，才有低回与怅惘，严肃与激昂。"骆宾王的边塞诗，真实记录了他从军数年南北转战的苦乐悲欢，绝非泛泛而谈。骆宾王走向边塞，不仅开拓了题材，把诗歌从宫廷和台阁中解放出来，更重要的是把边塞诗创作和边塞生活实践结合起来，摆脱了对汉代史书的依凭和空想拟作，使边塞诗因为作者亲历而更加真实，更加富有魅力。

边塞诗的创作，为骆宾王的人生营造了一座新的高峰。骆宾王戎幕生涯的凄苦悲凉，为中国的文学宝库增添了一笔巨大的财富。其矢志报国之心，影响并激励了陈子昂、高适、岑参、崔颢、王之涣、王昌龄、李颀等诗人从军出塞，从而，在盛唐形成了著名的边塞诗派，把边塞诗推向了高峰。

诗人命运多舛，最后归处也成了千古之谜。

武则天专权后,骆宾王多次上书讽刺,因而被陷入狱,近一年后遇赦出狱。调露二年(680),贬任临海县丞,怏怏失意,弃官游广陵。嗣圣元年(684)九月,徐敬业(即李敬业,李勣之孙)因武则天废中宗自立,在扬州起兵,反对武则天,骆宾王参与,被任为艺文令,掌管文书机要。军中书檄,皆出其手,其中就有著名的《为徐敬业讨武曌檄》:"班声动而北风起,剑气冲而南斗平,暗鸣则山岳崩颓,叱咤则风云变色。以此制敌,何敌不摧,以此图功,何功不克……请看今日之域中,竟是谁家之天下!"慷慨激昂,气吞山河。十一月,徐敬业兵败被杀,骆宾王下落不明。《资治通鉴》说他被杀,《朝野佥载》说他投江而死,《新唐书》说他"亡命不知所之",而据《中国名胜词典》记载:"骆宾王墓:在浙江义乌县城东15公里枫塘。墓前石碑为明崇祯十三年(1640)重建。"

收复新疆的功臣胡雪岩

转眼到了清同治元年（1862）春天，距离骆宾王的时代已过去1000余年。

随后，新疆大地走来了抬棺西征的清末名臣左宗棠。而正是因为左宗棠，又一个浙江人与新疆产生了莫大关系，他就是红顶商人胡光墉。

咸丰十一年（1861），咸丰帝驾崩，慈禧联合恭亲王奕䜣发动辛酉政变，解除顾命八大臣的职务。为笼络人心，慈禧重用以曾国藩为首的汉族地方实力派。经曾国藩推荐，左宗棠得到重用，出任浙江巡抚。左宗棠尚未到任，是年冬，太平军再次围攻杭州，城内断粮缺弹，胡光墉受王有龄委托，赴上海采办粮食和军火。当他带着20余条货船从杭州湾驶入钱塘江时，杭州已被太平军占领，王有龄自缢殉国。胡光墉闻讯后，在城外盘桓三日，最后磕头三响，驾船离去。

左宗棠率部进军浙江时，浙江仅衢州一城尚为清军所控，其余皆被太平天国占领。左宗棠的行辕只能设在衢州府郊外的关帝庙里。

左宗棠自从到浙江，除了与太平天国的战事，听到最多的就是有关大名鼎鼎的"浙江候补道胡光墉"的议论，好话不多，非议满天，说他"发战难财，已卷财物粮款潜去"；一些禀帖指出，这个当地首屈一指的大商人"富埒封君，为近数十年所罕见，而荒淫奢侈，迹迥寻常所有"。所以，当胡光墉来行辕请求面见左宗棠时，左宗棠态度冷淡。后听胡光墉说是专为送粮饷而来，才打开辕门。胡光墉向左宗棠献上了1万石米、2万两白银。在清军和太平军历时14年战争的最后阶段，这一份战略物资无疑举足轻重。胡光墉解释说，在太平军"围杭城之际，某实领官款若干万两，往上海办米。迨运回杭，则城已失陷，无可交代，又不能听其霉变，故只得变卖。今闻王师大捷，仍以所领银购米回杭"。一番对话之后，左宗棠对胡光墉的印象一举改观，《异辞录》载："左文襄至浙初，闻谤言欲加以罪，一见大加赏识，军需之事，一以任之。"

上述情节和对话与《清代野史》的记载如出一辙，但《清代野史》将其发生年份归结于左宗棠破杭州城之后，即同治三年（1864），而小说家高阳在历史小说《红顶商人》一书中将其移至同治元年，并用了很大篇幅，想象了两人充满中国式智慧的机警对谈，来刻画胡光墉左右逢源的商人性格，讲述两个雄心勃勃之人如何在这次见面后一拍即合。

同治元年，胡光墉39岁，生意刚有起色；左宗棠50岁，之前受朝廷之命"襄办曾国藩军务"，招募楚军，在江西多次击败太平军，解了曾国藩燃眉之急，清廷以军功授左宗棠太常卿。到浙江是他独担大任的开始，他胸怀大志，给朋友写信署名"署亮白"，自比"诸葛"。二人在晚清历史舞台上的故事就此拉开序幕。

渲染这次见面的重要性并不过分，它在某些方面的确深刻影响了晚清社会的走向。它不仅将成就晚清一名重要官员政治生涯的高峰——这位"同治中兴"的名臣在未来的仕途上因此有了"西征"这张辉煌而强大的政治底牌。它也成就了一位红顶商人的财富生涯——左宗棠的能量和胡光墉此前的政治后台王有龄不能同日而语，结识王有龄尽管使胡光墉迈向了从事官办买卖的第一步，39岁以前的胡光墉充其量还只是个地方政府的小帮办；此后，他得到了成为"国家生意"经纪人的机会，并一度成为垄断者，他的个人资产在高峰期超过清政府国库储备金，达到白银3000万两。

清代的"官商同盟"自此有了"左胡"先例。

由胡光墉经办的"西征借款"是清朝第一笔以"国债"形式出现的外债，开创了地方临时收入的新渠道。这笔收入完全脱离中央集权财政系统的控制，给地方洋务运动和军务提供了应急资金来源，却也在某种程度上动摇了清政府建立在传统财政体制上的经济基础。财富重新分配，国家财产的式微和少数个人财富的崛起，是19世纪末20世纪初的重要主题之一。

胡光墉，字雪岩，幼名顺官，后人多称胡雪岩。有人说他道光三年（1823）出生于安徽绩溪，但相关史料和他自己都认定他是杭州人。比如，现存杭州碑林、胡光墉曾亲书的"王坟碑"，落款为"光绪丁丑秋仲里人胡光墉识"。清光绪《杭州府志》"义行篇"载"胡光墉，字雪岩，仁和人"。仁和是杭州旧县，该志是一部记载杭州地方历史的重要正史，和胡光墉同时代编纂，因此，对胡光墉籍贯的记载有它的权威性和准确性。奏折是封建社会给皇上的报告和请示，其内容不能有丝毫的差错。左宗棠、李鸿章的奏折中都称胡光墉"籍贯浙江"。

胡光墉从"信和钱庄"学徒做起，开始了奇迹般的经商生涯。他所生活的时代历经道光、咸丰、同治、光绪四朝，中国社会处于动荡和崩溃的边缘，挫败感和谋求中兴的希望交织，新旧因素并存，往后100年内活跃于中国历史的各种力量都在此时陆续登台亮相。

一方面，镇压太平天国运动的军费开支几乎耗尽清政府国库，危及国运存续的各方危机并未消退，长期以来"塞防论"和"海防论"之争不仅是政治观点和派系之争，它的焦点更在于中兴官员们如何使用有限资金去解决更多的麻烦。在镇压太平天国、捻军和回民叛乱中崛起的地方大员李鸿章、左宗棠，各自为政又互有合作，他们试图振兴国运，但短暂的"同治中兴"始终是以昂贵的工业和军事"实验"为基础的。在国力不济的前提下，他们不得不借助各种国内外的商业势力辅佐政治抱负，同时巩固自己政治影响力的版图。

另一方面，上海的外滩开始排满新式银行。鸦片战争虽然开放了通商口岸，但它所带来的商业效果使英国人和其他外国商人大失所望，他们发现资本对中国内地的渗透并不如想象的那样迅速而顺利，强制性的条约特权本身不能把外国制成品直接送到中国人手里，他们必须经由社会活动能力卓越的买办人物之手，通过传统商品流通渠道，才能深入中国市场。

一些长袖善舞的中国商人应运而生，穿梭于变革时代里交错横生的种种动机和需求之间，猎取需求缝隙中的暴利机遇，胡光墉是其中最成功的代表之一。

胡光墉的发迹一直缺少史料支持，普遍认为他受益于王有龄。在王有龄任湖州知府期间，胡光墉开始代理湖州公库，在湖州办丝行，用湖州公库的现银扶助农民养蚕，就地收购湖丝运往杭州、上海，脱手变现，再解交浙江省"藩库"，从中不需要付任何利息。同时，他说服浙江巡抚黄宗汉入股，开办药店，在各路运粮人员中安排承接供药业务，将药店快速发展起来。按胡光墉的说法，"八个坛子七个盖，盖来盖去不穿帮，这就是会做生意"。

胡光墉开始真正涉足商界的前期，重点放在金融生意而不是实业上。在浙江海运局帮助王有龄筹办解运漕粮期间，他利用浙江海运局借支20万两白银，开办了"阜康钱庄"。早期钱庄是连年战事的受益者。他"岁获利数倍，不数年，家资逾千万，富甲天下"。

钱庄生意给胡光墉更深远的影响，是它为胡光墉提供了和各类洋行以及洋行的中方买办人物结识的机会。

道光二十三年（1843）上海开埠后，外国人纷纷在上海设立洋行。在开埠的当年就有11家，3年以后增至25家。在相当长时间里，西方商人和洋行一直依赖中国商人做媒介——这些买办人物多半出自钱庄，通过他们把产品输入内地，早期的财务关系通常也都是经过经纪人或洋行买办和当地钱庄进行清算。胡光墉在认识左宗棠之前，就几乎与上海的所有洋行和著名买办人物打过交道，他也成为这些外资乐于合作的官员经纪人。

严格地说，同治元年以前，胡光墉商业上的原始积累所剩无几，获利渠道仍然有限，他也把大量积蓄用于应酬性开支，同治元年，他无偿支援左宗棠的大米就有20万石。

但不久，他最大的一笔初期积累就得益于战争——他为左宗棠的湘军筹措军需，代购军火。

左宗棠一直非常重视西洋军事技术。因而，在自己的部队中装备了相当数量的西洋兵器。在楚军营制中，还特别制订了爱惜洋枪一条，开首便说："洋枪、洋炮、洋火、洋药，不独价值昂贵，购买亦费周章，凡我官勇，务宜爱惜，不可浪费。"

同治元年太平天国战事后期，胡光墉已经帮左宗棠购买运输过一批新式军火，但规模更大的买卖还是在收复新疆的西征过程里。左宗棠曾谈及，军械、军火的采运非常艰辛："军火、器械一切……逾水陆万里以达军前，始供取用，一物之值，购价加于运费已相倍蓰，尚须先备采运实银，乃期应手。"

清王朝为了抵御外侮，大兴洋务运动，引进国外先进技术和设备。北方洋务派首领是李鸿章和曾国藩，左宗棠调任闽浙总督后，也大办洋务。胡光墉趁机进言，在福建兴办造船厂、军械厂，并向上海的外商采购军械设备。左宗棠以"海禁开，非制备船械不能图自强"为由向朝廷奏请，于同治五年（1866）设立福建船政局。经左宗棠推荐，由胡光墉协助料理船政事务。

同年底，左宗棠调任陕甘总督，临离开福建前，还特意向朝廷奏明，称胡光墉"为船局断不可少之人，且为洋人所素信也"。胡光墉也不负左宗棠眷顾之恩，使船政局取得了很大成功，同时也为自己财富的累积创造了更多机会。

早在18世纪初，沙皇彼得一世便把征服中亚和我国新疆作为重大国策。随后，这个欧洲国家以"筑垒移民"的方式，步步进逼，使其扩张野心得以实现。太平天国运动的爆发，使清政府无暇西顾，给沙俄加紧侵略新疆提供了时机，侵吞了新疆44万平方公里土地。同时，浩罕汗国军官穆罕默德·阿古柏在英俄两国的支持下，入侵新疆，先后攻占了南疆喀什噶尔、和田、英吉沙尔、疏勒、阿克苏、库车、乌什七城，并在同治六年（1867）底宣布成立以天山为界的"哲德沙尔汗国"（七城之国）。英俄两国利用阿古柏作为吞并新疆的工具，为自己划定了新疆的势力范围。阿古柏在英国支持下，攻占迪化；沙俄随即以此为借口，悍然出兵，占领了伊犁。至此，新疆陷入了国土沦丧的严重危机之中。

严重的边患使偏处一隅的西域逐渐进入人们的视野，引起了部分士子文人的警觉。龚自珍是较早关注西北边疆的学者之一。他建议在新疆建省，以较先进的郡县制取代落后的军府制，使军政相互依赖和促进，从而加强对西域的有效控制。龚自珍还提出了"以边安边"之策，根据新疆南北两路自然地理环境的差异，建议"开垦则责成南路，训练则责成北路"，以南路之粮养北路之兵，以北路之兵守卫新疆。为安边固防，龚自珍还建议迁内地无业游民入疆，既解决内地严重的流民问题，又可发展边疆生产、巩固边防。

龚自珍在国家面临危机之际，以"天下兴亡，匹夫有责"的社会责任感，积极筹边谋防，向朝廷进言献策。他坚决维护国家统一，主张民族团结，着眼于通过体制改革来实现安边固防，足见其在政治上的远见卓识。可惜他的建省方案未被当政者采用，不过他十分自信，曾在《己亥杂诗》中写道：

　　文章合有老波澜，莫作鄱阳夹漈看。
　　五十年中言定验，苍茫六合此微官。

要不要收复新疆，抵抗沙俄侵略扩张，清廷举棋不定。

同治十二年（1873），左宗棠攻占肃州，镇压了回民的造反。于是，他建议清政府乘胜出兵西北，收复新疆。但同治十三年（1874）日本继两年前宣布琉球为其"内藩"之后，同年出兵登陆台湾，直接引发另一个同样重要的防御问题——海防。这一年，清廷内部出现了"塞防论"和"海防论"的激烈交锋，两种观点的代表人物分别是左宗棠和李鸿章。

左宗棠于同治十三年上奏清廷，直接道出了海防对于西征协饷的影响，"甘饷日形支绌，出关各军待用孔殷"，而"自福建筹办台防，沿海各省均以洋防为急，纷议停缓协饷"。次年，他又致信总理衙门："现在用兵乏饷，指沿海各省协济为大宗，甘肃尤甚，若沿海各省因筹办防务，急于自顾，纷请停缓协济，则西北有必用之兵，东南无可指之饷，大局何以能支？"他进一步指出，如果沙俄不能逞志西北，那么其他各国就不至于构衅东南，东则海防、西则塞防,二者应当并重,而收复新疆则属燃眉之急。

左宗棠的论点显然也符合当时朝廷的期望,但国库空虚的财政状况决定了清政府不可能同时打两场战争,"塞防论"和"海防论"之争的背后是清政府有限的财政资源优先分配给朝中哪一方政治势力的问题。西征军人数2万余,万里行军,费用浩大。随着西征战事的展开,兵员不断增加。粮料的运输更是一笔巨大的开支,每百斤粮料自肃州运至安西,运价高达11.7两,此外还有大量军衣、军械的添置以及欠饷的补发等。而内战刚刚平息后险象环生的局势,也是朝廷上下十分关注的一个问题。大量遣撤清军、失败的起义士兵的安置难以解决,社会治安问题日益突出,要在异常窘困的形势下保证西征大军前线粮饷,极为艰难。财政上能否保证就成为全盘关键。

左宗棠充满煽动性的政治观点能否兑现更需要现实可行性的支持,他显然必须自筹到相当大一部分西征军费。光绪元年,左宗棠被任命为钦差大臣,督办新疆军务。这已经反映出这场论争中清政府的倾向。

左宗棠进军新疆,面临饷粮和军火两大难题,清政府仅拨200万两给左宗棠作为西征饷银,并令东南各省协办300万两,而各省都赖着不解或少解。虽然左宗棠、李鸿章之争表面始终没有出现胡光墉的身影,但左宗棠之所以坚决要进行塞防,是因为他在多年的交往里对胡光墉的能力深信不疑,左宗棠相信,筹钱之事他定能办成。

协饷制度是清代整个财政体系运行的中心环节,是中央政府调度全国财政资源的基本制度。甘肃新疆协饷历来是清朝财政支出的一个大头,在道光年间,甘新协饷每年达404万或415万两,几乎占国家财政支出的十分之一，除留抵外，每年实拨银300多万两。而镇压太平天国运动和赔款耗费了清政府大量库银，左宗棠西征前，协饷制度已近名存实亡。到咸丰年间，甘新协饷屡次裁减核扣，大幅下降，减至302万两。同治初年，每年实拨到新疆的经费仅44万两，而且常常拖欠。在每年应拨甘新协饷中，两江60万两，浙江144万两，广东84万两，由于年年拖欠，成了一大笔空有其名的财源。光绪元年底，各省关积欠协饷已达2740万两，直接影响了西征计划的顺利实施。

左宗棠想出的办法是举借外债：以这些亏欠协饷为担保向外商借钱，由应协省份负责外债的偿付，要求清廷命令应协省份的关道出担保票，通过总海关税务司饬令各省关税务司加盖督抚印，使协拨省份加盖关防的海关印票代替难具约束力的中央催解。这既解决了西征的经费问题，又可以以"暗借中央之命与协拨省份争夺饷源"为旗帜，对付反对"西征"的东南督抚。

当时洋商只相信胡光墉，借款一定要他私人担保。陈云笙在《慎节斋文存》中说："洋人不听大帅言，而信胡一诺。左公愈信爱胡，倚之如左右手。"同治六年至光绪七年（1881），为满足左宗棠西征以及收复新疆之需，所有和外商接洽借款事宜全部由时任上海采运局道员胡光墉具体经办，先后6次借银计1770万两。

左宗棠被任命为钦差大臣时，疾病侵身，年近七旬，仍尽瘁驰驱，率领220营大军西出阳关，远征新疆。

胡光墉购运军火、代借洋款予以支持，无疑使左宗棠有了强有力的后勤支援。

胡光墉和洋行的关系这时派上了用场。在上海，销售军火的洋行很多，主要有地亚士、麦登司、新泰来、拿能、马德隆、琼记、太古、泰来、德生、香港南利等洋行，以及美国纽约"林明敦"制造厂等。还在左宗棠任闽浙总督时，胡光墉就参与福州船政局创办，结识了洋员德克碑等。根据兰州制造局专仿普式（德国）螺丝枪和后膛七响枪，及从德国购买武器的记载来看，专营"普国大埠加士答炮局、专铸成灵巧坚固铜炮"的香港南利洋行及德商泰来洋行都参与了西征的军火交易。

胡光墉代办军火十分尽心，来往于这些洋行之间，精心选择，讨价还价，大批军火得以转运西北，仅光绪元年在兰州就存有从上海运来的来复枪"万数千枝"。他不但广为采购，且"遇泰西各国出有新式枪炮，随时购解来甘"。一些利于指挥作战的先进仪器也由胡光墉购置，比如，前线指挥官使用了双筒望远镜。光绪二十八年（1902），新疆巡抚饶应祺在一份奏折中提及："前督臣左宗棠、抚臣刘锦棠出关，携运后膛来福马枪，哈乞开斯、马蹄泥、标针快、利名登、七响、八响、十三响枪共二万余杆。"这还不包括金顺、张曜等部的武器装备。

当然，向洋行"西征借款"的"灰色地带"也是巨大的，谁也无法知道胡光墉在外国银行和政府间来回操办此事的具体细节，即便他严格秉公办事，作为政治投资的回报，左宗棠也会主动在每笔业务里留出相应的好处给他。

光绪三年（1877）的第二次借款出现四个不同的利息。汇丰银行索取年息一分（10%），左宗棠向清政府呈报时，为月息一分，其后又以德商泰来洋行"包认实银"为词，每月加息银二厘五毫，折合年息，即一分五厘，遇闰年则达年息一分六厘二毫五，比银行承揽的利息，高出50%。经手人的好处自然不用说。左宗棠之所以把年息一分改为月息一分，显然是要给胡光墉酬劳。

除洋债之外，左宗棠还举借了为数不少的内债。光绪三年末，西征军攻下和阗，西北边陲之乱基本平定后，左宗棠着手部署善后问题时资金再度告急，并函商胡光墉，嘱其向华商议借巨款。不久根据胡光墉复函所称，左宗棠上奏清廷，说胡光墉在上海召集浙杭一带商人创设乾泰公司募股认购债票，拟议以5000两为一股，"一切照洋款成案"欲向华商筹借巨款350万两。

在胡光墉的多方活动下，光绪元年到三年，借款340万两，四年（1878）至六年（1880）406万两，七年（1881）至八年（1882）100万两，总计达846万两。在左宗棠西征所借的全部债务里，外债占18.38%，内债占14.85%。

左宗棠所率大军所向披靡，不到一年半时间，就光复了除沙俄盘踞的伊犁之外的新疆所有土地。

这使沙俄十分震惊，伊犁俄军骤然增至12万人，并出动舰队到中国黄海示威。但重病在身的左宗棠仍然在光绪六年率大军离开肃州，决定征讨沙俄入侵者。他抬棺西征，以此表达自己为了民族利益有去无回、马革裹尸的抗敌决心。虽然因为清朝政府对与沙俄开战怀有恐惧，决定靠谈判解决伊犁问题，不得一战。但他所做的努力并没有白费，在伊犁附近严阵以待的清朝军队成为谈判的强大后盾，迫使俄国做出了它从未做过的事，把已吞下去的领土又吐了出来。

胡光墉在左宗棠西征中的贡献是巨大的，但各方对胡光墉的争议和攻击也从未停止。左宗棠一直为他辩护："道员胡光墉素敢任事，不避嫌怨，从前在浙历办军粮军火，实为缓急可恃……臣稔知其任事之诚，招忌之故。"

左宗棠对于胡光墉在上海的采运给予了充分的肯定。他认为胡光墉自办理上海采运局务以来，已历十余年。"转运输将毫无遗误，其经手购买外洋火器必详察良楛利钝，伺其价直平减，广为收购……关陇、新疆速定，虽曰兵精，亦由利器，则胡光墉之功实有不可没者。"正是因为胡光墉尽心尽力，虽然左军"西征度陇，所历多荒瘠寒苦之区"，但胡光墉所筹措军饷"均如期解到，幸慰军心"，西征之师从不"闹饷"，因此令左宗棠感激不尽，认为胡光墉其功"实与前敌将领无殊"。

光绪四年春天，左宗棠西征战事结束，因功晋升二等侯；紧接着，他便上奏光绪皇帝给盟友请功要赏："至臣军饷项，全赖东南各省关协款接济，而催领频仍，转运艰险，多系胡光墉一手经理。遇有缺乏，胡光墉必先事筹维，借凑预解；洋款迟到，则筹借华商巨款补之。臣军倚赖尤深，人所共见。"同年4月14日，左宗棠又会陕西巡抚谭钟麟，联衔出奏《道员胡光墉请破格奖叙片》，历数他的功劳，计9款之多，"胡光墉之功，实有不可没者"，"破格优奖，赏穿黄马褂"。

在清朝，赏穿黄马褂是了不起的殊荣，只有立了大军功的封疆大吏，才有资格得到。胡光墉被封布政使衔，又得赏黄马褂和红顶，终清一朝，商贾仅其一人，可谓空前绝后。

新疆收复后，左宗棠因为曾拜读过龚自珍的《西域置行省议》，深受影响，他从统筹全局出发，主张建立行省，设置郡县，省兵节饷，建立长治久安的基础，被清政府赞同。光绪十年（1884），新疆正式建省，刘锦棠为首任新疆巡抚。

龚自珍的预见基本被证实。左宗棠这位晚清重臣成为龚自珍预言的执行者。另一晚清重臣李鸿章对此评价说："古今雄伟非常之端，往往创于书生忧患之所得。龚氏自珍议西域置行省于道光朝，而卒大设施于今日。"

祝应焘的新丝路

同治六年（1867），左宗棠督办西北军务时，目睹西北大地荒芜，居民流亡，田园破败，垦区废弃，人丁稀少，就在书信中对友人描绘："弥望黄沙白骨，不似人间光景。"收复新疆后，新疆经济发展本就落后，加之遭到入侵及其后战争的影响，人民愈发贫穷。新疆之长治久安，成了新疆治理的头等大事。

左宗棠，自号湘上农人，40岁以前在湘阴老家种地，熟谙种桑养蚕、种茶种竹等农活。他认为，要改善西北地区的人民生活，必须从一件件小事做起。他选择推广种桑养蚕，且认为种桑养蚕与种地同等重要。显然，左宗棠是要人们把种桑养蚕当成一种产业来发展。

左宗棠认识到，西北的老百姓穷，最主要的原因在于没有自己的产业。如其所云："民间耕作所得收入不多，本地银钱向本缺乏，遂不得不忍受风寒。每至隆冬……实为悯恻。"

史载张骞凿空西域，"丝绸之路"开通后，蚕桑就被引进新疆。相传当年于阗王借和亲之机，让从中原下嫁到于阗的公主将桑蚕种藏于凤冠带来，才使西域有了蚕桑和丝绸。

古人对生命力旺盛的桑林有着特别的崇拜。枝叶茂盛的桑，果实能饱腹，叶子能喂蚕，在上古人的心目中，桑是生命的象征，被视为生命之树。况且，桑枝、桑皮、桑叶可入药，树皮可做纸，桑木可制作都塔尔、艾捷克等乐器，可谓全身是宝。古时桑林还是通天的圣地，每遇大事，人们都要在桑林举行献祭仪式。如商汤时，连续5年大旱，庄稼绝收，"汤乃以身祷于桑林"（《吕氏春秋·顺民》）。东汉高诱注曰："桑林，桑山之林，能兴云作雨也。""汤祷桑林"就成为史家常常援引的故事。

天山以南的绿洲以及北疆部分地区"土宜五谷并桑麻"。据考古资料，种桑养蚕于3世纪传入西域，迄今已有1700多年的历史。从《大唐西域记》可知，玄奘途经于阗时，看到于阗国"桑树连荫"，于阗人"工纺绩绝"。唐代之后，西域向中原王朝进贡的"胡锦""西锦"大多产自和田。和田蚕桑声名远播，10世纪时，西域的丝织品在中原市场上已非常抢手，当时的波斯文献《世界境域志》对此也有记载。民丰县尼雅废墟中就有保存完好的汉末晋初人工栽培的桑田遗址和枯死的桑树，还有多枚蚕茧。"桑大不可砍，砍桑如杀人"，这是新疆家喻户晓的民谚。

清代，和田蚕桑业达到鼎盛。清末洛浦县主簿杨丕灼在一首诗中写道："蚕事正忙忙，匝地柔桑，家家供奉马头娘。阡陌纷纷红日上，士女提筐。零露尚瀼瀼，嫩芽初长，晓风摇飏漾晴光。果树森森同一望，点缀新装。"

正因为新疆自古植桑养蚕，所以，左宗棠要在新疆推广。因为他也知道，桑树最易长成，村堡、沟坑、墙头、屋角的一隙之地都可种植。栽种桑树不需要肥美的农田，不会挤占耕地。桑树成长期短，桑叶可以养蚕，妇女可以从事纺织，但不会影响农事。种桑养蚕一旦成功，还可以直接解决老百姓的穿衣问题，帮助老百姓广开利源，增加经济收入。

所以，光绪四年（1878），新疆战事甫定，左宗棠就开始设计新疆蚕桑事业。

首先，他派人对新疆的桑树资源进行调研，统计出新疆本有桑树 80 多万株。又了解到，新疆桑树与南方桑树相比，叶大汁厚，新疆实为宜种桑树的好地方。他更进一步了解到，当时的新疆少数民族，是把桑葚当作粮食、药材的。但深加工成的蚕丝织品，并无多大利润。原因是新疆桑树的品种单一，树龄很大，原有的养蚕和丝织技术失传很久。也就是说，新疆既缺少优良的蚕桑品种，也缺少养蚕的能手和织丝的技术。

为改变这一现状，左宗棠在新疆专门设置了蚕织局。由谁来主持呢？他想到了胡光墉曾在湖州办过丝行，用湖州公库的现银扶助过农民养蚕，便让他想办法。胡光墉为他举荐了被裁撤的湖北崇阳知县祝应焘。祝应焘是浙江钱塘人，熟谙桑务，武汉黄鹤楼留有他的楹联：

楚尾吴头，朝宗江汉，万里奔涛巨浪，淘尽烽烟，睹此日栋宇翻新，依旧荆襄锁钥；

湘南蜀北，既道沱潜，千年芳草白云，仍留鹦鹉，俯众山晴岚拥翠，频添沙鸟帆樯。

左宗棠奏报朝廷，重新起用。

光绪四年开春，祝应焘从浙江湖州招募了 60 多名熟悉种桑、养蚕的工匠，前往新疆。

祝应焘来到新疆后，马不停蹄，先南疆，后北疆，积极推行植桑和养蚕技术。在南疆的库尔勒、喀什、阿克苏、和田，东疆的哈密、吐鲁番等地，教当地的少数民族同胞栽桑、饲蚕、织造。

张曜是左宗棠麾下悍将，屡建战功。左宗棠在西北推行"剿抚兼施"策略，张曜也能"兼办安抚事宜"。新疆底定后，张曜以武将改文职，主理南疆喀喇沙尔、库车、阿克苏、乌什东四城善后事宜。因南疆宜桑，便请祝应焘在阿克苏等地设蚕织局授徒，卓有成效。在给左宗棠的书信中，他写道："祝菊舫明府管带桑秧蚕种及司事匠工人等，于今夏到齐。现设总局于阿克苏，其余敦煌、哈密、吐鲁番、喀库各城均设分局，派司事经管，其匠工人等亦按局分派。今年各处新丝已收，机坊则开在阿局。经侯相奏明，东四城办有成效，从此回疆美利颉颃东南矣。"

新疆所设蚕织局专门负责督促老百姓种桑养蚕，发展经济。左宗棠对此采取了两种办法。第一种，蚕务局发给蚕种蚕具，老百姓在家饲养，每月发给粮面60斤，3个月为一期。蚕茧交给蚕织局，如蚕茧的成色好，还会得到额外奖励。第二种，蚕织局不提供粮面，老百姓自己种桑养蚕，蚕茧直接卖给蚕织局。

光绪六年（1880）春末夏初，左宗棠在与陕西巡抚杨昌濬的往来信函中多次提及发展蚕桑事宜。"移浙之桑种于西域，亦开辟奇谈，古今美利。"左宗棠在倡导种桑养蚕的同时，还很重视传授先进技术。左宗棠在《办理新疆善后事宜褶》中写道："并饬募雇湖州士民熟习蚕务者六十名，交委员祝应焘由籍管领，并带桑秧、蚕种及蚕具，前来教民栽桑、接枝、压条、种葚、浴蚕、饲蚕、煮茧、缫丝、织造诸法。"对此，左宗棠事必躬亲，在酒泉栽桑上百株，这个举动起到了极佳的示范效果。他说栽桑种树养蚕学织和畜牧，均是新疆当务之急。左宗棠还委托胡光墉，在上海帮自己延聘中外工匠，充实新疆蚕织局力量。

左宗棠在新疆大力推广种桑养蚕，经过两年努力，收获很大。光绪六年夏天，左宗棠专程从酒泉来到新疆哈密考察。负责新疆蚕织局的祝应焘，给他呈上了哈密、吐鲁番、库车、阿克苏各地所产的新丝，他亲自进行了察验。看到当地出产的丝绸色白质韧，成色与江浙一带的丝绸一样。祝应焘报告，按照新疆的土办法取丝，丝黄质薄，但按照江浙一带的工艺进行取丝，织出来的丝绸则与江浙一带的上等丝绸毫无二致。可以说，当时的新疆丝织品，已经超过了四川一带的丝绸，能与苏杭一带的丝绸比肩。

左宗棠非常满意。不过，他也喜中有忧。他看到，当年从南方贩运来的蚕种，能够存活下来的仅有十分之一。在哈密当地，幼小的桑树没有人用心管理，万里之外运来的桑树苗，竟变成一堆枯槁。他不由感叹办事得人之难！当然，左宗棠也说，蚕丝要实现深加工，是更难的事情。

光绪六年岁末，左宗棠奉命回京。在甘肃会宁县城，竟遇见胡光墉派来的两名蚕织工匠带着394张蚕种正在候车。两位工匠万里跋涉，风尘仆仆，左宗棠大为感动，召见他们并予以鼓励。一个多月后，左宗棠在京城见到胡光墉，批评胡光墉送到新疆的桑树不如上年的好。

左宗棠在新疆发展蚕桑业，主要是考虑发展经济和改善民生。桑树的根系向下扎得很深，在客观上又形成了防护林，做到了生态效益和经济效益相结合。

回到京师，左宗棠惦记着新疆桑蚕。新疆丝绸送到京师，受到广泛好评。左宗棠很是自豪，高兴地说："十年业履，只今犹魂梦不忘。"

而祝应焘在新疆重倡植桑养蚕，无疑推动了新疆经济的发展。到宣统三年（1911），新疆蚕桑事业的发展，成为新疆的一大利源之所在。比如，和田有桑树200万株，蚕茧销往英国、俄国27万斤，获利7万多两；生产丝绸8万斤，获利1.2万多两；莎车一县，产茧达到3万斤；叶城一县，产茧10万多斤、丝绸1万多斤；皮山一县产茧接近35万斤。英俄商人贩新疆蚕茧出境者，每年达到150万斤。而这，仅仅是南疆几个县的统计数据。

著名诗人艾青说："蚕在吐丝时，没有想到会吐出一条丝绸之路。"这条"丝绸之路"无疑有祝应焘和他所带60名湖州籍蚕工付出的艰辛。是他们让新疆桑蚕再次闻名于世。

后来，谢彬在《新疆游记》中说："自莎车至和田，桑株几遍原野。机声时闻比户，蚕业发达，称极盛焉。"即使现在，当你行走在吐哈盆地、塔里木盆地，还可以看到许多古桑树。2006年，笔者去偏僻的鄯善县迪坎儿村采风，就发现那里有已栽种了几百年、要三四个人才能合抱的桑树。有个叫"一排桑树"的地方，有11棵古桑树，成为很整齐的一排，树龄相近，树距相等，显然是前人栽种的。这里曾是村里的圣地，所有的喜事都在这里举行。这一排桑树由村民阿布力孜·孜亚吾东照顾，每年冬天引水浇灌。他说，树活得太久了，就有灵性了。人们可以吃这些桑树的桑椹，但不能折桑枝，否则会生病。

有意思的是，2022年4月18日上午，在柯坪县湖州湖羊产业园内一块闲置土地上，14名当地的农户将一株株黄色的桑树根种进了泥土里。

"这是湖州和柯坪一起铺就的'新丝路'。"湖州市援疆指挥部产业组组长徐海说。

湖州素有"丝绸之府"的美誉，柯坪是古"丝绸之路"的重要驿站，桑树既是两地的文化纽带，也是致富路径。为此，湖州援疆指挥部牵线搭桥，从湖州企业引进80万株桑树在柯坪试种，旨在带动当地就业、传播种桑技术，实现当地农户致富。

柯坪县地处天山南麓，多山地和戈壁，土地资源匮乏且土壤呈碱性，冬天气温低，虽也有桑树种植，但较为分散，不成规模，而且都是果桑，农户没有养蚕织丝的传统。为此，湖州桑田蚕业有限公司与浙江省农业科学院合作研发出新品种"浙杂桑1号",其抗碱耐寒,之前已经在中亚地区种植,这是首次在柯坪试种。

徐海说:"首批试种占地180亩,长成后高70—80厘米,可以利用专门的机器设备进行桑叶采摘。等到夏天,就可以看到桑树的种植成果了,如果效果好的话,我们将在当地大面积推广。"试种成功后,产业园将采用栽桑养蚕和养羊相结合的方式,羊圈旁种上桑树,以桑叶养蚕,以羊粪、蚕沙作为桑树肥料,形成绿色生态链,达到羊蚕兼取的效果。

这是新"丝绸之路"在柯坪的又一次延伸。

出生于湖州的诗人沈苇在他的散文集《丝路:行走的植物》一书中写到了他老家湖州的桑和新疆的桑,他说:"每株桑树都是'丝绸之路'的一个起点,也是'丝绸之路'的一位守护者。"他还说,"桑,无疑是'丝绸之路'上最美的植物塑像。"

好书记宋汉良

1954年，宋汉良从西北大学地质系毕业，离开西安远赴新疆，到中苏石油股份公司工作。

15岁那年，宋汉良离开家乡绍兴，跟随父母来到武汉定居求学，他未来的爱人肖爱玲和他住在同一条街上。虽然他们早已相识，但两人还是经历了中国传统的"媒妁之言"。1957年夏天，宋汉良回武汉探亲，与还在湖北省黄石卫校读书的肖爱玲订婚。

当时，中苏石油公司已改组成新疆石油管理局，宋汉良从局属的地质调查队调至油田科学研究所，不久后担任所里的勘探室主任。在一次有关石油勘探的部署会上，宋汉良先让大家畅所欲言，结果，从准噶尔盆地西北缘、陆梁、天山北麓到准东克拉美丽地区，以及塔里木盆地、库车、喀什凹陷等，每一块地区都有人提出赞成或反对的建议，争论非常激烈。宋汉良作为会议主持人，在大家讨论时，时不时提些启发性问题，把讨论不断引向深入。最后他作总结发言，旁征博引，充分吸收各方面的意见，按勘探远景、现实可能等几个方面，对勘探顺序做了安排部署。而对准东克拉美丽地区，考虑到当年局内勘探力量不足，他表示暂不予安排，可以先做些地层研究工作，并表示如还有不同意见，可列入附注，保留个人意见。后来勘探方案报到新疆石油管理局，局里十分赞许。

1959年秋，正赶上中、苏两国合作的156个项目之一"克拉玛依油田开发方案"论证阶段，苏联方面派出了三位权威专家，石油工业部派出了北京规划院工作组，新疆石油管理局派出了由宋汉良领衔的油田科研所工作组。

我国西北地区地质情况复杂，油层混杂在沙砾石层中，分布比较松散。按照过去取岩心的方法，效率很低，达不到要求，这样一来，分析化验的数据不准确，没有代表性，就不能采用。苏联专家也是第一次碰到这种情况、这种地层，他们武断地决定借用苏联油田的某些参数，这让中方人员不太理解。于是宋汉良召集搞地质的同事讨论，大家认为，借用苏联油田的参数，不如借用更接近实际的克拉玛依油田附近的国内油田的参数。于是他找来国内油田的许多资料，以此来说服苏联专家，但苏联专家听不进去。宋汉良只好连夜向新疆石油管理局领导汇报，并提出自己的意见和看法。但由于当时决定权在苏联专家手里，所以最后仍然按照他们的决定，采取苏联某油田的一些参数来计算油田的储量。苏联专家撤回以后，宋汉良的工作组还是根据油田实际检测所得到的参数，对油田储量进行了调整，挽回了损失。

当时，大家都是第一次接触苏联派来的专家，在当时的氛围中，都想认真向他们学习。可是苏联专家分三路活动：一路是地质权威，一路是方案权威，一路是经济分析计算权威。每路专家各要带一些人员跑野外收集资料，或搞布井方案、收集储量参数等，宋汉良只能参加其中一路工作。为了掌握全面情况，不管多晚，他都要找到参加其他两路工作的人员，掌握他们的资料内容和讨论方法，往往工作到深夜，甚至有时他房间的灯会一直亮到清晨。

1959年岁末，肖爱玲从黄石卫校毕业。为了爱人，她决定离开繁华的武汉到新疆工作。当她乘火车、转汽车，一路颠簸，经过几天几夜，风尘仆仆赶到乌鲁木齐时，已是深夜。在站台上，她看到宋汉良站在寒风里等她。两人相见，激动无比，宋汉良顾不得旁边还有一起来接她的同事，把她紧紧拥抱在怀里，她伏在他宽厚的肩膀上，任喜悦的泪水涌出来。

第二天早饭后，宋汉良带肖爱玲来到他的临时宿舍，屋里有三张上下铺的床，他的铺位是进门右侧的下铺，虽已是寒冬，但床上的被褥并不厚实。因为她带的东西需要安置，他就从床下拖出一个旧皮箱，打开箱子一看，里面装满了书。她不解地问："你的衣服放在哪儿？"他说："都穿在身上呢！"她又问："那换洗的内衣呢？"他回答说："都在枕头下。"她好奇地掂掂枕头，里面装的竟然也全是书！仅在枕头下面，压着几件皱巴巴的内衣裤！

看到他物资那么贫乏却甘之如饴，她很难过；而他对知识的强烈追求，又令她感动。

两人从确定恋爱关系到再次相聚，时间已过去了5年，岁月见证了他们忠贞的爱情。两人在一起，有说不完的话。宋汉良思维敏捷，语言生动，很是健谈，古今中外，天文地理，历史掌故，名人轶事，随口道来。而每每谈起新疆丰富的资源，谈到石油开发，更是神采飞扬。他满怀豪情地一再表示，要为国家寻找石油。

肖爱玲到新疆不久，两人便决定举办婚礼，但正值克拉玛依油田开发方案加紧调查研究时期，宋汉良是新疆石油管理局派出的工作组负责人，长期在克拉玛依工作，两人难得相聚。偶尔回乌鲁木齐也只能住一两天，其中大部分时间要汇报工作、搜集资料、替工作组同事看望家人等，所以他们的婚事一拖再拖。但肖爱玲理解他。她今天从街上买回一副窗帘，明天买回两条枕巾，独自满怀柔情地精心布置简陋的新房。临出差之际，宋汉良交给肖爱玲100元钱，让她筹办婚事。肖爱玲只用了60元。

1960年2月，克拉玛依油田开发方案告一段落后，按说他可以抽出时间回乌鲁木齐完婚，但他为了照顾家在乌鲁木齐的同事，决定自己和其他几个人留下来收尾。大家问他准备什么时候办婚事，他说看情况，因为要整理材料总结汇报，3月新的课题又要下来，很快还要去野外搜集资料，只能等下半年再说了。大家劝他，肖爱玲才从南方过来，生活不习惯，还是抽空把婚事办了，有个家生活也方便些。他笑笑说："我不是不想办啊，但工作上的确要看能不能离得开。"

　　3月中旬，他回乌鲁木齐汇报工作，在大伙儿的劝说下，他才同意抽半个月的时间准备结婚。没想到又赶上"工业学大庆"运动，科研所提前下达了课题，对结婚的事，宋汉良准备再往后推。领导一听急了，赶紧发动大家一起帮忙，为他申请住房、开证明、申请结婚登记。但当他要领结婚证时，不巧负责办证的人去了基层，一个星期后才能回来。大伙儿都为他着急，他却说没关系，以后再说。有人就说，他这个"以后"不知道又得等多久，纷纷劝说。等了一个星期，他俩终于领了结婚证。

　　结婚那天，宋汉良还在办公室埋头起草克拉玛依油田勘探开发的意见和建议，直到下午两点多钟，肖爱玲才硬拉他去理了个发，买了件中山装。衣服买回后，才发现袖子长了，她执意要改一改，他却说："来不及了，就这样对付着穿吧。"就这样，在同事们的见证下，两人草草地举行了一个简单的婚礼。

　　婚后，宋汉良依然常去野外勘探，短则十天半月，长则三四个月甚至半年。当时，国家经济落后，生活本就艰苦。从事野外勘探，整天在荒山野岭、大漠戈壁，遭遇大风、沙暴、雨雪、酷暑、严寒，喝盐碱水、吃不上蔬菜热饭，都是常事。和家人联系就更不可能了。他每次回来，除了眼球和牙齿是白的，凡是露在外面的皮肤都晒得皲裂、黝黑，头发是同事们互相理的，参差不齐。但他只谈工作取得的进展和野外的趣事，从不谈恶劣的环境和生活条件的艰苦。

女儿宋华静刚出生，时值困难时期，因粮食匮乏，家里每月要亏空几天的口粮。有一天，宋汉良托同事带回一个层层包着的包裹。肖爱玲打开一看，原来是他省下来的几个馒头，眼泪顿时流了下来。

为了寻找石油，宋汉良的足迹踏遍了天山南北的戈壁荒山和大漠瀚海。

他们的孩子宋华静和宋华杰出生时，他都因忙于工作，不在妻子身边，是同事们帮助肖爱玲渡过难关的。

宋汉良一生公私分明，从不以权谋私，对自己、妻子、子女以及身边工作人员要求格外严格。1965年，他从乌鲁木齐调到克拉玛依工作，肖爱玲也于次年带着宋华静和宋华杰来到克拉玛依。当时生活条件艰苦，一家四口挤在一间10平方米的干打垒房子里。后来，领导看一家人住得实在拥挤，打算给他调一间大一些的房子，他却主动把房子让给了更困难的同事。

1971年，肖爱玲的母亲要带着他们的小儿子宋华文来到克拉玛依，因住房实在拥挤，他俩决心自己动手再盖一间。下班后，他打土块、扎芦苇，在同事们的帮助下，终于盖起了一间小房子。老人到达后，原来的房子让给老人住，他们夫妻则搬进了所谓的"新居"。由于房子是单层土坯，又在排房的头上，一到冬天，墙壁就会结上厚厚的冰。孩子们冻得直发抖，宋汉良却开玩笑说："这样多好啊，我们这是住在了水晶宫里。"

那时经常搞石油会战，宋汉良往往一出门就是几个月。记得有一年冬天，他满身油污地回到家里。原来他在野外作业时，一口油井突发井喷。当时情况非常危急，井喷产生的强大压力随时都有引发原油起火爆炸的危险，他来不及多想，就带头冲了上去，最终与在场的工人们共同制服了井喷，而他的棉帽、棉袄，甚至连内衣全都沾满了原油。他在述说此事时眼神中依然充满了兴奋和激情，而一旁的妻子却早已听得变了脸色。后来宋汉良也说，那次的确是与死神擦肩而过。

1971年5月，宋汉良恢复了专业工作，尔后逐年任新疆石油管理局多级领导岗位。他从不计较个人恩怨。他担任新疆石油管理局副局长后，有人在他面前提起某某人在"文化大革命"中对他如何如何，不能重用时，他大度地说："过去的事，就不要计较了。那时大家都不够理智，不够清醒。现在理智了，清醒了，都要向前看。"

1983年4月30日，宋汉良当选为自治区副主席。当时，他时常穿着一身灰色中山装，衣服已洗得几乎发白。因为他衣着朴素，又无"官派"，刚来不久，进政府大门时，多次被哨兵拦住。这在当时政府办公厅的干部职工中，一时成为"笑谈"，而大家对这位新来的副主席的敬意油然而生。

当时正值改革开放初期，"文化大革命"遗留下大量问题，经济发展滞后，人民生活贫困，政府工作异常复杂，宋汉良的工作压力巨大。当时，他的家还未搬到乌鲁木齐，他独自住在明园的石油招待所里。他废寝忘食，常常是一大早出去上班，晚上两三点钟才回家。他考虑最多的就是新疆的改革和发展。由于工作忙，他担任自治区领导多年，却从来没有出过国。有一次连出国的服装都准备好了，但因工作忙脱不开身，最终未能成行。

他任自治区副主席时，家住在居住了多年的明园一幢职工旧宿舍楼里，和新疆石油管理局的干部职工住在一个院子里。1985年10月任自治区党委书记后，他仍住在那里。1990年，有关部门给他在建国路东梁住宅区修建了一套新房子，但他始终不愿意搬过去住，说这里住着已经蛮好了。他住的那幢房子是20世纪50年代初期建的，已十分陈旧。工作人员到他家请示工作，踩在磨光了油漆的木板楼梯上，发出"嘎吱——嘎吱——"的声响，看见有些地板都裂开了缝。有人问他怎么不搬到新房子去住，他说他们夫妻在这里有不少老朋友、老同志，可以有机会多接触些人，了解群众的想法，再说自己年纪不大，新房子还是让老同志住。对此，很多同志包括他的亲友都不理解。有一次，董兆何私下问他为何不搬家，他说："我到自治区工作，就好比来服兵役。将来完成我的使命退伍后，仍要回石油战线上做一些力所能及的工作。"他还进一步解释说，"服兵役就是在部队这段时间是军人，执行学习、练兵、执勤各项任务，到一定年限就退伍，退伍后就是一个普通老百姓。我就是这种想法，将来退下来后，不要有什么奢望，不要让组织上再给什么待遇。"

宋汉良曾经说过："我现在虽然是自治区的领导，我的权力很大，批一个条子，打一个电话，都可以办成事，但我不能将这种权力用于牟取私利。党和人民给我这个位置，是对我的莫大信任，我要把权力用在工作上，用在为新疆各族人民服务上。"

有一次宋汉良接待外宾，回来时外宾让警卫员给他夫人带了一条围巾。围巾质地柔软、款式高雅、颜色漂亮，肖爱玲很是喜欢，披着围巾，对着镜子照起来。不料宋汉良回家得知围巾的来历后，立刻责令警卫员退回去。肖爱玲有些不舍，认为是外宾送给自己的礼物，又不是送给他的，宋汉良说："送给你也是因为我的缘故。今后凡是别人送来的礼物，不管是什么，一律退回。"

宋汉良有一个女儿、两个儿子。同世上所有父亲一样，他深爱着自己的儿女。但在儿女的记忆里，他的爱更多地体现在日常对子女的严格要求上，一旦发现他们有什么缺点和错误，从不姑息。小时候，长子宋华杰有一次在玩耍时，不小心扭伤了脚，正难受地一瘸一拐往家里走，恰好被宋汉良看到了。孩子自然希望父亲能走过去，心疼地安慰一番，没想他反而皱着眉头，严肃地对儿子说："你能不能不瘸着走！"华杰一听，委屈极了，喏嚅着说："爸，我的脚受伤了。"可他依然严肃地看着华杰说："我没问你这个，我只问你是否能够好好地走路！"在父亲的威严注视下，华杰强忍着夺眶而出的眼泪和钻心的疼痛，挺直腰板，走回了家。当时宋华杰心想，爸爸怎么这么狠心？回到家里，当父亲要查看他的伤势时，他还赌气不理父亲。后来，宋华杰自然明白了父亲当时的用心——那就是要告诉他，人生的路很长，在前行的道路上，难免会遇到坎坷和挫折。他希望儿子坚强一些，不要因为一些本可以克服的困难而降低了对自己的要求，从而放纵自己。能挺起身子走路，就要挺身而行。

从记事起，孩子们就知道父亲总是终日忙碌，不是出差就是加班，从上幼儿园到高中，所有的家长会都是母亲参加的。但只要有空闲，父亲就会跟他们待在一起。他会拿张纸用彩笔画地球的结构，孩子们正是从他那里知道了地球是由地核、地幔、地壳组成的；知道海洋面积占地球总面积的71%；知道新疆这片广袤干旱的大地在远古时代曾经是一片海洋。他还给孩子们讲述日全食的成因、星球的起源，告诉他们火星上有存在生命的可能。有一次宋华杰告诉同学火星上可能有生命存在时，遭到了同学的嘲笑，但宋华杰坚信父亲说的是对的。

1980年，宋华杰去武汉读高中，这是他第一次独自离家远行。当时宋汉良在北京出差，他先到北京与父亲见面。那天宋汉良花了一整天时间，带儿子逛了王府井，参观了颐和园、故宫和天安门广场。宋华杰生平第一次喝到了汽水和酸奶，吃到了北京烤鸭。他发现父亲一改往日的威严，充满了慈爱。这是他有生以来唯一一次和父亲这么轻松地游玩。

宋汉良进疆时条件非常艰苦。他和同事们常年在戈壁荒原工作，为国家寻找油气资源，要忍受酷暑严寒、饥饿干渴，需翻山越岭、涉水渡河，可在他的嘴里，他所从事的工作总是充满情趣，富有浪漫色彩。他常跟孩子们讲述新疆奇特的风土人情，以及如何应对突如其来的事故，如何与狼群周旋，这使宋华杰从小就对父亲和他所从事的地质工作充满崇敬和向往。这正是宋汉良希望的，因为他非常热爱石油地质专业，希望长子宋华杰能够传承父业，并像他一样走基层锻炼成长的道路。宋华杰高中毕业时，报考了新疆石油学院，立志要成为一个像父亲那样的地质专家。当时宋汉良已当选为自治区副主席，招录工作开始后，有一天他私下委托同事董兆何询问一下他儿子是否能被新疆石油学院录取。董兆何当时很是不解，认为一个副主席的权力那么大，让秘书给自治区招生办负责人打个电话，儿子不是想上哪个好大学，就可以到哪个好大学吗？为什么非要上很多人不愿意报考的石油学院呢？他不知道，在宋汉良的心目中，那才是他最希望儿子去读的大学。

宋华杰从新疆石油学院毕业后，直接去准东勘探处钻井队当了两年地质员。当时有赏识宋华杰的人想把他调入机关或研究单位工作，都被他一一谢绝，他觉得应该像父亲那样，在井队待几年，然后在其他基层岗位再干几年，待基层工作经验积累到一定程度后，才能够从事地质研究工作。父亲在地质勘探专业方面对宋华杰寄予了厚望。但随着环境的变化，宋华杰想进一步深造。1992年5月，他瞒着父亲考取了复旦大学管理学院研究生，当他把录取通知单递给父亲时，父亲的表情不是高兴，而是惊愕。宋汉良看着书房里满满几大柜有关地质方面的书籍，怅然说道："看来这些书在我们家，是没有人看了。"听了父亲的话，宋华杰心里很是难过，一时不知说什么好。

1990年秋，小儿子宋华文从中国民航飞行学院毕业，分配到新疆航空公司专业飞行中队工作。该飞行中队主要承担为新疆生产建设兵团、新疆地方农牧区执行空中播撒农药、草籽等专业任务，非常艰苦；相对于旅客航班飞行员来说，专业飞行员工作环境差，风险大，收入低。当时新疆航空公司一位领导准备将宋华文调到旅客航班飞行中队工作。当他回家向宋汉良提及此事时，却遭到了严厉批评。宋汉良要求宋华文必须同其他新上岗的飞行员一样，服从分配，决不能搞特殊。

宋华文到了阿克苏。当年阿克苏地区生活之所以艰苦，其中一个重要原因是土壤盐碱化严重，水质极差。而当地农村群众的一切生活用水都来自大涝坝。饮用涝坝水要先沉淀，烧开后必须泡浓茶才能够压住苦涩味，若非当地人，喝了这种水就会出现腹胀、腹泻、发热等不适症状。

宋华文在阿克苏执行了一段时间的飞行任务回家后，晒得皮肤黝黑，长头发也变成了寸头，人也瘦了，肖爱玲一见，就很心痛，宋汉良却很欣慰。在交谈中，当宋汉良听说宋华文有一段时间住在地处阿克苏地区的兵团农一师某团场职工家里时，便询问得非常仔细。父亲问多了，宋华文才知道，其实父亲更想了解的是团场的生产及职工生活情况。宋华文在家休整几天后，又要去阿克苏工作了，宋汉良没有说别的，只是多准备了些茶叶，放在儿子的行囊里。

宋华文在兵团执行专业飞行任务一共两年多时间，当地几乎没人知道他是宋汉良的儿子。有一年，他在农一师一团执行飞行任务长达数月，一直住在该团技术员老张家里。有天老张问他："有人说你父亲是自治区党委书记，我才不信。如果你是，你不可能喝得惯我们的涝坝水。"他说:"如果自治区党委书记在这里,他也一定能喝得惯这里的水。"就这样,宋华文一直在地处南疆的兵团农一师一团和农二师二十九团、三十团执行飞行任务,直至1992年冬,运-5型飞机被淘汰了,他才和整个专业飞行中队的同事一起,转入新疆航空公司旅客航班飞行中队。后来老张有一次到新疆航空公司办事,特地找到宋华杰说:"小宋,你在我家住了那么久,直到你们飞行队走了,通过地勤人员我才相信,你真是宋书记的儿子,太难得,太难得了!"

1993年9月19日,宋汉良和其他自治区领导从乌鲁木齐飞往伊犁出席霍尔果斯加洲边贸城破土动工仪式。他在途中听说,这班客机是刚担任机长的宋华文驾驶的,非常高兴。飞机在伊宁机场降落后,他没进贵宾室,而是一直站在停机坪上注视着儿子驾驶的飞机。他自豪地对身边的人说:"这次招商工作,我家华文也参加了。"

宋华文对那次飞行记忆尤深。他回忆说:"爸爸很少表扬我,但那天飞机着陆后,当我最后一个走出驾驶舱,突然看见一直在飞机的舷梯下等着我的爸爸,让我感到格外惊喜和温暖!"宋汉良主动请记者拍了他和宋华文机组的合影,宋华文说,那张工作照是他最自豪、最骄傲的!

宋汉良毕生艰苦朴素,家中的抽屉里有3块他戴过的手表,一块是上海产的,一块是电子手表,还有一块是俄罗斯产的。那块俄罗斯手表是宋华文有一年去伊宁时在霍尔果斯口岸给父亲买的,虽然便宜,但表盘上的阿拉伯数字字号很大,看上去不费眼睛,因而深得父亲喜欢,在各种场合都戴着。他说:"这个东西好,不用戴老花镜就知道时间。"然而遗憾的是,这只表才戴了几年就出现故障,走走停停,修了几次后,钟表师傅说没有必要再修了,最后宋汉良只好将它搁置起来。父亲去世后,宋华文执飞到世界各地的航班，他还是喜欢逛手表店，只要一走进手表店里，看到刻有大字号数字的表，他就想买一块——因为他一直在为当初没能给父亲再买一块字号大、走得精准且经久耐用的手表而遗憾。

宋汉良一生扎根边疆，奉献边疆，踏遍了新疆的山山水水，对新疆的一草一木、对新疆各族人民都怀有无比深厚的感情。在他家的客厅里，挂着两幅画：一幅是浙江绍兴风景画，一幅是新疆民族风情画。他深情地对妻子说，绍兴是他出生的地方，是第一故乡，那里的父老乡亲和丰美的水土哺育了他；新疆是他为之付出毕生心血的地方，是第二故乡，为了她，他愿意付出一切乃至生命。

没想竟一语成谶。

宋汉良是科技人员出身，善于接受新事物，虚心好学，思维敏捷，富有改革创新精神。担任自治区党委书记后，他夜以继日地工作，很快全面掌握了自治区政治、经济、民族、宗教、文化等各个领域的情况，并有精辟独到的认识。他提出："新疆要大富，石油要大上。"在他的领导下，泽普油田、塔里木油田、吐哈油田相继开发投产，带动了新疆经济的快速发展。尤其是泽普油田的开发和泽普石化的建成，结束了南疆无油的历史，对扶持南疆喀什、和田、克孜勒苏、阿克苏四地（州），造福南疆各族人民贡献巨大。

为了实现新疆经济的全面发展，宋汉良一手抓石油工业，带动工业长足发展；一手抓农民脱贫致富，在主持新疆工作的10年里，新疆农业连续10年获得丰收，人民生活水平显著提高。

他为了新疆的繁荣和发展，日夜操劳，呕心沥血，身体严重透支。但对自己的疾病，他浑然不觉。有一次，他在办公室里感到身体不适，医生建议他立即住院检查治疗，他却轻描淡写地说："没关系，我还能够坚持。"直到后来发现患有肾病，他还坚持要求一边工作一边治疗。他的妻子是一名医护工作者，深知他病情的严重性，多次十分担忧地劝说他去医院检查。

1993年是自治区党委工作特别繁忙紧张，宋汉良异常劳累的一年。入冬之后，他就常感疲乏，食欲很差，有时累得实在支撑不住，就在办公室的单人床上躺一小会儿。身边的工作人员劝他到医院检查，但他总认为是忙累了，问题不大，等忙完后，休息一阵，就会好转。不久，他就出现了全身乏力、脸色灰青等症状，这实际是肾功能严重受损的病症。但他自己和身边的工作人员都以为这是工作过度紧张劳累所致。直到有一天，由于重感冒引发高烧，身体实在扛不住时，他才住进新疆军区总医院，但为时已晚，医生在他的病历上，痛心地写下了5个字：肾功能不全。他这才不得不放下手头的工作，暂时搁下自己的豪情和雄心——要把新疆建设成为一个经济繁荣、政治稳定、各族人民幸福安康的先进省区。

1994年2月2日晚，已担任自治区党委副秘书长的董兆何到军区总医院看望宋汉良，只见他脸色发青，精神不振，和过去判若两人。董兆何劝他下决心转院去北京治疗，并表示如若需要，自己愿陪同前往。但宋汉良还在犹豫之中，想继续在新疆治病，以便兼顾工作。后经自治区党委多位领导同志再三劝说，他才于春节后转往北京301医院治疗。不久，为保证自治区八届人大二次会议圆满召开和自治区主席选举工作顺利进行，他又于2月24日抱病返回乌鲁木齐。3月2日，自治区八届人大二次会议选举阿不来提·阿不都热西提为自治区新一届政府主席。3月5日，他才放心地返回301医院继续治病。

那段时间，组织上安排董兆何在北京陪护宋汉良。有一天，董兆何给他送熬好的中药，他说："看来，我一时半会很难出院重返工作岗位，我不愿给新疆的工作造成影响。我已经向中组部提出，请求中央安排人接替我的工作。"董兆何当时感到愕然。当中组部的同志第二次来医院，就接替自治区党委书记的人选征求他的意见时，他请求中央立即免去他的书记职务。

1996年9月中旬，宋汉良的病情稍有缓解。此时，北京正值天高云淡、秋色渐浓的季节。经主治医生同意，在中央办公厅和北京市委的安排下，他得以到北京怀柔进行短暂疗养，在那里度过了中秋佳节。当晚，一轮明月冉冉升起，他和家人一起在院中赏月。那天，他很轻松，很高兴。他之前在油田工作时，常年奋战在大漠戈壁，后来公务繁忙，难得与家人在一起共度中秋佳节；而那天，他虽重病缠身，但终于有了与家人一起赏明月的机会。

宋汉良一生繁忙，在他和肖爱玲婚后的40年里，相聚日短，期待时长。在他生病的日子里，两人才真正得以朝夕相伴，形影不离。他们在海南岛"天涯海角"拍了一张合影，肖爱玲非常喜欢，宋汉良看着照片，凝思良久，在背面题写了："青山绿水长相依，天涯海角不分离。——赠爱妻爱玲"。

1997年，宋汉良去武汉同济医院做了肾移植手术，术后身体迅速恢复。家人、同事和朋友都以为病魔从此离他远去，他也满心欢喜地开始了新的生活。在此后的两年间，他还曾出席全国政协会议和政协组织的一些外出视察活动。

但到2000年9月，他又出现了全身疼痛的现象。医院检查发现，他已患癌症。此后病情迅速恶化，他经常处于昏厥状态。10月3日当肖爱玲煲好汤赶到医院探望他时，他一口也喝不下去了。昏迷中，他紧紧抓着爱人的手，过了许久才突然松开，当日17时38分，一颗一心为民的心脏停止了跳动。

第二章 文润新疆

文化拓荒者茅盾

在每一个重大的历史节点，即使在新疆，都会有浙江人的身影。

1937年7月7日，侵华日军挑起卢沟桥事变，日本由此开始了全面侵华战争，中国则展开了全国性抗战。8月13日，战火烧到上海，茅盾不得已离开工作战斗多年的沪上，携夫人和两个孩子先后赴长沙，抵武汉，奔广州，最后落脚香港，主编杂志《文艺阵地》，主持副刊《立报·言林》，以振奋民族精神，激励抗日士气。

9月的一天，在香港的一次聚会上，茅盾碰到了刚从新疆抵港的爱国民主人士杜重远，两人一见如故。杜重远向茅盾讲述了新疆的情况。他当时认为，盛世才提出在新疆实施"反帝、亲苏、清廉、和平、建设、民平"六大政策，要把新疆建设成"新新疆"，是思想进步的表现，邀请茅盾到新疆学院（现新疆大学）去任教。

随着武汉、广州相继沦陷，香港岌岌可危，茅盾有了到西北地区开辟民主阵线的想法，于是决计前行。

接到新疆学院的邀请电报后，茅盾于1938年12月20日乘坐法国轮船，携家人从香港出发。因战时交通不便，他从香港乘轮船到越南海防，改坐火车，经由河内到河口，再乘滇越线火车于12月28日抵达昆明，并于1939年1月5日从昆明乘机抵成都，然后转道西安，一路周折，到达兰州。

时任生活书店总编辑张仲实也接到了杜重远的邀请，两家人便在兰州会合，结伴同行。张仲实留学苏联东方大学和中山大学，是马克思主义理论家、翻译家，他此次赴疆，还希望为生活书店在新疆开辟一个新天地。

盛世才虽然同意茅盾和张仲实赴疆，但他生性多疑，致使茅盾、张仲实两家在兰州滞留一个多月。最后才同意他们先从兰州搭乘飞机到哈密，然后改乘汽车到迪化。

2月20日，茅盾、张仲实从兰州飞到哈密，于3月11日下午抵达迪化南郊。盛世才驱车30里迎接。他带了两卡车全副武装的卫队，在驾驶室上各架着一挺机关枪。茅盾当时就对张仲实说：看来情况不太妙啊！

抵达迪化的次日晚，盛世才为茅盾和张仲实举行了盛大的欢迎晚宴，在宴会上，茅盾见到了毛泽东的弟弟、共产党员毛泽民。他当时化名周彬，任新疆财政厅厅长。所以，两人虽是武汉时期的老朋友，但在那种场合下，也只是礼节性地握手、寒暄了两句。

盛世才当场宣布，茅盾、张仲实分别任新疆学院教育系主任、政治经济系主任。并给茅盾一家四口安排了"供给制"生活，在迪化南梁为他安排了一个大院子，配备了厨师、勤务员、清洁兵、马车夫各一人，指定其副官卢毓麟为协助茅盾工作的"副秘书长"。待遇不可谓不高。

新疆学院的师生们为了迎接茅盾和张仲实到校任教，特意放映了苏联电影《拖拉机手》。茅盾到新疆学院后，开启了一系列课程改革，将国学经典与最新思潮相结合，先后为全院学生开设"文艺思潮"讲座、为教育系开设"国防教育"和"中国通史"等课程。此外，他参与创办了新疆学院校刊《新芒》，作为编辑顾问，对办刊方向、思想内容、编排样式等进行具体指导，并帮助学生改稿润色。在百忙中，他还为《新芒》执笔撰稿，先后在第一、第二期刊发了《五四运动之检讨》《学习与创造》两篇重要文章，助力《新芒》在宣传抗日救亡思想方面发挥重要作用。

而了解盛世才其人其事，则成为茅盾的当务之急。他为此特别拜访了毛泽民。得知盛世才原系新疆督办金树仁手下的"东路总指挥"，1933年策动东北义勇军转至新疆的部队哗变，窃据临时督办。他害怕国民政府控制新疆，故而张扬"六大政策"，佯装亲苏亲共的开明姿态，实际大搞特务政治。他为人阴鸷，极有心机，狭隘多疑，权力欲极强，经常逮捕、处决各界人士。当地官员怕引火烧身，相互之间很少往来。

这使茅盾大失所望，但既入虎穴，只好暂时安顿。

茅盾毕竟胸有抱负，也是个实干家。在新疆学院，因师资匮乏，他揽任了"中国通史""中国学术思想概论""西洋史"等多门课程。夜以继日，孤灯独对，自编教材，被学生誉为"博古通今的历史学家"。

茅盾到新疆后，于4月12日在《新疆日报》发表《新疆文化发展的展望》，肯定了两年来共产党员进疆后在文化工作上的成绩，认为新疆文化建设已经有了飞跃式发展。茅盾将"以民族为形式，以六大政策为内容"的文化政策看作是推动新疆文化进步的主要原因，认为正是因为把握住了这个原则，所以新疆的文化工作没有脱离现实生活，能够满足各族群众的实际需求，关注和提高各族群众的精神生活质量，与全面抗战的总体形势相契合。

茅盾在新疆学院开课后，因为慕名前去旁听的人太多，教室常被围得水泄不通，社会各界都希望请他去演讲。

5月，茅盾应新疆日报社副社长、化名汪哮春的共产党员汪小川邀请，在新疆日报社大会议室讲述创作长篇小说《子夜》的经过。除了报社人员外，新疆学院师生和不少文化界人士也前去聆听。演讲内容被整理成文字，以《〈子夜〉是怎样写成的》为题，刊发在6月1日《新疆日报》副刊《绿洲》上。该文阐述了《子夜》的创作动机和艺术手法，以帮助读者更深入透彻地理解这部现代文学名著。茅盾还应邀为《新疆日报》撰写文艺评论文章《关于诗》，发表在5月13日的《绿洲》副刊上，向新疆各民族青年诗歌爱好者介绍诗歌的基本理论知识，如"叙事诗""抒情诗""音韵节奏""含蓄"等概念。在茅盾看来，诗歌创作的前提是要把握好音韵节奏和抒情风格，写诗要求创作主体具备自由驾驭文字的能力和丰富的想象力。该文还探讨了文学作品的类型，如"叙事的""抒情的"和"戏剧的"，同时辨析了各文学门类的基本内涵。

随后，应新疆妇女协会邀请，茅盾在新疆女校（现乌鲁木齐第八中学）作了题为《中国新文学运动》的演讲，对青年进行新文学、新思想的启蒙教育。讲稿发表在5月8日《新疆日报》上。他在演讲中强调："一、文学的反帝反封建的任务之完成，必须展开与加强现实主义的创作方法，而要获得现实主义的创作方法，则作家的正确而前进的世界观人生观实为必要。二、中国革命文学要完成其任务，须先解决大众化的问题。"茅盾对新文学的发展目标和创作方法作出了界定，尤其关注文艺大众化问题，强调文艺生产与文艺批评的人民立场与大众标准。该校教师王采南当时就在现场，见到了茅盾——"台上的茅盾先生个子不高，穿西装、戴眼镜，讲话有浙江口音，但是非常文雅"。

茅盾的《通俗化、大众化与中国化》一文，发表在1940年2月出版的《反帝战线》上。文章对"通俗化""大众化""中国化"展开了理论关键词式的考察，认为"通俗化"有着"应用民间熟习的形式而使之普遍"的意义；"大众化"包含"教育大众"与"向大众学习"两个层面；"中国化"即辩证看待历史文化遗产，从中汲取有益成分，开展具有中国特色的文化实践。

4月8日，盛世才成立了新疆文化协会，协会以宣传抗战文化为基本宗旨，下设编译部、艺术部和研究部，负责领导各民族文化促进会，推动全疆文化发展。茅盾任委员长兼艺术部部长。他积极利用这个平台，推动新疆文化建设。茅盾上午在新疆学院教书，下午在新疆文化协会工作。在他的主持下，编译部编写了一套汉文小学教科书，并翻译为维吾尔文、哈萨克文、蒙古文等版本，供全疆各族小学生学习使用。茅盾在编写小学教科书的过程中，热情帮助并悉心指导年轻的维吾尔族翻译家阿不都克里木·阿巴索夫，对他的成长与进步产生了深刻影响。

作为新疆文化协会艺术部部长，他指导艺术部下属的话剧、歌咏和漫画三个业务科室开展工作。茅盾还利用课余时间指导新疆学院学生们从事文艺活动，培养各民族文艺人才，支持学生团体成立"戏剧研究会"。在茅盾的指导和帮助下，爱好戏剧文学的赵普林、党固、乔国仁等创作了话剧《新新疆进行曲》。话剧初稿完成后，茅盾亲自执笔修改、定稿。这部话剧在迪化等地正式公演，是新疆第一部反映现实生活和以抗日战争为题材的大型话剧。该剧坚持现实主义创作导向和审美原则，剧情取材于真实的历史事件，以鲜活的艺术形式再现新疆各族群众的生产生活状况，上演后轰动迪化。茅盾亲自撰文推介、宣传，并在《新疆日报》发表名为《为〈新新疆进行曲〉的公演告亲爱的观众》的评介文章，解释该剧采取报告剧形式的原因，接着围绕"革命的前夕""新时代降临了""六大政策的胜利"三幕介绍剧情，号召文艺工作者创作更多反映新疆现实生活的剧本，把戏剧创作开展起来。

为推动新疆戏剧事业的发展，茅盾将文化协会的"话剧科"扩大为"话剧运动委员会"，用以促进话剧创作。

8月，赵丹、叶露茜、徐韬、王为一、朱今明、易烈等10名艺术家来到迪化，使新疆的话剧运动发展进入高潮。赵丹等人首先改编和排练了剧作家章泯在抗日战争期间创作的大型五幕话剧《战斗》，以新疆文化协会所属戏剧运动委员会的名义，于九一八事变八周年之际在迪化公演。该剧由赵丹导演，新疆学院多人参加演出。茅盾承担了繁重的幕后工作。9月17日，他撰写剧评《关于〈战斗〉》，该文介绍了剧本《战斗》的主题思想和情节梗概，对戏剧刻画的三种典型性格和故事发生的典型环境进行了重点分析。该剧上演10多日，观众场场爆满。此后，《屈原》《雷雨》等话剧纷纷被搬上舞台，新疆话剧空前繁荣起来。

此外，茅盾在《反帝战线》发表了评论文章《演出了〈新新疆万岁〉以后》，通过综合比较《新新疆万岁》与《新新疆进行曲》两部话剧，指出两者都属于集体创作，在题材和体裁方面有相似之处；两者在艺术表现上都存在缺陷，例如都为体裁所限制，情节叙事存在结构松散、不够紧凑等问题。茅盾在文中重申了"塑造典型环境中的典型人物"的经典论述，并针对剧本写作提出了一些切实可行的办法，如通过开会确定剧本主题后，再面向社会征集相关的故事或材料。

在茅盾的倡议下，新疆文化协会还创办了漫画刊物《时代》，他亲自为《时代》撰写发刊词。新疆文化协会也开展了具有广泛群众性的歌咏活动。6月，茅盾以协会委员长名义，向全疆发出开展抗日歌咏活动的启事，《义勇军进行曲》《大刀进行曲》《在太行山上》《到敌人后方去》等歌曲，正是通过歌咏活动传遍了天山南北。茅盾对歌咏活动倾注了热情和支持，当时新疆流行的《四一二革命歌》及《筑路歌》的歌词，就是茅盾创作的。

为了培养各民族文化干部，更好地宣传抗日救亡运动，10月，茅盾通过新疆文化协会筹办了新疆文化干部训练班，并亲自担任班长。训练班招收学员200余人，由各民族文化促进会选拔推荐，集中在一起进行专业培训。茅盾聘请赵丹、徐韬、白大方等分别讲授"表演艺术""戏剧概论""编剧"等课程，茅盾为学员主讲"问题解答"课。课程注重师生之间的交流互动，其教学目标是解答学员们在学习中遇到的疑难问题。解答的问题内容广泛，涵盖哲学、文化艺术、文艺理论和文艺创作实践，极大开阔了学员的文化视野。经过一年多的培训，学员逐渐成长为新疆文化战线上的骨干。

10月19日，茅盾参加了新疆学院鲁迅逝世三周年纪念会。他追忆与鲁迅先生共同在左联战斗的日子，高度赞扬鲁迅先生"至大至刚的爱民族之心"和"不屈不挠的精神"。随后，茅盾为《反帝战线》撰文《在抗战中纪念鲁迅》。

11月，在茅盾的领导和支持下，新疆第一个专业性话剧团——新疆实验剧团正式成立，并招收了20名学员。

茅盾主张，一定要把先进的文艺思想传播给新疆的文学青年，大力培育优秀的文艺人才，因而他十分重视对年轻人尤其是少数民族青年文艺骨干的培养，造就了一批具有全国影响力的少数民族作家、翻译家，如锡伯族作家郭基南、维吾尔族文学翻译家托乎提·巴克等。

在郭基南心目中，茅盾是引领他走上文学创作道路的恩师。1939年秋，在伊宁读中学的郭基南得知茅盾来新疆工作的消息，迫切渴望当面向茅盾请教。郭基南先被"实验剧团"录取，随后转到文化干部训练班学习，幸运地获得了向茅盾请益的机会。数十年后，郭基南撰文《洒泪念师情》，深情追忆茅盾在课上为学员们讲解毛泽东《论持久战》的情形。托乎提·巴克是茅盾作品的忠实读者,先后翻译了茅盾的《春蚕》《林家铺子》和《子夜》。由于译稿丢失,又在20世纪70年代准备重新翻译《子夜》,得到了茅盾的热情帮助。茅盾不仅寄给他俄文版《子夜》作为参考,而且将《再来补充几句》作为维吾尔文版《子夜》的序言。

11月,新疆文化协会还举办了新疆现代史上第一次画展。画展所收作品近千件,包括绘画、木刻以及其他美术品(包括刺绣),但因展厅面积所限,不能全部展览,从中选了752件。此次参展作品,除内地百余幅,其他均为迪化各军政学校、各级大中小学、各机关公务员以及商人、市民的作品。参展题材都是现实的,参展者"都不是绘画的专习者"。作者则每个民族都有。画展一开始,参观者众多,每日拥挤。画展一结束,茅盾便撰文《由画展得到的几点重要意义》,予以总结:"艺术方面的事,不患在技巧的未臻纯熟,而患在内容的空虚,现在我们的绘画在内容上是充实的,是把握住了现实的,则纯熟的技巧之获得,只是时间上的问题,多作,多看,技巧自然就有了进步。"

11月5日,茅盾主持中苏文化协会新疆分会成立大会,众望所归,他被推举为会长。茅盾就任后,为了庆祝分会成立和俄国十月革命22周年,撰写了《二十年来的苏联文学》,介绍了苏联文学发展的道路和取得的成就。随后还写了《苏联的科学研究院》《青年的模范——巴甫洛夫》,号召青年学习巴甫洛夫,努力从事"抗战建新"事业。茅盾还写了《显微镜下的汪派叛逆》《"纳粹"的侵略并不能挽救经济下的危机》《侵略狂的日本帝国主义底(的)苦闷》《帝国主义战争的新形势》等战斗檄文,揭露法西斯本质,鼓励人们奋勇抗日。

由于地理位置及国际地缘政治等原因,俄苏文艺评论及批判现实主义文学对中国现当代文学的发展产生巨大影响。在中苏文化协会迪化分会成立大会上,茅盾作了《诚恳的希望》的发言,专门介绍苏联文学、电影、绘画、木刻、音乐在中国的译介情况,认为中国应当从世界上其他社会主义文化的建设者、创造者那里学习有益经验,表达了跨越民族文化界限、在互参互识互补中推动跨文化交流的愿望。该文发表在11月5日的《新疆日报》上。两天后,《新疆日报》"苏联十月革命二十二周年纪念特刊"又刊发了茅盾撰写的《二十年来的苏联文学》。茅盾以时间为线索,将近20年的苏联文学分为三个阶段加以概述,介绍了苏联作家的经典作品,如马耶考夫斯基的《进行曲》、法捷耶夫的《毁灭》、肖洛霍夫的《静静的顿河》、高尔基的自传体"三部曲"。

茅盾积极推动冬学运动,新疆的冬学是各促进会的会立学校,远比教育厅下属的学校多。他在《反帝战线》发表《把冬学运动扩大到全疆去》一文,将冬学运动定义为集教育、组织、宣传于一体的文化活动,强调冬学运动对新疆文化教育的重要作用。其宗旨是利用冬季农闲,完成普遍提高民众文化水平的任务,工作方式必须避免"公事化""形式化""书本主义"与"笔墨主义"。

杜重远是中国知名抗日爱国人士。抗日战争时期,新疆不仅是抗战的大后方基地,也是苏联援华物资的重要交通要道。为宣传抗日,培养抗战人才,1938年10月,他毅然偕家人来到迪化,担任新疆学院院长。先后聘请了茅盾、张仲实、萨空了、赵丹等到新疆工作。

杜重远辛勤办学,积极宣传抗日,宣传民主,赢得了迪化及新疆各界人士的敬重,却引起了盛世才的恐惧和嫉恨。1939年10月盛世才将他软禁,并蓄意炮制了所谓的"阴谋暴动案"。

盛世才凶相毕露,茅盾与张仲实下决心脱身出走,以避不测之祸。1940年2月末，张仲实以伯母谢世，回奔丧事为由请假，勉以获准，却不能成行；无独有偶，4月20日，茅盾收到叔父自上海发来的电报："大嫂已于17日在乌镇病故……"这突如其来的丧母噩耗，使茅盾痛不欲生，妻子孔德沚忧心如焚，这时茅盾思及张仲实请假奔丧之法，遂电告盛世才，请假奔丧。盛世才答应了。

为造成既成事实，茅盾于22日设灵堂祭奠亡母，盛世才也派代表前来吊唁，但对于离疆之事，则借口没有便机，不断拖延。

盛世才借故不让张仲实离疆，令他提心吊胆，他与茅盾十分紧迫地感到：迪化不是久留之地！

茅盾晚年在回忆录中曾言及张仲实的危险：有一次他正与张仲实在家中闲谈，张仲实突然接到通知，说盛世才要他马上去督办公署。盛世才常以谈话为名拘捕人犯。茅盾夫妇忧心如焚，在电话旁枯等三个小时。直等到暮色降临，张仲实才回来。原来，他到督办公署后，并未见到盛世才，却被副官带到一间厢房，一等就是两个多小时。最后，盛世才终于来了，说要张仲实修改一份材料。张仲实一看，是一份极普通的材料，他只改了几个字。改完后，就让他走了。张仲实分析，盛世才本想把他抓起来，所以把他带到了厢房，但后来反复权衡了两个多小时，才借口让他修改材料，把他放了。

当时，新疆官场有"天不怕，地不怕，只怕盛督办请谈话"的说法，"请谈话"是盛世才惯用的捕人手法。所以茅盾和张仲实急忙找毛泽民，希望中共党组织能帮助他们脱离险境。毛泽民鼎力相助，私下找到苏联驻乌鲁木齐总领事。后来，在苏联总领事的策划下，10多天后，茅盾和张仲实终于得以离开迪化。

就在茅盾5月5日离开新疆的前夜，盛世才给茅盾打电话，以关心的口吻问茅盾,儿子是不是可以不回去?吓出一身冷汗的茅盾连忙说,儿子身体不好,这次回去正好给他治病。盛世才听后想了想说:"好吧,明天我来送沈先生、张先生。"

第二天上午,盛世才来了,同样荷枪实弹,两辆车上架着机关枪,卡车护卫着盛世才的小汽车,派头和迎接茅盾他们到迪化时一样。不过此时的新疆早已不是来时的新疆。茅盾、张仲实心照不宣,和盛世才握手寒暄后,告别迪化。

茅盾在回忆录中记录了当时的心情:

> 九时,飞机离开跑道冲向了蓝天,我望着舷窗外起伏的天山山峦,一阵难以描述的轻松感充溢了全身!是啊,应该让我绷紧的神经松弛松弛了,我们总算逃出了迪化!

途中,飞机在哈密停留过夜。据说当天晚上,盛世才打了3个电话给哈密当局刘西屏,第一个电话是让刘西屏在哈密扣留茅盾和张仲实。过了半个小时,盛世才又打第二个电话,说先不要动手,让他再考虑考虑。到后半夜,盛世才又打来第三个电话,说,算了,让他们走吧。茅盾知道盛世才反复无常,所以一大早就到哈密机场,乘机离开,以免夜长梦多。

茅盾终于逃出了盛世才的控制。经停兰州、西安,在党组织安排下,于5月底随朱德一行回到延安。

在茅盾离疆数日后,杜重远被投入监狱,后被残酷迫害而死。随后,赵丹被捕,被监禁5年;陈潭秋、毛泽民、林路基被捕,遭盛世才秘密杀害。

荒漠吹笛人艾青

艾青应该是没有想到自己会与新疆结缘的。难以抗拒的命运或者说是时代的洪流将他冲到了这里，他以诗人的英勇无畏，历尽艰难，幸存下来，并将诗意的光芒带到了边荒之地。

1955年9月，艾青受到"丁（玲）、陈（企霞）反党集团"牵连，于1957年被划为"右派"。同年，艾青被《诗刊》编委会除名，接着被开除党籍，撤销中国文学艺术界联合会委员、中国美术家协会理事等职。这对艾青来说，是十分沉重的打击。他想像他喜爱的俄国诗人叶赛宁、马雅可夫斯基那样自杀，为此，他尝试过多种自杀的方法，都未成功。

1955年，王震被授予上将军衔，次年5月，他以铁道兵司令员、政委的身份兼任新成立的国家农垦部部长。艾青被打成"右派"后，王震仍视其为朋友。

早在1943年，艾青在延安参加"文化下乡"活动时，到过三五九旅的驻地金盆湾和南泥湾，写过《拥护自己的军队——献给三五九旅》。两人那时就认识并成了朋友。

1957年，在中央讨论如何处理艾青这些"右派"时，王震就说把艾青交给他。不久，郭小川来找艾青，说王震要艾青去他家里坐坐。艾青一进王震的家门，王震就从台阶上迎下来。进屋寒暄了一阵后，王震指着地图说："这里是密山，10万大军转业到北大荒，希望你能去。"

艾青当时没有应承，说回去考虑一下再回复。第二天，王震突然来到了艾青家里，对他说："北大荒土地肥沃，10万转业军人要开发这片古老的荒原，我希望你能去那里。"这次，艾青接受了王震的邀请。

1958年4月，艾青一家乘坐一列满载转业军人的火车来到了位于中苏边境的黑龙江省密山县。王震把艾青安排在深藏于完达山森林之中的八五二农场，农场党委书记曾是王震的警卫员，自然会多加照顾，任命艾青担任农场所属林场的副场长。

艾青在这里度过了一年多时间。按王震的意思，他来这里主要是"体验生活"。艾青为此写过两部歌颂垦荒军人的长诗，分别是《踏破荒原千里雪》《蛤蟆通河上的朝霞》，同时还写了一些短诗，抒发他的新感受。因为生活的颠沛和后来的"文化大革命"，只留下了《烧荒》一首，其中有这样的诗句："好大的火啊，荒原成了火海……野火烧不尽，禾苗起不来！快磨亮我们的犁刀，犁开一个新的时代！"

北大荒开发还处于初创阶段，条件艰苦。1959年夏季的一天，王震来到八五二农场视察，看望艾青时，正碰上阴雨天，艾青病倒在床上，很是消瘦，木头搭建的屋子里到处都是接雨的盆盆罐罐。王震一见，心情很是沉重，认为艾青保重身体要紧，建议他到新疆军区生产建设兵团去。

艾青答应了。当年11月，艾青一家回到北京，转乘西去的火车，来到了乌鲁木齐。

当时的新疆维吾尔自治区党委第一书记王恩茂、新疆军区生产建设兵团第二政委张仲瀚，当年在延安南泥湾时就与艾青相识。这也是王震让艾青到新疆的原因。张仲瀚遵照王震的指示，热情接待了艾青一家，并把他们安排在兵团司令部2号小楼住下,一日三餐在小灶解决。每逢周末,兵团机关举办舞会,艾青夫妇都会受邀参加。

艾青到兵团不久,就听说了苏长福的故事,便决定写一部长篇报告文学。为了把作品写好,1960年初春,艾青和妻子高瑛到苏长福工作的连队采访。该连驻地位于离乌鲁木齐40多公里的南山后峡。他在那里住了一个多月,采访了苏长福的同事、家人和朋友。通过采访,艾青熟悉了苏长福这个人:他于1924年3月出生,1949年9月25日,陶峙岳将军率领原国民党驻疆部队通电起义,迎接中国人民解放军部队进疆。原是国民党军汽车兵的苏长福,成了一名解放军战士,在新疆军区生产建设兵团机运处独立汽车二营三连担任驾驶班长。1951—1959年,他驾驶苏联产吉斯150型载重汽车,创造了原车发动机安全行驶50万公里无大修的全国最高纪录,延长了近10个大修期,8年完成近12年的运输任务。1958年,兵团授予他"特级劳动模范"称号,苏联利哈乔夫汽车制造厂授予他荣誉证书并予以奖励,1959年获"全国劳动模范"荣誉称号,1960年被兵团树为"十二面红旗"之一。

3个多月后,艾青完成了报告文学《苏长福的故事》,15万字,署名"新疆军区生产建设兵团机运处集体创作",于1961年1月由新疆青年出版社出版。

据《新疆生产建设兵团史料选辑》记载:兵团机运处党委给兵团党委和中国作家协会党组交了一份报告。其中写道:"报告文学《苏长福的故事》的采访和写创,说明艾青同志是一位平易近人、诚诚恳恳的文化人,建议给他摘掉'右派'帽子,恢复他的公民权利。"

1960年8月,王震来到新疆,在乌鲁木齐兵团和平剧院召开团以上干部扩大会议。作完报告,王震笑呵呵地对台下的干部们说:"我向大家介绍一个人!"说完,王震便转向艾青。这时,身材魁梧的艾青立刻站了起来，向王震敬了一个礼。王震说："他就是享誉中外的大诗人艾青同志！"大家不约而同地把目光投向了艾青，会场内顿时响起了热烈的掌声。

9月，正是丰收的季节。王震决定去古尔班通古特沙漠边缘的军垦农场视察，提议张仲瀚、艾青一同前往。在石河子，王震向艾青详细地介绍了石河子如何从一个荒凉的小村变成了美丽的城市。艾青听后深受感动，写下了诗歌《年轻的城》："我到过许多地方，数这个城市最年轻。它是这样漂亮，令人一见倾心。不是瀚海蜃楼，不是蓬莱仙境。它的一草一木，都由血汗凝成。你说它是城市，却有田园风光。你说它是乡村，却有许多工厂……"

在返回乌鲁木齐的途中，王震问艾青："你对石河子的印象怎么样？"

艾青说："好，这地方很好。"

王震说："老艾，你就在这里安家吧！"

艾青高兴地答应了。

艾青一家于是来到了距乌鲁木齐150公里的石河子，开始住师机关招待所，不久即搬到师领导住的东楼。过了一段时间，考虑到艾青生活及创作的方便，在师机关大院西楼侧面一幢苏式平房给艾青一家隔出了三间房，一间是他和高瑛的卧室兼书房，一间给孩子住，一间是厨房。当时正值困难时期，即使是"富八师"也粮油不足，职工大多以甜菜渣代食。为了照顾好艾青夫妇，农八师安排一家人在机关小食堂免费就餐，高瑛也被安排到联合加工厂工作。

王震每次来石河子，一定要看望艾青。他向别人介绍艾青时，都是说"我们的诗人艾青"，要求农八师照料好艾青的衣食住行，为他提供学习和创作的条件。

艾青来石河子写的第一首诗是《从南泥湾到莫索湾》，还写了反映垦荒生活的诗歌《烧荒》《帐篷》《地窝子》，但这些诗寄给报刊社后，不是原封退回，就是石沉大海，全国没有一家报刊给予发表。

1961年春的一天，王震到石河子检查工作，去艾青住处看望他。两人聊了很久，王震鼓励他身处逆境仍要坚持创作："你要写点东西，写出来了别人不发表，我让农垦出版社发表，现在不发表，就将来发表。"当时艾青的眼泪就掉下来了。农八师宣教科科长任友志向农八师政委鱼正东作了汇报，鱼正东听了很高兴地说："有首长这句话我们还怕什么？再说了，我们的《大跃进》报又是内部发行嘛，惹不出乱子。"

报社编辑组组长王菁华去找艾青约稿。《从南泥湾到莫索湾》首发《大跃进》报，然后《烧荒》《泉水》《垦荒者之歌》《槐树》《帐篷》《年轻的城》等诗作陆续在该报发表出来。艾青开始还用笔名"林壁"和"万叶"，后来干脆用了自己的名字，这在当时曾引起不小的震动。艾青在新疆17年，无论生活中发生了什么，他始终没有放下过手中的笔。

石河子这一带原先是很荒凉的，王震率领一兵团开抵新疆后，这里成为重点开发的垦区之一。10年下来，沧海变桑田，石河子成了全疆有名的"绿洲"，声名大噪。

其中，农八师莫索湾开发是新疆屯垦史上的一次壮举，艾青想为此写一部作品。为了收集素材，他经常随同农垦部、兵团和农八师的领导到农场、连队考察，参加各种会议和农业劳动，采访了各级干部以及农工、拖拉机手、汽车司机、农业技术员、医生、护士、教师、学生、炊事员、家属等，积累了大量创作素材。

1961年7月，艾青来到莫索湾二场体验生活。3年前，这里还是一片荒漠，3年后，这颗"被沙土掩埋的夜明珠重放了光彩"，条田绵延，防风的白杨正在生长，金黄的麦浪像大海一样。面对这丰收景象，艾青坐不住了，他找来一把镰刀，也下地割起麦子来，他抒情地写道："七月的莫索湾是金色的海洋，微风吹拂大地，到处都泛起了金色的浪花。"

麦收结束，到了9月，白色的棉田又铺展在了无垠的原野上。艾青随农工去拾棉花。拾花比赛时，妻子高瑛身手不凡，一天拾花50余公斤。干这个活，手要巧、快，腰身要灵活。艾青笨手笨脚，加之已年过半百，干一会儿就腰酸背痛，一天只能拾七八公斤。而莫索湾二场的铁姑娘、全国三八红旗手江桂芳，一季拾花超万斤，平均每天能拾花100多公斤。

艾青的心被深深地打动了，他想把这种白手起家的精神写下来，萌生了以文学形式为垦区撰史的想法。这样的作品既不是长篇小说，也不属于报告文学，有点像《猎人笔记》的模式，比较自由，并不连贯，每篇可独立，是一个个小故事。所写人物，有些是熟人，有些是塑造的，多是真实的事情。为达到真实的目的，艾青不放弃一切采访机会，利用开会和实地考察，收集各种材料，积累了数十万字。他1961年开始创作，陆续写了《荒原》第一、第二部，以及《第一犁》《山东来的黄毛丫头》等近30篇纪实散文。

鱼正东曾作为人物原型被艾青写进《绿洲笔记》。鱼正东做事果断，干净利落，军人气质很浓，他对艾青很是关照，两人经常一起看戏。那时，农八师有文工团，艾青是顾问。下属的每个团都办有剧团，戏种依该团哪省的人最多而定，河南人为主的团就办豫剧团，山西人多的团就办吕剧团，陕西人多的就办秦剧团。一到农闲时节，各团轮流到石河子演出，在艾青眼里，颇有点故乡金华赶庙会的味道。看完一个戏，两人都要在一起品评一番。另一个艾青交往得多的人就是张仲瀚，他常来石河子检查工作，每来必会看望艾青。张仲瀚文武兼备，被誉为"西北军垦第一人"，也是新疆军区生产建设兵团事业的缔造者。当时，司令员陶峙岳是党外人士，政委王恩茂是自治区党委第一书记，工作重心在自治区，副司令员程悦长长期住院，张仲瀚为兵团实际的领导人。他率领兵团由成立时的17.5万人，发展到148.5万人，将兵团发展成为党政军民企、工农商学兵为一体的特大型联合体，无疑是伟大的创举，成为至今还维护着新疆稳定、边境安守的重要力量。

1961年冬，艾青和高瑛回北京接孩子来疆，12月17日《人民日报》的一条消息引起了他的注意："中央国家机关和各民主党派中央机关等单位根据1959年9月16日中共中央、国务院《关于确实表现好了的右派分子的处理问题的决定》，最近又摘掉一批右派分子的帽子……这一批被宣布摘掉右派帽子的有钱端升、冯雪峰、柳湜、黄药眠、徐懋庸……吴祖光、艾青、白朗、罗烽等370多人。"

艾青看罢，热泪长流。在京滞留期间，他听说冯雪峰、牛汉、绿原等人被重新起用，安排在人民文学出版社工作，下放河北某县的吕剑，也有望返京……他也产生了回京工作、生活的念头，但希望很快落空了。在北京回新疆漫长的旅途中，他一直沉默寡言，心情沉重。

经过5个年头的创作，艾青写完了第一部长篇作品《绿洲笔记》，作品长达45万字，具有浓郁的纪实色彩，从部长、将军写到普通一兵、职工家属，刻画了130多个个性鲜明的人物，展现了祖国边疆的大漠风光、绿洲景色和垦区新貌，史诗般地记录了一代军垦人的奋斗历程。

这部作品正在修改时,"文化大革命"开始了。不久,出现了把大"右派"艾青"揪出示众"的大字报。艾青知道自己在劫难逃了。一天,艾青一家正在吃饭,一群人突然冲进家门,勒令艾青、高瑛靠墙站立,然后开始抄家。庆幸的是,其他书画手稿不知所终,唯有《绿洲笔记》这部书稿最终还给了艾青,但他也只能束之高阁——直到1984年,才由四川人民出版社出版。

5月19日,艾青被通知搬出师部大院,一辆卡车将他全家送往距石河子一百多里的一一四团二营八连。八连地处荒漠,生存条件极为艰苦,在八师被称为"小西伯利亚"。艾青一家到八连后,搬入连队一眼废弃的地窝子里居住。

地窝子是在平地上往下挖一个方形土坑,一面留一斜坡,方便出入。在土坑顶部用几根树干做梁,其上再铺树枝和苇草,覆一层泥土,就做成了一个地下栖身之所。地窝子是垦荒部队20世纪50年代初在大漠荒原垦荒时用来抵御烈日严寒、风霜雨雪的简易住所,后逐渐废弃,偶尔用来关牛羊驴马、猪狗鸡鸭。给艾青的那眼地窝子是用于母羊临时产羔的,因此逼仄低矮,潮湿肮脏,极其简陋,身高一米八的艾青在里面,连腰都伸不直。

艾青清理掉里面的羊粪和垃圾,用烟熏走蜈蚣、壁虎,铺上麦草,作为全家人的床。把一个土台子清理出来,作为饭桌、书桌和孩子做作业的地方,另挖两眼孔洞,一眼用来放置油灯,另一眼用来搁放书籍等杂物。地窝子里阴暗潮湿,人住在里面,如住在墓穴里。一盏小油灯,是光明的唯一来源,既供高瑛做饭用,又要为儿子做作业照明,艾青晚上看书也得靠它。他深陷绝望,整日发愣,不发一言。高瑛有一次回来,发现地窝子顶上用于挡落土的布有点异样,而上面就是一根木梁,后来才知道,艾青想过自杀,因念儿子丹丹年幼,方断了那个念头。

一天，地窝子里忽然来了一个穿黑衣服的瘦削男人，要揪艾青去批斗。见艾青身上穿着黄色旧军装，颇为不悦，说艾青不配穿军装，便脱下自己的黑衣，与艾青交换。艾青人高，黑衣窄小，怎么也套不到身上，狼狈不堪，经高瑛和孩子们四下拉扯，才勉强穿上，但如绑在身上一般，很是滑稽。

艾青起初被安排剪修连队路旁、水渠两侧和田边的林带，很快又改扫厕所。刚开始时，每天打扫几个厕所，后来逐渐增加到13个。那时，连队都是旱厕，没有冲水设备和下水道，天一热，恶臭难忍。天气一冷，粪便污水很快就会冻结，清理时要用大锤才能砸开。这种活计，对艾青来说，无疑是苦役。即使爱人和儿子空了都来帮忙，也要干到天黑才能干完。

由于地窝子阴冷潮湿，常年见不到阳光，被子、衣服经常是潮乎乎的，铺的麦草几天不晒，就有霉味，艾青的身体经常出现各种不适和病痛，但更让他感到痛苦的，是人的卑微、低贱和孤单。全家6口人——当时，他身边除高瑛外，还有四个孩子，女儿玲玲，儿子高剑、未未和丹丹——全靠艾青每月45元生活费，生活难以维系。高瑛为了不让全家人挨饿，绞尽脑汁，她先当掉了皮靴、大衣，无东西可当之后，就去戈壁滩上打柴、挖菜，甚至学会了赶马车。为了给体弱多病的艾青补养身体，高瑛把全家每月仅有的3斤大米、白面留给丈夫，自己和孩子天天吃杂合面。令人欣慰的是，连队职工暗地里对艾青很好，有的省下白面，有的买好了莫合烟，有的回家探亲带了腊肉，都悄悄给艾青一家送去。

艾青住的地窝子低矮，一些老职工知道后，便主动去帮着把地窝子挖深了几十厘米。这样，艾青进去就可以直起腰、抬起头了。

一天晚上，一位老军垦的后代见艾青挨完批斗后，深一脚浅一脚地只身返回住所，就赶忙把拖拉机停在艾青身边，把艾青请进驾驶室，将他送回了家。

艾青虽然是在特殊时期、以特殊身份来到石河子的，但仍如巨石投水，吸引了一批青年诗歌爱好者。艾青平易近人，在文学的感召下，当地的一大批文学青年纷纷慕名而来，登门拜访。他们或谈诗论文，或请求指点习作，而艾青都是来者不拒，视同朋友，热情相待。在这一大批来访者中，有后来写出剧本《未来在召唤》的赵梓雄，更多的是诗人，比如杨牧、石河、杨树、李瑜、高炯浩、杨眉、易中天、高炯干等，石河子成了中国颇有名气的"诗歌之城"。当时石河子的大小作者和诗歌爱好者，全都见过艾青，读过他的诗歌，受过他的影响。

自喻"西部盲流"的四川渠县青年杨牧爱好诗歌，1964年来到石河子后，在莫索湾二场基建连当工人。后来，场宣传队准备参加农八师文艺会演，就借调他到宣传队写剧本。艾青刚好在那里收集创作素材。杨牧非常崇拜艾青，得知他住在团场的招待所里，就带着自己的诗稿去向他请教。有一次，在看过团场表演的一台节目后，艾青对杨牧说："听说昨晚那台节目的串联词是你写的，倒有些像诗呢！"杨牧一听，大受鼓舞。杨牧后来成了著名的"新边塞诗人"。

讽刺诗人石河原名李绪源，1960年从吉林通化第一高中毕业后流浪到新疆，在石河子纺织厂当工人，当时20岁出头。有一天，他用弹弓在树林里打下了一只鸟，刚好遇到散步的艾青。艾青看了看他手里的鸟，对他说："你打死的这只鸟是夜莺——诗人的化身，它不但是一种益鸟，而且能以其特有的美妙歌喉美化人类的生活，珍惜和保护都来不及，你却把他打死了。"一席话，说得石河愧悔交加，铭记终生。

还有一次，艾青和沙平等文学青年谈论诗歌。他真诚地说："什么是好诗？我看最具有真情的诗就是好诗。旧社会时，有一次我回故乡去，在故乡的街头漫步，正好碰到有户人家办丧事，我们那里的乡俗兴'哭歌'，即用唱歌一般的腔调来哭亡人。一个年轻妇女抚着亡夫的棺木哭道：'夫呃——宁隔千重山哎，莫隔一层板哎……'我看她哭出的这两句话就堪称好诗……"

1970年秋，美国著名作家、记者、《红星照耀中国》的作者埃德加·斯诺偕夫人来到中国，并于10月1日受邀出席了中国的国庆大典，两人与毛泽东主席站在天安门城楼上的照片，在国际社会引起了轰动。次年2月，斯诺回到瑞士，其访华报道，包括与中国领导人的谈话，在意大利《时代》杂志、美国《生活》杂志等刊物发表，受到西方世界的极大关注。

斯诺在这次访问中，与周恩来总理交谈时，谈到了延安文艺界的老朋友，他第一个提到的就是艾青。

"他是个幽默风趣的诗人！"埃德加·斯诺说。

周总理点点头："中美两国的文化交流源远流长，斯诺先生的记忆力非常好。"

斯诺又说："西方学者对艾青的诗作给予了很高的评价。法国也在出版《艾青诗选》，美国有好几所大学把艾青的诗作选为教材……"

当时，《参考消息》以外电报道的形式，披露了斯诺与周总理关于诗人艾青的谈话。

1972年11月，艾青一家被允许回到石河子，5年半的苦役结束了。当他从"地下"回到地上，他痛苦地发现，因常年身处光线昏暗的地窝子，右眼已近于失明！这对艾青来说，无疑是沉重的打击。医生检查后，建议他速去北京治疗，但"申请"久久不见批复。直到1973年暮春,才终于获批。全家自迁至石河子,转眼14年了,人事皆非。回到北京,才发现当年用5000元钱购买的丰收胡同的那套四合院,早已更换主人。艾青更觉悲凉。北京无处落脚,一家人只能暂住小妹蒋希宁的家,房子本不宽敞,平添六口人,更是拥挤。

艾青已年过六旬,磨难使他显得更为苍老。求医看病,要么走路,要么挤公交车,常常疲惫不堪。高瑛心痛,总是先挤公交车去排队挂好号,再叫艾青去看医生。有时运气好,能被叫上号;有时病人多,坐等一天也无结果,只能来日再去排队。诊断的结果令人失望。经多次检查,同仁、中医研究院、首都这三家医院的眼科一致认为,艾青的右眼复明已不可能,只有设法保护左眼。

9月下旬,艾青和高瑛带着艾丹,乘车回金华探亲,这次距他1953年回家,正好是20年。他感到欣慰的是,虽是"戴罪之身",在老家却受到了热情的款待,这令他终生难忘。

1976年清明,艾青来到天安门广场,和人民群众一道,含泪悼念周总理。事后,他满怀激情地写了长诗《清明时节雨纷纷》。当年10月6日,"四人帮"倒台。1977年5月1日,在听了郭兰英的演唱后,艾青写了《我爱她的歌声》,其中有这样的诗句:

  悲哀如此深沉
  音符里浸透了泪水
  从抑扬的节拍里
  发出了捶胸顿足
  扶棺痛哭的声音

> 自从打倒了"四人帮"
> 解放了被禁锢的歌声
> 她唱出了由衷的高兴

1978年4月30日,在《文汇报》第三版一个不起眼的角落,刊出了艾青的诗作《红旗》:"火是红的/石榴花是红的/初升的太阳是红的……最美的是/在前进中迎风飘扬的红旗……"这是20多年来,全国读者第一次在全国性的大报上看到艾青这个曾经熟悉的名字,不由惊喜万分,奔走相告。此后,艾青的诗歌创作一发而不可收,《在浪尖上》《光的赞歌》《古罗马的大斗技场》等力作迭出,在国内外产生了巨大的反响。

1979年,艾青平反,任中国作家协会副主席、国际笔会中心副会长等职。他出访了欧洲、美洲和亚洲的不少国家,创作有诗集《彩色的诗》《域外集》,出版了《艾青叙事诗选》《艾青抒情诗选》,以及多种版本的《艾青诗选》和《艾青全集》。诗集《归来的歌》《雪莲》获得中国作家协会全国优秀新诗奖。

诗人重新回到了人们的视野之中。艾青在古稀之年重新焕发出了艺术的青春。

艾青自离疆回京治眼病后,再未回过石河子,但石河子无疑是他心系之地。1982年,农八师创办《绿风》诗刊,艾青题写了刊名。次年8月,石河子市文联举办《绿风》诗会,他特地从北京寄来贺词:"绿风唱新风。"

1996年5月5日,艾青逝世!为了纪念他,新疆生产建设兵团和石河子市人民政府投资修建了艾青诗歌馆。

西部文学的耕耘者陈柏中

1935年,陈柏中出生在浙江省新昌县一个工商业者兼地主家庭。1954年,他考进了山东大学中文系。与他一同考入的,还有从杭州市第二中学毕业的楼友勤,两人成了同学,并相知相恋,琴瑟和鸣,开始了他们的文学人生。

1956年,王蒙发表的反对官僚主义的短篇小说《组织部新来的青年人》(后更名为《组织部来了个年轻人》)开始在大学生中流传。"不要在人民的疾苦面前闭上眼睛"的警句震撼着青年学子的心灵。

在陈柏中读大学三年级时,"大鸣大放"开始。陈柏中像所有年轻的大学生一样激动不已,以书生意气慷慨陈词……不想反右派斗争开始后,有人指责他"坚持反动立场"。不久,他的毕业论文《谈语言教学中的厚今薄古,脱离实际》在《文史哲》上发表后,被认为"有右派言论",被开除团籍。1958年8月,陈柏中大学毕业,带着到边疆地区锻炼改造的决心,走出校门,前往新疆工作。楼友勤追随陈柏中,大学毕业分配前夕也希望到新疆,但未能如愿,被分配到山东交通高等专科学校教书。

陈柏中告别恋人,怀着沉重而复杂的心情,匆匆踏上了奔赴边疆的长旅。作为分配到新疆的最早的大学生之一,这个身材高挑、面目俊秀、书卷气浓郁的浙江青年,当时既心怀豪情,也满腹忧虑。

陈柏中风尘仆仆地在边城乌鲁木齐下了车,便赶到新疆文联主办的杂志《天山》编辑部报到。

新疆文联党组书记刘萧无、《天山》主编王玉胡都是1939年参加革命的老同志。刘萧无先后创作了《两年间》《斗争三部曲》《劫后》《李殿冰》等10多部大型话剧及独幕剧,鼓舞了边区军民同仇敌忾抗击日寇、保卫家园的斗志。尤其是取材于晋察冀边区民兵英雄事迹的大型话剧《李殿冰》,被誉为实践毛泽东同志《在延安文艺座谈会上的讲话》的一个成功范例。王玉胡是1955年在全国上映的电影《哈森与加米拉》的电影剧本作者之一。那是我国电影史上第一部反映哈萨克牧区生活的电影,影响巨大。陈柏中对他们既敬重,又畏惧——他们会怎样看待他这个"政治不及格"的青年呢?

《天山》杂志1956年创刊,陈柏中被分配去担任理论编辑。他喜欢这份工作,一报到即投入了极大的热情。除了负责编辑评论稿件外,还兼顾散文和兄弟民族文学翻译稿件。翻译文稿很多,但质量参差不齐,他每月要改出3万多字的文稿在《天山》发表。他当时是新疆文联唯一的大学生,文学功底扎实,做事认真、细心,除一趟趟跑印刷厂校对外,他还乐意去做来稿登记,处理读者来信、下厂下乡、劳动锻炼等事务。

陈柏中工作勤恳、任劳任怨,刘萧无、王玉胡很快就在心中否定了学校对他的评价。

1959年的一天,刘萧无把陈柏中叫到自己的办公室,交给了他一项十分重要的任务——起草新疆第二届文学艺术家代表大会和作家代表大会的工作报告。这的确出乎他的意料,他知道这两份报告的分量,这是新疆文联党组对他的信任。此后,在纪念毛泽东《在延安文艺座谈会上的讲话》发表20周年时,他又被指定撰写纪念文章。刘萧无还安排他给新疆文联没有经过正规学习的老同志上课。

刘萧无也多次跟陈柏中强调，新疆文艺工作的重点是繁荣兄弟民族文艺，并将其提升到执行党的民族政策的高度来认识。他特别把洪亮吉、纪晓岚、林则徐等历史名人有关新疆的诗文，以及维吾尔族诗人黎·穆塔里甫的诗文推荐给陈柏中。陈柏中深受教益，先后写出了《战士·诗人·祖国忠诚的儿子》《洪亮吉和他的〈万松歌〉》等评论文章。

在担任编辑的头三年，陈柏中全身心投入繁荣多民族文学的工作，一大批少数民族作家、诗人的作品在《天山》上发表。作为理论编辑，陈柏中几乎每期都要撰写刊物的言论和评析文章。那时还没有"汉译民"的刊物，《天山》便把开展各民族文学交流作为己任，每期差不多要用三分之一到一半的篇幅来翻译介绍兄弟民族当代文学、古典文学、民间文学的优秀作品。例如，祖农·哈迪尔的《锻炼》《肉都帕依》、赛福鼎的《吐尔迪阿洪的喜悦》、郝斯力汗的《起点》《牧村纪事》等新疆少数民族新兴短篇小说中的一些名篇，还有黎·穆塔里甫、尼米希衣提、艾里哈木·艾合坦木、铁依甫江、库尔班阿里的大量以爱国主义为主题的抒情诗，就是这个时期在《天山》上翻译发表，并通过推荐评介引起全国文坛关注的。

陈柏中作为评论编辑，对兄弟民族文学作品怀着极大的热情进行评介。编辑部还以《天山》上发表的作品为基础，选编了《我的冬不拉——哈萨克民歌选》《新疆兄弟民族小说选》，陈柏中还为《新疆兄弟民族小说选》写了前言。1960年，上海文艺出版社出版了这两部书，广受好评。《新疆兄弟民族小说选》是新疆少数民族作家的第一部汉文短篇小说集。当时担任中国作家协会副主席的老舍，亲自在1960年第9期《文艺报》发表了《天山文采》一文，称赞"这样一本小说选的出现，是在中国文学史上找不到先例的"，指出《新疆兄弟民族小说选》的编辑出版是我国多民族文学交流史上的一大创举，富有鲜明的开拓意义。老舍在评价小说作品时，更以陈柏中前言中的评论文字作为全文的结束语："尽管他们反映的生活面不同，构思的方式不同，但有一个基本的共同点：那就是高昂、充沛的时代激情，浓郁、鲜明的民族生活情调，刚健、清新、豪放的笔触，构成了具有独特风貌的新疆兄弟民族斗争生活和建设生活的绚烂画幅……这在新疆各民族文学发展史上，确实是一件可庆可贺的大事。"1962年，该书作为"收获创作丛书"之一再版。也就是从那时起，陈柏中成为新疆少数民族作家作品的知音，他让越来越多的新疆少数民族作家走到了中国文学的前台。

三年困难时期，虽然物质生活紧张，但是文学似乎并没有受到影响。

1962年1月，《天山》正式改刊为《新疆文学》。1945年参加新四军、1952年毕业于中央文学研究所，时任《文艺报》秘书组及社会生活组组长的王谷林，调任中国作家协会新疆分会副主席兼《新疆文学》副主编，主持刊物工作；来自吉林大学的都幸福担任小说编辑，来自四川大学的郑兴富担任诗歌编辑。都幸福、郑兴富与陈柏中一起，开始了风雨同舟的编辑人生，被誉为推动新疆文学发展的"三驾马车"。

《新疆文学》改刊后在新年祝词中，大胆提出："我们的意志只有一个，但趣味有多种多样……波澜壮阔的现实生活总是最引人注目，珍奇名贵的历史画卷也很受人重视……"这些生动形象的语言阐释了"百花齐放"的思想，这也是《新疆文学》办刊的新方针。

在改刊的1月号上，吴连增的小说《司机的妻子》发表。这篇作品没有表现英雄模范和伟业壮举，而是表现平凡小人物的平凡情感，发表后立即在文坛产生了不同的评价。编辑们敏锐地觉察到，这种分歧对文学来说，蕴含着深刻的意义。为了冲破题材的束缚，陈柏中有意识地就题材和文学形象的多样化问题组织讨论，开展争鸣。从1962年6月号开始，《新疆文学》对《司机的妻子》开展了为期半年的自由讨论。这是《新疆文学》自创刊以来，贯彻"双百"方针的第一次大胆实践。就在这场争鸣进行的过程中，8月，中国作家协会在大连召开了农村题材短篇小说创作座谈会，提出了"写真实"和"现实主义深化"的主张，认为在塑造英雄人物的同时，也应该写"不好不坏、亦好亦坏的芸芸众生"，即中间人物、普通人物。《新疆文学》关于文学形象多样化的这场讨论，可说是边远省区对这一文学主张的有力倡导和响应，在当时走在了全国文学期刊的前列。

这时的陈柏中已经成为刊物的骨干编辑，除了继续负责评论工作之外，还兼管"兄弟民族文学评介"和"新疆好地方"两个有影响力的专栏。他详细地制订组稿计划，邀请自治区乃至全国的专家、学者撰写了100多篇文章，系统地向全国介绍《突厥语大辞典》《福乐智慧》《热碧亚—塞丁》《玛纳斯》《江格尔》等古典文学和民间文学作品，介绍新疆的历史文化、名胜古迹、民俗民情，这些文章以知识性、学术性、趣味性见长，受到读者广泛好评。

楼友勤在济南教书时，因为天山脚下有她的恋人，所以他对有关新疆的一切都有兴趣。唱片中的新疆音乐、节目中的新疆歌舞、书刊上有关新疆的报道，她都会格外关注。一天，她专门到学校图书馆搜索，发现了一本《从延河到天山》，如获至宝，立刻借来阅读。该书的作者是王玉胡。她后来调至乌鲁木齐,才知道王玉胡正是爱人单位的领导。

1962年,陈柏中与楼友勤约定回乡结婚。7月中旬,陈柏中从乌鲁木齐回到浙江,楼友勤从济南返回,两人回乡也恰如旅人,没有自己固定的家,居无定所。虽然生活和市场供应略有好转,但困难时期尚未过去,婚礼比较简单。

结婚之后,楼友勤决定调往新疆。1963年初夏,组织为她办好了从济南调往乌鲁木齐的手续。5月,她挺着大肚子回杭州,到母亲身边待产,6月10日在浙江妇幼保健院生下长女。陈柏中事先与她商量,决定将孩子留在老家,由他父母抚养。42天后,她抱着女儿,乘坐4个小时的班车,把女儿送往新昌公婆家。为了在开学前赶到乌鲁木齐,她不得不断了婴儿的母乳,另觅奶娘。出门时,她看了一眼老人怀里的女儿,不敢回头,但还是忍不住失声痛哭。

回到杭州后,楼友勤立刻做进疆的各项准备。那时她还年轻,怀着四海为家的豪情,更何况他的爱人还在新疆,所以当时没有什么利害得失、亲情挂牵、远近苦乐的考虑,可谓义无反顾。

楼友勤买了8月20日从上海到乌鲁木齐的火车票。到达乌鲁木齐那天,正好是星期日。陈柏中和他的同事都幸福、刘长青一起到站台去接她。都幸福还热情地带她到车站一边的高地上去鸟瞰乌鲁木齐市貌。那时的乌鲁木齐只有少量两三层的房屋,盖着绿色或蓝色的铁皮屋顶,几座清真寺点缀在连片、低矮的黄泥平房中间,绿树稀疏,像一个西部的大村落。在经历了几个昼夜、越走人烟越少的长途跋涉之后,这个简朴的城市让她顿感亲切。

楼友勤被分配到自治区教育厅和总工会正在筹建的新疆职工业余大学教书。她一到便立即投入首届招生工作。他们的家就安在业余大学所在的教工俱乐部后院,那是一溜土坯房,房间在最边上，就一间，泥土地面，纸糊的顶棚，一堵冬天取暖的火墙将房屋分为里外两间。砖砌的方形炉灶安装在外间，可用来煮饭烧水；烟道通入火墙，烟火通过火墙内部弯曲的烟道，给屋里供暖，然后从烟囱排出。两张木板单人床拼在一起，放在里间，还有一张旧写字台，台面似满布刀痕的砧板，还有一把椅子、一张凳子、一个木质书架。这就是他们全部的家当了。

新疆总工会宣传部部长来看望他们，问他们还缺什么，两人想不出还缺啥，觉得有一个能容纳二人世界的房间就已很满足。部长把整个房间扫了一眼，最后说："还缺一张案板，我让木工房给你们做个案板。"楼友勤在老家很少吃面食，上学和工作后吃食堂，自己很少做饭，现在有家了，在西北做面食，的确少不了案板。她当即表示了感谢。没几天，一块超大的案板和一根长长的擀面杖就送来了，这案板和擀面杖他们使用至今。屋后小街有粮店、菜店、杂货店。于是，两人在天山脚下的边城生活就这样开始了。

他们的土坯房低矮潮湿，冬天不见阳光、夏日闷热难受，经常受蟑螂、百脚虫、老鼠的祸害。每年春夏之交，屋顶的油毛毡被太阳晒热，下面潮湿的泥土蒸发出来的热气冒不出去，就向下逼，屋顶与天花板之间形成了一个十分温暖、潮湿的世界，各种虫子，特别是潮虫大量繁殖，爬到地上、墙上和纸糊的天花板上。每晚，电灯一开或一关，就发出一片"沙沙沙"的响声，仿佛千军万马在头顶运行，使人毛发直竖。夜深人静熄灯以后，它们就出来活动，有时掉下来落在被子上甚至脸上，手一摸到，浑身要起鸡皮疙瘩。

次年，他们在这里有了第二个孩子；5年后，老乡帮他们把养在老家的大女儿接到了身边。

《新疆文学》改刊后，编辑部人才济济，自治区的多民族作家队伍日益壮大，佳作迭出，面貌一新，成为新疆文学事业发展中最繁荣的时期之一。此时的陈柏中已经在编辑部工作了8年，这8年，是他成长为一位优秀文学编辑的历程，他的人品、学识、才华受到了同事和作家的赞赏。

但是，随着"文化大革命"的到来，新疆文艺百花园凋零了。"文化大革命"伊始，《新疆文学》首当其冲，成为"文艺黑店"，被迫停刊。陈柏中虽然不是"当权派"，却被认定为"刘萧无网罗的修正主义苗子""文艺黑店中的黑干将"；他组织《司机的妻子》的讨论一事则成为支持"黑八论"的黑样板……

1969年，陈柏中被下放到乌拉泊"五七"干校劳动，接着又为筹建乌拉泊文教"五七"干校做建房前的各项准备，打土坯、备木料、扎苇把子、干木工活。

1971年，震惊中外的"九一三事件"发生，这标志着林彪反革命集团的覆灭，客观上宣告了"文化大革命"理论和实践的失败。政治气候因此回暖，干校管理也宽松了一些。1972年的元旦聚餐会上，在简陋的干校食堂，习惯了粗陋伙食的"五七"战士，尝到了不少久违的美味，个个欢喜。蔬菜是大家自己种的，猪、羊是大家自己喂的，菜肴是大家自己做的。

1972年4月的一天，陈柏中突然接到要他立即到自治区革委会报到的通知。当时，全国都在举行毛泽东《在延安文艺座谈会上的讲话》发表30周年的纪念活动，自治区要写一篇纪念讲话、批判林彪的重要文章，有人想起了他。5月23日，《新疆日报》头版发表了署名为"辛立"的一篇长文《彻底批判林彪"天才理论"的反动文艺观》，陈柏中是主要执笔者。接着，恢复文艺期刊的工作开始进行，陈柏中被调到文艺创作研究室参加《新疆文学》复刊的筹划。经过努力，《新疆文学》更名《新疆文艺》，于

1973年试刊，1974年复刊，陈柏中又回到了他原先的岗位上。

在"文化大革命"内乱时期，有人释放人性之恶，也有人坚守人格之本。对此，刘萧无这批受迫害最重的老革命感受最深。他于1988年手书了一首赠给陈柏中的七律，评价陈柏中"毫端分寸知轻重，世乱书生本色难"。他以亲身经历肯定了陈柏中在那场浩劫中既没有中伤、诬陷过他人，更无钻营投机之心，始终保持了一个有良知的知识分子的优良品德。

"九一三事件"后，干校面临解散，很多人都在想今后干什么的问题，王蒙也不例外。1953年，19岁的王蒙创作了长篇小说《青春万岁》，进入文坛。1956年发表《组织部新来的青年人》，后被错划为"右派"，1962年被平反调至北京师范大学任教，次年放弃在北京的工作，主动要求赴新疆生活。到乌鲁木齐后被分到新疆文联工作。1971年下放到乌拉泊"五七"干校。当干校即将解散时，王蒙仍希望进行文学创作。当时他因为干活时崴了脚，走路一瘸一拐的，行动不便，就让陈柏中给有关领导带话："王蒙还有后劲，还要搞创作。"陈柏中把这个意思转告给了当时正筹建文艺创作室的麦苗。从"五七"干校回来后，王蒙回新疆文联上班。

1976年后，《洪湖赤卫队》《江姐》《蝶恋花》等不少过去禁演的电影纷纷上演，人们都有一种重获新生的感觉。王蒙的欣喜之情也非同一般。1977年初春，陈柏中在库车县伊西哈拉公社搞社教，先后收到了王蒙寄自乌鲁木齐的两封信，并附有4首词（后收入《王蒙自传（第二部）：大块文章》）。

陈柏中作为一名编辑，善于不断发现文学新人，扶持他们，培养了一支不断壮大的文学队伍，保留下一批骨干作家，从而支撑起新疆文学的蓝天。在这个漫长的过程中，陈柏中既是培植作家的辛勤园丁，又是他们的诤友。

1978年，陈柏中被任命为《新疆文艺》副主编，这时他在新疆整整度过了20个春秋。次年，中国文学艺术工作者第四次代表大会在北京召开，陈柏中作为新疆文学艺术界代表团的秘书参加了这次大会，亲耳聆听了邓小平代表党中央发表的祝词。此后，陈柏中、都幸福、郑兴富以及刚调到编辑部的吴连增，迅速投入"呼唤新疆文学春天到来"的行动。但是，一个突出的问题出现了：受"文化大革命"影响，新疆作家队伍早已被打散，遍布天山南北的新作者也心有余悸，没人敢动笔。《新疆文艺》首先要做的就是集结这支队伍。

1978年，刚解冻的新疆文坛涌现出了一批像周涛、杨牧、章德益这样的青年诗人，陈柏中和郑兴富一起不失时机地写出了《诗坛新花迎春开》的综合性评论，最早预告了"新边塞诗"的繁荣。次年，小说编辑都幸福发现了艾克拜尔·米吉提、唐栋等人的处女作，立即在《新疆文艺》重点推出。陈柏中又撰写了《带着草原芳香踏进文苑》的推荐文章，在《文艺报》发表。不久，艾克拜尔·米吉提的处女作《努尔曼老汉和猎狗巴力斯》获1979年全国优秀短篇小说奖。

1978年冬天，陈柏中去了与蒙古接壤的木垒哈萨克自治县，在那里一连待了3天。这是因为都幸福发现的一篇小说《老将出山》在《新疆文艺》10月号上头题发表后，被个别人指责为反动作品。小说作者关学林就在这个自治县文化馆工作，曾经因为写出了"不好的作品"在全县被点名批判过。那次陈柏中带去了整整一捆《新疆文艺》10月号在文化馆散发。在有县委宣传部负责人参加的创作会议上，他说："我觉得从木垒农村生活中产生的《老将出山》，不仅思想情感健康，而且从艺术上来看，也不愧为新疆高水平的作品。如果有什么问题，责任首先在编辑部。"于是，笼罩在关学林头上的阴云开始散去。当一些有争议的作家和作品面对严厉责难的时候，陈柏中和他的同事们都勇敢地站出来承担责任，充当挡风墙。同时，陈柏中在刊物上组织开展公正的自由争鸣，既可以批评，也允许反批评。

1979年底，一群来自天山南北的作家、诗人聚集在自治区人事厅第三招待所参加文学创作会议。他们都是生活在新疆各地的基层作者，有着丰富的生活体验和较好的文学素养。这次新疆作家队伍的集结，宣示了新疆文学春天的到来。

1980年，《新疆文艺》恢复原名《新疆文学》。当时，人们在长期的思想和精神禁锢之后，对文学作品普遍有一种如饥似渴的需求。《新疆文学》也和其他全国期刊一样，发行量节节攀升，达到5万份左右。那段时间，编辑部经常举办文学创作笔会、讲习班、征文评奖活动，同时在刊物上开辟了"新蕾篇""边塞新诗"（后更名为"新边塞诗"）"大学生小说园地"等栏目，几乎每一期都发表数篇新人新作。编辑每发现一篇清新可喜的新作，都会在编辑部争相传阅，大家或拍手称好，或提出修改意见，像自己写了一篇得意之作一般欣喜。唐栋、文乐然、艾克拜尔·米吉提的处女作，都是那时被重点推出的；"新边塞诗"代表诗人周涛、杨牧、章德益亲切地称他们是"扶我们上马背的人"。

到20世纪80年代中期，新疆汉语文学已形成了一支老中青年"三代同堂"的可喜的作家队伍，如诗人周涛、杨牧、章德益、易中天、石河，小说家艾克拜尔·米吉提、陆天明、唐栋、李斌奎、文乐然、赵光鸣、韩天航、沈贻炜，评论家周政保等。他们的处女作或初期的代表作，就是在《新疆文学》首先发表，而后逐渐走向全国的。

当然，《新疆文学》也得到了像王蒙、张承志、梁晓声这些作家的支持。王蒙在新疆生活了16年，1979年离开时曾动情地对陈柏中说："我不会忘记新疆，我永远是你们熟悉的那个王蒙，今后，我会争取每年回来一次，每年给咱们刊物一篇自认为满意的作品。"一段时间里，他恪守自己的诺言，《买买提处长轶事》《难忘难记》《心的光》《葡萄的精灵》《失而复得的月光园的故事》等一批短篇小说，就是他直接寄来或回新疆时留下的。张承志从20世纪70年代就来新疆做历史考古调查，来疆次数很多，每次来，就在简陋的编辑部安一张行军床作为落脚点。他的足迹遍及新疆，写下了《雪路》《老桥》《大坂》《三岔戈壁》《凝固火焰》《汉家寨》《夏台之恋》等散文，大多发表在《新疆文学》上。梁晓声在20世纪80年代多次到新疆生活和组稿。他创作初期的一些重要作品就是在《新疆文学》发表的。他念念不忘这段文学因缘，在刊物创刊40周年时还写信祝贺。

1982年，陈柏中担任《新疆文学》主编。次年，党中央作出了现代化建设的重点逐步西移的战略决策。1984年，党和国家领导人相继视察新疆，明确指出："要积极开发新疆，开发大西北，使新疆和整个大西北成为我国在21世纪的一个最重要的基地。"正是响应党中央的号召，《新疆文学》从1984年开始举办"西部开发者文学征文"，旨在提倡和鼓励作家"以开发者精神，反映开发者生活，塑造开发者形象"。征文历时两年，发表了近百篇作品，最后评选出杨牧的诗歌《新疆好汉》、周涛的诗歌《在死亡的岸边歌唱》、章德益的诗歌《大西北抒情诗》、赵光鸣的中篇小说《石坂屋》、程万里的中篇小说《白驼》、唐栋的短篇小说《边地精灵》等10篇获奖作品。开发者文学的倡导，成为《新疆文学》改刊的前奏。

1984年夏，《新疆文学》在五家渠举办的文学讲习班上，一些作者提出了改刊建议。陈柏中以一个老编辑的敏锐,马上捕捉到了这个建议可能蕴含的深刻内涵,进行了深入的思索。他认为改刊不仅是为了顺应时代发展的潮流,对"开发大西北"作文学上的响应,而且是为了团结和吸引更多的作家,更自觉地创造一种以繁复、瑰丽的西部地域文化为背景,以当代开发西部的多姿多彩的生活为表现对象的文学群落,从而在我国新时期文学多元化发展的格局中占有独特的位置。

此后,编辑部作出了将《新疆文学》改刊为《中国西部文学》的决定,提出了"立足新疆,携手西北,面向全国"的办刊方针,并把《中国西部文学》的任务定位为"中外读者了解中国西部开发事业的窗口,有志于开创西部文学新篇章的各族作家的园地,扶持文学新人成长的摇篮,增进各民族文学相互交流、共同繁荣的桥梁",在中国文坛上树起了"中国西部文学"的旗帜。

改刊的动议和方案迅速得到了自治区文联和自治区党委宣传部的批准。

当年11月,在改刊座谈会上,陈柏中汇报了改刊的动因和设想,老作家刘萧无、王玉胡,蒙古族学者孟驰北,诗人周涛,评论家周政保等都作了热情的发言;关注新疆文学事业的王蒙、谢冕、阎纲、何西来、梁晓声、陆天明、艾克拜尔·米吉提等写来了诚挚的贺信,对构建"中国西部文学"提出了恳切的希望和建议。当年年底,中国作协第四届代表大会在北京召开,由新疆代表倡议,西北五省作家在大会结束时举办了"振兴西部文学联谊会",王蒙、张贤亮、孟伟哉等讲了话,中国作协副主席铁依甫江代表新疆发出邀请:"我们要唱一支振兴新疆、振兴西部的歌,但我们自己唱不好,请大家来同我们一起唱。"新华社、《人民日报》以《振兴西部文学正当其时》为题报道了联谊会的实况。这样,"中国西部文学"不仅在大西北成为"约定俗成"的文学旗号，而且也获得了全国文艺界的普遍认可。

1985年7月26日至31日，陕、甘、宁、青、新西北五省（区）文联与西安电影制片厂、天山电影制片厂、新疆兵团文联、伊犁哈萨克自治州文联，共同在边城伊宁市召开了"第一次西部文艺研讨会"。评论家顾骧代表中国作协致辞，并作了《西部文学：西部作家的个性追求》的发言，肖云儒作了《谈谈西部文化精神问题》的主题发言，陈柏中则代表刊物作了《对中国西部文学和西部精神的几点理解》的汇报性发言，甘肃的谢昌余为会议作了《西部文艺：寻求突破，面向未来的旗帜》的总结性发言。这是一次大西北文艺界空前的盛会，西北五省（区）近200位作家和艺术家，为了一个共同的文学之梦走到了一起，热烈研讨西部文学提出的时代背景，探索西部生活的精神内涵，引起了广泛关注，这让陈柏中后来每每回想起来，仍为之动心动容。

当然，有关"中国西部文学"的提出也引发了争鸣。著名文学评论家谢冕、顾骧、阎纲、何西来、雷达、白烨、肖云儒、周政保等就"中国西部文学"的界定，西部精神，西部性格，西部文学的历史文化背景、前景，中国西部文学与美国西部文学的异同，热烈地发表了评论。自中华人民共和国成立以来，偏居西北相对沉默的新疆文坛第一次受到了全国文学界的关注，成为一个时期文学争鸣的热点。时任中国作协副主席的冯牧，在1986年9月在兰州召开的西北五省（区）文学期刊工作会议上，明确表示"赞成和支持'中国西部文学'这个口号"，认为它是建立在"大西北生活这个根基和源泉之上"的，"反映出自己的特征和性格、自己的精神面貌的文学"；并指出，"西部文学"这个概念"应被理解为一种倡导、一种目标、一个旗帜，而不应当被理解为一种创作方法的规范和创作风格"。

迄今为止，"中国西部文学"仍然是文学批评和文学史研究无法回避的一种特定文学现象，2004年人民文学出版社出版了南京大学丁帆教授主编的专著《中国西部现代文学史》，就是一例。

1989年初春，新疆第四届文学艺术家代表大会召开，陈柏中被推选为新疆文联副主席，后又被推选为主持新疆作家协会工作的常务副主席。

1996年，在《中国西部文学》创刊40周年的时候，陈柏中发表了《我与〈中国西部文学〉》的回忆文章。这时，他已走过人生的大半生，他感叹道："我真不知道，一个人一辈子，和一种工作、一个单位，以至一件具体的事捆绑在一起，这到底是幸事，还是遗憾！"

话虽这么说，但他和楼友勤至今还生活在乌鲁木齐，用自己的文学人生对这个问题进行了回答。

鲐背之年的老两口，相依相伴70载，情感至深、至笃，可从陈柏中40年前写的《五十自题》一诗中读出：

> 同窗同乡复同庚，此生合作相怜人。
> 柔波细雨西湖水，青春浩歌海潮声。
> 塞外冰霜知冷热，边城风雨共浮沉，
> 卅载携手头半百，山高水长且徐行。

"在异乡建设故乡"的诗人沈苇

1965年11月25日,沈苇出生在浙江省湖州市练市镇庄家村。村庄三面环水,河网纵横交错,人们以河为路、以船当车,孩子们时常在水里扑腾,溺水事件不断。因此,沈苇对水,如所有生活在那里的人一样,既亲近又恐惧。

他在河网遍布的故乡度过了自己的童年和少年时光。1979年,他读初中三年级时,便将曾祖母给他讲的民间故事,进行整理改编,发表在《湖州报》上,这也算是他的处女作。

1983年9月,沈苇入读浙江师范大学中文系。在浙师大求学的最后两年,沈苇担任校文学社副社长,和陈旭光等同学一起编辑内刊《黄金时代》,陈旭光任主编,他任副主编,这是当时全国为数不多的几份铅印的大学生文学刊物。

大学四年,沈苇写的主要是小说,当然,也读徐志摩、戴望舒的作品,读普希金、雪莱、拜伦等人的诗歌,然后开始尝试写诗。到大学三年级读了艾略特的《荒原》、波德莱尔的《恶之花》后,有如醍醐灌顶:"他们帮助我摆脱青春期深陷的浪漫主义'泥淖'和感伤主义'迷途'。"《荒原》为他打开了一个新世界,艾略特的"去个人化"对他影响至今。读了加西亚·马尔克斯的《百年孤独》后,他的小说观念又被颠覆了。他已隐约认识到,自己骨子里诗人的成分似乎更多一些。

大学毕业后,沈苇被分配到家乡的练市中学,任高一语文教师。但他志不在此，于1988年辞职，先去了海南。但没待多久，就从大海环抱、潮湿、酷热、四季如夏，蕴含着无穷机会的热土，转身走向了另一个极端之地——新疆。

当时，他对新疆一无所知。他带了不多的几本书：《红楼梦》《唐诗三百首》《歌德谈话录》《百年孤独》和霍尔特胡森写的传记《里尔克》。路上，他一直在读《里尔克》，这是由三联书店出版的关于里尔克的一册精彩的传记。在不断掠过的越来越荒凉、辽阔的风景的陪伴下，他很快就读完了。书中里尔克的一句话给了他醍醐灌顶的感觉："只有在第二故乡才能检验自己灵魂的强度和载力。"这句话对他的新疆30年，一直是莫大的激励。

新疆给年轻诗人带来了巨大的震撼。这种震撼首先是一种身体感受和反应，从潮湿的江南水乡到干旱的新疆绿洲，诗人身体的感受更为强烈，心灵变得更加敏感。当时很多人和他一样进新疆，但因吃不惯羊肉、面食，接受不了干旱的气候，都先后离开了。诗意的追求使沈苇总能超越事物的表象，进入一个精神的层面，所以，困难和不适总能被克服，他很快接受了新疆并且爱上了它。他对于新疆的气候、地貌、风物、民族有着敏锐的感触，从而能进行准确的诗歌表达。

沈苇到新疆后，寄身于昌吉回族自治州阜康县（1992年撤县设市），阜康地处天山东段博格达山北麓，准噶尔盆地南缘，博格达峰和天池是其最著名的风景。

沈苇很快就认识到了新疆文学，特别是其诗歌传统的丰富性。中国少数民族的三大英雄史诗，有两部是在新疆产生的，即蒙古族的《江格尔》、柯尔克孜族的《玛纳斯》。新疆的少数民族文学史，基本上是一部诗歌史——中短篇小说在新中国成立后才有，长篇小说到20世纪80年代才出现。但他们的民歌和抒情诗，情感炽热、率性、真挚，野性十足，而且大多和爱情有关。忧伤也是这些民歌的一大特点。沈苇很喜欢一首维吾尔古典诗，其中有这样的句子："大麦啊，小麦啊，由风来分开；远亲啊，近邻啊，由死来分开。"

为此，沈苇开始用汉语对这些诗歌财富予以吸纳。他仿写过哈萨克族的《谎歌》、维吾尔族的《占卜术》。《谎歌》是哈萨克男人在草原上喝酒、弹琴、吹牛的歌，想象大胆，还运用了矛盾修辞，这对沈苇来说是一种陌生的思维。20世纪90年代以来，他还持续在写《新柔巴依集》。柔巴依是波斯诗歌的一种四行诗样式，有人译成"鲁拜"，据说与唐代绝句有关。沈苇创作的新柔巴依已有200多首、近千行，保持了几年写一组的节奏，他准备到老年后完成一部厚重的《新柔巴依集》。

在阜康县，绿洲、草原、森林与沙漠、戈壁、荒原交互，洁净的天池水与博格达山的冰雪相映。沈苇到的时候县城还很小，横竖几条街巷，清净到有些寂寥的感觉。但对沈苇来说，这是一个全新之地，远离亲戚朋友，更远离热闹喧嚣。他在阜康电视台找了一份工作，安顿下来，开始写诗。这个安静而又充满异质感的新地方，激发了他的诗情，他写了很多。

多年以后，他在接受《中华读书报》记者采访时说："最大的文学伯乐，是新疆大地。感恩那片伟大而多元的土地——启示录般的亚洲腹地，曾经收留过一位闯入者、漂泊者和异乡客。"

在阜康电视台待了两年后，沈苇被调入新疆政协主办的《亚洲中心时报》工作，任记者部主任。这一年，他第一次从新疆返乡探亲，在同乡好友、练市中学教师舒航的单身宿舍里，写了100多行的小长诗《故土》。这首诗一气呵成，他用这首诗参加了河南《大河》诗刊举办的第二届"大河杯"全国诗歌大奖赛，诗作发表——这是他第一次发表诗歌，并获第一名。当时，诗人蓝蓝在《大河》当编辑，给他写了一封信，并寄了300元奖金。这在当时可是一笔不小的钱款，他用这笔钱买了一套陈映真主编的《诺贝尔文学奖全集》，共65部。

1995年，沈苇的首部诗集《在瞬间逗留》入选中华文学基金会"21世纪文学之星丛书"，由百花文艺出版社出版。诗集出版后，远在西宁的著名诗人昌耀写了评论《心灵率真的笔记》，发表在《中国西部文学》上。这部"少作"于1995年底出版并在北京举办了首发式。在返疆火车上，沈苇十分激动，三天三夜的旅程中，他把诗集又从头至尾读了四五遍。1998年，这部诗集获首届鲁迅文学奖，33岁的沈苇从此进入受人关注的中国诗人行列。

参评鲁迅文学奖的时候，他一个评委也不认识，稀里糊涂就得到了获奖通知。后来，谢冕的一位学生告诉沈苇，说谢冕在投票前朗读了沈苇的《一个地区》，说凭这首短诗，沈苇就应该获奖。谢冕是首届鲁迅文学奖评委会主任，他朗读的那首诗写于1990年，只有四行：

> 中亚的太阳。玫瑰。火
> 眺望北冰洋，那片白色的蓝
> 那人傍依着梦：一个深不可测的地区
> 鸟，一只，两只，三只，飞过午后的睡眠

这首诗是沈苇刚到新疆不久后写的，是一首很简洁的诗作，是他在地理意义上对中亚的认识和感知。

数年后，沈苇在乌鲁木齐见到谢冕先生，谢冕谈起了朗读诗歌一事。他笑着说，是有那回事，他的确当场朗诵了这首诗。2009年，谢冕参加《中国西部文学》杂志在南疆举办的"新诗写

新疆"活动后，写了一篇文章《一碗羊杂汤等了三代人》，发于《光明日报》，其中就写到了他第一次读《一个地区》带给他的"绚丽"和"神秘感"，以及如何令他震撼。

评委会给沈苇诗歌的评价是：

> 在新时期西部诗歌的画廊中，沈苇的《在瞬间逗留》为我们展开了一道亮丽的风景。沈苇生长在江南水乡，工作在大西北，二者地域风貌和人文景观的巨大反差，给他以西部生活的新视角。雄浑的境界与灵动的诗魂、粗粝的意象与细腻的情愫、富有弹性的语言与深邃的思考，有机地交织在一起，构成了沈苇诗歌的独特景观。诗人对语言有特殊的敏感，熟练地把握了现代汉语的意象手法，其话语方式既有较深厚的民族底蕴，又有新鲜的时代感。诗人无意对西部景物做具象而铺陈的描述，而是着眼于对人的精神世界的解剖，特别是充分展示了抒情主人公（沈苇）面对阔大雄奇的西部自然景色而引发的对宇宙奥秘和人生真谛的思考。

颁奖典礼是在人民大会堂一个小厅举行的，很简朴，也不用发表获奖感言。第一届有7位诗人获奖，最年长者李瑛，沈苇是最年轻的获奖者之一。

获奖之后，沈苇一如既往地读书、写作、旅行，做报社记者。后来他从《亚洲中心时报》调到了新疆作协，成为专业作家。2008年和2011年，沈苇分别获得刘丽安诗歌奖和柔刚诗歌奖。

沈苇在新疆期间，出版了20多部诗集、散文集和文化研究著作，大多与新疆有关。诗歌写作是持续的，从未中断。阅读也随着写作的延续发生了变化。如果说，随笔集《正午的诗神》还是对西方诗歌的"拿来主义"，关注点还在西方现代主义诗歌，那么他后来更多地转向了新疆多民族文学、地方文化，涉猎史诗、方志、野史、民歌、地理探险，拜读阿拜、尤素甫·哈斯·哈吉甫、马合木德·喀什噶里、纳瓦依、欧玛尔·海亚姆等中亚、西亚作家的作品，并渐渐地将"阅读"与"漫游"结合起来。

2001年，沈苇应出版社之约撰写了新疆第一部自助旅行手册《新疆盛宴——亚洲腹地自助之旅》，这是对新疆大地的整体漫游和"系统阅读"。半年多时间，他走遍天山南北，行程2万多公里，记了20多本笔记，拍了150多个胶卷，手绘上百幅地图。"行万里路，读万卷书"。这本书是第一次以实录与诗意兼具的方式向疆外读者介绍新疆。此书出版后，比较畅销，那时进疆的"背包客"几乎人手一册；还在中国台湾出版了繁体字版。这本书改变了一些因为无知而对新疆产生诸多误解的人的许多看法。

此后，沈苇依据漫游见闻和感悟，陆续写了《新疆词典》《植物传奇》《喀什噶尔》《丝路：行走的植物》等几部散文集。接着，他从辽阔的新疆大地回到局部一隅——具有古老气息的鄯善，与韩子勇等人一起旅行，大漠探险，去了楼兰，探察了大海道，写了国内第一部"诗歌县志"《鄯善　鄯善》。

在这些散文随笔集中，《新疆词典》最具代表性，它包含了艾德莱斯绸、博格达、刀郎、《福乐智慧》、帕米尔、"丝绸之路"等上百个词条。该书用约10种文体写成，对应新疆的丰盛多元，不仅写出了新疆的风土人情，更从历史、文化的细枝末节处传递新疆的内在精神。美国汉学家顾爱玲（Eleanor Goodman）评论该书时说："沈苇对世界的观察细致入微，而更令人赞赏的是他对人性的敏锐领会。他的语言丰饶而富有奇趣，使读者能抵达他从没去过的地方,闻到他没有闻到过的气息,见到他没有见到过的风景。《新疆词典》不只呈现了新疆的日常生活和不易看到的风俗,还表达了对这片土地特有的历史、地理、植物、动物、风貌、艺术和文学等非常深刻的理解和体味。他真正写出了亚洲腹地的'精神地理'。"顾爱玲将其中的五六万字翻译到美国,获得 *Ninth Letter* 杂志 2013 年度文学翻译奖。这部随笔集与诗集《新疆诗章》、自助旅行手册《新疆盛宴》被誉为沈苇的跨文体"新疆三部曲"。

2007—2008 年,沈苇在《青年文学》和《新疆经济报》同步开设"丝路植物"专栏,两年下来,写了 20 多篇植物随笔,大约每月一篇,也就是说,每月一次出门远行,去这些植物的主产区采访——每一种植物都有对应的重点区域,譬如:葡萄—吐鲁番、石榴—和田、无花果—阿图什(以上被誉为"丝路三大名果")、白桦—阿勒泰、野苹果—伊犁……有朋友说:这是他每月与不同植物的一次"约会"。

这两次"行万里路",对沈苇个人而言,其重要性不亚于"读万卷书"。

沈苇写的植物随笔,侧重讲述陆上"丝绸之路"和亚洲腹地的植物,也即"从西走到东"的植物——今天带"西"和"胡"的植物,都是从西方引进的,如西红柿、西芹和胡瓜、胡豆、胡萝卜等,用多学科、跨文化的方法,结合田野考察、文学举证,描写它们的身世与起源、形态与特质、诗性与象征,将它们写成了一个个传奇。他从而认识到,无论是"从西走到东"还是"从东走到西","丝绸之路"的植物史其实是一部文化交流史,包含了东西方文明对话与交流的大量信息。他从新疆回到浙江传媒学院任教后,开设了通识课"丝绸之路上的植物文化",深受学生欢迎。

2009年，沈苇还担任哈萨克民族歌舞诗剧《阿嘎加依》总撰稿，其由"生命达斯坦""英雄达斯坦""爱情达斯坦"和"狂欢达斯坦"四个部分组成。这四个部分虽然是四个主题，但由于其艺术追求和表达的纯粹，其内在的诗意和激情贯穿了始终。其中《摇篮曲》《马蹄舞》《石人舞》和最后的狂欢场景以及哈萨克音乐元素的弥漫，让人尤为震撼。为此，沈苇采集了哈萨克族散落在阿勒泰各个角落的民歌、习俗、曲调、舞蹈、纹饰和诸多日常生活细节，用歌舞诗的方式，以诗歌精神来贯穿所有艺术元素，并把诗歌的先锋意识内化到各个细节之中，把一个古老草原民族的文化立体、多样地呈现在观众面前。这些元素是传统的，其手法却是现代的，传统与现代在其中相互孕育、繁衍、生长，使这些古老的元素具有了新的生命力，散发出独特的艺术光华。《阿嘎加依》在2010年获得全国舞台艺术精品工程奖。2017年，沈苇又担任国家艺术基金资助项目、大型舞剧《艾德莱斯传奇》的编剧。

2014年7月，《沈苇诗选》由长江文艺出版社出版，这部诗集代表了他诗歌写作的基本脉络，是一部语言和精神的"个人史"，非常具有代表性。诗集从他1990—2014年写下的1000多首诗中精选了121首，每首诗都注明了写作年份，采用编年方式，能清晰地看到一位诗人创作发展变化的过程。

2015年，沈苇凭《沈苇诗选》获得"花地文学"年度诗歌金奖、华语文学传媒大奖年度诗人奖、李白诗歌奖提名奖等文学奖项。批评家、上海交通大学人文学院教授何言宏将诗歌上的2015年定义为"沈苇年"。

沈苇说，他曾用30年"在异乡建设故乡"，试图成为"他乡的本土主义者"，也用30年做了一个长梦，在梦里，将新疆内化成了他灵魂的一部分。

诗人是感性的，但沈苇从未放弃过对诗学理论的探索，初到新疆，即提出"混血写作""综合抒情"的诗歌写作观念。他认为，理论是一种自觉。将诗学内置于诗歌，类似于布鲁诺·拉图尔所说的"文学内置生态学"，理论与原创是可以并驾齐驱、并行不悖的。诗人仅为一个"写作者"是不够的，他身上必须再诞生一个批评家——一种对自我的考察、审视，锻造并形成一个相互砥砺、磨合的"共同体"。

2018年底，沈苇回到了江南，但他依然认为，诗歌仅仅自我体验是不够的，还要体验他人、异文化、更广大的世界，同时朝向"无边现实主义"——历史、现实、日常、虚拟世界等交互并置……他相信，自己在20世纪90年代提出的写作观念，对今天的他依然有效。

记者曾问沈苇："假设您正在策划一场宴会，可以邀请在世或已故作家出席，您会邀请谁？"

沈苇回答说——

> 宴会放在新疆的话，我会首先考虑邀请李白和斯文·赫定参加。李白酒量好，有胡人血统，诗歌中有纷繁的西域意象，性格上也更多属于那片土地。斯文·赫定是瑞典探险家，他出版的数十种西域探险考察著作，可以当作大散文来读，是那一代探险家中文笔最好的一位。至于在世的内地诗人、作家，我只邀请一类，那就是真正理解新疆、懂得新疆和热爱新疆的朋友，在我自己的交往中，这个名单不在少数。如此举办，将是一次规模不小的宴会，可考虑放在帕米尔高原举行，去一下石头城、公主堡、红其拉甫和瓦罕走廊，走一走"玄奘之路"葱岭段。如在江南举办，可以放在

大运河的一条船上。

由此可知沈苇对新疆的深情。

在沈苇的诗歌和散文写作中，新疆题材和江南题材都占了很大比重。他称这样的写作是"词的迁徙"。其目的是弥合分裂，实现更高意义上的综合，这也应和了新疆文化的样貌——一种有活力的混搭文化，实为多元一体。

沈苇虽然把地域性作为写作的立足点，但同时也警惕地域性成为他写作的囚笼。他的写作更多揭示的是地域性掩盖下的普遍人性，面对的是爱、痛苦、时间、死亡等人类基本的主题。在他的作品里，人性是大于地域性的。

在沈苇出版的近30部著作中，有25部与新疆有关，其中绝大多数是他在新疆30年创作的。这些著作除前面已经提及的，还有诗集《高处的深渊》《我的尘土　我的坦途》《博格达信札》《数一数沙吧》《异乡人》，散文随笔集《西域记》《书斋与旷野》，评论集《柔巴依：塔楼上的晨光》，学术专著《芥子须弥——柔巴依论稿及创作》等。

早在2006年12月19日，沈苇就在乌鲁木齐北山坡写道：诗人是"地域的孩子"，也是"地域的作品"。沈健评论文章《从"湖人"到"胡人"》中写道："在当代诗歌纷繁复杂的格局中，我们听到了一个独异的声音——沈苇给我们带来了中亚太阳下的胡旋舞，带来了沙漠之花、天空的新月、'巴旦木神秘的图案'，带来了'一个深不可测的地区'、一种含蓄的辽阔。"

2010年5月，沈苇担任《西部》杂志主编。当时，杂志的发行量只有数百份。他觉得办刊理念是期刊之魂，这个问题解决了，余下的就是技术性问题了。他担任主编后，即对《西部》进行改版，刊物定位为"寻找多元文化背景下的文学表达"，提出"立足新疆，面向西部；立足西部，面向全国；立足全国，面向世界"的办刊追求。栏目设置也与常规文学刊物小说、诗歌、散文、评论四大块的模式不同，融汇了人文、史地、跨文体和世界小语种文学的设置。

经过全新改版，这份曾名《天山》《新疆文学》《新疆文艺》《中国西部文学》的老牌文学刊物，进入了新的发展时期。杂志对当代文学多元、立体、包容的呈现，使文学回到本真，获得尊严，"回到人们渴望它回到的地方"；它跨文体的"混搭风格"，受到文学界好评；而它对"地域瓶颈"的突破，为自身赢得了文学"话语权"和更为广阔的发展空间。

《西部》这种阔大胸襟和高远视野很大程度上与沈苇的人生经历、创作追求、文学素养和文化理想有着密不可分的联系。他认为，文学的边缘化状态保证了其纯粹性和独特性，文学的深沉力量能够参与时代的文化进程和精神塑造。

在栏目设置上，《西部》突破了文学期刊的常规和传统，设置了"西部头题""小说天下""一首诗主义""跨文体""维度""周边"等栏目。

沈苇在文章中将他当时的生活状态归结为一句话："用心灵写作，用头脑办刊。"他提出"做一份拒绝去废品收购站的文学杂志"，让读者舍不得淘汰它，愿意收藏它。沈苇还提出："做一流文学活动，来助推刊物发展；设一流文学奖项，提升刊物品质。"《西部》改版后，组织了一系列文学活动，影响较大的有"新疆新生代作家榜·十佳作家"评选及颁奖活动、"西部作家写作营""金秋伊犁笔会"等，并于2009年创立西部文学奖。它是新疆汉语文学的最高奖项，同时也是新疆唯一的全国性文学奖。

2016年，在新疆作家协会第八次代表大会上，沈苇当选为新疆作家协会专职副主席兼秘书长。2018年11月,为了照顾年迈的父母,他调回浙江传媒学院,任教授。他的写作也从"西域时期"进入了"江南时期"。

第三章 先行者

叶曼娇的万里进疆路

中华人民共和国成立初期,新疆几乎没有任何工业,农业落后。除此之外,新疆的商业也近乎空白。医疗设施落后,特别缺乏助产人员,婴儿和产妇死亡率很高。

1955年,新疆维吾尔自治区即将成立,中央人民政府为支援新疆,决定在全国经济文化相对发达的地区选拔青年学生到新疆工作。浙江省人民政府遵照指示,从全省50多个县、市,选拔了585名初中、高中和卫校毕业生,组成了浙江省青年学生赴新工作大队,分赴天山南北,肩负起了振兴新疆商业和治病救人的使命。

8月30日早晨,杭州卫生学校锣鼓喧天、红旗招展,为叶曼娇和其余几名同学披红戴花,举行了一场隆重的欢送仪式。

西湖碧水波动,如一面明镜,倒映着白云蓝天和四面青山,游人如织,欢声笑语不断。青年学生从全省各地聚集到西湖边的六通古寺。

在进行了数日的学习动员后,9月7日一大早,大队从杭州火车站正式出发。省教育厅和省团委的领导在车站欢送大家,与每个人一一握手告别。自从被选为工作大队一员,要远赴新疆工作,每个人都很激动;但即将离开故乡和亲人,又有些难分难舍。每个人都不知道,此去边疆,不知何时才能归来。

叶曼娇是衢州人,父亲得知女儿要去新疆工作,特意去街上卖了一担稻谷,把钱给女儿送来。学校通知到杭州的4元车票费需要自付，她到校报到缴纳后，身上只剩下了2元钱。好在从杭州出发时，领到了8元津贴，添置了必要的生活用品后，她身上的钱已所剩无几。

火车从杭州出发，这是叶曼娇的第一次出门远行。同车的人有的睡觉，有的闲聊，而她坐在车窗前，看着车外不断闪过的城镇村落、田野丘陵，觉得格外新鲜。

途经上海，到达南京后，渡轮载着火车渡过长江，上岸到浦口，过蚌埠、徐州、开封、郑州、洛阳，行四天三夜，于9月10日下午到达古都西安。

大队住在西安东大街，距有名的古建筑钟楼很近。男队员住在一间大礼堂里，地上铺着厚厚的稻草，大家席地而睡，一些来自城市的队员没有睡过这样的床铺，觉得有趣好玩，格外兴奋。

不久就传来一个不幸的消息，宝鸡至兰州的一段铁路发生了塌方，一列火车刚好经过，出了事故，有人遭遇不测。大队只好在西安停留下来，这自然也引起了大家的惊慌，带队的领导为消除队员的思想波动，组织大家参观了西安的名胜古迹，进行旅途生活小结，表扬表现好的队员。队员的生活起居，全部实行"军事化"管理。集训的那一段时间，队员每天学习民族政策、新疆各民族的风俗习惯以及国内外时事要闻。文体活动主要是唱革命歌曲，每天晨练、出操，当时的氛围团结、紧张、严肃。

学校通知，不让多带行李，所需物品会全部配发。所以，离家时，叶曼娇只在手提布包内装了两套夏衣裤和一块棉毯，这就是她的全部行李家当。出发时，衣物困难还未显现，但随着西进之路的延伸，困难就出现了。大西北秋寒将至，初秋的西安，早晚温差较大，队部关心队员的冷暖，考虑大家不适应大西北的气候，及时给每个队员发放了粗毛灰毯、棉被、棉衣、棉裤、棉帽、棉皮鞋以及防风沙眼镜和皮带……同时给每个人发放了生活补贴。

  每天清晨，全体队员在集合哨声中，穿着新发的深蓝色棉服，站着整齐的队列，进行晨练。王忠义是分队领操员，站在东大街宽阔的马路旁，喊着响亮的口令，带领大家列队、跑步、出操，队员整齐、有力、统一的身姿，常吸引不少市民围观，成了古城西安一道亮丽的风景线。

  在此期间，大队还与西安的高中同学们进行了一场友好的"浙江陕西同学联谊会"，会上，西安的同学演唱了秦腔，浙江的队员则唱了越剧名段。压台戏是王忠义即兴创作的《我们讲讲浙江话》，他临时挑选了十几位同学，用本地的家乡方言说："西安的父老乡亲们，你们好！浙江儿女恭祝陕西人民岁岁平安、年年如意、永远健康！"站在台上的十几名同学依次用杭州、绍兴、宁波、温州、衢州、湖州、嘉兴、金华等地的方言问候，节目主持人用普通话和陕西方言复述。浙、陕两地的同学们听到浙江各地的方言，都笑得前俯后仰，热烈的掌声一浪高过一浪。

  9月24日深夜，大队离开西安，继续西进。离开关中平原后，火车如蛇一般，不断在隧道里穿行，经宝鸡、天水，于次日下午7时到达兰州。

  大家在兰州住了两天，参观了黄河大桥，第一次见到了波涛滚滚的黄色河水，见到有人坐在用牛皮或羊皮做的皮筏上，在河水中漂流；队员们在街上观光，无论是街道马路、楼房建筑、商铺店面、行人衣着，都与杭州不同。

  9月27日早晨6点半，火车离开兰州，晚上9时到达武威，不足300公里的路程，火车却跑了14个小时。火车在翻越海拔3500多米的乌鞘岭时，需要用两个火车头一个在前拉，一个在后推，机车冒着黑烟，"呼嚓呼嚓"艰难攀爬，比老牛拉车还要吃力。

武威原是丝路重镇，曾经繁华富庶，有"金武威"之称，后随"丝绸之路"的废弃及自然环境演变，逐渐衰败下来。当时的武威，贫穷、落后、肮脏，人们衣着破烂，街道狭窄，街道上多马车、驴车和牛车，车辆一过，尘土飞扬，如果有汽车经过，尘土就会扬到半空，把天空染黄。路上到处是驴、马、牛的粪便，不少老人、小孩背着柳条筐，捡牲畜粪便，晒干后做燃料。

火车到达武威那天，是农历八月十三，天空阴沉，大家下车整队去旅店时，突然下起了小雨，大多数同学都没带雨具，只得冒雨前行，走在泥泞的街道上，衣服、行李、头发全都淋湿了，行约一个小时，到了客栈，大家将背包绳接起来，把淋湿的衣服晾上。当时住的是土坯房，睡的是地铺，垫的是麦草，七八个人睡一架通铺，挤在一起倒也不觉寒冷。

次日，太阳出来，大家的心情好了一些，这时，王忠义突然冒出一个想法：这些天，同学们旅途疲劳，又受风雨折磨，心情不好，再过两天，就是中秋节，何不利用这个节日在离家数千里的异乡举办一个中秋同乐晚会呢？他的想法得到了分队长的支持。于是，分队长紧锣密鼓地动员大家到野外去收集枯枝败叶，以备晚上做篝火的燃料。王忠义则着手准备晚会节目。大家一听要搞中秋晚会，积极性很高，都分头忙碌起来。

中秋节那天，天公作美，白天阳光灿烂，晚上明月皎洁，像在为这批远道而来的客人搭台助兴。

晚会在客栈附近的一块空地上举行，没有灯光，没有扩音装置，篝火映红了天空，分队长做了简短的即兴祝辞，接着，大家自编、自演的节目陆续登场，有独唱、齐唱、舞蹈、乐器演奏、家乡戏等，节目精彩，表演者演得认真，观众看得高兴。许多武威市民也来看热闹，不少老乡说，这些年来，还没见过这么热闹的场面。

联欢会上，王忠义用随身带的短笛，为大家演奏了一曲《马兰花开》，悠扬的笛声响彻夜空。客栈老板一高兴，送来了一手推车的柴火，使篝火更旺，在熊熊篝火中，叶曼娇和同学们跳起了"苏联集体舞"，大家越跳越有劲，越跳越开心。带着余兴未尽的心情，望着天上的明月，大家在"丝绸之路"上度过了一个别开生面、一生难忘的中秋之夜。

但从武威继续前行，就没有火车了。兰新铁路当时仅通至这里。由此向前，改乘嘎斯69军用汽车，据说这是用新疆的羊毛向苏联"老大哥"换来的，又叫"羊毛车"。

大家用两天时间，为继续前行做准备。

9月30日，大队从威武出发。汽车无顶棚，24人一辆，背包当坐垫，中间两排背靠背而坐，背靠车厢板再各坐一排，四排六列，每人背一军用水壶，戴防风沙眼镜。车队沿着河西走廊，浩浩荡荡，向新疆进发。左侧的祁连山不时有雪峰高耸，一直相伴而行。公路两侧，如遇到绿洲，则可见田地村落，其余地方则多为寸草不生的戈壁和荒凉的沙丘。因为都是土路，每一辆汽车都成了扬尘机，尘土飞扬、弥漫，汽车裹在其间。坐在车上的人很快就成了一尊尊泥塑。道路不平，车身左右颠簸，大家捂着头，在车厢里摇晃。

这样的旅途比乘火车要艰辛许多，队员头脑昏沉，浑身被颠得酸痛，10月1日抵达酒泉，很多人看到酒泉街上插上了国旗，才想起那天是国庆节。大家本该在此之前抵达乌鲁木齐参加今天的自治区成立大会的，但因为道路塌方，滞留西安，耽误了行程。每个人都感到很遗憾。好在前路顺利，很快到了嘉峪关。

出嘉峪关，谓之"出关"，不少人很是伤感。当时有一个说法："出了嘉峪关，两眼泪不干。前看戈壁滩，后看鬼门关。"

叶曼娇一想到这首顺口溜，就会联想到在杭州离别时，同学写给自己的留言：莫愁前路无知己，天下谁人不识君。

过嘉峪关，出玉门、安西，穿过新甘交界处的星星峡，10月4日下午，大队抵达了新疆哈密。

每个人感到那路太漫长了。一进入河西走廊，无边的荒凉就让人越来越难以承受，用一整天时间也走不完的大戈壁更让大家吃惊。自从在武威改乘汽车后，车后的尘土就在飞扬，扬了一千里，现在还在飞扬着。当时全是泥土路，车一开动，灰尘就从车底往上翻腾，一天下来，车厢底要积两三寸厚的泥沙，大家的耳朵、鼻孔、嘴巴，凡是能钻进泥沙的地方，都塞满了泥沙。

进疆公路在惨遭战争破坏后，已经过修复，但还是难以行走。有些地方大家得下车来修好路才能继续前行。很多人都觉得自己把这辈子所有的路都走完了。开始一停车，还有人问一问前面的路还有多远，后来，也没人问了，任那车摇晃着，颠簸着往前走。从车上下来，每个人都像散了架。

大队决定在哈密休整3天，抖掉身上的尘土，来到街上，这个古代称作伊州的城市虽然也是土路、土坯房、泥土街道，但已充满西域风情，语言、风俗、饮食、服饰、水果、干货均与浙江不同，这让每个人都感到很新奇。

哈密是一座不大的城，叶曼娇和队友们用一天时间就把大街小巷逛完了。10月8日，大家的体力有所恢复，精神又饱满起来。一大早，朝阳还没有越过东天山，大队就从哈密出发了。

绿洲越来越远，越来越模糊，东天山雪峰绵延，逶迤在车队右侧，左侧则是茫茫荒原和戈壁，过七角井后，大地变得极度荒凉，大队如同行进在月球的表面。直到抵达鄯善、吐鲁番，才又见到绿洲。从吐鲁番盆地越过天山，10月10日下午2时，大队终于抵达了大家日夜盼望的目的地——乌鲁木齐。

从西湖之畔到天山脚下，行程4800多公里，休整加道路塌方耽误，历时33天，其中坐火车6天5夜，日夜兼程，行3000余公里，乘敞篷汽车8天，晓行夜宿，行1800余公里。大家距浙江，已是真正的万里之遥。

当年的乌鲁木齐仅有三条柏油路，市中心为中山路、解放路，到光明路就算外沿了。三层楼的房屋只有4幢，即大银行、邮电局、南门新华书店和群众饭店，城区只有4万多人。但当时，那已是新疆最大的城市。

对很多人来说，这只是他们进疆后的第一站。不过，对这些来自江南水乡的青年而言，大漠荒原、落日长天、车上的颠簸、扑面的灰土，住土坯房、睡泥土炕，吃馕饼、喝碱水，已展现了大西北自然环境的恶劣，给了大家意志的磨砺、心灵的洗涤。大家为即将奔赴天山南北工作所面临的挑战已有了精神准备。

记得在乌鲁木齐，叶曼娇听说还要往前走，就心有余悸地问带队的一名干部："前面将到哪里去？"

他说："库车、阿克苏，也可能是喀什、和田。"

她问："阿克苏在什么地方？"

他想了想说："在塔克拉玛干沙漠的西北边。"

她问："塔克拉玛干沙漠和托木尔峰在什么地方？"

他说："就在他们该在的地方。"

她问："从乌鲁木齐到阿克苏还有多远？"

他说："不远了，就1000多公里。"

"妈呀，1000多公里还不远啊？到喀什呢？"

"差不多1500公里。"

她已经有些绝望："那么，到和田呢？"

"2000多公里吧，它在塔克拉玛干沙漠南边。"

她一点也不相信，还以为自己的耳朵听错了，又问了一句：

"你说的是多少公里？"

"准确地说是2100多公里，你已从杭州走到了乌鲁木齐，所以那点路也不算什么了。新疆这地方大，三五百公里的距离算近的。"他毫不在乎。

但她一下觉得绝望了，不知为什么，突然想哭。但她知道自己不能在那个时候流泪，便咬牙忍着。

从乌鲁木齐到南疆的路比武威到乌鲁木齐的路还难走，灰尘也更大。加之人越来越少，长路显得越来越孤寂。

右边一直是伴大家而行的、焦枯的、寸草不生的南天山；左边是茫茫无边的、浩瀚的、被称为"死亡之海"的塔克拉玛干沙漠。偶尔会有一个城镇或一片绿洲一闪而过，但它们在这无边的荒凉面前显得微不足道，像一个轻飘飘的、模糊的梦，转瞬即逝，很难给人留下什么印象。

六天后，叶曼娇到了她的目的地——库车。她觉得自己都快不行了，心中好像有什么东西憋着，随时随地要爆炸。现在，她终于可以长舒一口气了，在心中喊一声"终于——到了！"

她与还要继续前行的队友道了别，转过身，眼泪就流下来了。当她到达库车才意识到，她离老家已实在太远了，想回也回不去了。看看从窗外漏进来的天光，觉得这已是异乡的天光；闻一闻空气中的气息，也与故乡的不同。

叶曼娇被分配到库车县人民医院做助产士。

1958年8月13日，库车暴发特大洪灾，建于20世纪40年代初的林基路大坝、库车河大桥被冲毁，乌鲁木齐至南疆的交通要道中断数日，淹死旅客44人。城区与库车河两岸混为一体，一片汪洋，平地水深达2米以上。城北临水的机关单位和民居房舍为洪流一扫而光，受灾近万人。叶曼娇所在的整座医院被洪水冲毁，她不幸遇难，年仅23岁。

转战南北疆剿匪的邵柏恒

邵柏恒到新疆后，被分配到新疆商业干部学校会计专业学习，因为急需人才，学习一年后，1956年冬即被安排毕业。他成了新疆纺织品公司财会科的出纳，算是一名财会干部，月薪56元。但没过多久，他放弃了和平安稳的日子，决心保家卫国，去做一名骑兵。

从1956年开始，解放军由革命战争时期形成的志愿兵役制（募兵制）改为义务兵役制（征兵制）。1957年冬天，征兵开始后，他瞒着父母，自愿报名，参军入伍，开始了每月只有7元津贴的军旅生涯。

邵柏恒入伍的第二年，阿勒泰地区富蕴县的少数牧场主反对牧区改革，串通惯匪，发动叛乱，袭击民警，劫狱放跑囚犯，抢劫驻军放马战士的枪支弹药，成百上千户不明真相的牧民被叛匪裹胁。事件引起了党中央、自治区党委的高度重视，党中央任命自治区党委书记处书记李铨为总指挥，领导平叛工作。由此，阿勒泰地区各县组织武工队，书记任队长，配合部队围歼叛匪。

9月30日傍晚，邵柏恒所在部队正担负着修建阿勒泰市克兰河东方红大桥的任务，刚吃完晚饭，就接到了战斗命令。部队在工地紧急集合，拆帐篷、打背包，跑步赶往连队驻地。全连指战员剃光头发，检查擦拭枪弹，准备穿戴着装，给军马蹄子钉铁掌，四人四马一辆卡车，连夜赶赴富蕴县交通要隘乌恰沟口扎营。

10月2日，邵柏恒所在骑兵连向匪患区进发。阿勒泰地委书记黄浴尘、军分区司令员肖飞，各骑一匹战马，走在连队前头。他俩当年是王震、王恩茂将军手下战将，行军打仗、冲锋陷阵不在话下。知天命之年的将军，身先士卒，令邵柏恒肃然起敬。

一排长令一班长带着邵柏恒和另一名战士担任连队尖兵，侦察敌情。三人策马向前疾驰，班长在前、两名战士在两翼，成三角前行。逢山登顶、遇沟下壑，眼观六路、耳听八方，丝毫不敢疏忽。突然，"啪啪"两声枪响，子弹从邵柏恒左肩飞过，他扭转马头向班长报告敌情时，连长已快马赶到，命令大家下马，按战斗序列，利用地形地物进入战斗准备。

这时，黄浴尘、肖飞也赶到了阵地前沿。敌人从对面山腰的石缝里不断放冷枪，打排子枪，还有四五个骑匪扬鞭策马，乱喊乱叫，在隔沟山梁上来回飞奔，进行挑衅，气焰十分嚣张。连长令机枪排以火力射击压制，三排徒步冲锋，二排骑马迂回包抄，一排机动压后，负责保护后方安全。

三排刚跃马冲锋，就有3名战士被骑匪子弹击中，2人当场牺牲。经过战斗，骑匪狂奔的马匹被击伤，3个叛匪落马被擒，其余100多个叛匪骑马仓皇逃窜，钻入了深山老林，这次战斗解救了300多户被裹胁的牧民，缴获了500多匹马。

因地形复杂，天色近晚，连队停止追击，原地待命，并用无线电台向剿匪指挥部报告了战斗情况，剿匪指挥部给各县发出了指令，各县武工队立即进山劝导所有牧民从夏牧场转到河谷和平坦地带集中过冬；密切配合部队侦查、搜索叛匪，将其从山林驱赶到戈壁沙漠，以便实施围歼消灭。随后，连队撤至额尔齐斯河边宿营。

两名阵亡战士的遗体停放在临时搭建的帐篷里。他们都是从塔城入伍的，到部队还不满一年，第一次参加战斗就牺牲了。邵柏恒的心情很是难过。

10月中旬，平叛战斗转入下一阶段。广大牧民从山区搬到了河谷平原地带集中居住，敌人失去了食宿依靠，天气渐冷，加之部队、武工队强力搜索驱赶，成股骑匪逃出山林深壑，窜进戈壁荒漠躲藏，部分流散叛匪化整为零，与牧民混在一起，伺机妄动。

连队奉命追击到额尔齐斯河北岸，见河对岸有一大片马群，一些骑匪扬鞭飞奔，嘴里"呜噜呜噜"地不断叫喊。渡口岸边一线近百米处有敌人弯腰提枪在移动，并不停地向我方射击，阻止部队渡河。

连队用机枪压制敌人，一班担任渡河突击队，紧随向导骑马过河。枪声大作，敌人不断朝突击队射击，河面水花四溅。邵柏恒是轻机枪副手，背着两个弹盒共200发子弹，加上自己所带枪弹，全副武装，负重十多公斤。为避敌子弹，他手拉缰绳，趴在马背上，跟着机枪手，终于渡过了冰冷刺骨的额尔齐斯河。他和机枪手跃马上岸，骑马举枪向敌还击。后续官兵也陆续渡河。骑匪见状，骑马逃跑，全连猛追了半个多小时，直到不见敌人踪影，才勒马停下。

战马从冰冷的河水里出来，全身湿透。马已疲乏至极，一停下来，任你怎么抽打都不跑。大家心痛自己的无言战友，都下来牵着马走。

这时捷报传来，被叛匪掳掠的牧民和马匹已由后续部队和武工队收拢安置。

天渐渐黑下来，连长令各班清查人数、装备，发现机枪排押后渡河的3名战士因未找准渡河路线，马顺急流漂到深水区，造成马翻人仰,被河水冲走牺牲。直到次年三四月枯水季,才在河边丛林中找到他们的遗骨。其中两人都是1955年国家实行义务兵役制后第一批从甘肃入伍的,年底就要复员回家了,听他们同乡讲,两人都有未婚妻,就等他们复员回去后结婚。

夜晚灰暗,一弯冷月,漫天寒星,使初冬的戈壁显得更为寒冷,为避免暴露目标,遭敌偷袭,连队没有生火,大家渡河时衣服湿透,也都没有焐干,加之戈壁上没有水,又冷又渴。广东籍俄语翻译是名少尉,文质彬彬的,渴得实在受不了,就用军用水壶接了马尿来喝。此事一传开,有的惊奇,有的敬佩,有的疑惑,也有的效仿。大家都很累,坐在地上,拥着枪,还是睡着了。

在戈壁滩待命到次日上午,连队接到通报,大股叛匪已窜入准噶尔盆地北缘的戈壁沙漠,令连队和骑兵二团三连分头追歼,陆军四师十二团步兵分队据守山口要道,以防匪徒再流窜进山。

根据追剿战斗的需要,团参谋长冷树仁到连队负责指挥,剿匪指挥部给连队配了一名向导带路,配了两名民工牵驭十匹骆驼,驮载全连5天粮秣供给。每名官兵配两匹马,骑一匹、带一匹,除枪弹外,带足两天干粮。

准噶尔盆地地域辽阔,地形复杂,在几千平方公里范围内,凡地图上标有水草的地点都要逐一搜索,如同大海捞针。有时好不容易发现叛匪踪迹,待追上去,敌人已经转移。一些叛匪自小在这里放牧,对畜道小路和水草地都比官兵熟悉。连队人马一走过,难免尘土飞扬,敌探在距连队七八公里外就能看到,马鞭一扬,口哨一吹,便跑得无影无踪。即使官兵发现了叛匪,立马换上备用马追击,敌人也以逸待劳,逃得更快。这样折腾了7天,粮秣已光,但毫无战果。

连队发无线电报求援,剿匪指挥部命令继续追击,粮秣空投。

全连人马排成"人"字形，中间烧三堆火，为飞机作引导。飞机第一次飞来转了一圈，未投物资；再转回来时，将几十箱压缩饼干和各类罐头投到了离连队两三百米处。官兵均分，只够3天，连队很快又陷入饥荒之中。

由于飞机未投马料，有的战马饿死了。为了充饥和保证人员的战斗力，只能将死马肉煮熟充饥。每个人都极为不忍，但也没有办法。

因为粮绝料断，剿匪指挥部不得不急令连队就近寻找兵团农牧场。虽然向导走的是捷径，但因人困马乏，连队走了一整天，到傍晚才找到一个兵团农牧场。场里的男女老少蜂拥而出，有端水的、送吃的、给马料的……大家顿时有了回家的感觉。

连队在兵团农牧场休整两日，人马体力基本恢复。第二天晚上，冷参谋长传达了剿匪指挥部的战情通报：今天傍晚，担负巡逻任务的骑二团某机枪排，在富蕴—奇台自然公路上，汽车途经两小山丘间沙子路时，遭叛匪伏击，全排22人，除司机、一战士和向导外，其余19人全部牺牲。1挺重机枪、2挺轻机枪、3支冲锋枪、7支步骑枪、2支手枪及全部子弹，悉数被劫。副连长受重伤躺在车旁，在3个叛匪接近时，连开五枪，击毙2人、击伤1人，最后壮烈牺牲。

机枪排遭伏击所造成的重大人员牺牲和武器装备损失，震惊了中央军委、自治区党委和新疆军区。剿匪指挥部随即告知：叛匪在我军围追堵截下，大部分化整为零，潜入牧民之中，百余顽匪劫走武器枪弹后，再次窜入戈壁沙漠游窜躲藏，特令骑兵一团一连和骑兵二团三连从南、北两个方向搜索追剿，并给一连配属100峰骆驼的粮秣随从。经两天跟踪，在当地公安侦查人员的帮助下，加之得到了熟悉戈壁沙漠水草情况的老牧民指点，战士们发现了顽匪的窝点。剿匪指挥部急令两个连队立即从南、北两个方向合击，又命另两个连队从东、西方向赶往叛匪窝点，形成铁桶式的包围圈，并邀请了数位名望很高的哈萨克族宗教爱国人士前去与匪首谈判，劝降缴械，保命轻处。在军事重压和政治攻势下，78名顽匪被迫缴枪、交马，被羁押送监。

至此，历时4个多月的北疆剿匪宣告结束。

为防匪祸重演，彻底铲除暴乱毒瘤，阿勒泰地委、行署根据剿匪指挥部的指示，全地区各县所有牧民分别集中居住过冬，组织逐家挨户排查，一个不漏地清查了惯匪、顽匪、疑匪。从此，阿勒泰地区的社会形势日趋稳定。

但没想到的是，1959年3月，以达赖喇嘛为首的叛国集团在西藏发动叛乱，最后逃亡印度，残余叛匪窜至与西藏毗邻的青海、新疆、云南、四川地域。其中一股叛匪掳掠被裹挟的数百户牧民，于1960年底流窜至巴音郭楞蒙古自治州且末县阿尔金山一带，袭击并杀害了骑兵一团侦察分队的2名战士。

1961年4月，为清剿这股叛匪，解救牧民，维护该地区的稳定，组成了以新疆焉耆军分区司令员李双盛为剿匪指挥部总指挥，包含骑兵一团全部、步兵第十一团一部的剿匪部队。邵柏恒当时已到新疆军区司令部机要处工作，被抽调出来，配属骑兵一团政委李巨苍率领的骑四连，任机要员，军区通信团1名副连长带2名战士负责无线电台报务工作。

为适应环境和战备需要，全连以野营训练方式，牵马徒步从库尔勒出发，沿库（车）且（末）公路经尉犁、铁干里克、若羌，到达且末县城。沿塔里木盆地东缘，越过塔克拉玛干沙漠，行程800余公里，且走且练，用了10天时间才抵达。

且末在汉代是"丝绸之路"南道上的重要驿站，位于塔克拉玛干沙漠东南部，昆仑山和阿尔金山北麓，南与西藏接壤，面积14万多平方公里，当时人口才3万多。县城除县委、县政府一栋小楼房外，均为土坯房，街道狭窄，只能走牛车、马车和毛驴车，店铺不少，但商品只有当地的土特产。

连队在且末休整了5天，剿匪指挥部给连队配备了1名藏语翻译、2名用30头毛驴驮运粮秣的民工。部队4月底出发，穿过戈壁沙丘，经过两天行军，到达阿尔金山与昆仑山间的库木库里盆地。草原、湖泊、湿地、河流、溪沟分布在盆地间，成群结队的野羊、野驴、野牦牛、野骆驼四处游荡，俨然是野生动物繁衍生息的天堂。

这里平均海拔4500米以上，空气稀薄，每个人都感到头痛欲裂，行军时大家伸出舌头，大口呼吸，还是喘不上气；有个叫王汉儒的，身高一米八几，当时刚担任机枪排排长，除扛着一挺机枪，还帮被高山反应折磨得走不动路的战士扛着武器，负荷更重，呼吸困难，舌头伸得老长。这里的沟谷间还有瘴气，如果人感到头脑昏沉，则是吸入了瘴气，要立即戴上口罩，骑上马快速离开。邵柏恒只背一个机要密码文件包，带一支手枪，比战士要轻松，但也头痛欲裂，痛苦不堪。

连队搜索了好几天，只找到了几户藏民。通过翻译获悉，叛匪觉察到部队到来围剿，已逃回西藏。有一个部落共200多户滞留在若羌境内，此事向上级报告后，由兄弟连队收拢安置。

为防西藏叛匪回窜，剿匪指挥部令四连休整待命。连队就在阿其克库勒湖畔，选了一座小山丘，坐北朝南，面向湖水，挖了地窝子住下来。李政委单独住在中间，邵柏恒和警卫员邻左而住，电台则安设在邻右的地窝子里，其他人员以此为基点，在左右和背后挖地窝子驻扎，远望很隐蔽，近看像窑洞。

阿尔金山因降大雪，道路被封，毛驴运输队粮秣送不到，马有水草，人却无粮，只能打野羊充饥。烧水、煮肉要捡野牦牛粪和骆驼刺，饮水只能用盐碱很重、又咸又苦的湖水。

高山缺氧，大气压低，水烧到七八十度就开了，肉煮不熟，又没有盐，腥膻难闻，但也只能强往肚里咽。

有几位战士想到湖边觅些鱼虾，却发现了两具骷髅，判断可能是去年冬天被杀害的两位侦察兵的。政委指示随队医生用布把遗骸包好。后带回鉴定，确实是两位侦察兵的遗骸，将其安葬在了库尔勒烈士陵园。

雪停路通后，毛驴队送来了7天的粮秣，其中有压缩饼干、大米、面粉、罐头，还有马料，大家非常高兴，断粮以来，第一次饱餐了一顿。

连队完成剿匪任务后，撤回归建，邵柏恒重新回到了乌鲁木齐军区机要处。

此后，他去玛纳斯县北五岔公社红星大队参加过"社会主义教育"运动，担任过某步兵团政治处干事，某技术侦察支队政治处任主任、参谋长、副支队长、支队长。1985年秋，根据中央军委的战略部署，中国人民解放军裁减100万，邵柏恒所在部队被裁撤，他转业到自治区人民政府经济技术协作办公室，开始了新的人生旅程。

谢钟绍的荒原人生

1955年，谢钟绍从浙江绍兴稽山中学初中毕业后，经学校严格挑选，成为该校唯一浙江青年学生赴新疆工作大队的学生。抵疆后，被分配到自治区百货公司直属供应科仓库当保管员，管理搪瓷和玻璃器皿。这些货物全部露天堆放，十月的新疆已飘起鹅毛大雪，货物无任何遮盖，积着厚厚的积雪。他每天都要穿着毡筒靴、皮大衣，戴着口罩，到库区清理积雪。

他第一次干这种活的那天，气温零下23摄氏度，滴水成冰，口罩冻得硬邦邦的，哈气成冰，手脚冻得生痛。干完活回办公室，用附着冰雪的湿手去拉门，手马上就被铁制拉手粘住了。进屋后到火炉上烤手，钻心地痛。老同志一见，就说："你要用雪来搓手取暖，更不能光着手触碰铁制品，否则，皮肉会被粘掉的。"

乌鲁木齐的冬天长达4个多月，仓库每天要向市内各门市部、北疆各县市发货，商品吞吐量很大，保管员的辛苦可想而知。

谢钟绍进疆时，兰新铁路才通到武威，之后逐日西进。商业部门根据进疆物资运输的需要，也跟随铁路工程的进展向前推进，先后在甘肃兰州、武威、玉门、峡东、红柳河，新疆尾亚、哈密、鄯善、吐鲁番等地设立中转站，每进展一地，中转站便推进一地，大家就跟着搬迁一次。那时，包括百货在内的所有物资进疆的流程是：货物从全国各地用火车运至兰新铁路的新建站，相关业务人员分门别类卸下商品，验收入库，然后再按计划或合同开单调拨，用汽车运往全疆各地。

1956年春，火车通到玉门，上万吨商品囤积在玉门火车站，茫茫戈壁滩上，缺乏人手。自治区百货公司立即调谢绍忠等年轻人到玉门，分别在食品、烟酒、医药、土产、五金、百货、文化用品、日杂、针织、纺织等不同部门的中转站工作。

当时玉门中转站面临两大难题。一是人员不足，上万吨商品，上万个品种，吞吐量巨大，却只有30多名职工，要将全部商品从火车站卸运到中转站货场，涉及拉运、调拨、装运，都是繁重的体力劳动，而拉运工具是一人一辆架子车。大家每天早晨6时起床，先出工，拉回货物后，再洗脸刷牙。早餐后，再分品种验收、堆码、入账、调拨，若接货单位派人开汽车来拉货，还要装货，即便是半夜来车，也要马上装车，不能耽误。每天繁重的体力劳动需要10多个小时，苦不堪言。二是自然环境异常恶劣。中转站地处戈壁滩，四季气候中的狂风、扬沙、酷暑、严寒变化无常。夏日气温高达40摄氏度以上，冬天最冷低至零下25摄氏度。大家睡在单薄的帐篷里，一顶帐篷住八个人，酷热、寒冷加上晚上难免有人磨牙、说梦话、打呼噜、放屁、起夜，让人难以安睡。每人每天洗脸、洗脚仅有一盆水。早上洗完脸，留着干完活洗手，然后晚上再洗脸，之后洗脚。吃用的水是从酒泉河坝拉回的，浑浊不堪。吃的菜总是老三样——白菜、土豆和萝卜，吃一顿豆腐就跟吃肉一样难得。

1958年，中转站跟随铁路向西延伸到甘肃峡东，位于柳园以东33公里。各种运向新疆、西藏及甘肃、青海西部的物资到此卸车再用汽车转运，运往内地的原材料也蜂拥着向这里集中。铁路上蒸汽机车冒着黑烟，现修的公路上汽车扬起沙尘，带来了天南地北的人流、物流，使这片还算平整的戈壁滩突然有了人烟。

因为没有工商、税务、土地管理部门，各种转运单位的仓库、运输队、装卸队有多大的本领，就圈多大的地盘，火车站附近也有了商店、旅社、饭馆，形成了简陋街道。峡东一时声名鹊起，写在了铁路营业站名录上，标在了新出版的地图上。从只有三股道的火车站卸下的货物堆积如山。

时值"大跃进"时期，浮夸风盛行，报纸广播天天"放卫星"，小麦、水稻亩产上万斤是"常事"；在商业部门，领导会根据企业人少事多的状况，提出"苦战七昼夜，再创新高峰"，即夜以继日、连续七昼夜不睡觉，干活"放卫星"。谢钟绍负责保管和调拨的全是胶鞋、布胶鞋一类商品。一个人除了要负责上万件商品的归类、整理、堆码等工作，还要自己扛箱子、整理库房。为了响应"放卫星"，七天七夜几乎没合眼，他累得肝脏肿大，最后到了寸步难行的地步，一头倒在床上，动弹不得。因为当地无医院，商业厅办事处只有一个小医务室，治疗头痛脑热还可以，遇到其他病都无能为力。领导关心他，用担架抬上火车，将他送到驻甘肃酒泉某部野战医院，在那里治疗了一个月才返回单位。

在峡东干了将近一年，西进铁路又向前推进了50多公里，修到了甘肃红柳河。为了节省运费，一个企业分了两摊：在峡东的存货不动，用汽车直接调运新疆；新到的商品全部运抵红柳河。

各种转运单位的仓库、运输队、装卸队，商店、旅社、饭馆、邮电所都跟着运作，喧嚣热闹的峡东就像戈壁滩上刮过的一场沙尘暴，寂静了下来。

谢钟绍与其他七人先行前往红柳河。那天大雪纷飞，他们拆掉一顶棉帐篷，外加自身行李，用架子车拉上，一起上了火车。

八人坐在最后一节指挥小车厢里,目之所及,是积雪覆盖的荒原。火车在新修的铁路上行驶得很慢,蠕动了两个小时,到达红柳河已是下午。积雪盈尺,大雪纷飞,没有要停的样子。大家各啃了一个冻得跟石头一样硬的馒头,将帐篷、行李连同架子车,踏着积雪,深一脚、浅一脚,连拉带推搬到预定的地点。

第一件事就是扒开积雪,搭建帐篷。寒风从荒原上刮过,更加刺骨,吹在脸上,像针扎一样,手脚很快就被冻麻木了。大家见到了先来这里筹备建站的同事,他们衣衫脏污,满面污垢,头发长得像女人一样,都差点认不出来了。没有水喝,大家将地上的积雪装到茶壶内压紧,水烧开后,每人喝了半杯,暖了暖身子。因怕夜幕降临难寻柴火取暖,留下两人,在刚搭好的帐篷内支板搭床。其余六人拉着架子车,到戈壁滩上去找红柳根作柴火,找满一车,回到帐篷里已是深夜。

那个冬天,他们用红柳根生火取暖,用积雪烧水做饭,每天一大早就开始拉货、入库、验收、调拨、发运,天天如此。

1959年,兰新铁路通至尾亚,终于进入新疆境内。由于自治区经济建设快速发展,人口大增,商品需求量随之大幅增加。然而,兰新铁路逐年西延、中转站不断迁移的不稳定性,决定了新疆内各大公司不会再给中转站环节增加固定资产投资,因此,简易帐篷、简易木板房、地窝子、架子车就成了大家工作与生活的基本设施,连一间像样的仓库都没有,很多时候,所有商品都只能摆放在戈壁滩上,用篷布遮挡了事。帐篷是单身职工宿舍,木板房作为办公室,地窝子就是大龄青年的婚房。

当年从河南、甘肃来了一批工人,组成运输队,负责从火车站卸货,然后拉运到货场,按车次堆放。接下来按类细分和堆码的工作,则由谢钟绍他们来完成。所有的货物都需要手抬肩扛。一般五六十公斤重的商品,一人用双手提起来,另一个人低头弯腰钻入箱底，就能扛走，这算比较轻松的；80—120公斤重的货箱，则需要两个人抬起来，另一个人弯腰钻入箱底去扛，那就比较吃力了。但这样的活连续干上半天到一天是家常便饭。这样的活计，由于天天锤炼，加上年轻，一般都能应付。很多人开始力气很小，干久了，力气就大了。谢钟绍一开始扛100斤的东西都吃力，最后扛200多斤都没问题。有一次，从上海发来五箱扑克牌，每一木箱包装标识毛重142公斤，这下让大家愣住了。见此情景，谢钟绍就说："让我来扛吧。"于是，四个人将木箱架起，他弯腰钻入箱底，一用力，迈着小步扛走了。

对于工作，谢钟绍总是一马当先，从不偷懒，因此，年年被评为优秀工作者。

1959年3月，为充实采购力量，谢钟绍被调往新疆驻上海办事处，负责百货公司的采购工作。具体任务是，按商业部下达的大类指标，与一级批发企业衔接具体品种，签订合同；并不定期到各地采购二、三类商品，查询合同执行情况，确保进疆物资顺利调运入疆。

这方面的学问很多，需要广泛学习商品知识，处理好方方面面的关系，对他来说，是一项新的挑战。但他仅是初中毕业，所以深感文化知识不足，难以应对新的工作。于是他先后报考了上海师范大学开办的业余大学和卢湾区（已撤销）开设的业余英语大学，均被录取。他利用每天早晨上班前和下班后一个半小时刻苦学习，终于获取了高中学历，业务水平也得到了提升，这是他人生经历中的一个转折。

1961年，兰新线铺设到吐鲁番，火车站设在大河沿镇，这里是通往南北疆的交通枢纽，也是通往辽阔的南疆大地的起点。那时，自治区百货公司按南北疆区域，设置了两个批发站，一个是乌鲁木齐百货站，负责北疆区域的百货供应；另一个就设在吐鲁番大河沿，名为吐鲁番百货站，负责南疆区域的百货供应。谢钟绍被安排在吐鲁番百货站。

大河沿地处兰新线百里风区，百里风区是兰新线上著名风口之一，常年风沙不断，"一年一场风，从春刮到冬"。风力之强，超乎想象。大河沿背靠光秃秃的天山南坡，面临吐鲁番盆地，四周是寸草不生的茫茫戈壁，看不到一星绿色，有一首顺口溜是这样说的："天上无飞鸟，地下不长草。随时起沙暴，风吹石头跑。"

最难忘的一场风，发生在1961年5月31日。那天，天突然黑了下来，顿时狂风大作，被风卷起的卵石，把货箱砸得"砰砰"直响。员工刚从火车上卸下了50吨进口马口铁，其外包装先是被风撕开，接着一张一张铁皮飞上了天，有的还切断了电线，有些裹在了电线杆上。9吨重的水箱滚出了6公里。新疆军区生产建设兵团的康拜因（联合收割机）被风推着，直到栽进了十几公里外的沟里。石油公司500个空油桶，经过反复碰撞，最后成了皱皱巴巴的"铁核桃"。百货站的铝锅、铝盆则被大风揉成了拳头大小的铝疙瘩。纺织品站的衣服、袜子，在戈壁滩上飞撒了几十公里。职工住宿的帐篷全被吹飞。大家只能匍匐前行、蜷缩进土窑洞里，才没有被刮跑。后来才知道，那是场超过十二级的风暴。

吐鲁番百货站建立后，除了应对大风，还有个大问题，就是无水可饮。没有办法，货站员工只能在住所处挖一大坑，再从火车站冲洗车皮的位置下挖一条沟，让水顺沟流到大坑里，积蓄使用。由于蓄水设施简陋，水坑里时常漂浮着油污、死老鼠、牛羊粪便、死鸟、树枝、枯草。尽管这样，大家还得使用——把脏水挑回家，在水里放点明矾，澄清之后就用来煮饭烧茶。许多人因此患上了痢疾，有的还得了传染性肝炎。后来单位花钱建造了水池，用汽车从远处拉来涝坝水，灌入水池沉淀后，通过管道定时供水。每到下班排队接水的时间，水落进铁桶发出的"叮叮当当"的声音，就会响成一片。

由于缺水，干部职工很多天都不洗头，以致长了虱子，剪下来的头发放进燃烧的炉子里，虱子、虮子被烧得"毕毕剥剥"直响，自己看了都浑身发麻。

1961年底，谢钟绍准备在大河沿举办婚礼，新娘孙白薇是同他一起进疆的浙江衢州同乡，两人同龄，都已27岁，在那时算是晚婚青年了。那个年代，国家处于三年困难时期，企业无力再给基础建设投入资金。谢钟绍所在的批发站，除了一幢仓库和十多间土坯垒成的窑洞作办公室外，职工仍住在帐篷里。

但因为有那场大风的警示，货运站的领导认为修建干打垒的土坯房比帐篷结实、安全，加之像谢钟绍这样的大龄青年和双职工家庭共有8户需解决住房。为此站领导向上级申请建设资金，准备修8间干打垒住房，结果上级只批了5000元。这点钱修8间住房怎么够呢？领导就动员职工利用下班时间，每人打300块土坯，自己想办法解决泥土与水，土坯模子由单位提供，大家轮换使用；盖房时，抽调有经验的两名工人当大工；房顶横梁利用废旧木料或竹竿，然后铺上芦苇，再盖上黄土。上级下拨的5000元，用于买地基砖、门窗框木料及和泥巴用的麦草。经过短短两个月时间的辛勤劳作，一排每户10平方米的土坯房建成了。房子分配完毕后，各家自己在室内砌了火墙、起了炉子，墙壁刷了石灰，地面铺了条砖，每个人都觉得，那样的房屋太豪华了。

谢钟绍分到住房后，婚期定在12月23日，那是一个星期六。紧接着就是布置新房，准备婚礼。在一无所有的房间里，将原来各自睡的两张单人床搬到一起，拼凑成双人床，然后烧了一锅开水，烫死了床板裂缝里的臭虫，再捡来一堆纸夹板，拼凑着钉了一张矮桌和四个小凳，向单位借来一张破办公桌加以修补，将两人的箱子垒起来，用布包得四四方方的，上面放置了两张相片和一台"三五"牌座钟，这就是他们新房的全部家当了。

要结婚了，两人都很高兴，但喜悦中又带了苦涩的滋味。

当年许多生活物品都要票证——布票、粮票、油票、肉票、肥皂票……单位向吐鲁番设在大河沿的综合商店打了报告，批给了谢钟绍在婚礼上用的2公斤什锦水果糖和2条香烟。结婚那天，工会派了干部为他们主持了简单的结婚仪式。来客很多，因室内狭小，只能站十多人，只好你进他出，一批接一批进去祝贺，进去的人也只能是抽支烟，吃颗喜糖，开个玩笑。

自治区商业厅办事处系统仅有一台功率为50千瓦的柴油发电机，每户限电用量15瓦时，夜里12时熄灯。那天也不例外，晚上11时55分，电灯闪了几下，预告要停电了，婚礼活动也就结束了。

1962年，根据需要，谢钟绍重新前往新疆驻上海办事处工作。成家了，多了一份牵挂，妻子有孕本是一件喜事，却平添了一份担忧。全国物资供应紧张，大河沿也不例外。中央号召"低标准，瓜菜代"，大河沿是60%的粗粮（高粱面）、40%的细粮（八一粉）。谢钟绍因粮户关系在上海，可以经常以出差为名换取全国粮票，实为用全国粮票买些高价的富强卷面，捎回新疆，算是一点补充。妻子十月临产，他九月才回到她身边。临产时，家里仅有四个鸡蛋，其中两个要用来招待接生婆。即使妻子坐月子期间，每天也只能吃没有油水的挂面，所以没有奶水。他想方设法弄来了两罐军用猪肉罐头，用罐头里的肉下面条，那就算是吃

"豪华大餐"的好日子了。两人每人每月有半斤肉票，但要到离供应站50公里的托克逊去买，交通不便，肉票形同废纸，妻子坐月子一个月，就靠两个猪肉罐头的油水度过。

孩子满月后，谢钟绍返回上海。妻子一面上班，一面独自照料孩子，十分艰难。

1964年8月的一天，身在上海的谢钟绍突然接到自治区百货公司从乌鲁木齐发给他的电报："女病重正抢救接电直返乌市友谊医院"。看完电报，谢钟绍心急如焚，直奔上海火车站，但每天只有一趟去乌鲁木齐的客运列车，当天的列车已经发车，他只能购买次日启程的车票，四天四夜到达乌鲁木齐，在友谊医院见到孩子时，只见孩子骨瘦如柴，面黄肌瘦，妻子面色苍白，一看都营养不良，他心疼不已，见面之后，两口子眼泪夺眶而出，抱头痛哭。

他从妻子口中得知，孩子在家无人照顾，成天关在屋里，加上天气变化剧烈，得了病毒性肺炎，多亏医院有一名苏联专家，他指导治疗并给孩子输了液，又用了医药公司买来的胎盘球蛋白，病情才得到缓解。

过了几天，孩子的病情好转后，一家三口回到了大河沿。

谢钟绍马上面临一个问题：以后怎么办？

夫妻俩商量后，知道工作第一，不能耽误，便决定由谢钟绍把孩子带到老家杭州，交给他母亲和姐姐代为抚育。刚满2岁的女儿，虽然年幼瘦小，但聪明伶俐，一双大眼睛闪亮有神。她在火车上，看着窗外飞驰而去的牛羊、树木、山川、河流，不时露出天真好奇的神色。

火车抵达上海，出站时，谢钟绍背着行李，牵着女儿的手，在一棵树下休息。孩子指着大树问道："爸爸，那是什么？"

谢钟绍这才明白，路上的很多东西孩子在荒凉的大河沿都没有见到过。这棵树她也是第一次见。他的眼睛顿时湿润了,他忍住眼泪,哽咽着说:"宝贝,那是树。"

"那个呢?"

"那是青草。"

"爸爸,那个呢?"

"那是花。"

回答完这些问题,他禁不住流泪了。背过身,把眼泪擦了,然后把那些女儿从没见过的植物指给她看,让她认。

把孩子交给母亲和姐姐后,谢钟绍终于放下心来。在上海工作,只要有机会,他就去杭州看望他们。但孩子还是依恋父母,母亲不在身边,孩子特别依恋他,他每次只能趁她不在身边时,偷偷离开。母亲每次都跟他说,当孩子回头看不到爸爸,总会大哭一场,不让其他人关门,说爸爸要回来。听了母亲的话,他心里异常难过,对女儿更加愧疚。

1978年,谢钟绍从上海调回新疆,任吐鲁番百货站业务科科长、办公室主任。从大城市回到了依然荒凉的大河沿,他并没有任何不适。1984年,他被提拔为吐鲁番百货站总经理。任职之后,摆在他面前的是企业经营的重重困难。当时,企业的固定资产只有37万元,自有流动资金仅10万元,购销流动资金6000多万元全靠从银行贷款,企业盈利全部上缴。企业基础设施差,办公场所仍是那10多间窑洞样式的土坯房,仅有一幢500多平方米的简易仓库,绝大部分商品堆放在露天场地,风吹日晒。而他想得最多的是本站老职工20多年来,随兰新铁路延伸,一直在戈壁荒滩抗严寒酷暑、斗大雪风暴,缺水少菜、忍饥挨饿,在极端艰苦的条件下从事着超强度的工作,而工资和福利待遇很差,他深感企业对他们亏欠太多,必须改善。于是,他决心首先从改变企业的穷困面貌抓起。

谢钟绍认识到，当时中央提出的经济体制改革的关键，是从计划经济向市场经济转变，打破流通领域地区之间的封闭与禁锢，放开手脚，促进物流。于是他将领导班子成员召集到一起，认真学习中央和自治区有关企业改革、搞活经济的文件，解放思想，统一认识，改制组织机构，组建队伍，订立各项规章制度，进行改革。

谢钟绍最主要的着力点是主动联系客户，增进互信，理顺各方面关系。他亲自带领班子成员赴南疆各地（州）县挂钩单位主动拜访，在这个过程中，检讨过去工作的不足，帮助他们调整库存结构，从而加深友谊，增进感情。通过走访，在当年冬季召开的次年上半年签约订货会时，客户盈门，5天会期，一举成交商品金额达4000万元，从而翻开了吐鲁番百货站经营史上新的一页。

商品成交额高的另一个重要原因，是打破了计划经济时期物流被禁锢的常规。他提出"人不分公私，地不分南北"的营销策略，不论国营、集体企业还是私有制企业，来者都是客，彼此皆同人。在此理念指导下，吸引了北疆许多企业也纷纷前来进货，这是对传统观念的突破。

同时，谢钟绍注重建立良好的购销网络，拓展经营空间。批发站经营活动，货源是本，没有充足的商品供应，无疑是无米之炊。这就需要全国生产地供应站的支持，以及购销双方的真诚协作。谢钟绍的具体举措是，甲方的产品，乙方设专人、建专账，成立专门经营部，销后付款，利润三七分成（甲方得三，乙方得七）。考虑到浙江是小商品生产基地，尤其是杭州、温州、宁波、金华等地区有丰富的小商品货源，建立横向经济联合可以紧密双方关系，既对家乡轻工业生产发展有利，又能满足新疆各族人民日益增长的物质生活需要，同时还能增加企业经济效益。他对浙江地区商品流入采取两种形式：一是紧密型，即按横向联合准则，在站里设立杭州小商品经营部，使年进货量扩大到近10倍；另一种是松散型，如宁波的搪铝五金制品，金华的文具誊写制品，温州的五金、鞋帽制品，其进货量也增加不少。仅每年在温州乐清柳市等处定制的少数民族群众喜爱的马靴和半高跟皮鞋就有三四万双。通过上述联合，每年从浙江调入的商品金额即上千万元。

横向经济联合模式发展到江苏无锡、常州，继而又与北京、广州的一级批发企业联合，有力地促进了商品购销活动。批发站的经营品种从他任职前的1.1万多种，增加到2.5万多种，吐鲁番百货站、吐鲁番百货批发站、吐鲁番站在国内流通领域顿时有了声望。

谢钟绍认为，商业经营说到底，是协调好商品吞吐问题，犹如人的生命——没有进食人会饿死；吃得过多，排泄不出去，就会积食胀死。他在解决好进货的同时，就考虑到了销售问题，通过多方联系，于1988年将以上海、北京、天津、广州、杭州、苏州、无锡、常州为主产区的供应企业和南北疆75家销售单位，组合成立了"新疆百货企业联合会"，他任理事长。凡是会员销售单位，享有让利优惠的特殊政策，通过这种形式的捆绑，加速了商品流转。1989年，在国家宏观经济调整中，出现"资金困难、存贷利率上升、税种增加、税率提高、成本增加、利润减少、市场疲软、生意难做"的困境。当年，全国国营商业和供销社系统整体利润比上年下降31.9%，亏损额比上年增长43%，而吐鲁番百货站却实现销售额1.14亿元，利润比上年上升3.6%，实现利税459.7万元，创历史最好年景。商业部在大连召开经验交流会，吐鲁番百货站被评为全国先进企业。

除此之外，谢钟绍关心职工生活，创造良好环境。吐鲁番百货站的职工勤劳善良、吃苦耐劳。在30多年的艰苦岁月中，由于物质生活贫乏以及环境恶劣，许多人积劳成疾，有的过早长眠于戈壁大漠。因此，谢钟绍在改善企业经营状况的同时，设法改善职工生活，让他们尽可能过上好日子。

他把解决吃水、用水问题放在首位，经他与大河沿镇联系，由站集资145万元，从十多公里外的泉眼，通过管道引水，将水管通到每家每户，职工终于告别了长年喝脏水的历史。同时，绿化用水也得到了解决。马路两侧种上了绿树，有了林荫道，难得一见的小鸟也飞来了。

接下来是改善职工居住条件，经过3年的建设，全站职工住进了两层小楼，每户四室一厅一厨一卫加一菜窖，家家楼前有小院。室内自来水、液化石油气、暖气一应俱全，他还给每户安装了浴缸；庭院内，葡萄满架，花卉争艳，蜜蜂采蜜，彩蝶纷飞。当时，全站职工、家属、子女已有1000余人，除粮食由当地供应外，其余社会性服务都需要企业出资。随着企业效益的提高，职工生活福利得到了改善。用水、上学、求医全部免费，用电每度3分，液化气每罐1元，供暖只收取发给职工冬炭费的一半。专门配备汽车拉菜，每周两次，鱼、蛋、肉、菜等不定期供应，瓜果从产地直接拉回，按成本价收费。储备冬菜都是按照收购价，猪、羊肉均按调拨价供应；修建了"职工之家"，楼上可阅书报杂志，楼下有乒乓球台、棋牌室。

谢钟绍自1984年担任吐鲁番百货站总经理，至1990年离任到自治区百货公司工作，六年中，带领全站干部职工，改变了企业落后面貌，取得了不错的业绩：向社会提供了5.5亿元商品，累计实现利税4350万元，企业固定资产增长了12倍，职工收入增长了3.2倍。

黄立诚入学记

黄立诚毕业于浙江省立严州中学，到达新疆后，被分配在新疆油脂公司工作。到公司待了一个多月，便于1955年11月17日奉命去伊犁霍尔果斯出差，协助伊犁分公司出口食用油脂油料到苏联。

11月的北疆已十分寒冷，当时出差自己带行李，坐大卡车，公家配发一件光板羊皮大衣、一双毡筒靴、一顶皮帽，为抵御严寒，每个人几乎把能保暖的衣物都裹在了身上，每个人都笨拙如熊。旅客的行李放在车厢两边和中间，人们面对面坐着，由于行李多、人多，穿得多，很是拥挤，坐起来十分难受，特别是脚穿毡筒靴后，空处更少，总觉得人少脚多，无处可放，无法动弹。有时中途下车解手和晚上停车找旅店，很长一段时间，浑身都是僵硬的，双脚都是麻木的。乌鲁木齐至霍尔果斯600多公里路程，大家顶着凛冽寒风、冒着飞扬的大雪，走了3天才到达。

霍尔果斯离霍城县城6公里，与当时苏联加盟共和国之一哈萨克斯坦仅隔着一条宽不过丈的霍尔果斯河。河里少水，所以与其说是河，不如说是条沟，遥望对方一目了然。中方一侧，也就是口岸，只有苏方驻口岸的东方贸易公司，也只有几幢铁皮屋顶洋房。那时看，很是时髦。除此之外，还有海关、畜产公司、兵团运输站及边防连队，要买日常用品或洗澡，还得到县城去。霍尔果斯和县城的建筑多为苏式，好多日用品也是苏联的，地上跑的是苏联汽车，街上走着俄罗斯人或混血儿，到了此地，已有恍然出国的感觉。

当时出口的货物由伊犁畜产公司代理，以它的名义离岸，这都是伊犁分公司的业务经营活动，所有手续由黄立诚他们办理。后来他知道，这是国家以货易货的一部分。

随黄立诚到霍尔果斯的领导叫刘济民，他是公司仓库主任、一位1938年参加革命的老干部。他到霍尔果斯没几天，就去了苏联那边。他摆出老革命的架势到苏方饭馆吃饭，饭馆提出要用卢布结算，由于语言不通，你言我语，各说各的，他脾气本就暴躁，一时动怒，便破口大骂。回国后没几天，自治区公司就把他召回乌鲁木齐了。黄立诚就自然递补，成了这里的负责人。

刘济民走后不久，黄立诚成为"钦差大臣"，还有一位是前一年才从商业干部学校毕业的学生叫李深，他是新疆人，会维吾尔语，还会一点俄语，参加工作也早他一年。所以，黄立诚很看重他，凡事都与他商量。他们的业务量不算很大，但工作环节很多，罗列出来大约是：验收各地运来的油脂及油料、雇用装卸工、过磅装车、商检铅封、填写运单、与畜产公司联系苏方来车数量、一起去苏方处理有关商品质量问题等，但两人彼此照顾，相互配合，相处愉快，工作顺心。

黄立诚的工作是接待苏方驾驶员、过磅装车、填写运单。在那几个月里，黄立诚的俄语水平提高很快，后来一般生活用语都能应付。过磅装车后就要填写运单，一份运单要复写12份，这是比较困难的；每装到60吨还要复写一份汇总表，也是12份。那时他的右中指都写出了老茧。

到苏方那边也是很有意思的事。一遇到质量或其他问题，黄立诚和李深隔三岔五就要过去。第一次过去，黄立诚还有点紧张，毕竟那是出国。跨过国门，特别是想起刘济民的事，更是小心翼翼。那边其实也就一个小镇,建筑物比霍尔果斯多点,但大部分是仓库。

黄立诚在霍尔果斯就3个多月,最难忘的是参与了一次令人振奋的货源组织行动。由于运力问题,赶不上发货,眼看就要超过合同期。就在那几天,寒流侵入,大雪纷飞,气温降至零下40摄氏度,公司最后决定用马车拉运油品。当时把伊宁市所有叫作"六根棍"的马车,都租来运出口油品,一辆马车装一大桶食用菜籽油。伊宁市至霍尔果斯全程80余公里,在那三天,公路两边全是运油马车,就像电影里解放战争支前民工队伍一般,顶风冒雪,浩浩荡荡。此次行动,及时解决了货源断供问题,免遭罚款,这可能也是世界出口贸易史上少有的景象。

春节来临,伊犁分公司让黄立诚回伊宁市过节。节后上班的第一天,分公司领导尹经理找黄立诚谈话,称区公司已同意让他留在分公司工作,不再去霍尔果斯,行李让其他人带回来,问他有何意见。黄立诚是来霍尔果斯出差的,没想被留在伊犁了,但他觉得在哪里工作都一样,所以很平静地接受了。只是一想到自己已在边地,离老家又多了3天的路程,心里有点难过。

黄立诚被留下后,分在财务科,科里九个人,除科长外,清一色的女性,大多已婚。科长叫严兰复,是天津杨柳青籍的老新疆,给他安排工作时,介绍了科里的情况,说工作大量积压,各个时期的报表不能按时报出,言下之意,是对他抱了厚望。

但黄立诚对会计业务一窍不通,现学现做,晚上学,白天做,经过一个月的努力,就把几个月积压的账目全部补记完毕了。科长很高兴,接着把三四个人的账全部交给他做,他一个人担负了半个科室的工作,科长的意思很明显,就是要培养他。

但黄立诚对自己怎么被调到伊犁分公司一事,一直是稀里糊涂的。直到1956年6月，新疆油脂公司经理李成高一行到分公司检查工作，有一天，遇到了他，就问："你在这里干什么？"当时伊犁分公司的尹经理也在场。黄立诚回答说："我被调到这里工作了。"李经理当即对尹经理训斥道："你们这是胡闹。"接着对黄立诚说："这次跟我一起回去。"尹经理当场面红耳赤，下不了台。黄立诚却一头雾水，不知发生了什么。就这样，他随李成高经理同车回到了区公司。

事后得知，陪同李经理来检查工作的人，包括参加过长征的两位科长，都和黄立诚住在同一房间。一住多日，一起交流闲聊，便把他的情况反映给了李经理。

类似出差被下级公司看中"挽留"，在当时是常有的事。仅黄立诚在参加工作的头三年，就发生过三起。有次他到乌苏县出差，再次被看中，县公司在没有征求他意见的情况下，提交正式报告给区公司，让他留下负责财务工作。区公司以为他自己愿意，正式下文批复同意。因有伊犁前车之鉴，他有生以来第一次"抗旨"不遵，草草结束手头工作和必要的安排后，光明正大回到区公司照常上班。开始也是心有余悸，惶惶不安，时过半月，领导找他谈话，说明乌苏的报告有不实之处，明确表示不再让他去任职，他才舒了一口气。

1957年夏季，新疆农村合作化与全国相比，尚处于初级阶段。自治区党委决定从各厅局及其所属单位抽调干部组成农村工作大队，派往南疆各地。黄立诚被抽调到了和田大队。当时他原先所在的新疆油脂公司由于机构变更，已划归自治区粮食厅管辖，尚未交接。

工作大队没有设定工作期限，只听说约一两年，要求大家做长期打算。带队干部级别都很高，各县的队长都由副厅长担任，并兼任该县县委书记,依此类推,直到村一级。那几天,南疆公路几乎都是运送工作队的汽车,浩浩荡荡,犹如战争状态时,战士开赴前线一般。从乌鲁木齐出发,经库尔勒、阿克苏、喀什、莎车,黄立诚马不停蹄,走了整整12天,才到达和田。

时值盛夏,南疆多沙漠戈壁,天气酷热,热浪袭人,待到达和田,每个人都感觉脱了一层皮。

和田大队由自治区粮食厅、自治区商业厅、自治区党校和新疆学院等单位组成。黄立诚所在的工作点,在墨玉县三区二乡第一农业生产合作社,县工作队队长由自治区商业厅副厅长刘鹏杰担任,下属区设队长1名、副队长2名;乡村设工作组。村工作组一共4人,组长是来自自治区粮食厅的潘志远,组员是黄立诚和两名维吾尔语翻译。

和田地区是当时自治区经济方面最落后地区之一,工作组所去的乡又是墨玉最偏远、最落后的一个乡,没有进行过土地改革,村里绝大多数人没有见过汉人。一见潘志远和黄立诚,犹如见到外星人一般,一些小孩一直跟在他们身后尾随围观,弄得人哭笑不得。

进点后,根据自治区要求,吃住在农业生产合作社社长家里,工作队统一标准,每月伙食费6元。社长名叫托合提他洪,人已中年,和妻子育有一个十五六岁的孩子。与村里其他人家相比,他家的生活水平相对好一点,属中农阶层;虽然和其他村民一样,住的也是土坯房,但要宽敞好多,炕上有几张毡子,棉大衣是新的,养有马和毛驴。当时当地农村衡量贫富的标准,毡子、棉大衣是其中之一,其他就是生产资料,如毛驴和马。特别是毛驴,据当时统计,和田地区140万人口,约有180多万头毛驴,毛驴之多,可谓新疆之最。南疆毛驴可与现在农民的小四轮拖拉机相提并论,无论生活还是农业生产,都离不开它,在农村不会骑马无关紧要，但如不会骑驴，生产生活就会有诸多不便，还会被人笑话。

工作组的中心任务是稳定局势，整顿基层领导班子，巩固发展合作化组织，引导农民发展生产。当地老百姓和干部见了他们，都称"组长"。起初见到他们，总是绕道而行；干部见他们，都很客气。让他们办事，总是点头称好来应付，事情办与不办却不重要。村民善良、热情，但日子能过就行，口袋里有一毛钱，宁可不出工，也得骑着毛驴去逛巴扎。每天到各家去叫他们上工，就成了工作组的一项重要工作。

黄立诚认识到，在新疆农村长期工作，语言沟通是关键，虽然配有翻译，沟通难度仍然很大。何况两位翻译水平都不高。黄立诚说的话，他们译不过去，群众说的话，他们译不过来。在这种情况下，黄立诚决心学习维吾尔语——这也是自治区党委对每个队员提出的要求。学了几个月，在社员大会上，他就能磕磕巴巴地试着讲几句了，有时翻译译错了，他也能给予纠正。最后，在没有翻译的情况下，他也能用维吾尔语开一些简单的会议和布置工作。

经过一段时间的调查，工作组发现村干部的问题主要表现在工作作风方面。那时的村干部还跟以前的巴依（维吾尔语"老爷"的意思）差不多，是一个地方的"土皇帝"，东西想拿就拿、人想打就打，村民有苦无处说，敢怒不敢言。工作组首先对村干部进行了改选。改选之后，面貌焕然一新，老百姓见工作组的人不再绕道而行，叫"组长"的少了，叫"朋友"的多了。因为黄立诚会说维吾尔语，更受尊敬。他们常用生硬的汉语直呼他的大名，有时还跟他开开玩笑，在田间地头，老百姓经常会塞给他一把葡萄干或几个核桃。

一年里，工作组的生活十分艰苦，开始两个多月，按照自治区规定的同吃、同住、同劳动的"三同"要求。当时和田地区的农民，95%的口粮都是玉米面，不少人还吃不饱。农民的传统主食就是玉米糊糊和玉米馕：早晚两餐玉米糊糊，里面放点桃干或杏干，到5月多放一点未长熟的青杏和苜蓿；午饭是玉米馕。玉米馕又硬又粗糙，像石块一样。社员中午吃馕的时候，习惯喝凉水，啃一口馕，再喝一口凉水。由于有工作组的人在，一星期内，晚饭有可能吃上一两次汤面，汤多面少，吃得饱饿得快，但那已经算是加餐了。每天几乎没有菜，即使有，也只有一点黄萝卜、皮牙子（洋葱）、恰玛古（类似白萝卜）这老三样，这些菜不是单独炒的，而是和在玉米糊糊或汤面里一起煮了吃。

当时无论农村乡镇，饮用的都是涝坝水。南疆降水量稀少，在和田水更是珍稀。每个村社都会挖几个涝坝，下雨的时候，把雨水收集其中，积攒起来，供人饮用，很多时候，牲畜、鸡狗也与人共用。夏秋时节，里面会滋生各类虫子，肉眼可见。即使烧开，人们开始也不敢喝，最后为了解渴，没有办法，也只能强迫自己下咽。

和田地区盛产甜瓜、葡萄、无花果、核桃等，这些也是工作组每天吃饭时必不可少的伴料。加点伴料可以让饭食有点滋味。如此简陋的饭食黄立诚吃得久了，发现核桃就着玉米馕吃，再添加黑籽葡萄干连籽咀嚼，格外香甜，咽下时也变得顺畅了许多。长时间油花寥寥，肉腥难沾，饿得他们吃了这顿望下顿，即使这样，为了严格执行工作组的纪律，星期五去赶巴扎，他们也不敢下一次饭馆。

这种状况延续了几个月，每个人都饿得面黄肌瘦，后来引起了上级的重视。上级对相关规定和纪律做了修改，允许组员单独住，单独开伙，赶巴扎时可以下饭馆。工作上也做了调整，工作组以前是大包大揽，什么都管，以后主要抓政治、抓生产。

有了政策，工作组把村里的保管室收拾出来，入住开伙。每个人入住后做的第一件事就是打扫个人卫生，几个月住在农民家，生怕冒犯，不要说洗澡，就是身上擦一把汗也不可能，当然，条件也不允许。就说水，都是主妇每天用葫芦从涝坝里背回来的，要背好几趟，如此辛苦，谁还忍心浪费点滴？因此，工作组的每个人身上都长了虱子、跳蚤。现在，有了自己的空间，第一件事就是烧一锅开水，把衣物放在里面煮烫，消灭寄生虫，然后就是用水擦身、换洗衣服，虽是粗略处理，也痛快至极。第二件事就是解决吃饭问题，最初村里要派一名妇女给工作组做饭，经过再三考虑，觉得有诸多不便之处，便婉言谢绝，大家自己动手，发挥各自的做饭技能，解决几个月来肚子的"亏空"。第一餐就买了两只大公鸡，剔骨剁馅包饺子。做饭家什都是穷凑合，和面盆与洗脸洗脚盆是通用的，擀面就在桌子上，砍一截树枝刮光就是擀面杖，饺子如同小包子。黄立诚这一餐吃了80多个饺子，其他人也是超常发挥，此前此后都没有出现过那样的饭量。那顿饺子的滋味，黄立诚每每想起，都是回味无穷。

1958年春节前夕，工作组接到大队通知，县委要接大家到县城会餐，每个人都很高兴。黄立诚所在的村不通马车，汽车就更不用说了，即使在区里，汽车也是罕见之物。大家一大早起床，胡乱吃了早饭，骑着毛驴，到区政府集合，再换乘区供销社提供的马车，一路颠簸，好歹在中午时分赶到了县政府招待所。工作队的人都来了，虽然在一个县工作，相见却是不易。大家相聚一起，互相问长道短。黄立诚想，适逢春节，终于可以吃一顿大餐了。没想到所谓的会餐，是每人一小碗红烧肉、一碗米饭，即使这样的一顿饭，还是县人民银行请的。

吃完饭，大家又急匆匆坐上原来的马车赶回区，再骑毛驴回到村里，到时天已黑透。为了那顿团年饭，算得上是鞍马劳顿、披星戴月。

1958年6月底，黄立诚调到区里工作才两个多月，自治区突然通知，工作队全部撤回。离开区政府那天，闻讯的农民或走路，或骑驴，或坐马车、驴车，自发从各村蜂拥到区政府，为工作队送行，群众和队员难舍难分。当时正是和田沙漠玫瑰成熟的时节，不少老百姓都采了玫瑰，送给队员。不久，《新疆日报》头版头条以《一束玫瑰花》为题，报道了工作队的工作情况和离开时老百姓送行的感人场景。

1958年，对于中国来说，是不平凡的一年，"大跃进""大炼钢铁"席卷全国，遍及各行各业。当年8月，自治区财经办公室决定在乌鲁木齐市仓房沟建一座年产数万吨的钢铁厂，取名为"新疆财贸东风钢铁厂"。为培养生产技术人员，自治区各厅局相继选派了十多人提前到八一钢铁厂培训，自治区粮食厅选派两人，从和田回到乌鲁木齐还不到两个月的黄立诚名列其中。

1959年下半年，工厂出台了一个宏伟的远景规划，要建成集采矿、炼铁、炼钢、轧钢于一体的钢铁联合企业。规划几年后达到当时八一钢铁厂的规模。为企业发展需要，工厂选送一批一线工人去钢铁学校和新疆矿冶学院深造，黄立诚有幸成为被选去新疆矿冶学院学习的两人中的一个。

新疆矿冶学院前身是新疆矿冶学校，原为苏联创办，移交中国后升为高等学府。学校保持了很多苏式痕迹，院长张阳是留苏学生，也是老革命，教材是苏式的，一些建筑也是苏式的，师生主食多为列巴，学生着统一校服——这在当时全国各大院校是少有的。

由于选送前，黄立诚回老家探亲，来校报到已晚了一个多月。因为学院专业调整，未能就读工厂要求的轧钢专业，经领导同意，改学地质勘探。

黄立诚所在班叫地质651班，机电、地质两个班实行当时改革推行的一种新学制，叫"五年一贯制"，即五年本科。地质班共有学生40多人，除黄立诚这样的6名委培生，其余都是从各地招来的高二、高三学生。学生一律实行助学金制度，他的工资按在职70%发给，即55元，委培生要自己交伙食费，每月18元。

重返校园后，课堂上的约束很严，早晚自习同他早年在校时一样紧张。开始几天里，听老师上课好像听天书，授课进度不以班上学生文化层次而改变，速度之快让人难以置信。没有教材，全靠记笔记，按当时的教学大纲，在半年内要学完高中三年数理化及语文等课程，还要加一些大学一年级的数理化，第一学期末就开始上高等数学、分析化学、理论力学课，其难度可想而知。这让黄立诚感到诸多不适。

落后者被淘汰。委培生中陆续出现了被淘汰的人。责任感迫使黄立诚奋发进取，在学习委员的帮助下，到期末，黄立诚的成绩一跃名列全班前茅。第二个学期一开学，由于黄立诚进步快，获得全班同学认可。

1960年上半年，新疆市场的各种供应日趋紧张，各种票证诸如粮票、肉票、饭票、点心票、餐馆餐证纷纷出笼。学校不少学生也相继得了水肿病，那是一种营养缺乏的疾病，不需要药物治疗，只需加强营养即可治愈。那时很多单位能给这种病人的补助，就是一点黄豆和小麦麸皮，最好的单位能外加一点红糖。

在那段艰难年月里，黄立诚算是幸运者，他的粮食定量虽由工厂的每月40斤降到了学校的每月33斤，但他星期天可回工厂就餐。原来一些同事、朋友的粮食定量比较高，他每次回学校，他们总会接济一些粮票和饭票给他，另外，他还有工资，可买一点高价食物或不要票证的食物加以补充。

针对困难时期学生健康状况下降的情况，学校采取劳逸结合的临时措施，学习进度相对放慢，一般上午上课，下午看电影、看戏，冶金局文工团几乎长住学校，专门给学生演出。

此时，中央相继推出一系列调整措施，提出"调整、巩固、充实、提高"八字方针。1960年6月底，期末考试刚结束，学校宣布撤销两个"五年一贯制"班，将其分别分流到新疆钢铁学校和喀什矿冶学校，这一消息公布后引来一片哗然。委培生虽有震动，但还能承受；苦了那些从高中考进来的学生，正是因为当初学校承诺有优越条件，他们才报考了这所学校，哪能料到这一突变？但方针既定，也无法扭转，结果大部分学生去了喀什和钢校，少数人留校编入了其他班，还有个别不愿将就的，铁了心来年再去参加高考。

工厂与黄立诚联系，同意他去喀什矿冶学校继续学习。地质勘探专业没有了，他只能改学矿山机械制造。同班女友完全有条件留在原校继续读书，但为了爱情，随他去了1500公里外的遥远喀什。

新建的喀什矿冶学校条件较差。到校后，黄立诚一行分别插入原有的机械及地质两个班，他和女友被编入机械631班，并成了同桌。

在黄立诚离开乌鲁木齐的一年里，新疆财贸东风钢铁厂几经反复，最后决定下马。当学校转来工厂发给他的召回电报时，他不敢相信这是事实。他急匆匆办完离校手续，告别了学校、同学和恋人，踏上了返回乌鲁木齐的归途。

黄立诚披着七天的风尘回到工厂，只见人心惶惶，到处一片杂乱，高炉大烟囱昔日袅袅升起的浓烟已看不见，走近高炉边，机器不再轰鸣，繁忙的工人身影荡然无存。原本热火朝天的生产场景消失了。黄立诚仍回原单位工作。

十几年时光很快流逝。1982年，黄立诚有幸参加了机械工业部在湖南大学举办的第一届市场营销培训班，学习了当时最时髦的市场经济学，这也是他事业的一个新转折。从此到退休的15年间，他一直从事市场营销管理和企业经营等工作，后来成为机械工业部销售局市场学委员会成员，并担任新疆机械工程学会市场学组组长。

又名"卡玛尔江"的黄祥荣

浙江省赴新工作大队的青年学生抵达乌鲁木齐后，有近200人进入新疆商业干部学校的会计班、物价班、计统班、翻译班学习，黄祥荣被分配在翻译班。

经过两个多月的学习，学校发现这个班32名学生的维吾尔语字母的发音都不行，特别是卷舌音，没有一个过关的，于是决定停办，改为计统2班，翻译班就这样夭折了。黄祥荣从此却与维吾尔语结了缘。

1957年4月，黄祥荣在筹办成立乌鲁木齐市交电公司时，乌鲁木齐市委党校开办了翻译训练班，学期两年，单位决定送他去学习。黄祥荣求知欲很强，只要有学习机会，不管学什么他都有兴趣。

此前他已自学了高中文科的课程，准备考大学。现在有两年的学习机会，他非常高兴。但他也担心，原来在商业干部学校未学成维吾尔语，这次再学，能行吗？

他用一位哲人的话鼓励自己："并不是我们喜欢做的事就能把它做好，而是在做的时候学会喜欢它。"他决心一定要学会这门语言。

维吾尔语的语音分元音和辅音，有8个元音和24个辅音，其中清辅音10个、浊辅音14个。黄祥荣认为，要把32个字母都读准确，只有苦练，天天练、时时练、处处练，直到老师、同学听了感觉不错，自己感到满意为止。经过努力，他把31个字母都练习标准了，唯有"r"练了很久，怎么都不行。"r"是卷舌音，舌头要滚动，很难发出声来。有一天晚上，他躺在床上，习惯性地琢磨、默想、默念，然后试着发音，竟然成功了，并且很标准！他高兴得一晚上没有睡着，第一次理解了什么叫"天道酬勤"。

词汇是构成语言的要素，黄祥荣的经验是："要熟读，要记牢，就要反复地读、反复地记，读音准确，要快速，每个音节都要连贯起来，不能停顿，有的词汇有附加成分，由六七个或更多音节构成，很难读，那就要不断地练，反复地练，才能读得快，读得准。熟读强记是学词汇的要诀，没有捷径可走。"他认为，词汇就像是建筑材料中的砖头，有足够量的砖头才能建成高楼大厦，有足够量的词汇才能构成生动的语言。练得多了，他的记忆力变得越来越好。他曾做过测试：一天熟记100多个词汇，这也增强了他学好维吾尔语的信心。

黄祥荣体会到，要学好维吾尔语，语法是关键。只要学好了语法，就能起到事半功倍、举一反三的效果，否则就会止步不前。他把语法比喻成建筑材料中的水泥，砖头再多，没有水泥聚合，高楼大厦也盖不起来。

经过一番艰苦的努力，黄祥荣在翻译训练班组织的维吾尔语演讲比赛中拔得头筹。1959年4月结业考试时成绩优异，他也因此被调到了乌鲁木齐市委秘书处工作。1960年初，市里认为他工作认真，学习勤奋，决定送他到新疆大学中国语言系继续深造。上大学是黄祥荣梦寐以求的事，现在终于实现，那份激动，可想而知。

大学的学习更加系统、全面和深入。学校还组织他们到吐鲁番、伊犁进行语言实习，以提高口语水平。

就是在这个过程中，黄祥荣有了自己人生中那段难以忘怀的民族情。

深秋时节，黄祥荣和中国语言系的28名同学一起，来到了伊宁县红星人民公社，被安排分住到不同的维吾尔族老乡家里。

黄祥荣到了吉利坤孜大队第一生产队，队长热情地接待了他，并领着他到预先安排好的老乡家去。走在路上，一位头发斑白的维吾尔族老大爷迎面向他走来，满面笑容地与他握手问好。他也用维吾尔族的礼节，把右手放在胸前，弯腰前倾向老大爷致意。

老大爷见一个汉族小伙子懂得维吾尔族的礼节，会说维吾尔语，更是喜形于色。经队长介绍，黄祥荣才知道这就是他那家住户的主人，名字叫哈斯木，老人是特地来接他的。

黄祥荣跟着哈斯木大爷走进家门，一位身高体胖的大娘正在做饭。见他进来，老大娘停下手里的活，亲切地拉着他的手，望着他的脸，像见到久别归来的孩子，寒暄问候，房子里顿时充满了欢乐的气氛。

大娘做好饭，在桌子上铺了一块洁白的餐布，端来了一碗香喷喷的"曲曲尔"，那是维吾尔族的特色美食，形若饺子，做法又像馄饨，味道综合了两者的优势。其包法类似饺子，皮擀得很薄，个头也小，比红枣略大。馅用羊肉、洋葱剁成泥制成。羊肉汤煮开后，放入包好的"曲曲尔"，煮熟后放少许切好的羊尾油丁和香菜即可。皮薄馅嫩，汤清味美，滑润可口，别具风味。这是大娘特地为黄祥荣做的。

当时正逢三年困难时期，好多人连饭都吃不饱，能吃上个白面馍就算是奢侈了，这碗"曲曲尔"是何等珍贵！

当时房子里有六个人，除哈斯木大爷、大娘和黄祥荣外，还有哈斯木大爷的儿子苏里坦、他家的两位邻居。饭后，哈斯木大爷从外面捧进来一个大西瓜，用刀切好。正要吃瓜时，哈斯木大爷挥手说："今天，我们家里添了一口人，按我们维吾尔族的习惯，应该先给他取个名字。"

大娘不假思索地说："就叫吐尔逊吧！"

这名字的意思是"留下"，也可理解为"永远留在这里"。

苏里坦不同意，他说："人家是国家的人，国家叫他到哪就到哪，怎么能留在这里呢！这不合乎实际。"

两位邻居也争先恐后为黄祥荣取名字，你一言我一语，很是热情。

黄祥荣见大家争执不下，就对哈斯木大爷说："大爷，我在大学里用过一个名字，不知道好不好？"

哈斯木大爷问道："叫什么名字？"

"卡玛尔江。"

哈斯木大爷想了想说："这个名字好，很好！卡玛尔江是纯洁完美的意思，让我们之间的情谊像这名字一样，永远纯洁完美！你也要做一个纯洁完美的人。"

其他人也说好。就这样，黄祥荣的维吾尔名字在第一生产队得到了认可。

一天早晨，按约定，黄祥荣要去附近一个叫买买提圩孜的地方找一位民歌手唱伊犁情歌。那位民歌手是当地最有名的，歌唱得好，都塔尔也弹得好。当时黄祥荣正在收集伊犁情歌，能约到他十分难得。一吃完早饭，换上衣服，把脏衣服塞在角落里，黄祥荣就匆匆上路了。

过了半个小时，黄祥荣已走了五里多路。这时，他突然听到有人叫他，回头一看，只见苏里坦骑马追了上来。他以为有什要紧事,赶紧停住,问道:"苏里坦哥哥,有什么事吗?"

苏里坦跳下马来,递给他一个油馕,说:"你大娘突然想起,你没有带吃的,叫我送一个馕给你当午饭。"

黄祥荣一时呆住了,眼里泪光闪烁。

自从1955年离开家乡,父母爱、兄弟情已是久违了的。他把馕接在手里,半天说不出话来。待他想要说声道谢的话时,苏里坦已跨上马背,勒转马头,对他说:"吃馕的时候,记得找碗热水,免得噎着。"

看着苏里坦骑马离去的背影,他的眼泪一下涌了出来。当他哽咽着说出"谢谢大哥"时,苏里坦已骑马远去,只留下了一串"嘚嘚嘚"的马蹄声。

听完歌手的弹唱,记录了几首情歌的歌词,他回到家里时,太阳已快落山。

大娘赶紧倒水给他喝。他这才有机会道了谢。

"巴郎(维吾尔语"小伙子"的意思),一家人,道什么谢。那个歌手唱得怎么样?"

"唱得好极了,我还记了许多歌词呢。"

大娘说:"巴郎,你念给我听听。"

"好呀!"他于是用维吾尔语念了那首《情人相会的时候》:

>在一个明月皎洁的夜晚
>我和情人相会在伊犁河畔,
>只要有这样美好的时光,
>我愿不要白天只要晚上……

大娘听了,高兴得哈哈大笑起来,说:"这样的歌词你都记下了,还能用维吾尔语念出来,真不简单!"

"我还没有学会唱，但以后肯定会。"

"噢，一天了，你饿了吧，先吃饭吧！"

大娘马上给他煮了面条，里面还卧了两个鸡蛋。这鸡蛋，是他们平时都舍不得吃的。

吃完晚饭，黄祥荣要去洗早上换下的脏衣服。进屋一找，衣服不见了。他问大娘，大娘笑呵呵地说："我早给你洗了。"

他望着大娘，感动得久久无法言语。人在他乡为异客，他却能在离家这么远的地方尽享母爱，这是他做梦都不敢相信的。

苏里坦修引水渠去了，一晃已好几天没有回家。家里就黄祥荣和哈斯木大爷、大娘。那天，哈斯木大爷突然感冒了。他摸了摸大爷的额头，感觉他有点发热，于是找了一辆马车，当即带着他马不停蹄地赶到县医院。挂了号，向医生说明了病情，然后一直陪伴着大爷。

在场的维吾尔族老乡看到两人用维吾尔语在交谈，觉得很惊讶，都目不转睛地盯着他们。其中一个老乡凑过来，指着黄祥荣问哈斯木大爷："他是你的巴郎吗？"

哈斯木大爷望了一眼黄祥荣，高兴而自豪地说："是我的巴郎。"

"难怪他把你照顾得这么好，他叫什么名字啊？"

"卡玛尔江，卡玛尔江·哈斯木。"

"有这样的巴郎，真是幸福啊！"

黄祥荣听了，像在仲夏吃了冰激凌。的确，他自己也觉得，他与哈斯木大爷之间的情感，就像骨肉相连的父子一样。

经过检查、诊断，哈斯木大爷只是偶感风寒，并无大碍，吃点药就好了。他取回药，把哈斯木大爷扶上马车。马儿踏着欢快的步伐，一路小跑，回到了家里。

时间过得很快,转眼3个多月过去了。在这3个多月的时间里,黄祥荣与哈斯木一家同吃同住同劳动,结下了深情厚谊,早已习惯叫哈斯木大爷为"阿塔"或"哒哒"("爸爸"的意思),叫大娘为"阿娜"或"阿帕"("妈妈"的意思),也早已把哈斯木家当成了自己的家。

马上就要回校了。要离开自己的家,他很是不舍。这里有他熟悉和走惯了的田间小路,有经常去散步的、从伊犁河引进的一渠流水。那水是那样晶莹、清澈、干净,掬水可饮,他熟悉渠水流动的声音。他已熟悉吉利坤孜大队第一生产队的每一户人、每一块庄稼地、每一个果园、每一条水渠,熟悉路两边高高的白杨,熟悉那些马、那些毛驴。当然,他尤为熟悉的是哈斯木家的一切。让他最为留恋的是哈斯木家的前园后圈。前园有葡萄架,有苹果树,有各种花草,地方虽不大,但构建很精巧,坐着、看着都很舒服。他常在那里看书,阅读《突厥语大辞典》《福乐智慧》《帕尔哈德与西琳》,背诵他喜欢的维吾尔族诗人的诗歌。后圈是养牛、马和羊的地方,也种一些菜。哈斯木大爷家养有一匹马、一头奶牛、七只羊和一群鸡。在困难时期,他在这里度过的这段时间无疑是幸福快乐、无忧无虑的。

黄祥荣要离开了,哈斯木大爷和大娘的好心情也突然变坏了,整天闷闷不乐、少言寡语。临走那天,哈斯木大爷为他宰了两只大公鸡,盛了满满两大盘,每盘中间放着一个鸡头,他指着鸡头说:"卡玛尔江,这是你吃的鸡头,公鸡天天高声鸣叫报平安,祝你天天平安!"

眼泪在黄祥荣眼眶里打转,他忙说:"阿塔、阿帕,我们是一家人,我们一家人都天天健康、平安!"

黄祥荣吃完鸡头,哈斯木大爷用无限惋惜的语气说:"你看,我们一家共有四口人,这四口人像四堵墙,你走了,好像倒了一堵墙啊！"

黄祥荣听了，感动得无言可答，半天才说："阿塔，这堵墙一直在，我回去后很快就会来信，我会寄照片给你们。等我大学毕业后，一定再来看你们。"

夜深了，天空繁星闪烁，点点银光洒向世间万物。那一夜，黄祥荣一夜未眠。第二天早上，他和哈斯木一家依依惜别，准备出发到县上集合。他们把他送出房门，直到他已走远，还站在门口，朝他挥手。

1962年7月，黄祥荣大学毕业，经过大学的学习深造，他的专业知识、政治思想、理论水平、写作能力都得到了提高。

两年后，黄祥荣从新疆维吾尔自治区党委组织部直接被调到自治区党校从事教学工作，主要培训少数民族干部，党校有预备班、进修班、翻训班和翻译班。

预备班是1964年自治区党委决定办的，就是选拔一批优秀年轻民族干部，在自治区党委党校学习普通话和汉文，为中央党校输送学员，以便能听懂老师传授的理论课。黄祥荣是党校的汉语教师。当时，他为了提高教学质量采用的"双语"教学方法，深受学员们欢迎。到20世纪八九十年代，这个班的学员几乎都是自治区各地、各部门的领导，其中一位还曾任自治区政府副主席。

进修班是自治区各地厅局级以上领导干部的短期进修班。因为黄祥荣会维吾尔语，工作起来比较方便，组织上指定他为驻班干事，征集情况、汇总问题。

翻训班是翻译训练班的简称。从1971年开始，自治区党委在自治区党委党校连续举办了2期翻训班，每期8个月。根据当时的实际需要，把分散在全疆的一些大学本科、专科毕业生及在职的翻译人员集中进行培训，然后让他们返回各地充当翻译。黄祥荣负责两个班的教学工作。当时中央民族大学和自治区各所大学都在停课。党委组织部把各所大学的专家、教授都集中到党校搞翻译训练，教学质量很高，教学效果十分显著，再加上这些学员文化程度高，维吾尔语、汉语水平都不错，因此，他们后来大多成为自治区及各地的领导，有的还成了翻译名家。

在翻译班，黄祥荣付出了最多心血。1976年下半年，自治区党委决定在自治区党委党校石河子分校举办为期2年的翻译班，招生对象是下乡锻炼、高中毕业的知识青年，由他负责招生和教学工作，要求1977年下半年开学。但是，当时教师、学生、教材都没有。原来在党校办翻训班时，教师人才济济，但办了2期以后就解散回到原单位了。他深知，教学工作的好坏、教学质量的高低主要取决于教师的水平高低。通过调查、了解、走访、询问，他终于聚集了一批维吾尔语、汉语水平都不错的老师。学生的质量也影响教学成果。当时在农村接受再教育的知青很多，招生中有一条就是母语水平一定要好，因此招生教师都亲临现场，深入农村面试，保证了学生质量。黄祥荣以前教过的翻训班，学员都有基础，稍加点拨即可。但翻译班的学生是没有基础的，学习时间较长，如何编好教材是重中之重。他先拟定编写大纲，由教师分工负责，大家齐心协力，夜以继日地工作，最终由他审定、主编了《维吾尔语语音》《汉语拼音》《维吾尔语词汇课》《汉语词汇课》《维吾尔语语法》《简要汉语语法》《翻译教程》等教材，同时还为学员编印了一些工具书，如《汉维成语对照词典》《常用词词典》《农村常用词汇对照》等。

1980年4月，黄祥荣从自治区党委党校调到自治区人民政府工作，先后给两位副主席任专职秘书，后任办公厅秘书处处长。1992年9月，他被自治区党委任命为自治区民族语言文字工作委员会主持党组工作的党组副书记兼副主任。他在任上，一是推进了语言文字的立法工作，推动了《新疆维吾尔自治区语言文字工作条例》的制定，该条例于1993年9月25日经自治区第八届人民代表大会常委会第四次会议讨论通过；二是建立了普通话测试中心；三是同美国世界少数民族语言文字研究院（简称SIL）开展交流；四是提倡"双语"学习。1996年，自治区党委根据汉族干部要学习当地少数民族语言文字，少数民族干部要学习普通话和汉字的要求，成立了领导小组，黄祥荣是领导小组成员。

陶敦海的巴音布鲁克

和静县位于新疆中部，属巴音郭楞蒙古自治州管辖，面积近4万平方公里，是从沙俄伏尔加河流域东归的英雄土尔扈特部的家园，也是蒙古族史诗《江格尔》的流传地。

1958年3月，陶敦海从乌鲁木齐调到和静县工作，5月初被分配到位于天山腹地的巴音布鲁克区一乡收购组任出纳。

巴音布鲁克大草原位于县域西北，海拔1500—2500米，东西长270公里，南北宽136公里，总面积近2.4万平方公里。这里地处天山隆起带的山间盆地，四周雪山环绕、绵延巍峨，为典型的高寒草原草场，气候多变，条件艰苦。同时，这里集山岳、盆地、草原于一体，也诞生了令人神往的自然风光。

那时，从县城到巴音布鲁克草原还没有公路，来往商品及畜产品全靠200多匹骡马组成的骡马大队运输，去一趟需要一周时间，驮运到牧区各乡及各流动收购组所需的时间更长。工作人员的交通工具是每人一匹马，另外还要自带行李、饲料和干粮。途中，夜里露宿在山沟或草地，休息时，要找干柴和干牛粪，用以烧水冲茶、吃干粮。若遇上刮风下雨或下雪天，就更为劳累和辛苦。

陶敦海进山后，没有去收购组，而是在次年被安排在了巴音布鲁克区中心组工作，以了解全牧区牲畜收购动态，通过无线电台及时向县畜牧局汇报。当年9月，县畜牧局局长徐学仁来草原检查工作，了解到活畜收购已基本结束，等待上调。此时，草原上的牧草已经发黄，牧民已转入秋冬牧场。徐学仁检查完所有收购组任务完成情况，回到区上，即组成由他负责，巴音布鲁克供销社主任蒋贵庚、运输大队长王德富、牧场场长刘吉庆和陶敦海组成的五人组，转赴伊犁地区新源县畜产品转运站，了解畜产品的转运情况。

从巴音布鲁克到新源县没有公路，连便道也没有。上千吨的畜产品，全靠骡马大队，翻越两座大山运到新源转运站，再经陆路转至霍尔果斯口岸，通过海关运往苏联还债，由自治区外贸局负责结算。然后，将新源县的面粉运回巴音布鲁克，供应给牧民。

五人小组成立的第二天，天刚亮，大家便轻装乘马出发了。两个多小时后到达石头山，即石头达坂（"山口"之意）。山上没有路，只有一条羊肠小道，到处巨石垒叠，骑在马上，提心吊胆。羊肠小道盘山而上，绕了好长时间到达顶峰时，只感到寒气逼人，虽身着冬装，依然寒意彻骨。王德富叫大家赶紧下山，说这山顶上的六月间，曾冻死过一名河南耍猴人和他的一只猴子。

上山容易下山难，五人牵着马，小心翼翼地下山后，已是下午。随后，五人骑马登上另一座山，翻越那拉提达坂。这里已是新源地界。遥望远方，满山葱绿叠翠，看不见一块石头和戈壁滩。达坂上长满了灌木林和高高的牧草。走着走着，眼前是满坡的野苹果林，大家跟着向导钻进林子，走到深处，野苹果树越来越茂密，果树越来越高大，树上的野苹果也越来越多。9月正是野苹果成熟的季节，地上落满了一层红红的果子，头上的果子也伸手可摘。但野苹果又酸又涩，所以没有人来采摘，只看见七八头猪在林子里啃食。陶敦海猜测不远处肯定有人家，不然在这荒野里怎么会有几头肥猪呢？走了一阵，果然听到了潺潺的流水声，王德富告诉大家："这里是老刘家的水磨房，今晚我们就住老刘家。"

大家在院门口下了马，卸了马鞍，松了马肚带，进了主人的院子。王德富找院主人去了，其余的人牵着马，向后院走去。见那里有几排长长的马槽，便将马拴在槽边。主人把大家请到里屋。王德富给大家介绍说："这里实际上是我们骡马大队常来的驿站，每每途经此处都在老刘家歇息，给牲畜饮水喂料。"

老刘是甘肃人，说一口甘肃话，一家三口，妻子是白俄罗斯女人，膝下有一个女儿，长得十分俊秀。他除养猪、经营水磨、用驿站赚取收入外，还养了十几箱蜜蜂，是个勤快肯干的人，日子过得很舒适。他住在这里，独门独院，犹如世外桃源——山里空气清新，环境幽静，气候宜人，令人羡慕。

晚饭后，大家牵马到水磨下游的小河边饮马，喂了草料。因为鞍马劳顿，每个人一上炕，就很快进入了梦乡。

一觉醒来，天已大亮，王德富已给五匹马加了草料。主人招呼大家进了餐厅，坐到炕上，局长居中盘腿坐下，其余四人分坐两边。老刘的妻子端来她亲手制作的面包和蜂蜜，老刘端来了牛奶，接着，女主人提上来奶茶，摆上小菜，让大家各自选择是喝牛奶还是喝奶茶。

在这样一个山坳里能吃上如此可口的早餐，真是很奢侈了。

用过早餐，大家骑马继续前行，穿过野苹果山坳，前面就是那拉提，在蒙古语里，是"太阳出来的地方"之意。再往前行，是阿拉图伯和则可台，这个地名也是出自蒙古语。当年土尔扈特部东归后，乾隆皇帝把这里赐给他们放牧生活，这些名字都是他们取的。后来，他们中的一部分转到了巩乃斯，大部分人到了和静。穿过那拉提，前面是无垠的平原，全是深绿色的土地，四周青山环抱，绿草如茵。尼勒克河、巩乃斯河、特克斯河通过新源注入伊犁河，水草异常丰美。

大家骑马跋涉了五个多小时，终于到达了新源畜产品转运站。站里的工作人员买明出来迎接，很快给大家安排了住处。局长带着大家一起察看了仓库，贮存的畜产品已经完全转运完，仓库已腾空。当天晚上，五人听取了买明对转运情况的详细汇报。

次日早晨，买明给大家准备了油馕、奶皮茶、蜂蜜和小菜作早餐，是哈萨克族的风味。饭后，王德富带大家去新源县城游览。县城虽小，但大家常年在草原上生活，还是感到很兴奋。新源给人的印象首先是"新"，它是一座新规划起来的县城，城区呈"井"字形，街上行人不多，商业也不繁华，但风景秀美。

回到转运站，买明邀大家去他家吃午饭。他的妻子已做好羊肉抓饭。吃完午饭，告别买明，大家按原路返回，下午五时许，再次来到老刘家。

因为要翻过两座大山回到巴音布鲁克，所以第二天大家凌晨就起床了。

每个人都先急着去照顾自己的马，实际上王德富早已把马喂饱了。大家给马备鞍、饮水。吃完早餐，向老刘一家致谢、道别，便直奔野苹果林。

穿过野苹果林，一行人登上了石头达坂。当时，太阳当头直照，没有遮挡，晒得人浑身火辣辣的，马儿也像晒蔫了一样，无精打采。达坂南北走向，是天山山脉的分支。陶敦海向东望去，有一条杳无人烟的宽阔沟谷，在沟谷尽头的山顶上方，有一块纯洁的白色云团。除王德富外，其余四人都高兴地议论说，今天达坂上的天气真好，能碰上这么好的天气，真是幸运。但王德富对此不吱一声，大家也就不再说话了。只有五匹马的马蹄声和偶尔一声响鼻打破沉闷的气氛。

东边沟谷尽头的白色云团愈来愈大，不断涌动着，过了不多时，竟汹涌地向整个天空蔓延，其间还夹杂着不少黑色云团。这时，大家才明白王德富刚才为什么不说话。按他事后的说法，他熟悉这一带的气候，就像熟悉他婆娘的脸色。他要大家赶紧下马，去解手，紧好马肚带，挂好马鞍的后丘和前帮，以防止上下坡时鞍具上下滑溜，并要大家穿上棉衣和雨衣。

他说："凭我的经验，今天遇上了坏天气，大麻烦。"

陶敦海好奇地问："你刚才怎么不说？"

"我不想破坏大家的好心情。"

正说着，升腾的云团已遮住了太阳，天地顿时昏暗一片。东边的半边天几乎全被白色云团覆盖，而下边的云团还在不断地向上涌动，很快就将整个天空铺满，变成白色云层，云层转眼就变成了铅灰色，愈来愈厚，天好像要被撑破似的。就在这时，从来没有遇到过的奇特景象在大家眼前发生了，升得最高的大云团突然从天空掉了下来，直砸在地面上，后边的云团也如此掉落下来；冲到地面的云团好像被撞破似的迅速向四面延伸，似巨浪一波又一波地冲击着其他云团向高处奔腾而去。

大家骇然，不由勒住马缰，注目观看这一奇景。只有王德富见多不怪，催促大家往前走，但马因惊惧而原地不动。当云团冲地而来时，陶敦海仿佛看到了天兵天将凌空而至，仿佛看到了妖魔鬼怪飘然下凡，一时惊呆了。他还未回过神来，云团已将他们包围，人和马已在云中行进，彼此身影模糊，看不清楚；云如流水一般，从身旁急速流过。在这样的云雾中行进，必须小心翼翼，不然就有摔倒的可能。

那拉提达坂相对平缓，多为草原，走起来要容易很多。石头达坂石头遍布，乱石嶙峋，本就很难行走，现在完全淹没在云团之中，看不见影子。后边的人看不清前面的人马。王德富在云雾里大声说:"不要掉队,不要乱指挥马,让马跟着前面的马走,马是最注意安全的,相信它!"

大家信马由缰,只能完全凭着马的感觉,一个跟着一个绕着崎岖的羊肠小道,向达坂上攀登。行进中没有一个人说话,只有马蹄踩踏砾石的声音。

行至半山腰,刘吉庆突然说:"大家都憋着,太难受了!"他是回族,就放开喉咙,唱起了花儿:

> 黑马下哈的黑骡子,
> 它本是黑驴的种子,
> 我想你那是真心子,
> 你悔心呐我没法子。
> …………

大家听了,都跟着乱吼起来,达坂上的寂静终于被打破了。

越往达坂上攀登,云雾随着地势的升高渐渐疏淡,马和人从其中显现出来,像从水墨中跳脱出来一样。大家松了一口气。但另一个问题出现了,那就是越靠近达坂顶,气温下降得越快。寒风凛冽,刮在脸上如同刀割针刺。不一会,又下起了鹅毛大雪,其中夹杂着冰晶颗粒,打在雨衣上,发出"唰唰唰"的声响,茫茫的飞雪使整个达坂很快裹上了银装。云雾和飞雪再次包裹住大家,大家再一次看不见其他东西了。就这样,穿云雾,冒风雪,翻山越岭,翻过了石头达坂。当大家下到巴音布鲁克草原时,草原早已银装素裹。

陶敦海没有想到,他自调到和静工作,就与这片土地结下了一生之缘。1980年,陶敦海担任和静县先行公社党委书记。先行公社地处开都河上游，水丰土沃，当时公社人口约1.7万，居住着汉族、维吾尔族、蒙古族、回族等民族，拥有耕地5万余亩，加之背靠巴音布鲁克草原的小山草场，适合发展畜牧业。全公社当时有大小牲畜7万多头，是山外农区畜牧业较为发达的公社。

陶敦海上任后，经过半年的走村访户和调查，认识到在以人力和畜力为主要生产方式的阶段，人民公社这种政社合一的体制，已经严重影响到农业经济的发展。摆在他面前的首要任务是理顺村队、农民、土地的关系，做好劳动管理与工作分配。于是，公社党政领导班子决心大胆改革，推行土地承包责任制，承包合同规定农户的责、权、利挂钩，极大地激发了农民的生产积极性，生产形势有了根本的转变。1981年秋，全公社的粮食大丰收，村村队队场上的粮食堆积如山，粮食总产达2200万斤，较上年增产近50%，是巴音郭楞蒙古自治州第一家突破双千万斤粮食生产大关的公社。这一喜讯引起了自治州党政领导的关注，州里派工作组对公社粮食总产量进行了为期一周的抽查和盘称核实，结果证明数据真实且尚存余地。

1982年春，陶敦海发动群众植树造林，在沙漠边缘造了一条长8公里、宽40米的防风固沙林带，挡住了塔克拉玛干风沙对农田的侵蚀，防止了农田的沙漠化。当年4月4日，自治区党委书记王恩茂率自治区党政军领导赴巴音郭楞蒙古自治州视察工作，特意到了先行公社。陶敦海向王恩茂作汇报，当陶敦海讲到先行公社全面且超额完成了人民公社七大考核指标时，王恩茂反问："都完成了吗？"陶敦海肯定地说："完成了。"巴音郭楞蒙古州委书记任仰山强调道："特大的增产，特大的丰收，特大的跃进。"

1984年9月，中共巴音郭楞蒙古自治州委任命陶敦海为和静县委常委兼巴音布鲁克区委书记。

他与这块土地有了更深的联系。巴音布鲁克区下辖4个乡、

12个牧场，年平均气温零下4摄氏度，最冷时曾达零下50摄氏度。当时总人口有1.5万，年末牲畜存栏数为70余万头。牲畜以绵羊为主，其次是牦牛，再次是马。

  这里冬季漫长，草原10月积雪，直到来年4月，气温才缓慢回升。在长达半年的寒冬里，天气多变，异常寒冷，因此每年都有上万头牲畜在风雪中冻死或被饿狼所食。气温回升后，草原上的积雪渐渐融化，牧草也开始返青，这时牧民赶着牛羊，翻山越岭，由冬牧场转回夏草场，进入接羔育羔的大忙季节。不久，天鹅与各类候鸟也陆续飞回它们在这里的故乡——天鹅湖。草原开始出现最美的风景：羊群如同天上的云朵，在绿草如茵的草原上飘动，牦牛群在山坡上啃吃着酥油草，马群奔腾、嘶鸣，不时会像惊雷般掠过草原；散布在草原上的星星点点的蒙古包升起了袅袅的牛粪烟，蒙古族的主妇们在忙着挤牦牛奶、烧奶茶、做奶酒和奶疙瘩，到处都是一片繁忙而欢乐的景象。

  草原上最美好的季节是七八月份，全国各地的游客纷至沓来。特别是一年一度的那达慕大会期间，牧民们从四面八方齐聚到巴音布鲁克小镇，姑娘穿着绣花的传统服饰，小伙子骑着最快的骏马，用弹唱、歌舞、摔跤、赛马等精彩表演参加草原上的盛会，各地商家则搭起临时商铺，供牧民选购过冬的生活用品。

  陶敦海到巴音布鲁克草原后，继续他注重的调查研究，下乡村、进牧场、访牧户，为便于同牧民交流，他还学会了蒙古族日常用语，在任区委书记的近4年时间里，先后为巴音布鲁克解决了三大困难。

  第一个困难是，大雪封山后，巴音布鲁克因为信息不畅，与世隔绝，区委所在地巴音布鲁克镇距和静县城300余公里，向上级请示汇报工作全靠邮电部门的无线电台联系。为改变这种状况，陶敦海想方设法到自治区广播电视厅、文化厅、财政厅找到主要负责人，请求他们在巴音布鲁克中心地区修建地面卫星接收站和电视转播站。这一请求得到了这些部门的支持。陶敦海上任后的第二年，修建与安装工程顺利完工。同年，自治区财政厅还批准拨款修建巴音布鲁克影剧院，改变了牧民骑着马露天看电影的落后面貌。电视台建好后，干部和牧民都能在家里看电视了，他们的精神文化生活变得丰富起来。

第二个困难是，当时和静县公路网络不完善，公路仅修到距一乡10公里远的乌拉斯台桥。大雪封山后，乡间小路及牧道上，人畜无法通行。这严重地阻碍了牧区经济的发展，使群众生活难以改善。而一乡离区政府有60余公里，是打通巴音布鲁克内外联系的关键地域。陶敦海暗下决心，要排除一切困难，把这条公路修通。

1985年6月，陶敦海到自治区人民政府，找到了分管交通的副主席，反映了交通不便给牧区生产、生活及抗灾保畜等方面带来的困苦。领导当即给他批了60万元专项修路资金，让他去交通厅办理相关手续。他喜出望外，无比兴奋地办完手续后，便于次日一早往和静赶。行至后峡达坂，在一个盘山道的拐弯处，一辆满载生铁的卡车，突然撞向他乘坐的吉普车。路边即是悬崖，庆幸的是车在悬崖边停住了，他身上多处受伤，膝盖裂口，额头起了大包，腰椎及神经受挫伤。后来，受伤的神经引发了右腿肌肉萎缩症。走路时，无手杖就走不稳，跌过好几跤。为了修建这条公路，他差点付出了生命的代价。

巴音郭楞蒙古自治州政府也给予了大力支持，拨付了40万元的以工代赈款。工程地貌复杂，呈鸡爪形，北靠天山，南临开都河，必须逢山开路、遇水架桥、铺设涵洞。工程共计修钢混桥梁12座，筑涵洞数十个。后来，这条路被收为国有，成为天山公路的辅路，铺垫了沥青路面。从和静到巴音布鲁克的"拦路虎"被制服后，这里的美被越来越多的游客所了解，他们接踵而来，使巩乃斯国家森林公园、巴音布鲁克草原、天鹅湖、开都河上游湿地连成一片，成了新疆著名的旅游景区。

第三个困难是，牧区原先执行的是畜群与记工分挂钩的分配方法，牧民没有积极性。1986年春节后，区里决定实行"铁畜制"的承包责任制。"铁畜制"规定，承包人在按质保量完成承包牲畜总头数这个指标的基础上，有权处理牲畜及畜产品，作为家庭收入。产成率的分配按对半分成，如成活100只羊羔，承包人分得50只。也有的乡和牧场按三七或四六分成，让牧民占大头。这一方法极大地调动了牧民的生产积极性。经营得好，损失少的牧户，加上原有的自由畜，两年后就可有自己的畜群。如果劳动力多，承包畜群也多的牧民只需一年就能组建起自己的畜群。这种牧区经济体制改革既推动了牧业生产的发展，同时也让大部分牧民走上了致富之路。

1988年初，陶敦海完成了使命，离开了他热爱的巴音布鲁克草原，到和静县人大工作。他离开草原的那一天，刚好是他到和静工作的第30个年头。

托木尔峰下的王忠义

1955年，王忠义出生在杭州西子湖畔。从杭州到达乌鲁木齐后，他被分配在自治区纺织品公司机要室做译电工作。这项工作比较特殊，保密性很强。经过培训，他很快就成了一名合格的译电员。不久，他的老师被调到其他工作岗位，他便独当一面。

他深知机要译电工作责任重大，不能有半点疏忽，否则会给国家造成不可挽回的损失，所以他一直坚持学习，提高业务水平。他每天坚持默背电码，掌握基本功，做到译码快速、准确无误。功夫不负有心人，在不长的时间里，他就熟悉了业务上常用的电码。看到电文稿，不用电码本，就能直接译成电码，以最快的速度将电文传向全疆乃至全国各地。一则电文的优劣，同电文拟稿人的文化素质大有关系。在工作过程中，他发现有的业务人员将电文稿拟得像写文章那样，虚词、形容词之类的装饰性文字用得特别多，这无疑增加了工作量，又加大了单位电报开支。为此，他建议秘书科科长加强对电文的审查，把好文字关，杜绝冗长的电文稿，提倡电文精练、简单明了，保证电文上传下达的质量和效率。

领导采纳了他的建议，让他负责电文的审查工作。经过一年多的工作实践，他取得了一定的成效。在次年的机要译电员考核中，他的译电又快又准，受到表彰，《新疆日报》专门报道了他的事迹。他也很自豪，将这一喜讯传给了母校杭州延安中学的老师。

王忠义为人热情，乐观，热心助人。12岁那年，他在杭州读书时，就在河里先后救起过两名小孩，一次是一名5岁的小女孩；另一次是一名七八岁的小男孩。学校知道后，表扬了他，学校老师还写了文章、画了漫画，浙江《新儿童报》报道了他见义勇为的事迹。

到新疆的第二年，单位有一名同事家属怀了一对双胞胎，分娩时难产，大出血，生命垂危，急需输血抢救。王忠义听说病危产妇是A型血，恍然记得自己进疆时的胸牌背面写的就是A型血，于是立即加入输血行列。当时主动参加输血的有17名团员，最后检查化验，连他在内，仅有两人血型符合。救人要紧，他和另一名志愿者赶紧到产房门口等候，当轮到那名志愿者时，那名志愿者因过于紧张，产生晕血，突然休克。他见状，赶紧进入病房，挽起袖子，开始输血。因为他的血，产妇经过抢救后，转危为安。

"大炼钢铁"的时候，自治区在距乌鲁木齐市有上百里路的一处天山支脉建立了钢铁基地。按军队编制，成立了大炼钢铁营，王忠义被任命为运输排排长，整个营雄赳赳、气昂昂地开赴炼钢基地。

基地位于一条光秃秃的、叫小红沟的沟谷里，荒无人烟，地表泥土呈红色，有点像火焰山，领导因此认为地下可能埋藏着丰富的铁矿和煤矿，所以就在那里建造了几座炼铁的土高炉。

炼铁大军中，大部分是文质彬彬、肩不能挑担、手不能提的文弱青年，对炼铁这一行更是"擀面杖吹火——一窍不通"。一些从农村出来的干部肩挑背扛没问题，但对炼铁同样是门外汉，大家望着土高炉，一筹莫展。

经勘探，小红沟的地下的确埋着煤，也有铁矿，但没有专业机械，没法开采。大炼钢铁总指挥部喊出了口号：为了钢产早点上，誓叫荒山献宝藏！一声令下，要大家一齐上山，人力开矿！于是人手一把十字镐，每人带一个馍，一壶水，浩浩荡荡，向小红沟无名山头进发。

王忠义带着运矿排的一支小分队，艰难地攀登上了一个小山头。人太多，摩肩接踵，很难有立足之地，大家只好分层抢占可以站稳脚跟的位置，开始挖山。山高坡陡，个别胆小的人根本不敢朝山下看。王忠义一边挥舞着十字镐，一边编写顺口溜，喊唱着鼓舞士气：

> 同志们啦，加油干啊，
> 齐心协力啊把钢炼啊，
> 超英赶美啊不畏难啊，
> 就是要气死帝修反啊！

他嘴里喊着，手上干着，在低头弯腰挖矿石时，站在他下面的小伙子，也正挥镐开采，十字镐正好碰上王忠义的额头，顿时鲜血直流。大家一见，无不着急，他却用手捂着伤口，连说"没事，没事"。

随队的医务人员立马上前，简单地消毒包扎后，要扶他下山休息，他说："一点小伤，没关系的，轻伤不下火线！"

几天过后，王忠义受伤的事就传到了指挥部。指挥部的领导在安全生产大会上严肃地说，开矿开矿，开到了人的头上，这太危险了！为确保人员安全，从现在开始，不准再上山挖矿。事实上，成百上千的人在山上挖了几天，把整个山头掘地三尺，一无所获，根本没开采到矿石。

从此，小高炉所需铁矿石都由乌鲁木齐市钢铁厂供应，运输排的任务就是把矿石从车上卸下来，一筐一筐地运送到山上的土高炉跟前，劳动强度非常大，但大家劳动热情很高。为了让小高炉"吃饱"，早日炼出"争气钢"，工地上开展了"多装""快跑"劳动竞赛，王忠义是排长，以身作则，吃苦在先，肩膀肿了、破了，也从不叫苦叫累，被"大炼钢铁指挥部"评为"优秀钢铁战士"。

钢铁炼完，转眼到了1959年秋末，王忠义结婚成家。刚入冬，他就接到通知，要他做好准备，奔赴农村，参加"整顿人民公社"工作组，负责指导农业生产。

他从小在杭州长大，对农村工作一窍不通，连麦苗和韭菜都分不清，听说要他去"指导农业生产"，还以为别人在跟他开玩笑。但他知道，那个时候这样的玩笑是没人跟他开的，既然单位通知了，农村就一定要去，这是任务！虽然还是新婚燕尔，但他什么也没有说。他当时才20岁出头，年轻力壮、身体结实，生平第一次去农村，很是新奇。那时有句很时髦的话——"在游泳中学会游泳"，通常也说成"在学中干，在干中学"。他抱着这种心态，决心去和农民兄弟打成一片，与他们同吃、同住、同劳动。告别新婚妻子，他就出发了。

王忠义去的是昌吉回族自治州木垒哈萨克自治县东风公社新户大队，位于新疆东部的戈壁荒原边缘、距乌鲁木齐600多里，是一个汉族聚居村落，村中全是从甘肃最贫穷的民勤县逃荒进疆的移民。他们在贫瘠的戈壁大漠垦荒耕种、创立新户，"新户大队"之名就是这么来的。刚到那里，王忠义什么都不懂，什么也不会。开始时只会跟着大家用独轮车推送肥料，但他愿意跟当地老乡学，很快就掌握了各种农作技巧。

这里地处偏僻，交通不便，没有汽车，到公社开会要骑马、骑骆驼。王忠义不会骑马，为了工作，他开始学习骑马。从马上摔下来好几次后，他终于可以单独扬鞭，骑马出行了。

他白天要跟着社员一起劳动，给大队写标语，做宣传工作，晚上要开会给社员念文件，读报纸。此外还要到只有一个老师和几十名学生的小学代课，教大家唱歌。天天连轴转，连给妻子写封信的时间都没有。

1960年夏天，他随社员一道去远离住处数十公里的地方参加"双抢"。那是在戈壁荒滩开垦出来的田地，周围全是寸草不生、一望无际的茫茫戈壁，没有一棵树，没有一间房，所有人都住在地窝子里。一天晚上，狂风大作，黑云密布，突然下起瓢泼大雨。大家白天劳累，晚上睡得很沉。从睡梦中惊醒时，已经平地起水，洪水直接灌进了地窝子里。民兵队长被浇醒后，翻身爬起，吹着哨子通知大家做好抗灾自救准备。有人醒过来，从地窝子里爬了出来；有些睡得沉的，水都快淹了他，他才迷迷糊糊醒过来。地窝子很快就被洪水灌满了，被子、衣服、盆盆罐罐、炊具全部漂浮在水面上，面粉则泡在泥水里。站在平地上，水位没过了膝盖。大家牵着吓得不断嘶鸣的骡马和"哞哞"叫的耕牛，火速转移到一面坡地上。拴好马匹、耕牛，便开始去抢运每天要吃的面粉。很可惜，泥浆水已把面粉泡成了坨，变成了黄色的，已不能吃了。那个时候，粮食是多么金贵的东西啊！大家看着成了泥的面粉坨，心如刀割，好多人心疼得号啕大哭。

每个人都成了落汤鸡，但天地之间，没有任何遮风避雨之处。大家坐在泥地里，任由大雨淋着，任冷风吹着，瑟瑟发抖。

直到第二天中午，雨才停下来，天放晴了。洪水渗进沙土里，只给地表留下了一层淤泥。大家拾了些易燃的风滚草、骆驼刺，烧了一堆篝火，先把身上的一件湿衣服换下，烤干后，再换下其他湿衣服继续烤着。大家都饥肠辘辘，但已没有任何可吃之物。几十号人，又是抢收时节，没饭吃可真受不了。没有电话，与大队联系不上，怎么办？在这紧要关头，王忠义自告奋勇，向村支书请命："人员紧缺，抢收要紧，我到村里去求救，筹集救命粮。"

村支书答应了。把自己骑的枣红马交给王忠义："我的马跑得快、稳，又识路，你骑上它，只管跑就是。"

王忠义骑上马，扬鞭出发，茫茫戈壁，没有路，他凭借在生产队学会的骑马本领，奔驰在荒无人烟的荒原上。天地一片死寂，偶尔有一阵风带着尖啸声从头顶掠过。没有日头，难辨方向，虽说老马识途，但他总觉得心里没底。疾驰了两个多小时，他腰酸背痛，裆部和大腿内侧被马鞍磨得火辣辣的痛。跑到村里，他再也骑不住了，从马上直接滚落下来。

得知参加"双抢"的社员受困挨饿，炊事班以最快的速度，准备了两大麻袋馒头和一袋面粉，让王忠义快马送去。他当时感觉自己已累得站不起来了，但还是带上馒头和面粉，当即骑马往回赶。他穿过戈壁荒漠，由于人困马乏，返回时用了四个多小时，到晚上十点半左右，才把馒头送到了大家手里。当时，好多人已饿得站不起来了。

1961年初，王忠义被调往阿克苏地区工作。当时，他女儿出生才四个多月。他带着妻女，冒着寒风，坐着敞篷大卡车，行程千余公里，走了四天，来到了天山主峰托木尔峰下这个陌生的地方。

王忠义喜爱文艺，到阿克苏地区后，他很快就融入到当地的文艺圈里，在阿克苏专区一支业余文艺演出队担任歌词创作员兼歌舞演员。他所在的这支业余演出队在阿克苏算是小有名气的，特别是他们自编自演的歌舞节目，因为富有民族特色，又接地气，所以深受当地各族同胞的喜爱。

1965年的一天，演出队接到地委办公室的通知，说当天晚上，中央有客人来阿克苏，让他们赶紧准备几个富有少数民族特色的歌舞节目，保证质量，到时演给客人看。

接到通知，王忠义又惊又喜，接到这个政治任务，是组织对大家的莫大信任，便赶紧准备。

晚上8时，大家早早化好妆，在后台兴高采烈地等候客人的到来。突然，军乐队演奏起迎宾曲，在阿克苏地委书记杨琦的陪同下，一位气质高雅、笑容可掬、美丽大方、身穿深色中式服装的女同志走进阿克苏地委大礼堂。全场起立，热烈鼓掌欢迎。

接着，军乐队暂停奏乐，杨琦热情洋溢地致了简短的欢迎词，当讲到"欢迎我们敬爱的陈毅元帅夫人张茜女士莅临阿克苏指导工作"时，话音刚落，张茜便很有礼貌地对杨琦说："你不能这样称呼我，'陈夫人'和'张茜女士'都是在外交场合的一种辞令，我们在自己的国家里都是同志，还是叫我张茜同志好。""对不起。"杨琦马上改口，"对对对，应该称同志。"全场一片掌声。

这时，大家才明白这位中央来客是谁。张茜作了简短的致辞，强调新疆各族人民要齐心协力，搞好民族团结，努力把经济建设搞上去，把新疆各项工作做得好上加好。

接着乐队奏起欢乐的交谊舞曲，杨琦礼貌地邀请张茜一起，迈着轻盈的舞步和大家一道翩翩起舞。

交谊舞休息期间，他们穿插演出了几个自己编排的节目——《我们新疆亚克西》（"亚克西"在维吾尔语中为"好""棒""优秀"的意思）、《毛主席的话儿记在我们心坎里》《沙木沙克坐着火车去北京》等民族歌舞。当王忠义演完《我们新疆亚克西》

时,坐在舞池旁的张茜健步走到他身边,紧紧握着他出汗的双手,说:"演得好!"

他顿时觉得不好意思,连忙激动地说:"首长好!"

张茜温和地笑着说:"坐下坐下。"然后和颜悦色地问道:"你参加工作几年了?"

"我进疆快10年了。"

"老家在哪里啊?"

"杭州。"

"在业余文艺演出队里很辛苦吧?"

"首长,不辛苦。"

"怎么到新疆来的呢?"

"1955年,新疆需要我们,我们就来了。"

张茜赞扬说:"很好啊,有志青年志在四方,参加新疆建设是一件光荣的事,希望你努力工作,把新疆建设得像杭州一样美好。"

1971年,王忠义已是阿克苏地区文工团演员。当年春节,文工团演员随阿克苏地区党政慰问团慰问驻乌什县某边防部队各边防哨所,当时的要求是,慰问亲人"不留死角",只要有边防战士驻守的地方,即使有千难万险,也要前去看望慰问。

为此,王忠义主动请缨,要求到最高、最险的哨卡去慰问边防官兵。获准后,他带领四人慰问小分队,骑着马,出发了。

边关的冬天,滴水成冰,气温零下30摄氏度。王忠义穿着皮袄,戴着皮帽,穿着毡靴,仍感到十分寒冷。

其余三人都是年轻力壮的维吾尔族演员,其中一名男演员背着手风琴,另外两人分别是舞蹈女演员和独唱女演员。他们要去慰问的观众,只有一名。四人气喘吁吁地穿越弯弯曲曲的羊肠小道，终于艰难地登上了无名哨所。在一个隐蔽的、只能容纳几个人的暗堡里，身背钢枪的年轻战士见到他们，连忙立正，行了标准的军礼。四人热情地和战士握手，并激动地说："您辛苦啦！"

战士很有礼貌地说："你们辛苦了。"

王忠义向战士说明了来意，并送上了慰问袋。

战士十分激动，眼含热泪，连声说："谢谢！谢谢！"

当大家得知小战士才20岁，来自四川，已入伍两年时，每个人都很感动。

接着，他们在暗堡里为这位唯一的观众，表演了独唱、民族舞蹈等节目。

王忠义善于和维吾尔族群众交朋友，他与克里木成了一辈子的好邻居、好朋友。

克里木比他年长七八岁，上嘴唇留着两撇胡子，身材不高，但身体十分结实，是地地道道的贫困农民出身，能讲一口流利的普通话。他在农村是一个耕种的好把式，在单位是一名积极劳动的装卸工。后来，随着年龄的增长，他得到照顾，被调入仓库担任武装警卫工作。

他的老伴是个善良的家庭妇女，有点文化，年轻时在村里跟维吾尔族医生学过用草药治病的土方法，给村民免费治病。不幸的是，有一年她突发疾病，下半身瘫痪，常年卧床，失去了劳动能力。尽管她利用自己配制的草药，取得了一些疗效，保住了性命，却仍然不能站立行走，只能蹲在地上，依靠双腿缓慢移动，上下床铺全靠克里木抱着。因为克里木上班三班轮岗，十分辛苦，回家又要操劳家务，所以非常劳累。但他很爱老伴，无微不至地照顾她，从不对她发脾气，从不和她吵嘴。他老伴不会讲普通话，与人沟通全靠他当翻译。

有一次，她问王忠义叫什么名字。王忠义特意用维吾尔语告诉她。当得知王忠义还会书写维吾尔文字时，她高兴极了，直说："亚克西！亚克西！"

王忠义和克里木是隔壁邻居，住的都是单层平房，仅有一墙之隔，只要谁喊一声或重锤一下墙壁，就能听到。有一天晚上，克里木的小孩突然喊肚子痛，昏了过去，他急忙喊王忠义。王忠义马上起身，穿好衣服，用自行车将孩子送往医院救治。因救治及时，克里木的孩子转危为安。

当时，他们住的院子没有自来水，全靠从一口深井取水作为生活饮用水。冬天井边结成厚冰，又冷又滑，一不小心就容易滑倒，十分危险，所以取水十分不便。有时候克里木值岗不在家，王忠义就帮他家提水。

因工作需要，王忠义晚上经常加班，有时从地委回家已是深更半夜。特别是寒冬腊月，外面滴水成冰，正在值班室的克里木只要听到他的敲门声，就会立即出来为他开门，赶紧让他进屋取暖。

每年夏天，大家习惯看露天电影，因为家里没有空调也没有电风扇，室外比较凉爽。一般电影放映时间都在凌晨。放完电影，已是凌晨两点了。回到家门口，王忠义一家经常看到克里木的妻子蹲坐在门口，守着门户。遇到这种场景，他总是异常感动，连声用维吾尔语道谢："热合买提（维吾尔语"谢谢"的意思），热合买提！"

为了表达对克里木一家的爱，王忠义特地让家人从杭州、上海购买一些少数民族爱吃的清真糕点和糖果送给他们。克里木的爱人，同样经常为他们一家加工具有新疆民族特色的、他最爱吃的菜肴——用羊肉末、洋葱、辣椒、新疆粳米等原料灌制的羊肠子，或用特别加工过的面糊灌入羊肺里的"面肺子"。把这些食物煮熟后切成块状或小段，浇上油泼辣椒，既能当主食又可以作为菜肴。

与克里木一家的友谊令王忠义终生难忘，他们的交往也见证了新疆各民族人民之间友好相处、团结友善、相亲相爱的民族亲情。

库尔勒的女助产士王夏兰

1955年进疆的80名浙江女护士，现在还在世的，只有王夏兰了。

王夏兰出生于1937年5月。初中毕业后，她考上了温州卫生学校，在助产士班学习。那时候学助产士，被人认为以后就是去当接生婆，好多人看不起，但她愿意学。1955年7月毕业后，她连家都没有回，就到了新疆。

到新疆的80个人中，有50名是助产士。

动员大会说新疆非常美好，需要她们这一代的青年去建设。当时王夏兰对新疆的历史、地理也略知一二，但它究竟怎么样，就不知道了。

那时，很多人读书晚，80人中最小的18岁，大多20岁上下，全是女青年，其中很多是从农村出来的。

动员大会结束后，大家都主动申请进疆，支援边疆建设。有人打了两三次报告。申请完了以后要选拔，要求思想进步、学习成绩优秀、身体健康。最后，温州卫校120人中只有4人通过。晚上开大会，宣布了名单，其中有王夏兰，她感觉特别光荣。

4人从温州坐汽车到杭州后，浙江省卫生厅等齐了80个人，便在当天晚上10点开会，第二天早上7点就出发了。

抵达乌鲁木齐那天，艳阳高照，新疆维吾尔自治区卫生厅热情欢迎这80名热血青年。意气风发的少女们在"献身边疆，报效祖国"的召唤下,开启了最刻骨铭心的人生历程。

到乌鲁木齐后,卫生厅对80个人进行了分配。每个人都服从分配。大家也不懂,不知道新疆有哪几个自治州和哪几个专区,也不知道有多远,那个地方是否艰苦。

中华人民共和国成立后,于1950年4月12日成立焉耆专署。1954年6月23日撤销后,分设巴音郭楞蒙古自治州,辖焉耆、和静、和硕三县,并设库尔勒专署,辖库尔勒、轮台、尉犁、若羌、且末五县。直到1960年12月,库尔勒专署并入巴音郭楞蒙古自治州,州府才从焉耆迁往库尔勒。

王夏兰、金海伦、蔡珍珠被分到了库尔勒专署。王夏兰留在库尔勒,金海伦到且末,蔡珍珠则去了尉犁。其中去且末最远,800多公里路程,那时不通公路,只能骑马前往。金海伦后来给王夏兰来信说,她的骨头都颠散掉了,屁股和大腿都磨破了。

库尔勒当时还很落后,只有短短的一条土街,不到百米长。居民以维吾尔族、回族、蒙古族为主,除了部队和兵团,汉族人很少,就连在医院工作的也没有几个汉族人。每名医生得配一名翻译。少数民族语言,王夏兰一句也听不懂,刚到时,对环境很不适应,吃饭是茶水和馕,牛羊肉一口她也吃不下去,后来勉强吃一点,最后便适应了。

库尔勒专署医院还不在那条唯一的街上,而在几公里外的修理站旁,一共只有6间土坯房,其中4间病房、1间医生办公室、1间注射室,前后门都关不上,连玻璃也没有,就用塑料薄膜蒙着。一刮风,塑料就会被刮飞,风带着垃圾、树叶往屋里飞,沙石击打着土坯房,"噼噼啪啪"乱响。风闯开门后,穿堂而过,"呜呜"鸣叫,如鬼哭狼嚎,很是瘆人。库尔勒当时刮风的时候很多,没有树,风沿着戈壁沙漠长驱直入。风过之后,人们再给窗子蒙上塑料膜,打扫、收拾风留下的一片狼藉。夏天没有风扇，热得要命；冬天没有暖气，冻死人。取暖的工具就是炉子。虽然说各方面都不习惯，但不习惯也得习惯。王夏兰说，既然来了，就得下决心克服困难，坚持下来。

王夏兰和其他医生、护士一样，都住在医院的病房里。病人最多也就十几个。4间病房，每间4张床，从医生办公室到病房有一段距离，而且有一部分是露天的，下雨刮风都要露天行走。

当时，医院里只有搞后勤或者做饭的大师傅是维吾尔族人。开始时，医生、护士里没有本地人，后来，逐渐有本地小学毕业生，培训半年来做护理员。新中国成立前很少有人愿意到新疆来，新中国成立以后，要把新疆的医疗事业发展起来，不然群众看病都没地方怎么办？医疗条件差，生活条件又差，新生儿死亡率较高。金海伦去的且末条件更差，问题更加严重。

王夏兰意识到，如果不学维吾尔语，语言不通，就跟哑巴一样。于是，她下决心去学，仅用了一年多就学会了日常会话。她用的办法很"笨"，就是将维吾尔语用汉字标注读音，随时背、记。日常对话掌握后，再学习工作用语。医学术语要难一些，但最后也能应付了。

学会维吾尔语后，工作起来就容易多了，跟少数民族同事的关系也特别好。所以，王夏兰多次被评为民族团结先进个人。她下乡也好，在家也罢，民族同志见她都亲得很，病人跟她的关系也好得很。有啥事都跟她讲，因为跟别人沟通不了。

王夏兰没有想到，自己在1956年9月1日就结婚了。她的丈夫蒋禹林是杭州人，从山西医学院本科毕业后，本可到北京工作，但他选择来到了新疆。

王夏兰结婚时18岁，蒋禹林25岁。两人是同一年来到库尔勒的，他只比她晚到半个月。

蒋禹林是医院儿科主任，也是医院第一个大学生，当时院长和其他医生、护士都是中专生。他是医院的骨干，巴音郭楞蒙古自治州的小孩得病，都是他治疗的。

两人是买买提明院长的老婆朝日汗做的媒。朝日汗是儿科的护士。朝日汗跟蒋禹林讲，新疆这个地方汉族丫头少，现在分配来了几个，王夏兰这个丫头各方面都挺好，好多人都盯着呢，你要快快把她抓住。他当时已算大龄青年了。他观察了王夏兰一段时间，觉得她的确是个好姑娘，就开始追求她。他学识丰富，在杭州上高中，在太原上大学，见过世面，有一定的社会经验，又是知识分子。两人最终走到了一起。

蒋禹林的父亲在他读高中时就得了肺结核，不时吐血，没法工作挣钱；妈妈也没有工作。他是长子，下面还有一个弟弟和三个妹妹，自然要为家里分忧。他每个月的工资除了自己订报、买书，留下饭钱和一点零花钱，其余的都按时寄给家里。

当时的婚礼非常简单。两人都是穿自己平常穿的衣服，不过是比较新一点的。结婚的时候他没有钱，一点存款都没有。王夏兰拿出一个月工资，买了糖、瓜子、花生、哈密瓜和西瓜。那时候哈密瓜5分钱一公斤，西瓜3分钱一公斤，三五毛钱就能买10公斤东西了，其他东西也都便宜。所以，50元钱买了好多东西。就在房里摆上，大家来吃完就散了，婚礼也就结束了。那时候送礼是送一面小镜子、漂亮娃娃的画像，金海伦和北京来的护士黄翠珍合送了一床缎子被面，算是最贵重的了。她自己买了一床被面、两个被里、两床棉絮。林青桥是浙江医学院大专毕业，是1956年3月来库尔勒的，王夏兰结婚时，他送了一对枕头。谭仁成医生是从东北来的，送了一张大床单。公家给了一架旧床和两张凳子。蒋禹林就带了一箱书过来，还有一双自己穿过的皮鞋。这就是王夏兰成家时的全部家当。

两人就那样结婚了，也没有告诉父母。

蒋禹林是医院第一个汉族医生。之后，才有林青桥、谭仁成两个汉族医生。直到1960年以后，才慢慢有从新疆医学院毕业分来的其他医生。王夏兰刚来医院时，医院里只有维吾尔族医生。院长中专毕业，医术很高，会做简单的外科和妇产科手术。当时，小病就开药，稍重的病只能转院。

王夏兰入疆4年后担任护士长，当时只有22岁。她虽是护士长，但干的已是妇产科医生的工作。

1959年12月底，天气很冷，地上结了冰，还下着大雪，又是晚上。当时王夏兰在巴音郭楞蒙古自治州人民医院妇产科工作，医院领导对她说："现在你和外科医生宋锡林马上到轮台县野云沟乡出诊，救治一位难产的产妇。"从库尔勒到轮台大概有180公里，当时医院的救护车不在，只能去外单位借用。车子借到后，两人马上就出发了。没想到的是，刚到半路，汽车坏了。两人就下来拦车，在冰天雪地里站了快两个小时，才拦到一辆没有篷的大卡车。两人坐上，到了野云沟乡，已冻得说不出话来，流的鼻涕都冻成冰条了。病人情况危急，已被送到县医院，摆脱了危险。当地干部不让两人回去，就在那里住了三天。其间，他们挨家挨户到老百姓家里看病。

1967年12月的一天晚上，天下大雪，一个男人急急忙忙跑来，老远就喊："医生医生，快一点，我老婆要生娃娃了！"王夏兰说："你老婆生娃娃，你来不行。""她走不了，现在在地上坐着，地上有雪，不过我把皮大衣脱下来给她穿上了。"王夏兰说："那赶紧。"那时，医院连个担架都没有，王夏兰就找了个抬把子（新疆的一种短途运载工具），和一个护士一起，迎着寒风，冒着大雪，往产妇那边赶。产妇离医院六七百米，丈夫来找医生的时候，她已生下了娃娃。王夏兰扒开一看，孩子在她裤裆里面，胎盘还没有下来。孩子是活着的，脸上都是毛。王夏兰吓了一跳。原来产妇穿的是那种很简单的皮大衣，毛在外面，娃娃生下来后，产妇赶紧用皮大衣把他裹上，所以娃娃身上沾满了羊毛。

天寒地冻，滴水成冰，娃娃冻死了怎么办？产妇的创口没有消毒，出现了危险怎么办？王夏兰赶紧把母子放到抬把子上，和同事一起抬着往医院去。到医院后，她给脐带消了毒，用了子宫收缩剂，给产妇吃了消炎药预防感染。由于抢救及时，母子平安。

还有一个维吾尔族产妇从农村来，坐的是毛驴车。她丈夫一来就说："医生快一点，这是我的洋冈子（维吾尔语"妻子"的意思），快生娃娃了，一路都在叫唤。"王夏兰飞快地跑出去，一看娃娃的头都出来了，用抬把子都来不及了，就马上叫了几个人，把她抬到产房。刚消完毒，孩子就生出来了。

库尔勒市原有8个乡、3个农牧场，王夏兰参加巡回医疗，全部去过。1967年，有一次巡回医疗的时候，她还带了两个儿子去。为什么？学校已经放假了，三个孩子都待在家里，孩子父亲看不了、管不住。他不会做饭，又不会买菜，工作又忙，儿科只有两个医生，值班是今天你、明天我。如果有人要就医，就他一个人盯在那里。三个孩子咋办？最小的孩子才一岁多。她就把最小的全托到保姆家，把另两个儿子带上。当时，大儿子10岁，二儿子8岁多。两个儿子自己玩，不用她管。他们还去山上砍柴火，不要公家供应，有时候普惠农场的马车来了，王夏兰也帮忙卸些米面。那时候一袋大米200斤，她都能背动，当然，距离不远，也就百十米。孩子也来帮忙抬。因为父母都很忙，都要值班，经常不在家，所以他们小时候，王夏兰就教他们做饭。巡诊的时候，两个孩子自己轮流做饭，没有影响她的工作。

巡诊一次3个多月。时间到了，离开的时候，医院派车来接她，但乡亲们不让她走。

其实巡诊是两个人，还有个男医生同行。男医生是广东人，后来回城里去了。碰到接生的，妇女有啥病的，挺着大肚子要检查的，都是王夏兰给她们看。一般娃娃的、大人的病也都是她看。

1976年1月，医院送她到北京医学院附属妇幼医院进修一年。那年7月，唐山地震。地震那天，刚好是王夏兰值班。那时地动山摇，医院房子的墙震裂了。医院病人少了，因害怕余震，所以搬到了外面。地震对她的学习产生了影响，手术做不了，病人也少了。除急诊以外，其他病人一般的病先不看了，过一段时间再看。抗震结束后，她就给领导打报告，说地震影响学习，请求延长3个月。领导同意了，她就进修了一年零三个月，到次年4月才结束。

在北京学习的时候，王夏兰表现得很好，医护人员都喜欢她。她家不在那里，孩子也不在身边，为了多学东西，休息的时候她经常去加班。医生都很忙，每天的手术都是排满的，没有一天有空档。当时每周就休息一天，但她都不休息。进修结束后，要给她写鉴定。医院就在她的鉴定报告上写明了她有多少天没休息，请原单位补假。结果她回到库尔勒的当天下午，院长不知道补休假的事情，到她家看望时就讲："你明天就上班。你走了那么长时间了，医院需要人。"她说行。

从北京学习回来，医院安排王夏兰管库房。库房里有上百样东西，被子、褥子、枕头、枕巾、尿盆，各种医疗器材，一大间房子，码得满满的。任何东西，要用、要换，都得经她的手，所以她在家的时间很少，连产假都休不成。因为要是产前交给别人，一是没有合适的人管，二是休息一个多月又要上班，东西原来都是登记好的，再去交接，又要一样一样验收，非常麻烦。好在她当时家在医院里，随叫随到，所以在家里也经常跟上班一样。

另外，她还要经常到乡下出诊。有个产妇生二胎，羊水破了，她丈夫很害怕，来找王夏兰。刚好王夏兰值夜班，当时已是半夜，王夏兰就跟他到产妇家中做了诊断，见情况紧急便想办法赶紧送产妇去医院。那个时候很少有汽车，怎么送呢？王夏兰问他有没有拉拉车之类的？他想起公家有架板车，就把它借来，把妻子拉到医院。等安顿好，生完孩子，天已大亮。

20世纪80年代初，王夏兰是库尔勒市医院妇产科主任，但经常需下乡手术，这过程中她深深地体会到了在农村工作的困难——缺医少药，缺设备缺人才。他们下乡做手术都是在临时手术室，没有正规的房间和设备。有时手术做到一半，突然停电，也没有人维修，只能打着手电继续手术。冬天时，有的乡没有水，他们就取冰块化开用。有的手术室窗子没有玻璃，只能用塑料薄膜代替；有的手术室屋顶会掉土，只能覆上白布。因手术忙，三人经常不能按时吃饭。晚上还要加班洗器械、打手术包，给第二天手术做准备工作，但他们团结一致，克服困难，把病人当亲人一样对待。

……

1985年，王夏兰调到库尔勒市妇幼保健站当站长，此后又兼库尔勒市卫生局副局长。

王夏兰在医院工作30年，在市妇幼保健站工作7年，退休后又被返聘到妇产科工作21年，共计58年，共接生了2万多个孩子，没有发生过一例医疗纠纷和医疗事故。

"毛驴车上的都乎托"李秀棣

李秀棣是浙江兰溪人，1955年8月，她在得知征召政策的第一时间，就怀着激动的心情报了名。她家里还有哥哥和弟弟，即便自己远离家乡，父母亲也有人照料。但与其他人不同的是，她当时刚与陆世清订婚，正是新婚燕尔之时，不想劳燕分飞，心里自是难分难舍。

临别那一天，欢送会上锣鼓喧天，二人握手惜别。陆世清是一名退伍转业军人，老家在桐乡县，1948年加入华东野战军，参加过淮海战役，战斗中身负重伤，右上臂被枪弹打断，经抢救后转地方治疗，被评定为二等乙级残废军人。后来部队就地就近复转安排，他复员以后在兰溪县公安局工作。

李秀棣的母亲一直在做帮佣。她在政府大院里做帮佣时，认识了陆世清，就为自己的女儿做媒。随后，两人确定了恋爱关系。

在家国情怀方面，陆世清的报国之心更为强烈，在他心中，固边兴疆是国之大事，也是人生中最重要的使命，恋人冲锋在前，他也不会原地守候。握着恋人的手，拭去涌出的离别泪，他庄重承诺："秀棣，分别是暂时的，你安心在新疆工作，家里有我，你不用担心！"

"对不起你，我们两个刚要到一起，就要天各一方，多谢你的理解！"

"不要说这样的话。我身有残疾,你愿意嫁我,何其有幸!你有追求,我理当理解支持!虽是天遥地远,但我们的心会在一起。"

"此去新疆,你我天各一方,不晓得多久才能回来呢?"

"只要我们不离不弃,总会有办法的。"

带着对新疆的向往和对亲人的思念,李秀棣终于抵达了位于塔里木盆地北缘、天山主峰托木尔峰下的阿克苏。到专署卫生科报到后,她被分配到温宿县卫生院工作。

阿克苏专署所在地阿克苏距离温宿县城不到15公里,但因为交通落后,路况恶劣,除了驴车马车,没有其他车辆来往。徒步独自前往,对一个女孩子来说,还是很困难的。李秀棣在阿克苏滞留了几天,等到温宿县一位副县长前来行署办事,于是就跟着那位副县长一起坐上毛驴车,前往温宿。

当时,在新疆,北疆的马车、南疆的毛驴车是最重要的交通工具,随处可见,不只载人,也拉货。南疆的毛驴个头不大,但躯体结实,极有耐力,善于奔跑。

道路颠簸,生平第一次乘坐毛驴车,腼腆的李秀棣被颠得浑身快散了架,挤在一堆生活物资中间,娇弱的身体抖得如一片树叶。听着赶车的维吾尔族车夫与那位副县长用维吾尔语交谈,虽然听不懂,但也被感染。她沉默不语,心被一种信念支配着,让她对未来充满憧憬。

"你们浙江都是青山绿水,生活条件要比新疆好得多,你到这边来可是要吃苦头的,你后不后悔啊?"副县长见她有些拘谨,主动与她攀谈。

"我不后悔。"李秀棣紧抱着行李,话未说完,车轱辘就碾到了一块石头。车身猛然倾斜,她尖叫了一声,屁股被颠得生疼,膝盖被撞破了一层皮,险些连人带行李滚下车去。

"那就好。"

"到新疆来，是我自己的选择，再苦再难我都能面对。"再次坐稳后，虽然膝盖有些痛，但她还是露出了微笑。

"有志气！"

赶车的维吾尔族老人似乎也听懂了他们的对话，扬鞭赶着毛驴，回头哈哈笑了。毛驴脖子上的铃铛发出悦耳的声音，路边高大的白杨不断掠过，空气中散发着混合了禾香、尘土、树叶、炊烟的南疆农村特有的气息。

李秀棣安安静静地坐着，不时望一眼绿洲，或抬头望一眼高耸入云的洁白的托木尔峰，她觉得这里的风景竟是那么壮美。

终于抵达目的地，面临的境况却出乎李秀棣的意料。温宿县卫生院设施简陋，几乎没有什么医疗器具，除了头疼、感冒、肚痛、拉稀，其他病都很难医治。一间不足10平方米的土坯房就是诊疗室，甚至是由原房主的羊圈改造而成的，医疗条件还不如老家兰溪的乡镇卫生室。一名本地同事告诉她，他们从未给当地患者做过任何手术，遇到孕妇难产，只能送到阿克苏的医院诊治抢救。

南疆地区的妇女多患有妇科疾病。闭塞落后的温宿县，难产更是高发。由于居住、卫生条件以及保健观念落后，产褥热、乳腺炎在温宿县发病率奇高，产妇和新生儿死亡率居高不下。

妇产科关系到母婴两代人的生命安危，关涉一个家庭的幸福，及时救助产妇是比天还大的事。秉着对工作的热忱，李秀棣在温宿县卫生院安顿好之后，便一头扎进了工作之中。

作为一个讲着吴侬软语的南方女孩，李秀棣初来乍到，衣食住行对她来说都是考验。饮水盐碱重，又苦又涩；没有大米、蔬菜，不仅吃不惯拉面、馒头、馕，有时甚至还得吃那些用红柳、骆驼刺等植物熬煮后过滤的淀粉，吃在嘴里，味同嚼蜡，如鲠在喉，难以下咽；宿舍是一间狭小的土坯房，低矮、潮湿，只能放一张床和一张小桌……

但这一切在李秀棣眼中都算不上困难，真正棘手的问题是，病患大多是维吾尔族乡亲，他们听不懂汉语，更听不懂浙江话，但她也听不懂维吾尔语，彼此很难沟通，因而她无法独立出诊。和王夏兰一样，克服语言障碍，尽快进入工作状态，成了这批进疆助产士和护士首先要解决的难题。

县区境内少数民族乡亲占98%，他们绝大多数说维吾尔语，街巷店铺也用维吾尔文字，她听不懂，也看不懂，觉得自己成了"聋子""瞎子""哑巴"，心里有多着急，可想而知。

生活的艰苦没有让她低头，语言障碍却让她寝食难安。

于是，初期李秀棣只能在同事兼任翻译的陪同下开展工作，同时跟着汉族老医生或懂汉语的维吾尔族医生学习维吾尔语。她用汉字标注法学习，平时用心听，反复练，一有机会，就尝试和当地老乡交流沟通。

功夫不负有心人，三个月后，李秀棣的维吾尔语突飞猛进，不到半年，她便克服了语言难关，再和当地百姓接触，心与心之间的距离拉近的同时，她的工作也变得顺利起来。

为了便于工作，李秀棣剪掉了蓄了多年的长发。她身穿白大褂，头戴护士帽，往来于牧场、绿洲和戈壁之间。

无论是天寒地冻、滴水成冰，冷得腿都不能打弯的寒冬，还是风沙弥天、浮尘遮天蔽日的春夏，都可以见到李秀棣带着常备药，和同事一起深入天山巡诊的身影，夏牧场、冬牧场都留下了她的足迹。她和千家万户的乡亲建立了深厚的情谊。很多人都认识了这个会接生、看病，护佑母子平安的年轻女医生。

就在这时，李秀棣得到一次回浙江兰溪工作的机会。因为未婚夫陆世清是革命伤残军人，又在兰溪县公安局工作，可以将她调回兰溪。李秀棣也知道这是一次难得的机会，深知爱人需要照顾。正当她在走留之间犹豫不决的时候，这个消息被当地老乡知道了，他们聚集到医院门口，舍不得她走。她非常感动，给陆世清讲了她在温宿的情况，问他愿不愿意随她调到温宿来工作。写这封信的时候，她也知道，陆世清一旦答应，她就不可能再有理由回到故乡，但她还是毅然将那封信寄了出去。

自从李秀棣去了新疆，陆世清也多次暗下决心，要争取机会，从兰溪调到新疆去，与李秀棣在一起，为固边兴疆大业尽自己的微薄之力。

陆世清果然答应了她。经过组织协调，他于1956年调到温宿县公安局工作，两人喜结连理。

1957年，李秀棣的大儿子陆莹出生，一家人正式在这块离家万里的热土扎下了根。为了让一家三口有栖居之地，温宿县卫生院从医院病房隔出了一间30平方米的空地，用土坯垒出了一间简陋的土坯房，做了简单封闭之后，他们在这里有了一个简陋的、小小的"家"。

敬业、执着、热忱，是李秀棣不变的初心，有了孩子以后，她依旧或是骑马翻山，或是坐着毛驴车，四处出诊，去抢救难产孕妇。她没有休息日，更没有节假日，边疆日子的紧张和艰苦难以想象，但她觉得异常充实。

令人欣慰的是，作为一名助产士，李秀棣把越来越多的小生命平安带到了人世。

1958年的一天，温宿县卫生院来了一位难产孕妇，主治医生恰巧不在，当时没有便捷的通信工具，一时间卫生院愁云密布，李秀棣也急得不知如何是好。

作为助产士,她只得临危受命。进入产房,她一边查看相关资料,一边手术,终于完成了婴儿宫内倒转,母子平安。

大家高兴之际,李秀棣却一身冷汗,跌坐在椅子上,半天说不出一句话来。虽说她是正规卫校助产班毕业,但独立完成手术远超她的能力范围。

鉴于当地孕妇一般不做产前检查,难产情况较多,温宿县卫生院决定派李秀棣到喀什医院进修,扩大医生队伍。进修结束后,李秀棣就成了一名正式的妇产科医生,开始做输卵管结扎、宫外孕等妇科手术。

再次下乡巡回医疗时,温宿县卫生院医疗队扩大了诊疗范围,如阑尾炎、疝气、阴道修复等手术也能一并完成,解决了农牧区群众多年的疾病得不到医治的痛苦。

多年之后,谈起下乡巡诊,李秀棣不免感慨:"巡诊是件艰苦的任务,当时多半靠马拉车,有时骑马,我曾好几次从马背上摔下来,不顾疼痛爬起来,继续在寒冬腊月、飞雪连天的状况下艰难前行,一村村、一户户地巡诊,走遍了温宿县所有的乡村和农牧队。"

虽然日夜辛苦,但李秀棣觉得,能为各族乡亲送医送药是件有意义的事情。回忆往事,李秀棣笑着说:"最开心的事就是看到产妇母子平安,那个时候,我觉得一切都值得。"

因为从未出过医疗事故,李秀棣在温宿县的名气越来越大,当地牧民都亲切地称她为"戈壁滩上的红柳""毛驴车上的都乎托(维吾尔语"医生"的意思)"。

时光荏苒,离开家乡时风华正茂的少女转眼间成了几个孩子的母亲。在南疆地区的风沙袭击下,她慢慢失去了青春的容颜,但在她身上唯一不变的,依旧是那颗"献身边疆,报效祖国"的初心。

为了工作上没有后顾之忧，夫妻二人在1957—1964年之间生下的四个孩子都先后被送回了浙江老家，由年事渐高的母亲代为抚养，这既是无奈之举，也是因为别无选择。

老大陆莹，1957年出生，1960年托朋友带回老家；老二陆农、老三陆韬睿分别于1960年、1961年出生，1965年托回浙江探亲的老乡带回老家；老四陆涛，1964年出生，1969年托回浙江出差的老乡带回老家，交给孩子的外婆抚养。所以，父母对孩子们来讲，是照片上的陌生面孔，只知道自己有父母，但在非常遥远的地方，见不上面。

四个孩子都在新疆养到三五岁就送回老家了。即使这样，在新疆的短短几年，夫妻俩也因为工作的原因，没有时间和精力照顾孩子。所以，在李秀棣怀上二儿子陆农时，他们便忍痛把刚满三岁的大儿子陆莹送回了外婆家。二儿子即将出生时，李秀棣和丈夫陆世清商量，把孩子的奶奶接过来帮忙，陆世清却很为难。不为别的，他是怕把母亲吓着。他从没有告诉母亲从老家到阿克苏究竟有多远，信中提及，都很含糊。路途如此遥远，母亲一辈子哪里走过那么长的路？另外，他俩都不可能回去，还是得托老乡把母亲带过来。

最后没有办法，听说有同事要回乡出差，便写了一封信，说明了自己要接母亲过来照顾孙子的意思。但母亲离不开故土，害怕到那么远的地方去，经过多次书信往来，在儿子、儿媳的恳求下，才于1962年来到新疆，照顾老二、老三，待把孙子和孙女照顾到四五岁，送回老家，然后又照看老四。到1969年，老人家在阿克苏待了七年，思乡心切。陆世清利用出差的机会，把母亲送回桐乡老家后，赶到兰溪见了自己的四个孩子。那是分别多年来，孩子们见到父亲的唯一一面。而他们再一次见到母亲，则是1976年,母亲来接陆农和陆涛回新疆生活的时候。那时候,陆莹已19岁,陆农已16岁,女儿陆韬睿已经15岁,最小的陆涛也11岁了。

20世纪50年代,国家的探亲政策是十年一次,即使这样,除非迫不得已,也很少有人回去。一是那时候差旅费自己出,无法报销。二是路途遥远且漫长,假期虽然有40天,但交通不便,从阿克苏到乌鲁木齐五六天,从乌鲁木齐坐火车四天四夜到上海,从上海再到家,还得一两天,途中往返就得二十多天。

陆农至今还记得,父母亲都上班去了,小孩子不听话,偷跑到外面去玩耍,裹着小脚的奶奶想追又追不上,着急又无可奈何的情景。

孩子们回到了外公家那套位于兰溪的祖屋,房子是瓦房,带一个小院子,如果一户人住尚算宽裕,但外公的两个弟弟也住在里面,就很拥挤。外公是中医,靠看病抓药卖药维持生计,1949年前就去世了。所以,外婆一个人独自抚养四个孩子和她自己的两个儿子。当然,李秀棣每个月把自己和丈夫的绝大部分工资都寄给了自己的母亲。

可怜天下父母心,李秀棣和丈夫对孩子们的爱是深沉的,送走孩子是迫不得已。在最需要父母关怀的年龄,四个孩子却与父母相隔几千里,为了尽可能给予孩子们关爱,夫妻二人只能将情思寄托于书信,差不多每个月一封,在信件里了解四个孩子的健康、学习、生活等方面的情况。书信开始是写给外婆收,外婆找人念给孩子们听,然后找人回复。大儿子陆莹识字后,信就由他收,四年级后,也由他回信,汇报自己和弟妹的情况,转述外婆要说的话。

关山迢迢,在一封封家书中,夫妻俩饱尝了人间最苦的母子、父子间的离别之痛。十年光阴弹指过,1974年夏天,阔别家乡整整20年的李秀棣因公出差到山东青岛,终于获得了顺路探亲的机会。按照当时政策,老家父母健在的情况下,可十年回乡探亲一次。丈夫陆世清的父母早已不在人世,所以此番探亲也只有李秀棣够条件。在处理完工作上的事情后,李秀棣准备回浙江兰溪老家一趟,把二儿子陆农接回新疆。

一直到80年代初,打电话都不方便,有急事只能发电报。电报一个字7分钱,内容多一些的话,要好几元钱甚至10多元,所以发电报可说是惜字如金,言简意赅,把事情说清楚就行。因为标点、空格都算一个字,所以都不用标点。为了省钱,都用文言。比方说"父病速归"。李秀棣知道自己多年没有回家,所以在踏上归家之旅时,也在青岛给陆莹发了一封电报:母近归。

兰溪市位于金华市西部,钱塘江中游,金衢盆地北部边缘。光绪《兰溪县志》载其"踞杭严之上游,职衢婺之门钥,南蔽瓯括,北捍徽歙。定职方者,谓为浙东要区,洵不诬也"。呼吸着兰溪湿润的空气,她没想到,自己离开家乡一晃已20个年头了。

李秀棣背着行囊,朝着记忆中的一切走去。院子里的梨树长高了不少,枣树更为虬曲。夏风酷热,蝉鸣如歌。扑面而来的一切都是那么熟悉,似乎她从未离开,只是做了一个长长的背井离乡的梦。

1974年8月,陆农上初一,正在过暑假。外婆看管着四个孩子,几个孩子在家里做作业、玩玻璃弹、打陀螺、滚铁环、翻烟盒。

外婆住的是老祖屋,白墙灰瓦,屋内有木头立柱,带一个小院子。院子里种着一棵罗汉松,一棵苦楝树。苦楝树结着像小沙枣一样的果子。

到家那天，外婆正在做家务，孩子们在一旁玩耍，她突然出现，喊着孩子们的名字，孩子们安静了。他们离开母亲的时候，都很年幼，此时他们谁也没有认出来，都有些惊讶。看着这个身高一米六，留着齐肩短发，眼里滚动着泪水，有些哽咽地叫着他们名字的女人，还以为是外婆家的哪个亲戚。

外婆出来，也有些愣住了。

"是秀棣吗？是秀棣啊！"

"妈……"她激动地走到母亲跟前，抓住她的手。

"电报说你要回来，没想到是真的……"

"孩子们都不认得我了……"

"可不是，这么多年没见你……刚记事的时候就分开了。"母亲回头把几个孩子叫到跟前，指着李秀棣说，"叫妈，这就是你们天天念叨的妈！"

四个孩子站成一排，看着她，有些拘谨、无措。一堵无形的、陌生的墙挡在母子、母女之间，没有一个人叫。

"都长大了。"

"可不是。"

李秀棣想拥抱陆莹，陆莹躲开了；想拥抱陆农，陆农也是；又想抱抱女儿，女儿脸红到了耳朵根；去抱陆涛，他没有躲开，但很生分，在母亲怀里，就像在一个陌生人的怀里一样。

李秀棣在家里待了十多天，孩子们才慢慢接受了这个遥远的母亲。但过不了几天，她又得离开了。这次决定把陆农带回新疆，也是她和陆世清提前商量过的。因为老三老四尚小，如果去了新疆，工作时无法兼顾，也不放心单独留在家里，老大已经成人，要留在老家照顾外婆。陆农排行老二，已上初中，年龄上也最合适。

陆涛得知母亲不带他，非常沮丧，拉着妈妈说："妈妈，我也想去，我也想在你身边。别的孩子都有妈妈，我也想有妈妈。"

李秀棣听了很伤心，但也没有办法。

李秀棣带陆农离开的前一天，母亲做了送行的饭菜，有肉丸子、金钱包（豆腐皮包的菜馅）、青菜和豆腐汤，还有白米饭。

母亲舍不得女儿走，李秀棣也舍不得离开，因为她知道，这一别，不知何时才能相见，也不知道在母亲的余年里还能不能相见。其余三个孩子也不晓得多久才能再见到妈妈，都很沮丧。但每个人都装作什么事也没有的样子。

晚饭后，外婆给陆农的行李里装了很多她做的笋干，说："又能放，又能吃，新疆没有，想家了就拿出来做菜吃。"

清晨一大早，李秀棣带着陆农去坐火车，从母亲家到火车站一公里左右，老人家带着三个孩子走着去送行。女儿陆韬睿说："要是到火车站的路永远走不到就好了，妈妈和二哥就不会离开我们了。"

但火车还是开走了，小儿子陆涛一见，"哇"的一声，大哭起来。老人和三个孩子都流泪了，李秀棣不敢回头看他们，但眼泪还是忍不住流下来。

母子两人从兰溪乘坐绿皮火车到上海，再转乘53次列车到乌鲁木齐。在路上，李秀棣很想跟儿子说说话，但火车严重超员，拥挤不堪。当时，阿克苏到乌鲁木齐或乌鲁木齐回阿克苏都是搭便车，这样可以省钱，但需要提前讲好。新疆的汉族人口比较少，生活在同一个地方的人都彼此认识。那时人情淳朴，一个地区的人都跟老乡似的，会互帮互助。当时允许在车斗上、驾驶室、车头上、货物上坐人，只要不被风吹着，不会摔下来，就没有问题。

到乌鲁木齐后，李秀棣找到要拉货回阿克苏的卡车司机，想搭他的便车。阿克苏很多人都熟悉她，他当即就答应了。

陆农当年被人带回外婆家时，是坐便车离开的。对此，他还有模糊的记忆。这次与母亲再乘车回家，印象太深了。当时路况很差，一路颠簸，尘土飞扬，白天赶路，晚上住招待所，走了五天，终于回到了阿克苏。熟人一见，忙骑着自行车去叫陆世清来接他们。过了半小时，陆世清骑着自行车来了。多年不见，父子陌生，他摸摸儿子的头，说："没想到长这么高了！"

陆农对这个他五岁后只见过一面的父亲，印象早已模糊，他躲开了父亲的手，往母亲身后躲了躲。父亲又张开双臂，想抱抱他，但一看自己的孩子，已抱不动了。

回去的路上，陆世清推着自行车，李秀棣带着陆农跟着他，一家六口，有三口终于团聚了。

回到父母家里，陆农却感觉很陌生。他的年龄说大不大，说小也不小。他已经懂事了。此时，他没有激动，也没有落寞，只有一种强烈的距离感。陆农到阿克苏后，父母就按部就班地工作了，他因为正值假期，加上一个人也不认识，就在家里待着。假期结束，他读初二。

1976年，李秀棣回老家把小儿子陆涛也接了回来，这边就成了四口之家。

长子陆莹因为当时高考还没有恢复，就当兵去了；女儿陆韬睿在浙江参加了1978年的高考，但落榜了；陆农考上了八一农学院；陆涛高中毕业以后，赶上系统内招干，他考上了，解决了就业问题。陆农大学毕业后直接分配，就业没让父母操心；但对于陆莹和陆韬睿的工作，父母则心有余而力不足。陆莹从部队复员后，没能马上找到工作，后来在兰溪一家地方企业里打工；陆韬睿高中毕业以后待业，后来参加兰溪土特产公司招工，被录用后才有了工作。

陆世清、李秀棣很希望一家人能够团圆，但一直没能实现。

1987年7月,李秀棣从阿克苏市计划生育委员会主任任上退休。1999年,陆世清去世;2022年,李秀棣去世。两人都长眠在天山主峰托木尔峰下。

第四章 商海英雄谱

"编外援疆干部"林垂午

1948年10月,林垂午出生于浙江省平阳县山门乡西山村,在8个兄弟姐妹中,他排行老大。高中毕业后,他应征入伍。从部队复员回乡后,他加入预备役,成为一名民兵。

平阳县位于温州市南部。改革开放前,温州的情况可以概括为"三少一差":可利用自然资源少,人均耕地在浙江最少,国家投入少,交通条件差。平阳更是多台风,常洪涝,灾害性天气甚多。

在林垂午的记忆中,少时家乡农村劳力富余,却没有挣钱的渠道,普遍经济拮据。他自己家也是人多地少,虽常年辛劳,但仍吃不饱、穿不暖。加入预备役部队后,林垂午又发现民兵工作经费紧张。为了减轻群众和政府财政负担,1971年,23岁的林垂午成立了平阳县人武部工程队,并任队长。这种"以劳养武"的形式是在民兵传统的"劳武结合"基础上,随着社会的发展和经济体制改革的逐步深入而出现的。

"以劳养武"的方式很好,但在20世纪70年代初期的温州很难找到项目做,没有什么可"劳"的。就在林垂午一筹莫展的时候,有一天,他在报纸上看到一则告示,说新疆拜城县水泥厂因经营困难,向全国发出公告,诚邀有志者前往承包经营,条件是缴纳100万元保证金。

林垂午把那则告示看了好几遍,心情很是激动。他觉得,自已能看到这则告示,就是一种缘分。但他是第一次听说"拜城"这个地名,完全不知道它在新疆哪个地方。费了些劲,林垂午找来一幅中国地图,摸索半天终于找到了"拜城"——即使在地图上看,位于东海之滨、太平洋沿岸的平阳与位于塔克拉玛干北缘、天山山脉南坡的拜城也十分遥远。但军人出身的林垂午没有被这千山万水吓到,他准备去闯一闯。

然而,林垂午一提出这个想法,亲友们都认为他疯了。所有人都反对他去那个远在天边的地方,更何况要缴纳100万元的保证金——这在当时无疑是一个天文数字。林垂午担心的不是距离,而是他根本不了解新疆,更不了解拜城。为了稳妥,他到处打听、寻找跟新疆有关的资料,得知新疆地广人稀、资源丰富,就下定决心要以此为契机给家乡子弟找一条出路。他有一股不服输的劲头,也有常人没有的勇气。他说服亲朋好友,凑齐了100万元,带着200多名民兵踏上了征途。

那个时候的拜城,物质条件极度匮乏、生活异常艰苦。对这些,林垂午已经做好了心理准备。和大多数温州商人一样,他相信机会就在那些一般人不会到达的地方。林垂午和工程队的到来,令拜城人深感意外。那则告示发出后,因为地方偏远,保证金高昂,一直无人问津。谁也没有想到,会有一个年轻人从遥远的温州过来,不但带来了钱,还带来了人。拜城县水泥厂担心林垂午他们会打退堂鼓,便请阿克苏地区行署出面,要求林垂午一次签订十年的生产合同。

林垂午答应了。

同行的人都觉得期限太长,一旦干不下去怎么办?林垂午说:"我就是要把自己和拜城捆绑在一起。出来做事,不承担风险肯定做不成。我既然来到了新疆,不干出一番名堂,就决不回平阳。我就是要背水一战。"当时,很多人还没有信誉和质量意识，都是干一把就撤。林垂午要做的，就是要树立"平阳县人武部工程队"这个品牌。

林垂午的工程队人数相当于一个加强步兵连，仅填饱他们的肚子，让他们有衣服穿、有遮风挡雨的地方住，后勤保障的压力就十分巨大。当时拜城县水泥厂位于喀普斯浪河中段的铁热克山沟中，四周都是荒山戈壁。没有地方住，他们就垒"干打垒"，挖地窝子；做不了饭菜，他们就着盐开水吃窝窝头。工程队干的虽然是大工程，但几乎没有机械化的设备，所有项目全靠人力，全是高强度的劳动。夏季烈日当空，戈壁滩上没有任何遮挡，冬季寒风刺骨，在山谷里劳动更加寒冷。

面对接踵而来的重重困难，林垂午选择迎难而上。他像军人一样要求自己和民兵发扬"特别能吃苦、特别能战斗"的精神。资金不足，林垂午就回家乡自筹，没有好的管理人员，他就高薪聘请，最终提前一个多月保质保量完成了水泥厂的建设，受到了阿克苏地区行署的表彰，赢得了"重合同第一人，守信用工程队"的奖状，这让他的工程队在阿克苏地区站住了脚。

拜城县矿产资源丰富，但这些煤炭资源沉睡在深山里，不能为当地创造财富。林垂午带领工程队，承建并完成了县域内90%以上矿区的道路、桥梁等前期矿建工程，很多当时修建的矿区桥梁和道路至今仍在使用。这些基础工程的建成不但整体带动了当地经济在较长一段时间保持高速发展，还较好地解决了平阳、拜城两县富余劳动力转移就业的民生问题。这对于一个缺乏专业矿建队伍的偏远落后县来说，意义巨大。

质量是信誉，质量是形象。无论生活条件多艰苦，无论工程难度多大，林垂午始终牢固树立"诚信为本"的创业理念，始终把高标准兑现承诺视为工程队的生命，严把工程质量关。他常说:"诚实守信是我们的立身之本;工程质量与咱们的饭碗紧密相连,质量不过关就等于搬起石头砸自己的锅。"

许多跟随他一起创业的老民兵都知道,林垂午对工程质量要求极严,他会严把施工的每一个环节。在他的心目中,工程质量比他的命还重要。

他抓工程质量对事不对人,丁是丁,卯是卯,谁的面子都不给。建材老板因为供货不合格,他毫不留情地退货;工程质量不合格,他毫不犹豫地返工;职工干活误工期,他毫不迁就地处理。由于他狠得下心,拉得下脸,工程队迅速发展壮大。

正是因为林垂午所率民兵工程队的良好声誉,1992年,他们与新疆军区签下了承建新疆喀喇昆仑山脉某边防设施工程的合同,迎来了艰苦创业路上又一项艰巨而光荣的任务。

喀喇昆仑山脉耸立于青藏高原西北侧,连接着帕米尔高原、喜马拉雅山脉及唐古拉山脉。平均海拔超过5500米,其冰川比世界上任何山岳都要丰富,其中斯帕·比亚福冰川长100公里。屹立于冰川之上的高峰众多,其中乔戈里峰海拔8611米,是世界第二高峰。与壮美的自然景观相伴的是,这里空气稀薄,含氧量仅为海平面的50.6%,人徒手站立,就相当于在平原地区负重24公斤;太阳辐射强烈,温度变化巨大,并常有8级以上的强风,风速达每小时60公里以上;最低温度达零下50多摄氏度,而每年的5—9月,因为季风送来的温湿气流,又会形成雨季,融雪加降水,导致河谷水位猛涨,人畜难以进入。这里被地质学家称为"永冻层",而生物学家则把这里划为"生命禁区"。"氧气吃不饱、风吹石头跑、天上无鸟飞、地上不长草、四季穿皮袄"是其生动写照,生存难度如此之大,施工难度可想而知。

接到任务后,林垂午彻夜难眠。要在"永冻层"上施工,难度极大，他得想方设法解决一个个技术难题。为鼓舞士气，林垂午在誓师动员会上讲道："在'生命禁区'，先后有成千上万名官兵在这里驻守。他们扎根雪域边关，以守卫祖国最艰苦的雪山哨卡为荣。我们有幸承担边防设施建设工程，是部队对我们的信任，是祖国交给我们的光荣任务。'事不避难，知难不难'，我们要以广大官兵为榜样，发扬'喀喇昆仑精神'，战胜困难，不辱使命。"

林垂午的民兵施工队迅速扩大，从200余人增至2000多人。为增强民兵国防意识，有效克服高原反应，他邀请部队官兵对民兵们进行适应性训练和国防安全教育；为了解实情，尽早施工，他多次带领技术人员步行、骑马到海拔6000多米的高峰进行现场勘查，踏遍了喀喇昆仑山脉天文点、神仙湾等边境施工点；为加快施工进度，克服技术难题，保证工程质量，他经常和民兵们一起越雪山、翻达坂、涉冰河，运输施工设备、物资，在千里冰川、雪原上洒下他们的心血和汗水。

那时高原上没有住房，林垂午和他的民兵施工队只能住地窝子，只能喝雪水，即使是夏天，晚上的气温也会降到零下十几摄氏度。在这个"世界屋脊""生命禁区"，他带领民兵施工队一干就是十年。按期完成了工程总产值达80多亿元的边防设施建设任务，工程项目优良率达91.67%，连续多年受到新疆军区的表彰，他本人也被评为先进个人。兰州军区的领导曾评价说："在海拔这么高、条件这么艰苦的环境下施工，进度这么快，质量这么好，而且安全无事故，这在全军、全国都算得上是奇迹。"1998年，时任中华人民共和国军事委员会副主席、国务委员兼国防部长迟浩田在接见林垂午时说："你们为全国民兵争了光，为温州人民争了光。"并亲自题写"爱国拥军"四字予以嘉勉。

林垂午感慨地说："这是我人生的一次洗礼，使我真正懂得了什么是忠诚，什么是坚强，什么是奉献，这是我一生的精神财富。没有什么可与之相比。"

2001年，圆满完成喀喇昆仑边防设施建设任务、已挣到"第一桶金"的林垂午，没有富贵还乡回老家平阳县，而是回到了自己的第二故乡拜城县。

回拜城不久，他听说在天山深处的苏拉合马——一个海拔4000多米的地方，有少数民族牧民发现了煤炭。初步勘探证实，那里的确有煤，但山高路陡，仅有一条鲜为人知的牧道与外界相连，来回有180多里路程，很多地方路途险要，甚至没有路，人即使步行也很难到达，无法开采。当地政府也不愿让苏拉合马的煤炭沉睡深山，决定对该处矿山进行勘探开采。县政府召集全县企业家商谈，但无一家企业敢尝试。林垂午主动请缨，当场表态愿意带领他的民兵工程队去啃这块"硬骨头"。

第二天，他就带着包括技术人员在内的十余人出发了，但走到第三天，因路实在太难走，大家纷纷折回，最后只剩下了林垂午和两个民工。不达目的，誓不罢休，他骑上毛驴，继续前行。180多里的路，来回要7天，这对于当时已经50多岁的林垂午来说，确实不容易。渴了，他就喝雪水；饿了，就啃干馕；困了，就住简易帐篷。翻越一座山口时，毛驴失蹄，他从半山摔下，左胳膊摔断，至今留有一道20多厘米长的伤疤。

从苏拉合马回来后，林垂午下定决心开发这处煤矿，注册成立了新疆拜城县新兴矿业开发有限责任公司。

由于山高路远、地势复杂，无路通行成了制约资源开发的"拦路虎"。林垂午决定修一条路。可凭他一己之力，要把到苏拉合马的路修通，哪有那么容易？另外，有人提出，即使把路修通，假如煤的储量有限，那不就血本无归了？几乎所有人都劝他算了。但林垂午觉得，只要采出的煤能把他修路的费用扯平就可以了。这样，即使自己没有挣到钱，但至少赚了一条路。这条路至少可以提供给当地的老百姓使用。

林垂午动员全家，组织力量，克服困难，历时3年，在没给当地政府增添任何麻烦、没有享受任何优惠政策的情况下，投资1.6亿元，终于修通了抵达矿区的70多公里的高原山区公路。道路修通后，当地的牧民最为高兴。祖祖辈辈去天山放牧走的都是羊肠小道，年年牲畜转场是最头疼的事。如今好了，再也不用为牲畜转场发愁了，原来出一趟山，往返要三四天，现在三四个小时就可以了。牧民们亲切地称这条路为"康庄大道"。得知是林老板花钱修通的，他们觉得不可思议，纷纷牵羊宰牛来感谢他。

但大家都为林垂午捏着一把汗。仅修路就花了那么多钱，要开采煤矿、购置设备、增添设施、修建厂房还需要更多的费用。好在令林垂午感到欣慰的是，经过专业人员的勘探，煤矿储量可观。通过前期一系列勘探设计，基础设施建设，设备购置等，累计投资8.8亿元，林垂午建成了拜城县条件最恶劣、效益却最好的"雪山煤矿"——苏拉合马煤矿。

多年来，林垂午始终本着"以人为本，科技兴企"的经营观念，采用"依法办矿、依法管矿"的方针，加强人才队伍建设，强化日常管理，理顺运行机制，加大基础设施和安全生产投入，完善企业功能，提高核心竞争力，使企业步入了良性发展的快车道，成为拜城县的纳税大户，为拜城经济发展注入了强劲活力。企业连年被拜城县委、县人民政府授予"千万元纳税大户"荣誉，成为拜城县民营企业的一面旗帜。

后来，林垂午感叹说："要是当时我只想到自己，就不会修那条路了；如果不修那条路，我就不会有今天的收获。"

50多年来，林垂午始终把职工的利益放在第一位，视员工为亲人，即使企业遇到再大的困难，也从不克扣、拖欠职工工资，从来没有因劳资问题与任何职工发生过矛盾，不管谁遇到难处，他都记挂在心，及时给予帮助。他与大家同吃同住，同甘共苦，设法改善职工生活条件，提高职工待遇，维护职工利益，体现企业关怀，让职工体面地生活，有尊严地劳动。与他一块出来闯天下的老民兵说："在他手下干活就像给自家做事一样，心里特别踏实。"

2012年，由于国际金融危机持续蔓延，我国煤炭产能快速扩张和新能源产业的迅速发展，挤压了传统化石能源尤其是煤炭产业的生存空间。自当年5月开始，煤炭市场整体低迷，煤炭价格连续下跌。林垂午的苏拉合马煤矿也不例外。由于煤炭市场出现库存增加、市场滞销等问题，企业效益锐减，甚至面临亏损，为此，许多职工担心企业会降低他们的工资和福利待遇，自己的权益得不到保障。针对这种情况，林垂午多次深入生产一线，引导职工放下思想包袱，与企业共渡难关。同时，他向职工保证，他会尽心竭力、一如既往地把大家的各项权益维护好，绝不会降低大家的各项待遇标准。林垂午一诺千金，说到做到，稳定了职工队伍，凝聚了人心，度过了两年困难时期。

苏拉合马煤矿海拔高，位置偏远，职工工作、生活条件艰苦。林垂午先后投资数百万元，为职工装修了宿舍，购买了电视、图书、体育活动器材。矿上文化、娱乐、卫生、生活设施一应俱全，是拜城山区各煤矿中的特例。为了让职工吃得好，他购置了专车，每天派专人从县城运送新鲜蔬菜和肉食品上山，让职工在这个位于天山南坡雪线上的煤矿，每天都能吃到新鲜蔬菜，经常能吃到海鲜。拜城县20多家煤矿企业中，苏拉合马煤矿的生活条件首屈一指，在这里工作生活安心顺心，因此不少管理人员和优秀人才都留在了这里。

林垂午出身于贫苦农民家庭，始终没有忘记作为一个企业家的社会责任，一直把"致富思源、关爱员工、帮扶弱势"作为自己的座右铭。他告诉自己，要做一个懂得感恩的企业家，要做一个有社会责任感的企业家，要回报社会，造福桑梓。"大爱举善，慈心为民"是林垂午的人生准则。他积极响应当地政府提出的"一个企业帮扶一个新农村建设示范点"的号召，一次性为对口帮扶的拜城县亚吐尔乡第四行政村捐赠50万元。他连续五年为拜城县有名的贫困村铁热克镇苏杭村的维吾尔族村民和拜城县敬老院无偿提供生活用煤，总计价值200多万元。2010年，拜城县部分乡镇遭遇严重旱情，林垂午主动捐款200万元支持农村水利设施建设。拜城县计划在北大桥社区投资建设一座"双语"幼儿园，林垂午相继援助了500多万元，建成了一座建筑面积1650余平方米、可容纳近300名儿童接受正规学前教育的拜城县第一家民营企业援建的"双语"幼儿园。此外，他还向温州大学附属实验高中捐资218万元；为四川汶川、青海玉树灾区捐款100万元，缴纳特殊党费10万元……据不完全统计，林垂午为新疆的民族团结、经济发展、社会稳定共捐款1000多万元，被称为"编外援疆干部"。2021年，中央电视台经济频道"雪莲花开"系列报道中，对林垂午长期援疆的事迹作了详细报道。

林垂午"造福桑梓、热心公益"的善举可以用"常态"来形容。2005年，林垂午得知老家山门镇中心小学房屋老旧，便专程从新疆赶回，为该小学迁建捐资118万元。看到山门镇中心幼儿园开办在租来的民房里，教学环境十分简陋，于是，从2013年开始，他共花费6000多万元，在家乡修建了一所高品质幼儿园。为使幼有所教，老有所养，林垂午又捐资1350多万元修建了山门镇中心敬老院。平阳县属于革命老区，他个人捐资800多万元，重建了"闽浙边临时省军区司令部旧址"。山门镇重建粟裕大将挺进师纪念馆时，他又投资370万元。当得知家乡一些村镇道路不畅，老乡出行不便时，他慷慨解囊，捐资500多万元修路……

后来，林垂午成为新疆维吾尔自治区劳动模范、"全国五一劳动奖章"获得者、全国人大代表……无数荣誉加身，但他始终带着农民的质朴和踏实，他笑称："无论在什么时候，我都是一个农民。"

"西部大开发的先行者"葛永品

早在1958年,葛永品的父亲从兰州铁路学校毕业后,就随着向新疆延伸的铁路,来到了哈密。当时要修建中苏铁路,很多路基都架好了。

1960年7月16日,苏联政府事先未同中国政府商议,单方面决定召回全部在中国的苏联专家1390名,在未得到中国政府答复的情况下,又于7月25日通知中国政府,在7月28日至9月1日期间将苏联专家全部撤走,停止供应中国建设急需的重要设备。之后,铁路就不修了。是双职工的留下,没结婚的单职工可以选择到驻阿克苏的新疆军区生产建设兵团农一师或驻喀什的农三师工作。

葛永品父亲的舅舅也在铁路上工作,他对父亲说,你到兵团去种地,跟回老家种地有什么区别?所以,1961年,他父亲回到老家浙江东阳当了农民。

1978年12月,党的十一届三中全会召开,中国开始实行对内改革、对外开放的政策。他父亲开始做点小生意。1985年,他想起原来在兰州铁路学校的很多同学都在新疆铁路系统工作,很多人一直保持通信,那里天遥地远,生意可能好做,于是他到了新疆。

1986年,葛永品高中毕业,经过一番思考和权衡利弊后,毅然决定同父亲一起到新疆创业,父亲年龄大了,在父亲身边也好有个照应。真要背井离乡,去遥远的新疆做生意,母亲还是担心,但葛永品决心已定,他安慰母亲说:"我和父亲出去闯闯,或许能闯出一个新的天地来,或许也是咱们家新生活的开始。"这是葛永品性格使然,不论什么事都要与之博弈一番,再苦再难也都要闯一闯。

当年3月,正是江南莺飞草长、春意盎然的时节,葛永品从老家出发了,他带了一个巨大的包袱,里面装着从义乌批发的小商品,比如针头线脑、发卡胶圈之类的,看起来很大一包,其实就值100多块钱。这就是他的全部资本。乘火车到上海要一天,当时到新疆的人挺多,每天到乌鲁木齐的火车只有一趟。在上海如果买不到车票,就要等下去。他从上海到兰州一直都是站票,到兰州后才终于有了座位。他也是第一次出门远行,当时还不知道有卧铺,就是知道,也舍不得买。一路上的地理环境跟浙江差异越来越大,越走越荒凉。

葛永品一路西行,但没有在父亲曾经工作过的哈密停留,来之前,他就专门去新华书店买了一张新疆地图,决心哪个地方偏僻就往哪里走。他父亲读中专的时候就知道,货物在流通中,价格由供需关系决定。货物如果不充裕的话,可能就紧俏,按照这个经济学的规律,刚做生意的时候,越偏僻的地方机会就越多。父亲曾经把这个经验告诉过他。他记住了父亲的话,接下来,吐鲁番、乌鲁木齐、昌吉、呼图壁、玛纳斯,直到石河子,他才停了下来。父亲1985年到新疆后,曾在石河子待过。石河子的条件当年在新疆是很好的,但市场还是很简易的那种,就是搭个棚子,下雨下雪可以遮挡而已,一到冬天,四面来风,保温肯定不行。那里也有一些摊位,是临时可以租用的那种,跟地摊一样,那个年代,大都是这样。他先在石河子摆摊。待了半个月,觉得石河子毕竟是兵团比较发达的城市,被誉为新疆"小上海",竞争太激烈了。于是，他就到了奎屯，没想奎屯也比较发达，来这里找生计的人也多。他在街边摆了十来天的摊，觉得这里跟石河子的情况差不多，生意并不好做。他便想去更偏远的地方。看了看地图，觉得博尔塔拉、阿勒泰比较偏远，阿勒泰更远一些，但他身上的路费只够到博尔塔拉蒙古自治州的首府博乐市，于是便来到了博乐。

博尔塔拉是蒙古语，意为"银色的草原"，从奎屯出发，需经一台到五台，过了五台，便是博乐了。一到五台，就进入边境地区，在五台设有边境检查站，要查验边境通行证后，才能通过。过了五台有个岔路口，一条路通往博乐，另一条路则通往赛里木湖。他知道，自己走到了中国的边境，再往前，就是苏联了。

博乐当时只有一个简陋的市场，上面有个铁皮顶，卖些豆腐蔬菜之类的。还时兴赶集，每月的一四七、二五八、三六九分别赶不同的集市。但那里人口毕竟不多，并没有其他地方赶集那般热闹。

葛永品在博乐租了一间土坯房，自己做饭。刚来的时候，他不习惯新疆的饮食，不吃辣，羊肉也吃不下去。但他很快就喜欢上了新疆的拌面和抓饭。

当时租的房子没有暖气，火墙都没有——只有好一点的房子才有。得自己烧煤炉。那种炉子既取暖，也做饭。

到了1986年冬天，天寒地冻，最低气温零下二十五六摄氏度，人们躲在房子里，都不去赶集了。葛永品的生意自然也就没法做下去。听老乡说东北生意好做，说女孩戴的项链，生意特别好。当时，东北跟新疆相比，还是要稍微发达一些。葛永品对东北很是陌生，但还是决定去闯一下。摊开地图，找到了比较偏远的黑龙江省牡丹江市。

他在乌鲁木齐的批发市场批发了两大包项链，带着，从西北边地来到了东北边疆。那种项链是塑料做的，外头有一层抛光的物质。葛永品把塑料布一铺，把项链拿出来摆上，拿进拿出没几次，项链的亮光就暗淡了，像被人戴过一样。他便想把它们洗一洗，让其重新焕发光彩。他买了肥皂粉，回到旅社，把项链泡进水里，用手小心地搓洗。没想这一泡，塑料项链外面的涂层泡没了，全都黑掉了。葛永品看着，当即如遭电击，顿时愣住。

那是他在新疆早出晚归，风雪里来、酷暑中去，省吃俭用，挣钱买下的几千块钱的货，这样就再也不能卖，一下泡汤了。如果不洗，即使亮光不好，打个折扣也能便宜点卖掉，可现在变黑了，哪个女孩子还会来买？没有办法，他又回到了博乐。

这次东北之行，前后个把月时间。赔光了本钱，一无所获。但通过这件事他也买了一个教训，那就是做事一定要谨慎，要有定力，不能折腾。

从那以后，葛永品做生意，再没赔过本。

他在博乐做小买卖，一两个星期就要到乌鲁木齐群众饭店提一次货。提货的时候，他发现搞批发挺挣钱。1987年下半年，虽然在博乐的收入比较稳定，一年可以赚七八千元了，但批发生意赚钱更容易。他决定到乌鲁木齐做批发。

葛永品先到乌鲁木齐长征旅社干了几年批发。货从广州进，最先做的是鞋子和牛仔裤的批发。那时候服装也不讲究什么品牌，市场还处于比较原始的状态，生意比较好做，一年能挣几十万。1990年左右，他发现"游戏机"等小电器的附加值比鞋子大，收益更高，便开始转行做电器批发生意。1991年12月25日，由15个加盟共和国组成的苏维埃社会主义共和国联盟解体后，中亚五国、俄罗斯的商人都到乌鲁木齐来进货，生意很好，需求量大，特别是游戏机生意相当好。有时候一个车皮、几百万元的货发来，不用卸，人家自己拿着货单，直接把一个车皮的货拉走了。一个车皮可以装1万多台游戏机，一台可挣20多块钱。等于一个车皮就挣20多万元。90年代初，当很多人还把成为万元户当作梦想的时候，葛永品已经有了上千万元的积蓄。

实际上，当初他还不知道什么叫企业家，人家能叫你老板都不错了。当时他也没有什么远大理想，就是想出来做生意挣点钱，回家能把农村的房子盖起来，娶个媳妇。当时还有一个想法，他和很多人一样，认为改革开放的政策会改变，心里没底，能挣一年的钱就挣一年。

开始他父亲还带带他，后来就是他父亲跟着他干了。但无论如何，老人都是他的精神支柱。要是他父亲没来新疆的话，他也不一定会到新疆来。

1993年，乌鲁木齐群众饭店开业，葛永品就在那里投资。商铺很大，租金也好。三年后，他开发了商贸城7号楼。商贸城是与国有企业的合资项目，当时国企提供地皮，葛永品提供资金，修建好后国企拿走30%的建筑面积，剩下的都是葛永品的。他可以卖一部分，留一部分，也就有了利润。那是房地产的雏形。

2001年，葛永品创建通嘉集团。2003年通嘉国贸大厦开始建设，20多年来，集团始终秉承"诚信、责任、节约、创新"的经营理念，始终坚持"谋划全局着眼长远，精准定位主攻方向，坚持稳中求进，进中求变，变中求新"的发展理念，努力提升企业核心竞争力。通嘉集团现已拥有房地产、商贸商业、旅游酒店、物业服务、金融五大板块，呈多元业态布局，资产规模达百亿元。

集团成立以来，先后在火车南站商圈成功开发了乌鲁木齐商贸业的地标性建筑通嘉国贸大厦；开发了占地800亩的大型社区通嘉世纪城，总建筑面积约70万平方米的精品高层小区通嘉东方御景、通嘉孔雀府、南山通嘉水溪别院、通嘉和悦府等房地产项目；开发了大型商业综合体通嘉国际港、通嘉夜江南和通嘉孔雀国际美食街。同时，集团为响应浙江省委、省政府"浙商回归，反哺家乡"的号召，在浙江省东阳市投资35亿元，打造了城市地标建筑——远疆·天域。

为了更好地适应市场需求和竞争，葛永品早在十多年前便积极采取措施，及时调整产业布局，合理优化产业配置。2009年，通嘉集团全资收购"老字号"品牌乌鲁木齐建国饭店。2022年又同华住集团合作，陆续引进桔子、宜必思、全季三个品牌酒店入驻通嘉国际港项目，引进漫心府酒店入驻南山通嘉水溪别院。未来还将投资50亿元，打造高端旅游酒店，为新疆文化旅游行业的发展增添新的活力。

在新疆创业30多年，葛永品始终践行着自己的初心，回报社会。近十余年来，先后为新疆地方和兵团的光彩事业、脱贫攻坚、乡村振兴、抗震救灾、疫情防控、捐资助学等社会公益事业捐款8000余万元，荣获"慈善事业模范人物"称号。

葛永品于2008—2018年担任新疆浙江商会会长期间，致力于传承浙商文化，弘扬浙商独有的走遍千山万水、说尽千言万语、想尽千方百计、吃尽千辛万苦的"四千精神"，推动新疆与浙江经济、文化发展交流交往交融；带领浙商企业扎根新疆，积极履行社会责任，全心全意为浙商企业服务，创品牌商会，为新浙两地社会经济发展做出了突出贡献。商会连续两次荣获民政部授予的"全国先进社团组织"荣誉称号。2019年，他又挑起了兵团浙江商会会长的重担,当好企业和政府的桥梁纽带,积极参与兵团建设发展。

葛永品自17岁来疆创业,30余年来,从一名普通青年成长为一名优秀的企业家,荣获国家和自治区荣誉数十项,连续担任自治区第十至十二届政协委员,自治区第十至十二届工商联副主席。他秉持"以人为本,团结拼搏,高效创新,产业报国"的企业精神,成为新疆浙商的领军人物和企业家楷模。

说到自己取得的成就,他说了"三个感谢":"一要感谢时代,从自谋生路到规模发展,都是在时代进步的大前提下实现的;二要感谢好人,无论是当年从我手里买过一毛两毛针头线脑的大哥大嫂,还是我今天生意往来百万千万的合作伙伴,他们在我心中都是一样的;三要感谢新疆,我是浙江人,但我成家立业在新疆,这方水土这方人不仅在我最困难的时期接纳了我,而且培养了我,成就了我。"

书写维药传奇的吴志豪

1985年春天,在浙江温州市望江路安澜码头,瘦高英俊的年轻小伙吴志豪带着青春漂亮的新婚妻子许敏丽和16岁的堂侄,急匆匆地穿梭在拥挤的人群里。

当时,作为家中长子的吴志豪22岁。高中毕业后,未能考上大学的他继承了爷爷精湛的裁缝手艺,成了一名乡村裁缝,日夜伏在缝纫机前,每日挣些辛苦钱,虽然不多,日子过得倒也安稳。但作为一个温州人,他有一颗要出去闯荡一番的心。

新婚不久,他决心付诸行动。

此番背井离乡,他的目的地是遥远的新疆和田。家人不知道和田在什么地方,很是担忧,但吴志豪义无反顾。

创业离不开胆量和资本,吴志豪胆量有余,启动资金是他的全部身家——娶亲的2000元彩礼钱——在当时,这是一笔大钱。在妻子和岳父母的支持下,他用这2000元钱在温州桥头镇买了开裁缝铺所必需的材料:线、纽扣、拉链和布料。这些东西被他放在两个袋子里,这就是他要带到和田的全部"创业资本"。

其实,当时的新疆对吴志豪来说,并非完全陌生。他在书里读过,在电视上看过,从在新疆工作的姑父和在和田生活的妻姐那里听说过。但新疆真实的面貌如何,都只在他的想象中。

轮船驶离码头后,深沉的汽笛声飘荡在江面上,传得很远。

妻子立在船舷边,江风吹乱了她的头发,她望着家的方向,两眼湿润。在这个时刻，女人更容易产生离愁别绪。吴志豪与妻子青梅竹马，相知相爱。正是新婚燕尔之际，却要带着她奔赴未知的异乡，心里自然觉得愧疚。他在心中承诺，有朝一日若能挣到钱，一定要让她过上好日子。

吴志豪带着这个朴实的理想，对未来充满希望。他深知，人若不背井离乡，就不能荣归故里。

从温州安澜码头到上海公平码头的水上行程长达一天一夜。为了省钱，三人买的都是五元五角的散座票。三张草席、三条毛毯，在船尾找好位置，地铺就打好了。船上拥挤，几乎没有能走动的地方。一路上不断有人晕船、呕吐，船上的气味越来越难闻。抵达公平码头后，席子和毛毯已布满大小脚印、沾了各种秽物。

三人提着大包小包的东西下船，就马上赶往上海火车站。吴志豪有幸抢到了次日出发的三张站票。

上海到乌鲁木齐的列车，虽是特快，此行也要走三天四夜。车厢里黑压压的全是人和数不清的行李杂物，把行李架、座位下，甚至过道、厕所都塞满了，还有放不下的，只能抱在胸前、搂在怀里、挂在脖子上。各种味道弥漫其间，环境令人难受。三人被挤得紧紧贴在一起，一动也不能动。

吴志豪作为一个男人，能吃任何苦，却不忍心妻子和堂侄受罪。他试着去跟列车员搭话、套近乎。在车厢接头处换来了可供三人席地而坐的位置。他赶紧让妻子依偎着自己，睡一觉。

妻子很感动，她对吴志豪说："你比我辛苦，你靠着我，先歇息一会。"

"第一次出门，就让你吃这么多苦，遭这么多罪。"

"我们这么年轻，吃这点苦算什么？跟着你，就是吃苦、遭罪，我也愿意。"

望着言语间溢满爱意的妻子，吴志豪很是感动，觉得自己是世界上最幸福的男人。

到了乌鲁木齐，才知道从乌鲁木齐到和田还有2000多公里路程。远在和田的姐夫还没有找到便车搭载三人前去，他介绍了两个在乌鲁木齐开电器店的温州老乡黄献敏、黄献金兄弟去火车站接他们。兄弟俩和吴志豪也是发小。

为了节约开支，吴志豪带着妻子和堂侄住在兄弟俩的仓库里。

和田是个什么样的地方，那里究竟有没有创业机会，吴志豪一无所知。但黄氏兄弟一听说他们要去和田，一致劝阻。说和田偏远、落后、环境恶劣，几乎都是少数民族。连他们的话都听不懂，去了怎么做事？

面对发小的劝告，吴志豪没有动摇。他觉得，愈是别人不敢、不愿去的地方，愈是有机会。

在仓库里住了八天，把乌鲁木齐逛了好几遍，他终于等来了姐夫的长途电话，说他找到了一辆东风货车，可以把他们捎到和田。司机是姐夫邻居。这一消息让三人都很激动，但那辆货车只能搭两个人，三人没法同行。他只好让妻子带着大部分行李，与堂侄先行一步。

他在乌鲁木齐又等了三天，姐夫终于再次打来电话，这次他联系到的是一辆拉货回和田的老解放车，司机老李是他一个叫王宝的朋友帮着找的。

告别黄氏兄弟，吴志豪带着余下的行李上了路。

司机老李是个看上去很和善的人，一开始，他对吴志豪很热心，很周到，只要停车休息，就请他吃水果、吃饼干，既怕他热，怕他饿，也怕他渴。本来是有求于人家、麻烦人家，别人对他却如此之好。这让吴志豪非常感动，甚至在心里暗暗许诺，这个朋友他交定了，假以时日，一定涌泉相报。

可让他万万没想到的是，从乌鲁木齐走到托克逊，一切都反转了。

在托克逊的一家小饭馆里，老李请他吃了拌面，又特意买了西瓜请他吃。吴志豪道了谢，称赞西瓜很甜。

老李接着关切地问："小伙子，王宝是你亲戚吗？"

"不是。"

"是朋友？"

"也不是，我不认识他。"

面对如此善良的老大哥，吴志豪没有说谎。关于王宝，他只知道是个调度员，是姐夫的朋友，其他的，的确一无所知。

让人没想到的是，听吴志豪这么说，老李的态度来了个一百八十度的大转弯，再也不像之前那么热心，也许是觉得自己吃了亏，为了泄愤，再次上路，对吴志豪劈头盖脸就是一顿辱骂。

热心与慷慨因为一句实话瞬间变成了冷漠、刁难和侮辱。到达库尔勒客运站，夜幕已经降临，老李索性把吴志豪的行李扔下车，恶声恶气地说："把你白带到这里来已经不错了，你自己想办法去和田吧，我不往前走了。"

彼时的库尔勒已算得上南疆一个重要的城市，但汽车依旧很少。举目无亲之地，吴志豪不由得心生胆怯，而他更担心的是，不能按时到达和田，妻子等得太久，不知道他在路上究竟发生了什么，会猜测和着急。他提着行李，走到库尔勒客运站。在售票口，售票员告诉他，库尔勒没有直达和田的班车，只能先到喀什，再从喀什到和田。

他在街边找了个角落，对付了一宿，次日七点，坐上了库尔勒到喀什的长途班车。五天五夜后的晚上七点，他抵达喀什，下车后就赶紧到售票口,想买当日去和田的车票。可令他没想到的是,当日已经没有发往和田市的班车,他只能买第二天的。

事已至此,也没办法,心情沮丧的吴志豪只能提着行李,在客运站转悠。忽然,那辆熟悉的汽车停在街边,再看车牌,竟是老李那辆货车。

虽说被老李抛弃,但他毕竟与对方认识,吴志豪还是感到亲切,没有多想,便提着行李,直奔过去。

"李师傅,你从库尔勒到喀什了啊,我也刚到喀什。"

"是啊。"老李冷淡地应付道。

"你能不能帮忙,把我带到和田去?"拍着车窗,吴志豪满脸堆笑。

"不行!你没看到吗?我车上已经坐了一个人,怎么带你?"

"李师傅,这车子能坐两个人,我可以付钱,今天没有去和田的班车了。"

"有没有去和田的班车关我屁事!不带!"老李毫不留情,一脚油门,把车开走了。

吴志豪只好在喀什街头住了一宿,又历两天两夜,才到达了和田。这个城市虽然陌生,虽然尘土飞扬,但想到自己已有亲人在这里,他一时竟激动得热泪长流。

吴志豪夫妇信心满满。一到和田,两人即寻找门面。但因为手头拮据,只能在一条偏僻的小巷租了一间约有20平方米的土坯房,既供自己和妻子栖身,也作裁缝店。在没有招牌的土坯房里,两台缝纫机、一张案板,吴志豪和妻子开始创业。裁缝铺是他们的工作坊,也是他们的厨房、餐厅、卧房和客厅。有句话说每一个温州老板都是从睡地板开始的。吴志豪打趣说,我们和别人不一样,是从睡案板开始的。

初来乍到，加之地处深巷，即便他们的产品做工精细、款式新颖，酒香也怕巷子深，裁缝店的生意还是一般。虽然当时和田的工钱还挺高，比如，在和田做一条裤子三元钱，在温州老家是两元五角。但他自入新疆以来，还一直受妻姐和姐夫接济。几个月过去后，没有多少改变，吴志豪变得焦虑起来，背井离乡到和田创业，两人虽拼尽全力，但最后连小日子都过得紧巴巴的。他一度后悔当初在乌鲁木齐时没有听黄氏兄弟的劝告了。

他对妻子说："我不想在这里待了，和田看来真不适合我们，我们还是走吧。"

妻子任劳任怨，很是好强。丈夫泄了气，她不能任由他沉沦。踩着缝纫机，妻子第一次发了火："走？那租的房子怎么办？我们刚来就回去，我可丢不起那个脸。"

"这里这么偏，店铺这么小，有什么前途？就一辈子住在这里？生活这么苦，你受得了，我可受不了。"妻子的坚持，反而激起了吴志豪离开和田的决心。在昏暗的土坯房里，两人结婚以来第一次吵了架。

一个想走，一个要继续熬，原本恩爱的夫妻争吵的时候越来越多。但最后，吴志豪还是留了下来。

一年后，同为裁缝的姐姐为了照顾妹妹，把一单比较大的工装生意全部转给了吴志豪。夫妻二人在裁缝铺里忙到筋疲力尽，耗时半年的工装制作，让两人终于有了1000元存款。半年挣到1000元，在20世纪80年代算得上是令人称羡的事，他们给双方父母各邮寄150元后，手里还有700元。妻子这时刚好怀了孕，这对吴志豪来说，是大喜事，也是无形的压力。他不忍心让妻子再跟着自己无休止地劳作，更不希望继续依靠妻姐和姐夫。

吴志豪是个有梦想的人。他认识到，在和田开裁缝铺跟他在老家做的事一样，只能算作谋生。而他想创业，却不知道该怎么做。在异乡过完春节，他依然一筹莫展。

就在这时，她收到了远在温州的岳父的信。老人在信中说："你们做裁缝这一行，不是长久之计。现在，咱们柳市镇的电器做得很好。和田现在的电器资源肯定匮乏，如果你们愿意尝试，我认为可以从电力所用电器方面着手。"

吴志豪看完信，立即振奋起来。20世纪80年代中期，莫说和田，就是放眼全国，工业电器材料也不充足。改革开放后，经济建设是政府工作的重中之重。经济要发展，电力必先行，电网改造、升级必然会进行。

吴志豪决心抓住这个契机。万事开头难，吴志豪有野心，有头脑，却没有平台，没有经验，隔行如隔山，他一时也不知从何下手。

吴志豪向妻姐讲述了自己的想法，妻姐也觉得前景可期。并告诉他，洛浦县供销社主任是老乡，是1955年支援边疆建设时过来的，你可以过去问问。

老乡姓王，为人热情，因为年长，吴志豪称他王叔。一番热情寒暄后，他讲了自己从温州来和田创业的想法，并将电器销售资料交给王叔，王叔看后，却放下了，严肃地说："你这个生意，不能在我们供销社做。"

"王叔，为什么？"

王叔是个正直的人，他直言道："因为我是供销社主任，底下是厂长负责管的，我们又是老乡，在供销社我不能替你讲话，希望你理解。"

短短几句话，无疑一盆冷水，浇得心怀期待的吴志豪顿时透心凉。但在他离开之际，王叔对他说："我推荐你到电力公司去，你这个产品电力公司可能用得着。"

吴志豪很快就见到了电力公司的苗经理，因为对王叔人品的信任，苗经理倒也爽快，安排王师傅与他对接业务方面的事，双方很快就谈好了。

他没有想到，第一笔生意会如此顺利。签合同之前，王师傅看过资料，就到仓库找了一些配件样品。他要的数量虽然不多，但对吴志豪来说，已经是一笔大单。确定好尺寸，王师傅说生意能做，因为吴志豪带的资料本里有他们需要的型号。于是，王师傅问："3000块钱能不能做下来？能发货就跟你签合同。"

第一笔订单来之不易，反反复复翻看资料本，吴志豪认为机不可失，于是痛快地在合同书上签了字，并火速将合同要求发回老家。

就在他把借来的进电器的钱汇给老家，幻想着即将迎来新机会时，远在温州做电器生意的亲戚的电报把他击蒙了——"你所签合同的型号成本就需4000多元，你3000元卖给他们，赚不到钱，还要亏本。甲方应清楚，可能看你不懂，故意下套，最好别做。"

这时吴志豪才明白，王师傅给他的产品型号与资料本上的型号类似，因为他缺乏经验，没有看出两者的差异，才导致了这样的结果。

这对吴志豪来说无疑是个晴天霹雳，一时间彻底陷入绝望。但作为一个温州人，"以信经商，以义担当"的精神早已深入他的骨髓，考虑再三，他一咬牙，让亲戚把货全部从温州发过来。合同是他签的，就是砸锅卖铁，他也要履行。

拿着发来的货物和合同，吴志豪来到电力公司，见了苗经理，诚恳地说："苗叔叔，合同上这个型号跟我资料上的型号有差异，虽然看起来差异不大，但品质更高，价格相差也大。这是我进货时才发现的，但合同我已经签了，这是我的责任，我愿意承担损失。"

此话一出，站在一旁的王师傅毫不掩饰地笑了。他说："真没想到，你还敢回来。我以为你早已撕了合同，跑路了。"

"签合同的时候，你就知道两者的差异？"

王师傅倒也坦诚："当然，当时我就纳闷，这个合同你怎么敢签呢？这样的价格你怎么敢接？说实话，我以为签完这个合同就把你打发了，认为你肯定不会把货送过来了。"

事已至此，也没办法。看着亦正亦邪的王师傅，吴志豪心里五味杂陈："王师傅，这不是你的问题，归根结底还是因为我没有经验。我既然签了合同，即使这笔生意做完我负债累累，只要我进的货没问题，我就会履行合同。"

苗经理已了解了事情缘由，他说："小伙子，我要先看看你带来的货。"

苗经理查验完他带来的货，发现其品质的确堪称国内一流。"东西质量的确很好，正是我们所需要的。"苗经理对王师傅说，"这就当是你对他的考验吧，订单按市场价格给他。"

王师傅没有想到眼前的年轻人能如此讲诚信，深受感动，爽快地答应了。

行商如做人，龙骨要挺，诚信需立，君子言重九鼎。就这样，23岁的吴志豪凭借担当、诚信和高质量货品，让自己在洛浦、在和田扬了名。很多人都知道有个叫吴志豪的老板，做人言而有信，做事有诺必践。

声名传开后，他再到其他地区推销电器，几乎都能成功。1986—1988年，吴志豪赚到了3万余元，那是他人生的第一桶金，无疑增强了吴志豪在电器行业打拼的信心。

独自闯荡九年后，已颇具实力的吴志豪正式加盟中国电器龙头企业——德力西集团，在和田开了自己的电器销售公司，公司名为南华机电公司。

立足和田，公司业务迅速拓展到了整个南疆。公司开业第一年盈利就达到了20余万元，此后业务更是逐年翻番。到2001年和田地区农网改造时，南华机电公司已是政府最值得信任的公司，销售额很快达到一年3000余万元。

走过大漠戈壁，历尽千辛万苦，吴志豪终于化茧成蝶，他乘势而上，创立了新疆吴氏投资有限公司。

企业越是发展得顺风顺水，吴志豪就越不忘思变、思危、思退。虽说公司无论在业绩增长还是在盈利能力方面，都足以让人高枕无忧，但他并不愿守着自己的"一亩三分地"安稳度日。吴志豪告诉自己，必须不断开拓新的商业领域。

在电器经销的鼎盛时期，他敏锐地察觉到，传统物资采购模式必将难以满足企业发展需要。果然，各电力公司物资采购机制此后不断改革，最终演变为总公司统一采购。所以，在公司鼎盛之时，他就把目标锁定在了酒店服务行业。

随着国家西部大开发战略的实施，新疆旅游业迅速崛起。和田旅游业起步于20世纪80年代中期，起步较晚，但吴志豪认识到，作为古"丝绸之路"南道久负盛名的重镇，和田历史文化底蕴深厚，自然风光独特，民俗风情浓郁，旅游资源具有大容量、多样性、独特性的总体特征，未来可期。但迫切且突出的问题是基础设施差，接待服务能力弱——那个时候，和田几乎没有一家高档酒店。他认为，投资酒店行业，必将获益。

2002年8月5日，在和田地区第二招待所公开拍卖之际，吴志豪以650万元的价格将其收入囊中。经过一年多的改造和装修，2004年4月24日，浙江大酒店正式开业。

现代管理学之父彼得·德鲁克曾说："企业的发展空间是由

企业家的思维空间决定的。"在吴志豪的思维空间里，做事尽善尽美就是他的追求。在经营方面，他身体力行，做市场调查，在新疆各地的酒店里，都留下了他的足迹。和田没有海，更不产海鲜，为了让餐饮部有高档食材，浙江大酒店里的所有海鲜都从温州空运而来；为了提升菜品档次，他不惜高薪请来厨师长；为了做好酒店团队建设，他采用星级酒店管理模式，聘请经验丰富的管理人才。无论是客房，还是KTV、餐饮，他都做到了精益求精。在他的努力下，浙江大酒店甚至超过当年乌鲁木齐的一些高档酒店，成为和田首屈一指的名片。

新业兴旺，诸事顺心，到2006年，吴志豪突然发现，自己已经无事可做。家有贤妻操持，酒店员工各尽其职，作为一个企业家，他不愿过每天打牌喝茶的日子。不安于现状的吴志豪开始描绘新蓝图。

这一次，他把目光投向了和田品质优良的林果作物。

和田有悠久的林果种植历史。和田"三棵树"——核桃树王、无花果王、葡萄王树已分别活了1300多年、500多年、170多年，至今依然枝繁叶茂，苍劲挺拔，果实累累。

昆仑山雪水的浇灌、充足阳光的照射、昼夜温差大等得天独厚的条件，使和田核桃个大、皮薄、果仁饱满、品质上乘。吴志豪想把和田核桃推向全国。

为了少走弯路，他从江南大学请来相关专家帮自己做策划。经过一系列产品规划，吴志豪发现核桃产业有文章可做，比如可将核桃加工成核桃油、核桃乳、核桃油软胶囊、核桃罐头、核桃活性炭等。优质核桃深加工，未来前景一定广阔。初期的市场调查让吴志豪觉得可行，有了投资信心。

但就在他铆足劲准备上马时，一位农业部门的领导却给了他当头一棒。"和田的核桃没有你想象的那么多。现在到和田收购核桃的人越来越多，林果业竞争越来越激烈，核桃价格已经逐年上涨，我实话跟你讲，生核桃都不够老百姓吃，你要投资加工厂，那绝对会亏。"

吴志豪被泼了一瓢冷水，他承认，这的确是自己没有注意到的一个问题。他自己去实地考察后，发现领导的劝阻是对的。

进入21世纪，和田核桃个体种植还未达到规模化水平，加上种植技术落后，挂果率不理想，即便是号称20万亩的核桃基地，盛果期有3万亩就已是难得。市场需求很大，这导致了和田的核桃产量供不应求。

面对这一现实逻辑，吴志豪果断地调整了投资项目。但这一次的风险似乎更大。

2007年，吴志豪开始寻找新机遇。在和田的大街上，他无数次驻足、徘徊。就在他不知道该投资什么项目时，一位名叫董继宏的浙江援疆干部找到他，直接表明来意："吴总，听说你到处在找事做，现在有一家药厂，不知道你愿不愿意接手？"

"药厂？"吴志豪设想过所有投资的可能，但从没有想到过制药，"什么药厂？生产什么药？"

"和田维药，主要是伊木萨克片，还有其他三种，分别是罗补甫克比日丸、热感赛比斯坦颗粒、健心合米尔高滋斑安比热片。"董继宏拿出药厂资料，和一盒主要产品伊木萨克片，详细做了介绍。

"那这个药厂现在是什么情况？"那些药名太拗口，吴志豪一时听不明白，也搞不懂。他只对伊木萨克片有印象。

"吴总，实话跟你说，这个药厂现在很不景气，两年的销售额才200万元，市场销售做得非常不好，马上就维系不下去了。我们作为援疆干部，不能看着它破产，你敢不敢收购它？"董继宏坦诚相告，很是中肯。

吴志豪说："我在和田这么多年，还是第一次知道这里有一家维药厂。制药我从来没有想过，更不用说涉足了。"

"是的，这些年世界上很多制药企业进军中国，制药业竞争激烈，和田维药厂在洛浦县，位置偏僻，理念陈旧，技术落后，销售更是走不出和田，哪有竞争力？"

对于销售，吴志豪心里有数。"销售是我的强项，这个我有兴趣，我可以帮他们把销售先做起来。"

"我还是希望你能整体收购。不过你可以先做做市场调查，考虑好了再做决定，我等你的消息。"董继宏再三叮嘱他，一定要做市场调查后再做决定。

对于维吾尔医药，吴志豪的确一无所知。董继宏走后，他就开始着手了解。

具有2500多年历史的维吾尔医药，是中国医药宝库中的一朵奇葩。它在漫长的历史长河中，广泛吸取了中医药、阿拉伯医药、古希腊医药、印度医药的精华，形成了自己独特的理论体系。维吾尔医药作为一个古老的、具有独特实践与理论的医药体系，与藏药、蒙药一样同属生物药、天然药范畴，拥有独树一帜的疗效。和田更是传统维吾尔医学的重要发源地。

吴志豪敏锐地感觉到了和田维药的发展潜力，认为其中蕴含着很大的商机。

拿着手里的伊木萨克片，吴志豪想起一件往事，也正是这件事，坚定了他收购濒临破产的和田维吾尔药业公司的决心。

2000年，一个远在温州老家的同学打来电话，说和田有个药叫伊木萨克片，能不能帮他买五盒。吴志豪爽快地答应了。可他万万没有想到，这个听起来很普通的伊木萨克片，竟然一药难求。

当时，虽说伊木萨克片已获得了国家食品药品监督管理总局的药品生产批准文号，但还没有专门建厂生产，只有和田地区维吾尔医院在制作，要买只能去这家医院。令人意外的是，即便到了医院，这药也买不到。站在售药窗口，工作人员直接告诉吴志豪："这药产量有限，一有货就被订购了，现在没货。"

被工作人员打发走后，吴志豪有些郁闷，伊木萨克片是和田特产，自己又在和田打拼了15年，要是连这个小忙都帮不上，哪好意思跟人说？为此，他一趟趟往医院跑，希望医院能有货，但每次都空手而归。没办法，最后找关系托人，才终于买到了。

吴志豪用那次亲身经历，评估了和田维药的潜力。但他也知道，药品事关人的健康、治病救人，所以他格外谨慎。在放手一搏之前，他通过自己的人脉关系将四种药品带到北京，委托医生和专家做试验。

这个时候，身边的朋友已听说了他要收购和田维药的消息，纷纷劝阻，说那是个大坑，是个人人避之唯恐不及的烂摊子，就算是好药，也不好卖，不然那药厂何以经营不下去呢？

但吴志豪没有打退堂鼓。

经过长达一年的实验，北京的结果来了。疗效很好，但有专家劝他放弃。

"为什么？您不是说疗效很好吗？是不是有其他问题？"

"没有其他问题，四种药的疗效都很好，尤其是治疗咳嗽的药，效果立竿见影。但你没有入行，不知道中药不是常人能做的，做这个非常辛苦，我是替你着想，一旦接手，这个苦你是吃不了的。"专家耐心劝告，"做药这一块还有很多政策，现在国家对药品的管控和生产要求越来越高。制药是高科技行业，对各个方面的要求都很高。"

听完这番话，吴志豪沉默了片刻，说："制药行业关系到老百姓的健康和生命,所以国家严管制药企业是对的。至于困难,我肯定能克服,而辛苦,我的字典里找不到这两个字。"

"既然你已做好了吃苦的准备,那就自己做决定。"专家没有鼓励他。

2008年12月5日,吴志豪投资2000多万元,正式收购和田维吾尔药业股份有限公司,占股65%。

但现实是残酷的。真正接手这个企业,吴志豪才理解了那位专家为什么要苦口婆心劝他放弃。

制药人才匮乏让他举步维艰,经营机制陈旧、管理不善、技术装备落后都制约着公司的发展,而销售不力更是直接导致了严重亏损。

从来没有做过医药,隔行如隔山,这个时候,吴志豪才知道自己踏足这个行业是何等鲁莽。但他已没有退路,只能选择直面困难。当年年底,他迈出了第一步,到北京去组建销售公司。

吴志豪在北京招聘了20多名有医药销售经验的人员。他相信,手里有好产品,就不愁没市场,只要能把药品打入北京市场,就能打入全国市场。

可一场会议下来,销售总监率先打了退堂鼓:"咱们公司在全国各省并没有参与药品招投标,没招投标就不能销售。这个情况我原来并不知道。吴总,我也不想辜负您的信任,这个业务以我的经验来看,是做不下去的,咱们还是解散吧。"

销售总监的话让吴志豪的激情瞬间降到了冰点。这的确是他没有想到过的问题。他语带绝望地说:"可房子已经租了,人员也都到岗了……"

"我们四款药全是处方药,没有招投标,没有备案,根本没办法在任何一家医院销售。"销售总监说完,当即表示他只能辞职。

吴志豪不得不同意。在他点头的那个瞬间,他差点哭了。

临别之际,销售经理给了吴志豪一条很关键的建议:"以现在的政策,在允许、合法的前提下,如果能从私有医院下手,也许还有一线生机。"

销售总监飘然而去,其他几位重要部门的经理见状,也纷纷选择离开。因无知而身处绝境,吴志豪欲哭无泪。

但他知道自己没有退路,通过了解,他得知春节期间,福建莆田要举办药品交易会。于是春节来临之前,他带着团队仅剩的几个人,赶往莆田。

2009年冬天,位于东南沿海的莆田,并没有北京那么寒冷。在大年初一举办的药交会上,吴志豪强打精神,带领员工,身穿新疆维吾尔族传统服装,迎接来自全国各大医院的医药代表。

一位来自山西的医保公司负责人走了过来,看到他所展示的四种维药,登时两眼放光:"这是伊木萨克片!"

见有识货的人,吴志豪当即上前握手:"你知道这个药?"

"这个药我们以前卖过,销路非常好,只是后来很难进到货了。"

"原因是我们生产跟不上,所以变得稀缺了。"

"现在的生产量怎么样?你们这个伊木萨克片可是好东西。其他三种药,我们也给患者使用过,效果是真不错。"

吴志豪百感交集,险些落泪。

那人手拿伊木萨克片,又叫来了其他熟悉的人,主动推介,不少人也都知道,都给予了赞许和肯定。

参加完莆田药交会,吴志豪大开眼界,再次坚定了对和田维药的信心。他下了更大的决心,即使付出超过同行百倍的努力,也要让和田维药重新站起来,造福患者。

同处逆境，强者与弱者的区别就在于谁能改变它。吴志豪要做的第一步就是保住企业。

从北京跟随吴志豪到莆田的人力资源办公室主任也认清了维药的发展前景，虽说他不懂销售，但毕竟有着服务医药公司的经验，于是果断向吴志豪提议，各省招投标有时机问题，在中标之前，若药品一直无法销售，就要面临巨额亏损，企业也将置于死地。现在要把北京的销售公司立马解散，搬到重庆去。因为全国只有重庆可以办理采购备案，搬到重庆，才能保住企业。

吴志豪一听，当即采纳了他的意见，立刻调整布局。2009年3月，他把销售公司转移到了重庆。接着，他积极筹备参与全国各省的招投标，同时，高薪聘请研发人员，壮大自己的药品研发团队；并与石河子大学医学院、中南民族大学药学院等高等院校合作，运用现代医学理论和高新技术，对维医维药资源进行创新性探索，以形成独具特色的民族健康产品和创新药物。

在药品原材料方面，和田维药建造了属于自己的植物园，用于药用植物的引种、驯化、栽培等研究，解决濒危药材依赖进口的难题，植物园内药用植物多达200余种。

在保证原有四种药品的优势之外，和田维药又斥资研发了更多具有竞争力的药品，使这些原本只在和田小范围内使用的药品一步步走向全国，进入国家医保，销售额逐年增长。此后，为了企业的发展，公司预建了6万多平方米的新厂区，这证明了和田维药的品牌力、营销力、运营力、执行力都得到了全面提升。

2015年，吴志豪将和田维药全部股份收回，次年5月26日，和田维吾尔药业股份有限公司在新三板完成了上市，同年被授予"自治区农业产业化重点龙头企业"称号。2023年，和田维药销售额达2.41亿元，纳税0.36亿元。事业取得成功后，吴志豪积极回馈社会，先后捐款超过千万元，仅2022年十一二月间，公司就先后向洛浦县红十字会及和田地区红十字会捐赠药品1060件，价值近400万元。

浩瀚大漠见证了这个年轻人在和田大地上的成长，他也用百折不挠的精神谱就了一曲属于一代温州企业家的奋斗之歌。

林氏三兄弟的南达新农业

有一句广为流传的话:"哪里有市场,温州人就去哪里;如果那里没有市场,温州人就去那里开拓市场。"对于很多人来说,温州人是一个谜:似乎每个温州人都是经商的天才。他们永不安于一隅,就好像蒲公英的种子,随风飘荡,无论天涯海角,只要落地,就能顽强生存,寻找商机,创造财富。

林乐宣、林乐荣、林勇三兄弟,就是被改革开放的春风吹到南疆喀什的三粒蒲公英种子。

35年前,在温州永嘉县山区,林家三兄弟目睹最多的场面,就是邮递员到村里送信:谁家的孩子在外闯荡挣了钱,这次汇款100元,下次又汇款200元。收到汇款单的父母自是欢喜,茶余饭后,都攀比着谁家儿子更有出息。

三兄弟的父亲在当地是有名的木匠,收入可以支撑整个家庭的开支,但常年奔波在外,十分辛苦。于是,和大多数温州人一样,三兄弟决心出去闯荡。

1988年,他们离开家乡,沿着吴志豪当年走过的路,经过九天九夜的长途跋涉,来到了喀什。当时,林乐宣19岁,林乐荣16岁,林勇13岁。

当时,喀什97%是维吾尔族人,凡是在这里生活了一些年头的汉族人,无论是官员,还是商贩,都能说一口流利的维吾尔语。

有来自各省的人在这里种地、承包果园、修房子、做水果加工，也有来自浙江的老乡在这里卖早餐、开包子店、摆地摊，或是做裁缝、木工和油漆工。和吴志豪一样，三兄弟也是跟随姐姐的脚步而来，他们的姐姐来喀什也是开裁缝铺。三兄弟也从裁缝做起，姐姐负责加工，他们则在集市上摆摊售卖姐姐缝制的服装。

喀什集市喧嚣，其中喀什东门大巴扎最有名。一到巴扎日，会有五六万人从四面八方来赶巴扎。

三兄弟租不起固定的门面，只能到巴扎去摆地摊。在那里，最难的不是招揽生意，而是抢占摊位。兄弟三人每天凌晨四五点钟——按新疆时间才两三点钟，就挑着衣服出发，去抢摊位了。

有时候即使好不容易抢到了一个稍好点的位置，也常因为他们是"新人"而被挤走。没有办法，他们只能到那些边边角角去找个地方。位置不好，光顾的人自然就少了。抢到摊位后，在两棵树之间，或者在一根电线杆和一棵树之间扯根绳子，把衣服挂起来，即行售卖。三兄弟经常是一个星期都开不了张。

别看姐姐的裁缝铺只有20来平方米，但它是大家临时的家。三兄弟分工明确，轮流钻到案子底下睡觉，负责挑裤脚边的休息时，负责熨衣服的就连夜加班。为照顾姐姐，狭小的房子里还得拉上一块布帘，隔出一块空间，权作姐姐的闺房。

日子在姐弟日复一日、起早贪黑的劳作中摇摇晃晃地流逝着。

当时每条裤子盈利就几毛钱。三兄弟跑到这么远的地方来，就是想要干出个样子。小打小闹，只能糊口，若仅仅为了混一口饭吃，又何必背井离乡来到这么远的地方？姐弟四人起早贪黑，省吃俭用，积攒下每一分钱，终于在商场租赁了一处柜台，到商场里来销售服装了。

当时，国内市场经济虽已开始起步，但在很多方面依然是供不应求。林乐宣作为兄长，已敏锐地意识到，老百姓的生活势必向好的方向发展，对物质的需求会越来越高。于是，他迅速调整经营方向，从只有一个柜台、只销售服装，转变为百货经营——什么商品销路好就卖什么。在发现当时同行大都经营一些廉价、假冒伪劣产品后，林乐宣果断决定，决不能和同行一样，要做就要有差异化，三兄弟的柜台上，决不能有以次充好的商品。

因为来自浙江温州，进货渠道有得天独厚的优势，依靠温州商品过硬的质量和公平的价格，三年下来，林氏兄弟积累了人生的"第一桶金"。1993年，他们乘势而上，开办了自己的商场，创立了喀什第一家民营企业——喀什南达贸易公司。

之所以取"南达"这个名字，其寓意就是要在南疆达成梦想。

凭着积攒下来的诚信、质优的声誉，林氏兄弟的服装贸易和百货经营做得风生水起。1994年，工贸中心南达商场经过装修，正式营业。

工贸中心的全称是喀什市工业品贸易中心，位于繁华热闹的喀什市人民西路7号，大十字街西南角。该建筑呈弧形，东北朝向，建筑主体共七层，建筑面积9300平方米，地下一层为个体商铺，地上一至三层为商场，四层集商场、办公于一体，五至六层为居民住宅，是当时喀什的标志性建筑，林氏兄弟的商场占据了三层和四层大部。

那个时候，在南达买衣服已成为一种风尚。随着口碑越做越好，老百姓也越来越信任南达，南达员工穿着制服走在大街上，就是一道靓丽的风景线，员工们也以在南达工作为荣。直到如今，出生于20世纪六七十年代的喀什人仍对南达念念不忘。"上大学就上北大，买东西就到南达"，这句顺口溜是那代喀什人常挂在嘴上的话。

第一家民营企业能一举成功，正是源自林氏兄弟客户至上与诚实守信。比如，他们销售的鞋子是整个喀什地区质量最好的，如果三个月内，鞋子穿坏了，他们包退包换。他们把保证质量视为生命，把绝不偷税漏税视作最大的规矩。要求财务一定要规范，账目绝无分毫误差，亏钱要亏得清清楚楚，挣钱要挣得明明白白，该交的税一分不少。这也让他们的路越走越宽，盈利也如水到渠成般自然。到1996年，他们已拥有了1000多万元的财富。

可就在一切顺风顺水之时，谁也没有想到，南达贸易公司遭到了灭顶之灾。林氏兄弟没有输给任何竞争对手，却输给了一场飞来横祸。

1997年11月17日19时30分，二楼一家商铺的营业员使用电热毯后忘记拔插头，发生火灾，大火在二楼失控，迅速蔓延至林氏兄弟所在的三层、四层。大楼烧损建筑面积1296平方米，直接财产损失400余万元，还有部分人员伤亡。

看着自己的所有努力毁于一旦，林氏兄弟几天几夜都没合眼。亲朋好友都来开导，希望他们想开点。对于损失惨重的南达公司，各种谣言和猜测四处流传，最离谱的谣言是"南达老板跳楼了"；林勇出门乘坐出租车，都有司机主动同他聊起"南达老板跳楼"的事。当然，那些司机并不认识林勇就是林氏兄弟之一。

三兄弟并没有被打倒。

凡墙皆门，福祸相依。就在人人都觉得这三个浙江来的年轻人肯定会一蹶不振时，林氏兄弟已开始在危机中寻找转机。火灾过后不到20天，他们就在另一家国营商场租下了半层楼，南达贸易公司在那里重新开张。

因为在工贸中心的商场没有买保险——当时也没有那方面的

意识，一场大火可以说让他们一切归零。现在，他们再次从零开始，得到了来自各方的帮助。比如他们的供货商愿意赊货给他们。喀什市政府的领导得知南达公司要重振旗鼓，为了鼓励兄弟三人，领导班子全体成员在开业当天莅临现场，为他们加油打气。

1999年，南达贸易公司不但起死回生，还逆势上扬。商场规模远大于从前，所经营的产品档次更高、种类更多，其发展势头扶摇直上。

作为喀什第一家民营企业，2000年，南达携手国有企业改革，积极配合国家宏观经济的调整，基于政府信任，次年收购了喀什地区汽车配件公司，所有员工都在南达得到了妥善安置。

三兄弟稳扎稳打，在完成资本积累后，2002年，南达公司开办了温州大酒店；同年，南达第一家超市和南达名品广场开业；次年，南达收购喀什胜利电影院，再开5家连锁超市，并在疏勒县开工建设南达综合楼。

接着，他们开始涉足一个新领域——发展新农业，2004年，南达兼并了喀什地区种畜场，开始在戈壁荒滩上建设良种奶牛基地；当年8月，成立南达乳业，随后，疏勒南达连锁超市、金山超市、温州酒家相继开业。

他们在揭开全新篇章的同时，也面临着前所未有的挑战。

进军新农业，称得上是一次"豪赌"，他们押上的是创业十几年来所有的财富。

之所以选择农牧业，三兄弟有着理性客观的分析：南疆旅游资源丰富，四季分明，冰川融水充足；一年有3000多小时的光照，农作物病虫害少；牛粪可以做成有机肥用来滋养有机农业……但现实并没有他们想象的那么美好，他们接手种畜场后才发现，所有宏伟蓝图都还是一厢情愿的幻想。第一，水资源严重短缺。整个南疆地区每年降雨量仅有七八十毫米，而蒸发量却达3000多毫米，虽然七八月山上冰雪融化后会发洪水，可当时南疆农业水利工程滞后，水利调控能力低下，即便在洪水季，高温下的沙地也留不住水。第二，南疆多属绿洲，可耕种土地奇缺，荒漠化加剧，绿洲被戈壁滩包围，遍地沙砾，很多地方寸草不生，干旱、贫瘠、荒凉便是这片土地的真实写照。第三，天然草场日益恶化。大自然从来没有取之不尽、用之不竭的资源，草原承载力有限，得不到足够的休养生息，退化加剧，根本达不到发展壮大农牧业的需求。第四，原有农场饲养环境和生产条件极为落后，几百头奶牛挤在破烂牛棚里，基础设备陈旧不堪，酸奶用手工灌制，封口用电熨斗熨烫，科技创新能力薄弱，还停留在半人工化的落后状态。加之动物疫病形势严峻，想推动畜牧产品市场运行，举步维艰。第五，交通也是一大难题。当时的喀什道路大都为泥土路，路面窄，路况差，严重制约着新农业经济的发展。第六，南疆地区农民受教育程度普遍较低，新农业要实现可持续发展，就必须转变观念调整畜牧业产业结构，要想在竞争中取得优势，必须遵照国际标准来进行标准化生产。要提高本地劳动力文化素质，组织、管理、培训工作无不面临严峻挑战。

种种困局之下，三兄弟清醒地认识到，这是一次"长征"，他们面临的考验才刚刚开始。在喀什地区发展新农业，可以说，即使在整个新疆，他们也是第一个吃螃蟹的人。他们也知道，做农业不同于之前做贸易，今天进货，明天卖掉，就能变现盈利，农业的投入期非常长，这对投资者的毅力是一个巨大考验。

要发展新农业，首先得有土地。他们得到了一片土地，却是一片3万亩的大戈壁。

"风吹石头跑，遍地不长草"是对戈壁滩最形象的描述。三兄弟行走在戈壁滩上，看到帕米尔高原雪山叠嶂，冰峰高耸，万年冰川闪着银光、沉默不言。戈壁滩上春秋沙暴肆虐，夏日酷热难当，冬日滴水成冰。地表除了偶尔一蓬骆驼刺、芨芨草，就是被千百年来的烈日晒得油光发亮的石头。

三兄弟决定：要战胜狂风、干旱、酷热和严寒，把戈壁荒滩变成绿洲、草场和田园。

在他们的带领下，南达人推平戈壁滩，在春夏冰川融化、洪水来临之际，让其漫灌，把洪水裹挟来的泥沙沉淀下来，形成淤泥地，使原来的戈壁有了泥土。两三年后，开始填坑平地，固沙治土，接着积肥种草，开荒种树，再筑渠引雪水灌溉。经过长达五年的艰苦耕耘，荒凉的戈壁终于变成了美丽的草场。3万亩生态农场草木逐年丰茂，生意盎然。有人说，南达做到了常人不可能做到的事，用愚公移山的精神改造了戈壁。

畜牧发展，草料先行。开辟出绿洲后，南达新农业产业不断发展壮大，建成了集科研、养殖、良种繁育于一体的生态型良种奶牛繁育基地。在种牛选购方面，引进美国、澳洲纯种高产奶牛；在设备方面，引进德国牧草收割设备、智能化挤奶设备、先进的酸奶制作设备，改变了人工挤奶和传统酸奶加工模式，并建立了奶牛身份自动识别系统和疫病防控体系。利用养殖奶牛产生的大量有机肥，南达新农业随之推动了林果产业建设，其核心种植基地高达3万余亩，除种植饲草之外，数十种高端蔬果也位列其中。此外，针对果树虫害问题，基地果园畜养了大量鸡、鸭、鹅等禽类，有效替代了用喷洒农药的方式消灭虫害，形成了一条绿色养殖、循环发展的可持续产业链。南达新农业股份有限公司从此揭开了迅猛发展的新篇章。

2008年春天，中国工程院两位院士走进位于疏附县戈壁深处的南达畜牧良种牛繁育基地时，由衷赞叹道："奇迹，这是改造荒漠戈壁的奇迹!"当年,公司被认定为"自治区农业产业化重点龙头企业"和"农业产业化国家重点龙头企业";2010年,南达良种奶牛基地全面建成,获农业部"奶牛标准化示范场"认定,南达乳业获评"国家学生饮用奶生产企业"。接着,董事长林乐宣荣获"2011年度全国十大创业致富榜样"称号。2012年,时任中共中央政治局常委、国务院总理温家宝视察南达,给予了南达人莫大的肯定和鼓励。2014年,南达新农业在新三板挂牌上市,获"高新技术企业"认定。此后,其所获荣誉更是不断。

拂去岁月之尘,回想当年选择农牧业之初,总裁林勇在谈及时忍不住感叹:"刚开始搞农牧业的时候,其实我们心里也没底,虽然我们来自农村,但我们老家没有奶牛,我们连奶牛都没见过,那时候我们想得比较简单,认为奶牛只要天天有草吃,就能挤奶。都说鸡蛋不能放在一个篮子里,可我们当时是把所有鸡蛋全放了进去,万一有什么闪失,我们就什么都没有了;但之所以这么做,也是不想给自己留退路。"

他们能做到,也有一个秘笈。从成立喀什第一家民营企业南达贸易公司开始,林氏兄弟就注重党支部的建设,南达是喀什第一家成立支部、成立党委的民营企业,正是党员的骨干带头作用,在企业发展中起了关键作用。截至2023年春末,南达已有党员81名。

他们之所以这么做,还有另一个更重要的原因。那就是让员工在南达安居乐业,带动更多的就业,带动更多人增收,让他们脱贫致富。

作为一个拥有1000多名员工的大型集团企业,多年来,南达公司在企业文化建设中始终坚持以人为本的原则。

1000多名员工背后,就是1000多个家庭,让每一个员工在南达有强烈的归属感,是林氏兄弟的共同追求。林勇说:"在南达,只分优秀员工和普通员工,不管你是什么民族,只要你肯学肯干,南达就会培养你,奖励你。我们重视人才,不分阶层,没有族别,这是我们的企业文化。"

"作为公民,我们有责任和义务来维护社会环境的稳定。我们1000多名员工有稳定的工作、稳定的收入,自然也就有稳定的生活、稳定的家庭,就会促进当地的社会稳定和经济发展。"董事长林乐宣说。

正是因为企业以人为本,创业30多年来,跟随南达脚步的员工早已发展出"南二代",许多骨干员工全家两代人都追随南达,他们工作勤恳、尽职尽责,在南达不断成长,为企业发展尽心尽力。

阿布都黑力力、麦日耶木古、阿布都艾尼、杨棠娟,都对南达有着深厚的感情。

阿布都黑力力在南达已工作18年。他以前学的是计算机,在网吧当过两年网管,后来网吧倒闭,又在电脑城干了两年,在那里卖电脑、修电脑。因为他姐夫是南达的货车司机,于是便介绍他到南达工作。刚到南达,他被分配去包装牛奶,干了三个月后,因为表现突出,组长把他推荐给了总裁林勇,林勇后来把他调到食品公司,让他当了班组长。后来公司成立烘焙坊,请来了广东的面点师傅,又推荐他跟着广东师傅学习面点,学成以后,他又培训其他员工。现在,他已经成了一名出色的面点师。

在维吾尔族家庭里,绝大多数男性是从来不做饭的,阿布都黑力力学做面点前,他的手从没碰过面粉。在当地的传统观念里,男人做这种事会被人看不起。所以,总裁让他学习烘焙,他心里有几分不情愿,也有些忐忑、不自信和紧张。

林勇想到,在南疆培养出一个员工,不仅能满足企业的需要，还可以带来一种社会效应、一种榜样作用，激励其他年轻人。所以林勇格外注重培养少数民族员工。林勇鼓励阿布都黑力力，要他相信自己一定能学好。他只能硬着头皮慢慢学。刚开始的确难，他好几次打了退堂鼓。林勇说，任何技术都需要经验，熟能生巧。学了一年后，他真的成功了。现在，阿布都黑力力已经成了烘焙车间主任。他动情地说："是南达让我成了全家人的骄傲，亲戚邻里都很羡慕我。在这之前，谁也没想到，我一个中专学历的人能成为车间主任，是南达成就了我。"

维吾尔族姑娘麦日耶木古生于1986年，2009年入职南达。她高中毕业，学习成绩在全校名列前茅。她入职的那年，南达对员工的学历要求还没有那么严格，不像后来必须是本科生和研究生。按她自己的说法，虽然她没有上过大学，但在南达工作以后，学到的东西，早已超过了有大学文凭的人。

因为学历不高，她平时很注重学习。当时，整个包装车间除了她，都是男职工。入职几个月后，领导发现她的包装技术掌握得非常好，尤其是当车间主任调休的时候，她一个人就能操作得精准无误。一个女孩子能这么熟练地掌握技术，令人敬佩，于是领导就把她调到了技术含量最高的"利乐"设备部门，让她学习。

利乐（Tetra Pak）公司是瑞典人鲁宾·劳辛于1929年创办的，后来成为欧洲最具规模的包装制造厂之一。他研究的一种实用的、可用完即丢的牛奶包装盒给乳品制造业带来了重大变革，为消费者带来了安全及容易携带的包装。1972年，利乐来到中国，1979年，利乐的第一台灌装机在广州投入使用。1989年，瞬间超高温无菌加工技术被美国食品工艺研究所誉为"50年来食品科学中最重要的成果"，而利乐正是无菌包装及加工技术领域的先驱。

麦日耶木古在先进的"利乐"无菌车间一干就是四年，最后成为车间主任。她在南达收获的不仅仅是事业，还有她的家庭。她和丈夫就是在南达认识的。当时，一位南达的保安把自己的儿子介绍给了她，没想到两人一见钟情，更没想到的是，她的爱人一家，除了他父亲，他的弟弟妹妹也都在南达工作。他们结了婚。后来麦日耶木古的妹妹也来了南达，这样，两家有六个人都在南达工作。因为南达实在太大，他们各在不同部门，上班期间见不了面，但一进南达大门，他们都有一种从小家回到大家的感觉，那种心情是无法言喻的。

同样是1986年出生的维吾尔族员工阿布都艾尼，入职南达也有16年之久了。她是2007年2月来南达工作的。那个时候，公司试用期考核非常严格。她记得他们当时考试时，连座位都是隔开的，公司四个领导全部到场监考，和她一起考试的有本科生，也有研究生。虽然她的学历不高，但考试成绩突出，可谓出类拔萃。她进到了化验室，与她一同进化验室的只有五个人，学历都比她高。她非常爱学习，林勇发现后，给了她很多肯定和支持。每年她都会被公司派到乌鲁木齐学习，每次带薪学习一个月，有一年还被派到上海学习了40多天。

公司对员工的爱护，更多体现在帮助他们提高自己、成就自己上，唯有这样，员工才能为企业尽心、出力。阿布都艾尼外出学习，往返都是乘坐飞机，衣食住行都是公司报销。通过公司多年的培养，她已从一个青涩的小姑娘一步步成长为检测组组长。慢慢地，她发现身边新来的同事全部都是本科生、研究生，虽然自己技术过硬，但还是感到了压力。林勇察觉到她思想上有危机感后，就鼓励她参加大学自考。她这个检测组组长手下管着27个高级研究型人才，毫不夸张地说，以她现在的能力和水平，已与研究机构和大学里的专家不相上下。

杨棠娟毕业于新疆农业大学，原来在喀什地区人力资源和社会保障局工作，因为父母身体不好，孩子又小，家距单位远，生活和工作无法协调，虽然工作很出色，每年都能评上优秀公务员，但她还是不得不辞职了。2017年10月，孩子稍大一些后，她来应聘南达党办副主任一职，通过之后，于次月正式入职。她一开始对自我要求并不高，心想只要能把家庭照顾好，一个月能有四五千块钱工资就可以了，没想过在企业有多大的进步和发展。但她的工作能力很快就得到了认可。

杨棠娟很多年前就知道南达。南达这个品牌的名字在喀什地区非常响亮，早已深入人心。她了解到，20世纪90年代南达做商场贸易时的那些老员工，比如收银员、收货员、柜台销售员都跟着南达来到了新的企业。有那么多人愿意一直追随着它，一是因为领导对员工情深义重，二是因为这个企业有前途、有发展、有平台。工作一段时间后，她更加确定自己的选择是正确的。她从没见过哪家公司的领导能如此无微不至地关心员工。基层员工1000多人，中层负责人也不少，只要工作了几年，董事长和总经理对很多员工都有所了解，比如孩子叫什么名字、上几年级，家里有什么困难，老人的健康状况如何，夫妻关系怎样，他们都会关心，并且跟他们聊天，帮忙渡过难关。

有一位员工的妻子生孩子时难产，没有及时住进医院，林勇得知后，马上出面协调，然后派车并安排人陪同、看护，最终母子平安。那位员工说，他觉得南达的领导比自己的父母还要体贴，比自己的兄弟姐妹还可依靠，哪个员工在这里工作不会尽职尽责呢？

员工的心声，来自他们切身的感受。

综观林氏兄弟35年的新疆创业路，正是因为他们具有家国情怀的格局与担当，才把自己脚下的路照亮了，才把成千上万人的生活之光点亮了。

"守疆戍边"的民族企业家石昌佳

从一间亏损的县城小厂到行业翘楚，洁丽雅每一段光辉历程，都有着厚积薄发的过程，每一项荣誉背后，都凝结着掌门人石昌佳为企业成长付出的心血和汗水。

如果说"敢为天下先，勇争天下强"是浙江企业家创业精神的集中体现，那么"五低起飞"则是20世纪八九十年代浙江企业家们普遍经历过的窘迫遭遇。所谓"五低起飞"，即起点低、知名度低、文化程度低、企业组织形式低、产业层次低。洁丽雅集团创始人石昌佳无疑是不折不扣的"五低起飞"创业者。

回首创业之初，可谓乱云飞渡。石昌佳出生于1953年，浙江诸暨人，在成为"中国发展民族产业十大功勋企业家"之前，他干过建筑，搞过沼气，在诸暨县农业局当过技术员。在他的身上，有多少风云传奇，就有多少艰辛挑战。

1986年10月，时任诸暨三都区工业办公室主任的石昌佳参与创办诸暨县毛巾厂，并兼任厂长，那年他33岁。

建厂之初，作为当时大名鼎鼎的杭州西子毛巾厂的联营企业，诸暨县毛巾厂负责织造坯巾，从中赚取加工费。20世纪80年代中期，全国毛巾行业开始兴起，随着各地加工厂频频涌现，竞争日渐激烈，诸暨县毛巾厂厂子小，家底薄，债务逐年加重，资不抵债，很是艰难。当时有600多名员工等着吃饭，石昌佳肩上的重担可想而知。为了让毛巾厂生存下去，他先后和杭州、上海以及海南的厂家联营，厂名换了一个又一个，商标也随着联营一次次更换。让厂子活下去，让员工有饭吃，他当时就只有这一个念头。

夹缝求生的日子，屋漏偏逢连夜雨。就在石昌佳为求企业发展，而扩建5000纱锭的毛巾特种用纱原料基地项目时，国务院下达了国发〔1988〕64号文件，严禁小棉纺、小钢厂、小煤窑、小水泥、小火电"五小"项目新建和扩建。新政策公布后，小棉纺首当其冲，毛巾厂在建的毛巾特种用纱原料基地项目被迫中途下马。

总资产不到100万元的诸暨毛巾厂一夜之间背上了337万元的亏损债务，厂子顿时跌入深渊。

不久后，受当时国际政治局势影响，我国毛巾出口受配额限制，杭州西子毛巾厂外贸出口订单大幅下降，并因此中断了加工坯巾的业务。为发放员工工资和归还员工进厂时的集资款，诸暨县毛巾厂不得不发动全厂员工沿街、沿村叫卖推销坯巾。

遭遇如此灭顶之灾，在当时所有人眼中，诸暨毛巾厂面临的只有停业倒闭这一条死路。面对这种境况，石昌佳十分痛心，别人劝他赶紧撒手这个烂摊子，他却做不到。他说："这厂子是我一手操办起来的，如果它真的垮掉，我心里难以接受。就算四处求人，债台高筑，我也不能让它倒了。"当时的他没有想到，就是这样一个朴实的念头，改变了毛巾厂，也彻底改变了他自己。

企业危在旦夕，顶着种种压力，石昌佳毅然辞去公职，不顾家人强烈反对，以一家三代赖以遮风避雨的唯一房产做抵押，贷款为毛巾厂还债，为员工发放工资，想把毛巾厂救活，但经营异常艰难。

当时已是不惑之年的石昌佳做出了让所有人都疑惑的事，1994年，他决定收购毛巾厂。身边不断有人提出质疑，认为他收购的毛巾厂不仅是一个烂摊子，更是一个沉重的负担。

但社会责任感让石昌佳难以独善其身，面对即将倒闭的小厂，他也许没有超凡的能力让它迅速起死回生，却有着超凡的心态——他认为自己能够将厂子救活。而当地政府也急需一个勇担重任的人去收拾残局，银行答应给他贷款。

下定决心后，石昌佳决定背水一战。

20世纪90年代中期，浙江进入乡镇企业转制初创期，乘着改革开放的春风，毛巾厂成功改制为民营企业。彼时的石昌佳相信，只要政策好，跟着国家政策走，就一定能把企业办好。知者不惑，勇者不惧，在他心中，已勾勒出一条清晰的前行路径，那就是一定要走品牌之路。

毛巾虽小，却是人人都要使用的东西，是不折不扣的民族产业；所谓产品没有贵贱之分，梦想没有大小之别，只要心中有梦，小毛巾也一样能做出大市场。

上阵父子兵，第一个支持石昌佳的是自己的大儿子。1973年出生的石磊，为了支持父亲创业，他毅然放弃机关单位公务员的工作，与父亲一起共渡难关。

彼时的石磊二十出头，他下车间、跑采购、做销售，和工人一起装车卸货，甚至在大年初一从杭州乘火车到各省给各家棉纺厂领导拜年；常年和基层业务员一起到一家家商超调研，一天跑二三十家商超、跑到脚底板起泡是常有之事。在浙江卫视节目《华商启示录》中，石磊曾幽默地表示，多年的基层业务员生涯已让他形成了条件反射，见到商超脚就会痒。

"现代市场竞争就是品牌竞争，只有在品牌的旗帜下，才能聚集各类人才，才能使企业管理、纺织技能、市场营销产生重要作用，才能在市场上抢占一席之地。"对于品牌建设，石昌佳非常重视。

为了给品牌取一个响亮的名字，石昌佳向全厂乃至全社会广泛征集，一时间各地征集稿如雪花般飞来。至今石昌佳记忆犹新，集思广益而来的品牌名有"洁丽""雅丽""洁雅""康肤特"等。数不清的商标品名摆在眼前，为了从中挑选最具价值的品名，他经过深思熟虑，最终确定品牌名称为"洁丽雅"。

对此，石昌佳曾打趣道：我们做毛巾品牌就是服务人们做清洁工作的，那么首先就是要干净，对应"洁"这个字，人干净了，自然美丽、优雅，这就对应"丽""雅"二字了。

1996年，石昌佳注册"洁丽雅"商标，从此拉开品牌建设帷幕，也确立了"重质量、讲诚信、创品牌"的九字经营方针。

品牌确定后，浙江洁丽雅毛巾有限公司成立。随后企业大力推进终端落地计划，为了适应品牌经济时代下的生产效率，石昌佳先后引进世界先进的生产设备，聘请优秀工程师、技师，从而全面提升毛巾品质。

2003年，浙江洁丽雅纺织集团有限公司正式成立，洁丽雅被国家质检总局认定为第一批"中国名牌"产品，通过行业内第一个"中国环境标志产品"认证，并建成了国内第一个也是目前为止唯一一个中国毛巾产业科研基地。2004年，洁丽雅成为中国毛巾行业第一个"驰名商标"。

在企业发展过程中，为响应国家提出的"东部反哺中西部"战略号召，石昌佳又有了"走出浙江，产业向中西部地区转移"的战略规划，以实现品牌产业规模扩张。

在全国重要产棉区山东、河南、河北、湖北、新疆做过缜密调研后，他又在东南亚几个国家展开调研。经过一系列考察，最终将新产业基地落到了湖北，一举收购湖北咸宁、嘉鱼、汉川三地的九家国有企业，并相继组建了洁丽雅湖北嘉鱼公司、汉川公司、咸宁公司三家直属子公司。

2004年，洁丽雅建成了湖北产业基地，与浙江基地共同形成了两大重要的原纱供应基地和成品毛巾生产基地。

为了加强终端品牌的彰显，洁丽雅签约知名影星代言，广告在全国各大卫视滚动播出，从此，"洁丽雅"走进千家万户，迅速被大众熟知。此后，洁丽雅跻身"中国民营企业500强"。

品牌一炮而红后，洁丽雅并没有安于现状，始终不渝地致力于品牌建设，持续深化实施品牌发展战略。

历经20年的品牌经营建设，洁丽雅最终成为中国毛巾行业龙头企业，成为一家集纺纱、织造、科研、染整、营销、物流以及其他多种产业于一体的大型综合性集团公司。产品也从毛巾向高档浴衣、内衣、袜子、家纺等多方面延伸，并成为中国国家游泳队合作伙伴，其生产的毛巾、内裤、袜品被选为中国国家游泳队专用产品。洁丽雅连续多年荣膺"中国500最具价值品牌"，商标入选中国"最具竞争力的商品商标"；此外，更是成为"亚洲品牌500强"——全国毛巾行业中唯一一家获此殊荣。

自1994年起，两代人，一条心，只为坚持一件事，就是做好一条国民品牌的毛巾。洁丽雅常年稳居全国市场同类产品销量第一的宝座。可以说，洁丽雅是名副其实的"老百姓用人民币当选票选出来的民族品牌"。无论质量还是价格，都值得消费者为之倾心。

具有儒商风范的石昌佳，虽身在商海，重视效益，却不是唯利是图之人，从他为600多名员工的生计而力挽狂澜，拯救濒危的诸暨县毛巾厂就可以看出，他是一个有信仰、有情怀、有社会担当的人。2010年，国家提出"产业援疆、对口援疆"的号召，强烈的责任感让石昌佳又一次挺身而出，积极响应，从江南水乡的浙江诸暨，走到了新疆塔克拉玛干沙漠边缘的阿拉尔市。

为此，石昌佳多次带领投资考察团，带着"洁丽雅品牌产业生产研发基地"项目对天山南北、塔河两岸，马不停蹄地进行了深入细致的考察，与10多个地州和生产建设兵团的师（市）主要领导进行会谈。

经过慎重的决策研究，2010年5月，洁丽雅集团做出了投资新疆生产建设兵团农一师阿拉尔市的战略决定。

"阿拉尔"在维吾尔语里是"绿色岛屿"之意，原为一片人迹罕至的万古荒原。1953年6月，中国人民解放军第二军步兵第五师整编为新疆军区农业建设第一师，奉命进驻阿拉尔屯垦，经广大军垦战士披荆斩棘，艰苦创业，开垦良田120余万亩，兴建了10个农牧团场，创造了人进沙退、人造绿洲的旷世奇迹。2002年9月，国务院正式同意设立阿拉尔市，为新疆维吾尔自治区直辖县级市，实行师市合一管理体制。

石昌佳在阿拉尔设厂，出乎很多人的意料。因为阿拉尔市地处天山南麓，塔克拉玛干沙漠北缘，塔里木河上游，属极端大陆性干旱荒漠气候，最高气温达40摄氏度，最低气温零下33摄氏度，雨量稀少。东距乌鲁木齐约1100公里，西距南疆重镇喀什约600公里。阿拉尔市与吉尔吉斯斯坦、塔吉克斯坦和哈萨克斯坦接壤，与巴基斯坦和印度邻近，有着良好的边境口岸和边贸资源，是一座可以让目光越过中亚、遥望欧洲的边疆新城，在南疆兵团师市中综合实力最强、人口体量最大、基础条件最好。

阿拉尔作为我国优质棉花的主产区之一，是全国优质商品棉基地之一，拥有200万亩优质棉种植基地，皮棉年产35万吨以上，占全国年产量的20%，长绒棉年产量则占全国年产量的90%，被列为国家长绒棉出口基地。

在棉花生长关键期的七八月,阿拉尔地区每天日照时间可达15小时以上。7万勒克斯以上的光照强度,使棉苗可以充分吸收阳光,加上地处塔克拉玛干沙漠,这里有着天然适合棉花生长的沙质土壤。

长绒棉作为纺高支纱的关键材料,是生产高品位毛巾产品、高端家纺、高附加值纺织品及高档服装的主要原料,这将为实现洁丽雅"用世界上最好的棉花、做世界上最好的产品"的战略目标,为洁丽雅品牌产业转型升级提供独特的资源优势。

一切有利因素的叠加,让高瞻远瞩的企业管理者又一次激情澎湃。站在南疆大地上,面对新的广阔舞台,石昌佳脸上洋溢着无限憧憬:"说句心里话,作为企业,除了响应国家政府的援疆号召之外,我们也有自己的考量。第一,新疆面向欧亚大陆13亿人口的大市场;第二,新疆有着最优质的棉花和阳光;第三,政府要解决新疆少数民族就业问题,我们这个行业又恰恰是个劳动用工比较多的劳动密集型产业。所以就企业的长远发展目标,结合党和国家新疆产业发展的战略布局来考虑,我们立足新疆,是最正确的决定。把中国最好的阳光织进毛巾里,把最美的笑容编织到千家万户是我们的追求。"

这无疑是石昌佳家国情怀和高瞻远瞩的企业布局的又一次体现。

2010年8月26日,在距离诸暨5000公里外的阿拉尔,石昌佳与新疆生产建设兵团农一师举行仪式,签订了《关于双方合作投资建设"洁丽雅品牌产业生产研发基地"的合同》,合作投资35亿元。

随后,"洁丽雅品牌产业生产研发基地"投资27亿元建立,分三期建设,年产2万吨毛巾系列产品、30万吨毛巾特种用纱、

6万吨高档毛巾特种用纱和6万吨染纱。

为进一步提升创新高度、拓展研发领域，洁丽雅又与中国工程院院士、著名纺织材料专家姚穆合作成立了"浙江洁丽雅股份有限公司院士专家工作站"，与之在毛巾等家纺产品的原料创新研发领域进行深入合作。为提高阿拉尔棉花的品种质量，2015年4月23日，新疆新越丝路有限公司院士专家工作站及新疆新越丝路有限公司—西安工程大学研究院举行签约仪式，开启新材料、新工艺的开拓性应用研究。同时，洁丽雅联合阿拉尔市、西安工程大学，三家联合开展"改良棉花品种，提升棉花品种"专题科研攻关，为洁丽雅品牌产品的原材料创新，也为当地棉农提高经济效益、促进棉花产业升级搭建了良好的科研平台。

为助力党和国家实现共同富裕的大政方针，洁丽雅严格遵照党的治疆方略，项目建设伊始就提出，决定新疆项目成功的关键在于能否大量招聘并使用好当地少数民族员工，这是企业真正融入当地，实现健康发展的根本所在。

在语言不同、文化不同、生活习惯不同的南疆阿拉尔，长期留住少数民族员工，绝非易事。很多企业都一度上演着员工进厂干两个月领到工资就人间蒸发，等挣到的钱全部花完才又出现在厂子门口的现象。此外，员工酗酒也是件令人十分头痛的事。对此，石昌佳给予理解，在接受现代工业文明的过程中，要一步步用现代企业文化来增强他们的归属感、安全感、幸福感，从而在根本上解决问题。

落户南疆阿拉尔后，洁丽雅秉持"坚持扎根南疆，长期发展"的理念，积极拓展招工渠道，大量使用少数民族员工，尊重少数民族员工的生活文化习惯，多方面落实各项服务措施，让员工的生活和精神面貌有了明显改善。一期项目投产就带来3000多个就业岗位，后期更是解决了上万人就业，使一大批原本在家务农的少数民族同胞成功转型为现代产业工人,走上了勤劳致富的道路。

克服少数民族的语言障碍,提升他们的文化素养和劳动技能,培养他们从农牧民成长为合格的企业员工,几乎是所有入疆企业面临的最大难题。洁丽雅在阿拉尔建厂初期,就选派50多名懂双语的少数民族员工远赴洁丽雅在浙江、湖北的基地培训,挑选优秀师傅一对一传帮带,使他们成为第一代培训新工人的老师;首创自主编译维汉双语纺织专业培训教材,并通过设立洁丽雅少数民族青年就业促进基金、开展校企合作、开设洁丽雅班、师徒结对、视频演示、技能比武等多种举措,不断培育人才,使他们成为洁丽雅及当地众多纺织企业的骨干力量。

在新疆洁丽雅这个大家庭中,如今少数民族员工占70%。在这里,所有民族同胞和睦相处,他们勤奋工作,收获了企业发展和脱贫致富的硕果。许多少数民族员工在家乡盖起了新房,超过300名员工到洁丽雅上班后新购买了轿车,生活水平和精神面貌焕然一新。

一个企业真正的价值,就是让更多家庭能体面地生活,保障民众安居乐业。在阿拉尔新疆新越丝路有限公司,食堂、超市、员工活动中心、幼儿园等完善的设施为员工们提供了可靠的生活保障。洁丽雅结合南疆实际,将"企业人情味"做到极致,舒适的工作环境、温馨的生活环境、丰富的休闲活动,使所有员工对生活充满了信心。

之前在家务农种地的维吾尔族员工哈尼克孜说:"来洁丽雅之前,我曾担心吃住问题,担心拖欠工资问题,也担心孩子在家无人照顾。洁丽雅的招聘人员却告诉我,这些统统不需要担心,因为洁丽雅提供免费食宿,还建有幼儿园,孩子也能一起带过来。他的说法我一开始是半信半疑的。等来上班以后才发现,原来他说的话都是真的。在得知我家经济困难后，公司还拿出钱给我进行补贴。现在我和爱人都在洁丽雅上班，我每个月能拿4000多元工资，我爱人每个月拿3000多元，每个月除掉零花钱，我们能存5000多元，我觉得非常满足，是洁丽雅让我们全家的生活发生了巨大改变。"

来自拜什艾日克村的村民艾山和妻子祖合热也是洁丽雅众多员工中的"夫妻档"。因为家里地少，一年到头依靠种地根本挣不了几个钱，他们选择来到洁丽雅当工人。来到洁丽雅之后，他们两年下来就存了8万多元，买下了人生中第一辆轿车。细致的呵护，换来的是忠诚。为感谢企业为全家创造的美好环境，艾山与妻子早已下定决心，珍惜洁丽雅给予的工作机会，一直干到退休为止。

"爱你，就是爱自己"是洁丽雅长期秉持的朴素理念，以情系人，以爱留人。洁丽雅开展了"帮一对十"活动，即每个共产党员和管理干部至少帮扶一户少数民族员工困难家庭，结对10名以上少数民族员工作为联系对象，互帮互学，交朋友，听心声，增进交流，提升凝聚力。在给予员工良好待遇的同时，针对少数民族能歌善舞的特点，配套各种生活服务设施，为员工提供温馨舒适的业余生活环境，增强员工的归属感和自豪感。正如石昌佳所言："一个企业想长期健康发展，必须融入当地，关爱员工，形成健康向上、和谐共生的关系，从而实现企业与社会共同发展。"

"绿叶不忘根，致富不忘本，铁肩担道义，不舍祖德荫。"年过七十的石昌佳尤为关心公益事业，尽己所能回报社会。他多次出资修路建校，每年组织慰问困难员工家庭，曾在汶川大地震后慷慨捐赠，带头成立"爱心助学基金"，全程资助贫困学生完成学业，向浙江省诸暨市慈善总会捐资3000万元，还在阿拉尔捐资500万元，创建了"少数民族青年就业促进基金"，以帮助少数民族青年成才、就业，提升他们的业务能力和生活水平。

进疆10多年来，洁丽雅建成了从棉花到最终成品的现代化全产业链生产线，已具有年产2万吨高档毛巾系列产品的生产能力。2021年，洁丽雅品牌价值达239.89亿元，连续8年蝉联中国家纺行业品牌价值第一，洁丽雅毛巾国内市场占有率连续10年排名第一，其中电商市场2020年市场占有率已接近40%。

随着洁丽雅毛巾的品质和品牌美誉度大幅提升，新疆的优质棉花资源附加值也得到不断提升，1万多元1吨的棉花，变成了最高10万多元1吨的高档毛巾，工业附加值增值5—10倍。洁丽雅2020年上缴税收9823万元，连续多年成为阿拉尔市工业企业第一纳税大户。作为"守疆戍边"的民族企业，可以说，洁丽雅的到来，极大程度推动了阿拉尔的社会文明与进步，促进了当地社会发展。

"大商之道，计利天下"，一个企业家最重要的便是拥有使命感。凡是卓越的企业，背后一定有着一位兼具家国情怀的企业家。作为一名民族企业家，在石昌佳的字典里，一直写着"责任"与"担当"两个词。

有人说企业社会责任的最高境界，就是资本上的社会大同，来自人民，回到人民，来自大地，回到大地。如今的石昌佳，早已不再单纯以企业盈利为目的，在洁丽雅成为"中国家纺行业第一品牌"后，他仍心有千千结。"打造国际洁丽雅，勇攀世界品牌巅峰"是他的雄心与夙愿，这项"重任"将持续激励着他与洁丽雅人不断拓展敢于担当、追求卓越的视野和计利天下、报效国家的精神境界。

来到库车的"80后"电商张浩

杭州小伙张浩出生于1985年。他接触互联网，是从玩游戏开始的。因为他中专学的是计算机专业，所以对计算机的操作特别感兴趣，也接触过一些简单的编程。

2003年，张浩中专还没毕业，实习期就跑出来工作了。那时互联网才刚刚起步，学的人很多，但是计算机专业其实很难找工作，而他是个中专生，找工作更难。他有时一天投五六十份简历，接到的回复电话却只有两三个。他最后来到杭州有名的门户网站"文三街在线"。这是一个浙江地区IT信息和商务的门户网站，后来发展成了中关村在线的浙江站。之后，他先后在宁波易索公司、宁波网通信息港工作，一直在互联网行业。后来，因为母亲心脏不太好，他离开宁波回到了杭州。

2011年，浙江省邮政局开始做农产品进城和工业品下乡的业务。张浩知道后就去应聘，进入邮政局工作，分管邮政采购。所以，从那时起，他就开始正儿八经接触全系列农产品采购。当时，他负责把全国最好的农产品和土特产介绍给浙江的消费者，为了采购到合适的产品，张浩开始到全国各地去选购，比如云南香格里拉的松茸、苏州的鸡头米、阳澄湖的大闸蟹、河南焦作的铁棍山药、湖南湘潭的湘莲、新疆塔城的羊肉、阿克苏的苹果等。2017年，他被借调到浙江省机关事务管理局，还是负责这一块工作。

2012年，张浩结婚，两年后小孩出生。在小孩6个月大时，孩子需要加辅食，主要是鸡蛋羹。他开始去找土鸡蛋，这时他才发现，土鸡蛋很稀缺。于是，他包了个山头，自己养了几万只鸡。

他对产品很较真，于是毅然离职，想靠自己对互联网的精通，用自己的能力去做一些实实在在的事情。

2018年，张浩创立了杭州朴味网络科技有限公司。最初，他结合自己已经做了七八年农产品的经验，利用自己在全国各地的客户资源继续卖农产品。公司最开始是给老客户供货，但品质更高。比如，他跟客户说，是阳澄湖的大闸蟹，就肯定是；说是湘潭湘莲，就不会是别处的。

做农产品主要是"五一"、中秋、国庆、元旦、春节这几个节假日，因要做礼品生意比较忙，平时很闲。他自己是做互联网的，货现成，资源也有，他就想，能不能把农产品和电商结合起来。当时微信公众号很流行，他就开始做微信公众号。他给自己的定位是采购买手，主要任务是找寻优质产品，再把产品的特色通过图文写出来，做成公众号文案。做采购，他得保证整个供应链的所有环节都靠谱，价格要合理。这跟传统买卖其实是一个道理。比如阳澄湖大闸蟹，公众号文案里要写他是怎么采购的，这个东西为什么好，怎样保证是正宗的，怎样鉴别阳澄湖大闸蟹和其他地方蟹的区别，以及售价、包装方式、运输方式、发货时间等；再比如阿勒泰羊肉，他要在新疆宰杀、包装好，用冷链发到杭州，从最开始的货源挑选，抽检，约定什么时候发货，怎么发货，多久能到，怎么进的仓库，整个过程的每一个环节，他都要管。刚开始做羊肉的时候，还没有整羊、半羊这些概念，主要是卖羊腿。羊腿只有两个规格，前腿1—1.2公斤，后腿大概3公斤。他做了礼盒，比较简单。

公众号文案跟抖音其实是一样的，区别只是公众号是文字加图片，抖音是短视频加文字。所以，2019年，中国的互联网其实已迈入了内容电商阶段。他第一年就取得了销售额1000多万元的战绩，利润200万元左右。

　　张浩说，他跟新疆有缘。
　　早在2008年，他就来过新疆，先是到塔城，然后去了阿勒泰，主要是采购当地的羊肉。2012年，他在邮政局工作时，还采购过阿克苏苹果。2018年底，他开始自己创业，因为宁波援建库车，他便来到库车，想将库车的好东西——比如库车小白杏、库尔勒香梨和阿克苏苹果，通过网络推介到其他省市，并以库车为根据地，把新疆优良的农产品销售到其他省市。他不想做贸易商，而选择做源头供应链。他认为，自己的选择是正确的。他说："随着内容电商的发展，抖音直播、短视频的竞争逐步白热化，你会发现互联网所有的产品都越来越专业。老百姓对各种产品的认知度越来越高，那么，我的专业度在哪里？作为一个贸易商，你是说服不了消费者的。像我这种全国各地跑着找源头供应链的，得把跑的内容体现出来，打造自己的IP，才能发挥自己的优势。"
　　他原来是到全国各地采购，做内容电商后，这样做就不太现实了。一是没有精力，二是拍素材的成本太高。所以他把全国各地的产品整理了一遍，综合考虑后，选定了新疆，其他地方除了年节礼品类以外的产品，他都放弃了。
　　全国各地除了西藏，张浩都去做过采购，所有地方他都走遍了，而且是深入当地的农村、牧场。但最后，他选定了新疆。因为全国各地农产品丰富、品质又好的地方，他觉得只有新疆。虽然新疆农产品标准化弱，但这里地大物博，品质一流，很有发展潜力。
　　长期扎根新疆后，张浩开始在南北疆跑，拍摄新疆农产品的四季变化，找寻跟他理念一样的优质合作农户。深入了解这个地方后,他有很多跟别人不一样的感触。这不是耳朵听来的,而是他实实在在从生活里得到的。比如,不在新疆生活的人怎么会知道,夏天这里的鸡早上天亮就开始跑,因为天气太热了,鸡根本站不住,要一直动,还会飞,晚上就歇在树上。再比如,新疆农户家的羊是不吃饲料的。为啥呢,其实是因为喂养得很粗放,把草往羊圈里一丢就好了,不会花钱去买饲料,也没有精力去拌饲料喂养。他通过公众号,后来通过短视频直播,跟消费者讲这些故事。

他一直坚持做内容电商,也给很多社群讲故事,给很多"网红"讲故事,甚至把有些故事拍成短视频后免费给他们使用。

在新疆创业这几年,当然也很辛苦。包括跟当地人的交流、产品筛选、招聘员工,等等。在库车,要招一个懂电脑的人都很难,更别说人才。虽然说本地的工资不高,但他需要付出比从前多得多的精力去培养团队。现在,他的公司有9个人,其中3个是他先后从杭州和宁波带过来的,在新疆陆陆续续招聘了5个人。最开始他从杭州带来的是美工,在杭州的月工资是1.5万元,来新疆后给他加到了1.8万元,还包吃住。但他受不了,才来一个多月就跑回去了。最大的问题是生活习惯,其次是没有交际圈,再次是这边没有电商氛围。他们找工作要看职业规划,对于他们来说,钱是次要的,职业规划才是第一位的。

张浩也尝试过培训员工。新员工进来,每个月有2000元的实习工资,不用交培训费。电商这个行业,要培训4—6个月才算入门。但最开始招的人,做了两个月就走了,走的时候没有任何产出,这就相当于白培训了。他们不愿意留下来,是因为不相信学会了以后一个月能有五六千块钱的工资。他们没有去过浙江,对电商行业完全不了解,所以不感兴趣。

张浩也是受宁波援疆指挥部和库车市商务局委托,才开始在库车进行电子商务人才培训的。在培训的过程中,有个别人还不错，张浩想把他们留下来，同时也解决他公司的人才短缺问题，但因为各种原因，最终没有实现。来库车这几年，他一共面试了将近 1000 人，但能做这个工作的没超过 20 个。他现在长期留用的 5 个人，有 4 个是少数民族。这些员工现在还只能做一些基础性的工作，其他工作由浙江团队来完成。他自己东奔西走，做一些内容的整合。现在几乎所有产品的卖点都是他一个人提炼的，拍摄好的素材也只能传回浙江去做后期。

也正是这些原因，让他觉得，能在新疆做成一些事情，是很有成就感的。

直到现在，张浩也是整个阿克苏地区唯一一家内地团队到这边长期做电商的企业。到了这里后，挣钱反而变成次要的了。因为他卖的不仅仅是一个产品，还是一个个产品的生长过程，以及伴随这个过程的人的劳作。他让大家看到了新疆的香梨、苹果是怎么种出来的，到底跟其他地方有什么不同。这事实上是传播了新疆人的一种生活方式。通过这个途径，让更多的人了解新疆，从而把真实的、美丽的、丰饶的新疆通过他的记录，传播给了更多的人。

张浩有一个优点，他乐意把美好的事物分享给别人，在讲产品的时候好像整个人都在发光。他平时也没太多时间跟朋友在一起，他会给他们寄一点自己发现的好东西，也没固定要寄给谁，有时候聊着聊着刚好有新的东西，就问朋友要个地址寄过去。没有一个人说新疆的农产品不好。他想尽可能把原生态的东西分享给身边的人，分享给他的粉丝和客户群体。

库车被誉为"中国白杏之乡"，玄奘在《大唐西域记》中有载："屈支国（即古代龟兹，今库车一带）东西千余里，南北六百余里……出葡萄、石榴，多梨、李、桃、杏……"维吾尔族人称白杏为"阿克其米西",意为"白色蜂蜜"。库车小白杏每年六月成熟,色泽或黄白或浅橙,光洁透亮,果肉厚而细腻、汁液多、纤维少,清香蜜甜,果仁丰满、微甜、脆香,是国家地理标志保护产品。小白杏保质期短,所以在电商没来库车之前,人们除了在小白杏成熟时节亲自来库车,很难有口福享用。很多采购商会在小白杏五六成熟时采摘,放于冷库,一边催熟一边发售。这样的果子小,甜度不够,但每箱能便宜10—15元。但张浩发出的小白杏都是树上熟的,售卖周期很短,所以他一年发货不多,2022年只发了8000箱,需要售后处理的只有十几箱,而且只要有一个坏的果子,他都接受退货。

新疆羊肉也是张浩主推的一个产品。以前他一直是二道贩子,但现在他可以很自豪地说,论纯电商卖羊,他在新疆是数一数二的,两个月他能卖1万头羊。

虽说他现在的公司在库车,但是他拿的基本上是阿勒泰羊。最开始新疆这边没有精分工厂,他就把羊宰杀好后直接从阿勒泰运到上海,在上海分割之后,羊腿归羊腿,羊排归羊排,羊蝎子和羊脖子一起,做成礼盒单卖,分割下来的其他肉就做烤包子。为此,他在富阳入股了一家包子厂,把新疆的面粉和羊肉运过去,在那边包了烤好之后全国发货。2022年,他在库车投了4条精细化分割的产业线,2023年6月完工。这样,他就有了2条粗分割的加工线、4条精分割的加工线、4条包装线,还有4库——原料库、排酸库、常规冷冻库、急速冷冻库。

张浩的产品在价格方面不算便宜,他采用的是高单价匹配高服务。顾客收到羊肉以后,但凡有投诉,都是全退全赔。例如,广东一带气温高,羊肉化冻了以后有血水是很正常的,肉其实没问题。但当广东的顾客向他投诉时,他没办法过多跟别人解释,因为他们下单是基于信任,不论出于任何原因,产品造成顾客心里面有疑问了，他都是先退或者先赔。他这样做，也是吸取了之前的教训。他以前卖过9.9元1公斤还全国包邮的红枣，做了一段时间后发现，售后问题太多，一天卖10万单，但有几千个售后问题，算上人工等各方面的花费，得不偿失。

张浩现在开始与库车和新疆其他地方的一些企业合作。乌鲁木齐有一家非常有名的烘焙店叫"葡萄树"，在伊犁和喀什都有工厂。他现在是这个公司的抖音总代理，2022年俄罗斯大列巴这一款面包销了18万单。这种面包用新疆的面粉、牛奶、坚果、干果、蜂蜜做成，也用新疆的工艺，没有任何添加剂，卖得非常好，算是创了个爆款。很多人上班没时间做早饭，就可以切两片大列巴，非常健康。另一款哈萨克族风格的新疆奶酪面包，加入了大量的干果和坚果，销量也非常好。

他也在做一些产品研发。比如，他正在做巴里枣糕。这是一种维吾尔族的传统糕点，用枣泥和面做的，中间有一层厚厚的坚果。巴里枣糕是一种非常健康的食品，但由于当地人的消费比较弱，生产商就把中间的坚果去掉了，一块蛋糕只要三五元钱。他想尽可能还原传统巴里枣糕的风味，把坚果加回去，也获得了成功。

2022年底，由于新冠肺炎疫情的影响，新疆羊肉滞销，牧民辛辛苦苦养肥的羊卖不出去，一年辛苦白费不说，一旦严冬来临，饲草不足，还会造成羊冻死饿死，牧民为此忧心忡忡。为此，张浩在网上拉了个群，10月之前完成了年底羊肉的囤货。人们喜欢吃年龄在一年左右的羊，而且每年只在冬至到春节左右吃，一年销售期只有两个月。这两个月，他一天差不多能够分割300头羊。2021年他卖了41天羊，总共卖掉了6700头，2022年同期卖了1万多头。

张浩的用户忠诚度高，所以疫情期间他的其他几个单品也卖得很好。比如，新疆有一款南瓜，皮薄、口感软糯、甜度又高，而且这款南瓜在其他地区不常见。他就把这种南瓜推到其他地区，销量很好。人们越来越注重身体健康，对优质农产品的需求越来越高。第二年，他就开始尝试做批量化订单农业，意思是他让农户按照他的标准种植农产品，比如不能用除草剂，要用农家肥，要让蜜蜂授粉，总之要尽可能还原纯天然的种植手法。产品种植出来后，还要送到第三方检测，必须达到"零农残"的标准。以南瓜为例，纯天然方法种出来的南瓜确实更好吃，非常畅销。每单3.5公斤，2023年他做了50万单。

虽有三年疫情的影响，但经过努力，张浩在新疆的生意还是做起来了。所以，2022年开始，他就把公司进行了拆分。在新疆注册的公司叫新疆佳润世纪供应链管理有限公司，原本设想这个公司是做供应链整合的，杭州、宁波的两个公司负责销售。但实际上，他在新疆做的并非只是供应链的事，还包括互联网销售。所以，他在杭州朴味网络科技有限公司的基础上，又成立了新疆朴味网络科技有限公司。

公司拆分后，所有的流程、产品更标准化了。2022年和2023年，他的新公司主要做了三件事。

第一，扩大范围找寻适合互联网销售的产品。比如烤包子、薄皮包子、馕、椒麻鸡、胡辣羊蹄之类的新疆特色产品，这些原来只在本地销售的特产现在都产业化了。比如椒麻鸡，公司按照传统手艺把食品做好后，把鸡和料包分开，高温杀菌，增加保质期，不用任何添加剂。客户收到后，按照给的做法，用点青椒一剁，鸡一撕，汤放到开水里一热，一浇一拌就好了，跟新疆当地的风味一模一样。

第二，公司开始做一些加工产品，比如列巴、牛奶、羊肉、牛肉等，现在全疆产品可能有200个，库车这边有40多个。张浩已经做了十多年供应链，积累了很多资源，做加工自然是水到渠成。现在公司做完西梅就做西梅干，做完小白杏之后就做小白杏罐头、小白杏酒，小红杏之后是吊干杏，都很好卖。很多水果，尤其像杏这种保鲜期很短的水果，原来没有迅速卖掉，就都浪费掉了，所以要尽可能产业化。

第三，是找合作。张浩认为，一家企业的力量是有限的，他扎根新疆，是看到了新疆美好的未来，如果有类似他这样的企业过来，他希望跟他们加深合作。这样一来，产品会更加丰富。

目前，张浩的销售主力不在新疆。江浙沪电商资源集中，创新速度快。销售说到底，要跟得上互联网的发展。新疆公司更多的是打配合，负责完成前端的内容提供和后端的售后，由杭、宁两家公司完成销售端的资源对接，两边公司相辅相成。2022年，尽管有疫情影响，新疆公司的销售额还是达到了2880万元。这个数据跟浙江互联网公司比，没什么可说的。但对新疆的互联网销售来说，他觉得真的很不容易。

在农产品品质方面，张浩的主要方向是订单农业，从种植端开始合作。之所以这样做，是因为新疆的农产品种植标准低，管理粗放，分拣不精细，标准化、品牌化不统一。为此，他会组织采摘农户进行专业培训，增强他们的选品意识。原先他是把所有的货收起来之后一起发到内地，再进行二次分装，成本很高，现在，他改为在新疆分拣、分装。

张浩可以拍着胸脯跟消费者说，他卖出去的所有产品，说是哪里产的就是哪里产的。喀什的西梅就是喀什的西梅，红旗坡农场的苹果就是红旗坡农场的苹果，他不会把其他地方的苹果当红旗坡农场的苹果来卖。他会跟消费者讲明白，红旗坡农场的苹果和富士苹果有什么区别，跟新疆其他地方的苹果有什么不同。比如，它们在口感上是有差异的，红旗坡农场的苹果特别脆甜，皮薄。但90%的消费者其实是不知道买的苹果是哪里的。他为此做了很多知识普及。

接下来，张浩希望从产业链方面成立电子商务协会，把合作社、个体、电商公司、前端主播等集结在一起。他们不会的，他可以教；他们没货，可以卖他的货。他可以提供一键代发服务，他在乌鲁木齐、西安、成都、浙江、河南都有仓储，能统一解决所有问题；其他合作的新品上来，他还可以提供仓库托管服务。这样逐步形成一个产业链。

张浩的家人都在杭州，两个孩子中大的读三年级。新疆这边的事情太多，他很难照顾家庭。每年过完年，他就要定全年的项目计划，然后马上就是春播。公司有订单农业，他要去春播现场看着，还要取营销素材。5月第一批早熟的哈密瓜和小白杏要上市，得提前一个半月开始做仓储、物流、包装等筹备工作；小白杏之后是小红杏，小红杏之后是西梅，接着是晚熟的哈密瓜、葡萄，再之后是香梨、苹果、红枣、核桃、羊肉……这中间还要穿插公司自己加工的产品，全年的时间都排得很满。

到现在，张浩已无数次走遍新疆。他一年大概有9—10个月待在新疆，开车跑20多万公里。像伊犁，他一年至少去五六次，南疆就更不用说了。

他说："我坚信自己能够在新疆做得更好，会尽自己最大的努力影响身边的人，我不敢说要改变一个业态，改变一个产业，但我想影响身边的人。我现在做的跟大型企业相比，各方面都还弱一些，但是我会尽自己的能力做到最好。我越深入新疆，对这个地方的感情就越深。"

他说，从某种意义上说，他也是在援疆，但不是援几年，而是援一辈子。

第五章 万方乐奏

包哲东的和田情

新疆是我国西北的战略屏障，关系我国发展和稳定大局，战略地位极其重要。1996年3月，为进一步加快新疆发展、维护新疆社会政治稳定，中央作出了开展援疆工作的重大战略决策。翌年2月，由北京、天津、上海、浙江、山东、江苏、江西、河南八省市和中央及国家有关部委选派的首批共200余名援疆干部陆续抵疆。浙江挑选了首批24名援疆干部，准备奔赴位于昆仑山下、塔克拉玛干沙漠南缘的和田地区。浙江省委对此非常重视，整个选派过程相当严格，要求很高。入选者必须是各行业和各领域代表浙江水平、真正能在新疆用得上的专、精、尖优秀干部和技术人才。特殊的环境和内涵，赋予了这批援疆干部以非同寻常的意义。

包哲东当时任瑞安市委书记。在全省其他23位援疆干部体检完毕、整装待发时，他把本市被选拔上的援疆干部张朝银叫到办公室，与他座谈话别，慰勉一番。没想到过了几天，他自己会成为张朝银的领队和援友。

就在援疆干部即将出发的几天前，省委紧急研究决定让包哲东担任中共温州市委常委兼浙江省赴疆工作队的总领队，三天后带队前往新疆和田。这个决定来得非常突然，他当时没有一点思想准备，但很快就平静下来，"服从组织决定"是他的第一个念头，这是他作为一个党员领导干部最基本的素质。

妻子当时生病，在医院打针。他马上跟妻子通了电话。

"喂，卫平，你今天的病情怎么样啊？"

"没有什么大问题，老毛病，就是重了一些。"

"我有个事情得告诉你……"妻子还在医院里，他三天后却要远离，他有些说不出口。

"有什么事你就说。"

"组织决定让我作为援疆工作的总领队前往和田。"

"你说什么？援疆？这之前你从没跟我说过。"

"是的，是去援疆，是省委刚决定的。"

"多久出发啊？"

"三天后。"

"三天后！去多久啊？"妻子显得十分激动。

"是的，三天后，要去三年。"

"三年？"妻子语带惊讶，有点哽咽。

"这是大事，你明白的。"包哲东也很是愧疚。

"我晓得那是大事。我没有什么，只是妈妈年纪大了，也要经常住院……"包哲东可以感觉到，妻子在努力平复自己的心情。只过了一小会儿，妻子平静地说，"既然是组织的决定，你去就是，家里有我，你放心！"

接下来的两天时间他要交接工作、完成体检，行李只是简单准备了一下，连跟母亲和妻子道别也是匆匆忙忙的。

在此之前，身处东海之滨的包哲东对新疆知之甚少，只知道新疆是一个遥远而神秘的地方。现在忽然要走进新疆了，自然是既激动又忐忑。

1997年2月11日，包哲东离开温州，到省里报到。离家的时候是正月初五，到处还弥漫着春节的喜庆气息。在杭州培训三天后，于14日抵达乌鲁木齐，又培训了三天，然后前往距乌鲁木齐2000多公里的和田。

包哲东到和田后，被任命为和田地委副书记，副领队朱关泉担任和田所辖洛浦县委副书记，其余22名援疆干部分别被安排到洛浦县、墨玉县及地区医院、学校、工厂等单位。

第一批浙江援疆干部开始了历时三年的援疆历程。

在和田，大家首先要面对的是恶劣的自然环境。沙尘暴是家常便饭。和田每年浮尘天气达220天以上，沙尘暴天气60天左右。六七级风力的刮风天，漫天的沙尘瞬间即可遮天蔽日。"和田人民苦，每天半斤土；白天吃不够，晚上再来补"是和田生活环境的真实写照。加之气候干燥，刚到和田不久，所有援疆干部都出现了不同程度的水土不服症状。

其次要面对的，是交通的不便。当时，从乌鲁木齐飞和田的航班，每星期只有一班，机型是接近淘汰的苏联图-154，或者法意合资制造的ATR-72，航线不稳定，很少准点。和田机场原是军用机场，很简易，是用麦秆绳做起来的隔离带，建在一个沙坑里，一小片水泥地，四周都是荒漠，要穿过一段坑坑洼洼的公路才能到达。

之前，去乌鲁木齐需绕道喀什，有2000多公里路程。包哲东去和田援疆时，塔克拉玛干沙漠公路修通了，那是当时世界上最长的贯穿流动性沙漠的等级公路，北起轮台，经轮南油田，南至民丰，全长565.66公里。这条公路的修通，使和田到乌鲁木齐的距离缩短了近五分之一。尽管这样，要去乌鲁木齐还是很辛苦的。

包哲东要经常去乌鲁木齐开会，因为航班少，他只能坐车前往，每次都是一大早就从和田出发，坐车1000公里，到库尔勒住一晚；第二天再坐车560公里，用大半天时间赶到。当然，这是在一路顺利的情况下，如果遇到恶劣天气或车出现问题，那就遭罪了。有时开会也就半天、一天时间，会议结束，再奔波1560多公里返回。

一般干部要回家或去乌鲁木齐出差，坐不上飞机就只能坐班车，包哲东也坐过一次。

夏天走沙漠公路很危险，天气酷热，地表温度可高达70多摄氏度，如果汽车空调不好的话，夏天的中午是不敢走沙漠公路的，如果车一坏就完了。所以有经验的驾驶员都选在晚上穿越。

除此之外，援疆干部还要面对语言、风俗习惯上的不适应，以及思念家乡亲人时的寂寞苦闷。面对这些困难，他们没有一人退缩，都展现出了过硬的素质。

初到和田，所有人的第一感觉是陌生：几乎生活的方方面面都与自己的家乡完全不同；工作思路、工作内容、工作方式也与家乡大相径庭。作为边疆民族地区，社会稳定、社会发展更是摆在了工作中突出的位置。如何开展工作？工作重点在哪里？是包哲东首先要考虑的问题。

因此，包哲东到任伊始，即展开了深入的调查研究。为了迅速了解和田的区情、社情，在不到一个月的时间里，他跑遍了和田地区7县1市和他分管的20余个部门，基本掌握了基层乡镇、企事业单位和农牧民的生活状况。

他了解到，和田地区位于南疆之南，其北、东为塔克拉玛干沙漠，南接昆仑山脉，西接喀喇昆仑山脉与克什米尔相邻，面积24.74万平方公里，接近于两个半浙江省的陆域面积，其中，山地占33.3%，沙漠戈壁占63%，被沙漠戈壁分割成大小不等的300多块绿洲面积仅占3.7%。荒漠遍布，极度干旱，年均降水量只有35毫米，年均蒸发量却高达2480毫米。总人口157万，其中维吾尔族占96.3%、汉族仅占3.5%、其他民族占0.2%。

和田地区主要的几项经济指标，还不如沿海地区的一个镇，是新疆最边远、最贫困、最落后的少数民族聚居区，当地的经济建设、社会发展和社会稳定的工作任务十分繁重。

根据地委分工，包哲东分管地区的城市经济工作，主要是工业和商贸。和田地区环境特殊，市场没有发育，城市经济底子薄，发展工业缺资金、缺技术、缺人才，制约因素很多。为此，包哲东到企业第一线调查，对经济发展中的各种问题进行研究，引导企业按市场经济的规律办事，并有的放矢地把温州模式介绍给和田的干部群众，用温州经济发展的思路和观念，指导和田的经济工作。

和田是传统的农业地区，所以当地一度提出依靠农业脱贫，依靠农业致富。在农业方面，包哲东在会议上提出来，和田地少人多，水资源稀缺，农业投入大，收益少。经过调查研究，包哲东认为这个工作方针不恰当，认为要提高农民的收入，应该多种经济效益高的作物。但当时种植什么作物，都是自治区相关部门统一规定，然后用书面文件层层下达，比如，让某个乡镇种500亩小麦，种了501亩不行，只种了499亩也不行。明知其他的作物收益高，但也不能种。包哲东还是想做一些变通，便因势利导、因地制宜地提出了"农业产业化致富"，强调农业的经济效益的构想，拓展与农业相关的产业链，增加产品附加值，推动与农业相关的配套、加工等产业的发展。

为此，包哲东坚持要改变现状。既然农作物种植指标不能变，他就另辟蹊径，从荒漠戈壁里想办法。

他得知和田葡萄酒厂的厂长在沙漠里种植了玫瑰，便前去了解。葡萄酒厂需要玫瑰，因为玫瑰是和田葡萄酒的主要原料之一，但以往制酒所需的玫瑰全部来自甘肃农村，运输成本很高，导致企业连年亏损。包哲东想，如果和田能种玫瑰，何不进行推广？他通过实地了解发现，和田的沙漠可以种植玫瑰。和田地区玫瑰栽培已有一定的历史，玫瑰是最具和田地方特色的经济作物。以前，老百姓通常把玫瑰花栽在房前屋后，既能观赏，也可食用，但没有大面积种植。和田玫瑰是世界著名的大马士革玫瑰自然优化的品种，1000多年前，从叙利亚传到和田，并在塔克拉玛干沙漠南缘扎根。受塔里木盆地地理条件、自然气候的影响，大马士革玫瑰在香型、品质上得到了极大提升，成为迁徙玫瑰品种中的上品。这种花耐寒、耐旱、抗病力强、抗污染、对土壤要求不高，在微碱性土地也能生长，在富含腐殖质、排水良好的中性或微酸性轻壤土上生长和开的花最好。它喜光、花期长、花朵大、出油率高，沙漠里都可以种植。

包哲东很感兴趣，他认为和田那么大的沙漠面积，如能推广种植，可以固沙，可以观赏，可以生产花茶、精油，还是葡萄酒的主要原料。所以，他让那个厂长做一个书面材料和成本测算给他。

通过对比，这种玫瑰如果种植成功，与种粮食相比，可以节省一半的成本。包哲东再去实地考察，打算在近邻沙漠的洛浦县的一个乡种植，那个乡一直干旱缺水，而种植玫瑰不用水。他就在地委会议上提出这个想法，但当时大家还是转不过弯，依然坚持必须按照自治区的种粮计划来实行。第一年提议被否定了，第二年他又在地委会议上提，并说资金由浙江来出，如果亏本，由浙江负责。就这样，他获得了支持。一开始他提出要种植5万亩。大家一听，都有些惊讶，觉得不行，一而再、再而三地降低，1万亩、5000亩、3000亩，地委最后只确定给1000亩试种。

结果，玫瑰种植成功，原本寸草不生的沙漠，成了一片玫瑰花园，后来扩大了面积，成了玫瑰花海，引起了媒体关注，也吸引了不少游客前来观赏。和田当地成立的新疆和阗玫瑰酒业有限责任公司也不断发展壮大。

和田玫瑰后来被誉为"沙漠香魂"，成了唯一生长在塔克拉玛干沙漠的玫瑰，也是中国唯一获得有机绿色认证的食用玫瑰。后来，和田玫瑰还获得了国家地理标志证明商标。

诗人铁梅去玫瑰花海旅行后，写过一首名叫《和阗玫瑰》的诗：

> 星空喂养的植物
> 星星们的灵魂
> 从她的目光中依次走出
> 进入沙漠
> 和沙漠边缘无边的晴朗岁月
> 尘土的瀑布从生活的悬崖
> 垂到纸上
> ……

到于田县调查研究期间，包哲东又得知沙漠红柳根部有种寄生植物叫管花肉苁蓉，被称为"沙漠人参"，如能人工培植，无疑是值得去做的产业。

肉苁蓉为常用中药，在明代《本草汇言》中就有记述，其"温而不热，补而不峻，暖而不燥，滑而不泄，故有从容之名"，为纯天然沙生药材，常寄生于红柳、梭梭根部，因疗效神奇，故为历代名医所珍重。

于是，包哲东多次到于田县、策勒县沙漠边缘一线考察调研，问计于民，对有种植经验的农民予以热情鼓励。并要求他们扩大面积，不断发展。后来自治区农业部门有一对夫妇，闻此消息，便到了于田县，打算在沙漠里试种。包哲东专门找到他们俩，虚心请教，还询问他们是否有什么困难，若有困难，尽管找他。这对夫妇非常激动，信心倍增，原来预计四年才能出成果，没想到第二年就见成效了。包哲东又来到于田实地考察，发现可以推广。后来于田的肉苁蓉开始大面积扩种，成效非常显著。

工业方面，在和田地区，棉纺厂、丝绸厂就算大企业了。丝绸厂主产富有和田特色的艾德莱丝绸，但效益很差，濒临倒闭。包哲东把沿海的做法带过去，也就是引进责任制，要求有核算、有指标、有奖惩，如果员工不遵守规定，可以辞退、开除。当时的少数民族员工一天要做5次乃玛孜（祷告），对产品工序的影响很大。很多人说实行责任制不合适，先进的措施在和田根本行不通，按时做乃玛孜是他们的民族习俗、宗教信仰。于是政府制定的改革措施很难推行下去。搞了半年多的责任制，企业员工对立情绪还是很大，由于包哲东的坚持，加上自治区经委纺织处的大力支持，到了第二年，算是大有进展，直到包哲东离开前才真正落实了责任制，有了规范的要求。其余几个国有企业也都顺利改制并摆脱了困境，酒业、丝绸等几个龙头品牌逐步打响，农业产业化发展也有了实质性的飞跃。

通过努力，和田的经济工作特别是城市经济有了很大发展，全地区生产总值首次连续三年增长10%以上，财政收入增幅逐年加大，最终实现年收入过亿元，工业产值和效益都有了明显的提升。

适应饮食习惯也是援疆干部们面临的一个挑战。开头几个月还发生了一件不愉快的事。

王昌侯是浙江省天台县林业局副局长，援疆时已经53岁，是第一批援疆干部中年龄最长的一位，被分到墨玉县担任县长助理。他是个不怕苦的人，对自己的工作充满热情，对生活和环境方面的困难都尽力克服。但他吃了50多年大米饭，刚开始的时候，一天三顿的面食尤其是馕让他无法适应。

有一次他遇到县委书记，就提出，一个星期能不能有一餐大米饭？当时，县委书记没有理会。事后还把他叫到办公室，训斥了一顿，严厉地说："是你适应我墨玉，还是我墨玉来适应你？我这里没有米饭，满足不了你！"

王昌侯没想到，会为这么一件事挨训，感到很委屈。他就跑到地委找到包哲东。包哲东忙安慰他，说这件事他来处理。

包哲东是个从不摆架子的人。而这次他当即就给县委书记打电话，让书记在办公室等他，他有要紧事找他。墨玉县距和田市不到30公里路。他很快就到了县委书记的办公室，开门见山地说："你这个同志啊，要注意身上的官僚习气。王昌侯是个老同志，也是你的下属，是你的兵，带兵是要讲究方式的。我们从南方这个鱼米之乡来，一开始不习惯天天、顿顿吃面食，提了一下一周能不能吃一餐米饭，这要求过分吗？你是怎么体现和田人民对援疆工作的拥护和关爱的呢？"

县委书记当即检讨了自己的做法。说："这个事我是做错了。一直以来，墨玉多是北方和维吾尔族干部，大家面食吃惯了，平时的确没有大米饭吃。书记您批评得对，我会让食堂从这个星期起，每周让大家吃一顿大米饭。"

包哲东来自沿海，平时习惯吃海鲜，不吃羊肉，但在绝大多数人为穆斯林的和田，吃的基本都是以牛羊肉为主，蔬菜也基本没有，在机关食堂就餐时，他有好几次因对气味不适而呕吐。后来，他大多在宿舍吃，自己煮饭，菜就腐乳一块。所以他后来主张和田要大兴物流和商贸业，积极促进各类物资的丰富和流通，努力提高和改善各族人民的生活。他还向浙江省委建议修建援疆干部宿舍，改善援疆干部的生活条件。在他的努力下，援疆干部宿舍楼列入了省里的计划。

一段时间下来，包哲东对他分管的范围作了比较全面且深入的了解，也非常认真地将一些问题逐个加以解决并取得了较好的成效。但他始终感到还没有抓住问题的根本。那根本问题是什么呢？他反复思考后认为：根本的问题在于和田的干部群众思想观念落后！于是他不厌其烦地向党政主要领导提出，要开展解放思想的讨论，引进沿海先进地区的理念、做法，来一个脱胎换骨的改变。他逢会必讲"转变思想，黄金万两；观念更新，万两黄金"，并列举大量生动的事例，以统一干部群众的思想。20多年过去了，和田干部群众至今还满怀崇敬、津津乐道地说起包哲东当时讲得最多的这两句话。

和田因为地处边远，加之民族生活习惯使然，长期以来很少有海鲜产品，干部群众也都没有吃海鲜的习惯，有的还很排斥，认为这些海鲜产品是"虫"。在包哲东的耳濡目染下，加上两地交流来往越来越多，几年下来，从地区领导到干部群众也开始逐渐地接受了海鲜，慢慢地引导和影响了和田的饮食习惯，促进了当地水产品市场的发展。

包哲东发现，对于和田来说，根本问题除了思想观念落后之外，还有一个很重要的方面是干部作风问题。干部作风之散漫，是他之前从没遇到过的。比如，通知上午十点钟开会，十点半能开就不错了。他也曾干脆把开会时间定在十点半，没想到又拖到了十一点，几乎没有一个会议准时。

早在1981年，深圳就喊出了"时间就是金钱，效率就是生命"这个口号。三年后，邓小平视察深圳时，对这个口号表示了肯定。所以有人说，中国走向市场经济就是从这句口号开始的。经历十多年时间，沿海地区人们的时间观念变得很强。包哲东一开始遇到这种情况，还以为是时间通知错了。他很着急，问："时间到了，为什么每次都不能按时开会？"有人说："没办法，都成习惯了，习惯成自然了。"他说："那就从我的会议开始改，我召开的会议不允许那样。"

当时还有一个不好的现象，就是领导干部普遍认为，自己讲话的时间越长，就说明自己越有水平。一般情况是局长讲完话后，其他人做个补充发言就行了，或者表态如何执行就可以了；但现实往往是，一个副局长讲的话比局长还要多，几个副职讲下来，重复内容很多，甚至废话连篇。因此，包哲东提倡开短会，有事说事，没事散会。

这些观念对来自沿海先进发达地区的人来说，不算什么，在和田却新鲜得很，他们都是第一次听到、看到。通过包哲东及其援疆团队的努力，各族干部的思想观念、工作作风有了很大转变，抓经济、议改革、求发展的良好氛围开始逐步浓厚起来。

2000年1月16日，浙江首批援疆干部结束援疆工作，载誉而归，受到了省委、省政府的热烈欢迎和高度评价。时任省委常委、组织部部长沈跃跃赞扬他们"是一支政治合格、工作扎实、作风过硬的优秀队伍，是一个团结协作、爱疆敬业的战斗集体"。

在回到浙江后的20多年里，包哲东和他的援友们无不心心念念地记挂着和田。来温州看望和拜访他的人很多，每次他都会热情地接待，并详细地问询和关心和田的发展和现状，有需要帮助解决的实际困难，他就会跑前跑后帮着积极协调。这20多年间，他还在温州为和田筹措帮扶资金80多万元，力所能及地解决了一些和田群众急需解决的困难。

时隔22年，包哲东故地重游，他欣喜地看到：如今的和田，已是交通四通八达，高楼鳞次栉比，街道宽敞明亮，百姓安居乐业，社会祥和稳定！

和田孩子的"妈妈"朱群兰

2004年9月,浙江开始承担由时任浙江省委书记习近平亲自确定的教育扶贫项目——举办浙江和田高中班,并承诺"办到和田人民认为不再需要为止"。

浙江省确定由金华市汤溪高级中学承担此项任务。

汤溪中学始建于1941年,是浙江省一级重点普通高级中学、省一级特色示范学校。每年从和田地区招收2个班80名高中学生,加上一年预科,学制四年,所以,从预科到高三毕业班,就有8个班320名学生在该校学习。

学校为此成立了新疆部,学生由新疆部的老师分三批去接,比如学生9月1日开学,8月20日左右就要先去把高三的学生接回来补课;随后是把高一的学生接到学校来接受军训;最后去接预科和高二的学生。之所以要上一年预科,主要是因为少数民族学生不懂汉语、学生学科知识基础薄弱——近几年新疆普及普通话教育后,从2019年起就不用上预科了。

汤溪中学和田班的办班模式,跟其他地区不一样。其他学校是在学校隔壁弄一块地,造一个校区,把民族班放在那里。这样办班的问题是,学生虽然在那里读了高中,但跟同校的当地学生接触少,不能融为一体,他们跟当地生活的关联就很少。而汤溪中学的民族班是办在本校里面的,从办班伊始,即大胆采取民族学生与本地学生"合校学习、混合编班"的办学模式,混合编班指的是新疆学生跟本地学生在一起上课、学习、生活。并且汤溪中学采用的是弹性编班模式，学生可以选择普通班，也可以先到单一的民族班、待适应后再到普通班学习，根据学生的实际情况进行弹性流动，让民族学生与当地学生能共同生活、相互学习。

初到学校的民族学生基础差异大，不少学生汉语和英语基本上是零基础，语文课要从"aoe"教起，英语课要从"ABC"起步。刚开始，不少学生搞不清楚为什么在英语课上是读"A"，在语文课上又读"a"（阿）。这个始料未及的情况把教惯了本地学生的老师给难哭了。之后通过民族学生与本地学生结对、教师课后辅导补习、学生直接混编学习等方式，使民族学生的语言水平在短时期内迅速提高。

学校里，本地学生的课程也全部向和田班的学生开放。和田班的学生与本地学生一样参与主题班会、辩论赛、军训、远足等活动，参与学校的篮球队、合唱团、文艺汇演。学校还组织学生到当地社区，体验江南民俗，开展山水、工业、城市户外研学，增强了民族班学生对浙江的了解，想方设法将新疆孩子跟本地学生融合到一起。当然，这样做会给管理增加难度，但教学效果好，学生成长快。

汤溪中学将此称为"民族融合教育"。

这种办学思路，是汤溪中学走出来的自主创新之路，跟中央精神是非常契合的。

到2010年，浙江不再援建和田，改援阿克苏地区和兵团农一师，按道理和田班也可以停办。虽然当时还没有确定，但和田地区的老百姓听说后，强烈要求保留这个项目。因此，2004—2022年，和田班已连续办了18年。所以，汤溪中学包括教师，在和田的声望都很高。2014年，和田地委和行署专门为汤溪中学搞了一场浙江和田高中班办班10周年纪念活动。

现在，新疆教育的整体水平提高了，已不需要内地再办和田班。2021年，和田班停办的决定下达后，学校还有一些在读的学生。当时七名学生给习近平总书记写了一封信，介绍了和田班的情况，表达了感激之情。这封信写后刚好一个月，也即8月27日至28日，中央民族工作会议召开。在会上，和田班取得的成绩得到了习近平总书记的表扬和肯定。

中央电视台报道了和田班的情况。浙江省委召开民族工作会议，请了六家单位向省委主要领导做汇报，汤溪中学校长叶文杰在被邀之列。他在汇报时说：不到新疆不知道中国有多大，不到和田不知道浙江的美誉度有多高。

和田班停办之后，学校编了一部画册，并在校园里修建了一座民族教育纪念碑。

每年的新生名单都是由和田地区教育局确定的，名单发到汤溪中学后，汤溪中学再派老师去和田接学生。新疆有内派老师跟随学生到浙江来。他们负责在生活上给予学生照顾，还要负责学生家长与学校的日常沟通，因为有的学生家长不会说普通话。开始几年，是内派一男一女两位老师，2018年开始增加到了4位。

朱群兰担任学校新疆部主任多年，接送学生的次数最多。她去接学生时一般是从杭州坐飞机到乌鲁木齐再转机到和田，返程则是和学生一起乘汽车、坐火车。和田没有通火车的时候，他们要从和田坐长途班车到乌鲁木齐火车站或吐鲁番火车站。班车是卧铺车，可以睡觉，但没有厕所，新疆地方空旷，沿路的很多地方没有遮挡，她和女生上厕所会很麻烦。她就告诉女生们，尽量少喝水，她后来有了经验，让大家带些黄瓜，渴了就吃一点。

接学生的火车都是专列，学生都坐硬座，没有卧铺，火车没有提速之前，从乌鲁木齐或吐鲁番到上海要70多个小时，到达后，还要坐 6 个小时左右大巴才能到学校，也就是说，如果一路顺利，从和田出发也至少需要 6 天才能到达。

按规定，接送学生的老师可以坐卧铺。朱群兰在每年上报乘车计划的时候，会尽量多报几个卧铺，给每个班报 2 个卧铺，8 个班报 16 个，这样可以让学生轮流到卧铺休息。

去新疆接孩子的时候，朱群兰会把孩子的家长集合起来，临时开一个家长会，介绍学校和学生们的学习、生活情况，并发给家长两样东西：一是学校的作息时间表，告诉家长什么时间可以跟孩子通话。因为金华与和田有 2 个小时的时差，开始一些家长不明白，早上 8 点给学生打电话，学生正在上课；晚上 10 点打电话来，学生已经就寝了；二是每周食谱，让家长知道他们的孩子一日三餐在学校都吃些什么。这一方面能让家长放心，另一方面也能防止学生向家里乱要钱。她也会介绍金华的气候，因为和田气候干燥，金华这边却很潮湿，学生容易水土不服，得感冒、患肺炎，所以，在临时家长会上，朱群兰还会告知家长，学生要打肺炎疫苗，让他们签好字。

为保证学生安全，学生从学校回和田也由老师统一送，不允许他们单独回去。内派老师一般都会跟着学生往返，由于新疆教育厅每年都会统一组织内派老师学习，时间在 8 月中旬至月底，朱群兰就一个人先将高一、高二、高三学生接回来，再带着预科班的班主任返回和田接预科学生，与内派老师一同回到学校。

汤溪中学对学生有个管理理念，就是很注重培养学生的自我管理能力，这在往返新疆的路上尤其管用，让朱群兰省心不少。她从每个班选两名骨干帮忙，这些学生在学校有时很调皮，但在路上很听话、很配合。所以，她这么多年接送学生，虽然路途遥远，要多次转车、转乘不同的交通工具，但路上都很顺利、平安，骨干的帮忙起到了很大的作用。

2008—2020年，学校每年都会组织教师护考——和田班的学生虽在浙江学习，但学籍还在和田，教师要护送他们回新疆参加高考。后来，因为新冠肺炎疫情防控，朱群兰没有继续参加。每次她都得和学生一样，进行连续几天的长途跋涉。和田班的学生回和田参加高考，对他们也更有利一些。因为浙江的教育资源比和田好得多，和田班学生的成绩比新疆当地学生也要好很多。第一届学生考入重点大学的比率就高达84%，其中有两人并列全疆第五名；2022年，80个学生中有70多人考入重点大学，学生基本都能上本科。

学生要回和田参加高考，需要回和田提前参加体检，适应时差、饮食、气候，进行临考前的补习。所以，朱群兰要在5月提前把学生送回和田。接着就是找自习场所、带学生到医院体检、送孩子到考场、做考试心理疏导，一直坚持到高考结束，她才返回。有这样的老师全程陪考，每次都能引来其他对口班学校学生和家长的羡慕。她所代表的浙江人务实的服务精神，深深感染了当地群众。

孩子都是越长大越懂事。很多新生都是第一次离开家，第一次出门远行，有些此前甚至没有离开过自己所生活的乡镇。刚出发时都很开心，但走着走着，有些孩子就想家了，开始哭了。朱老师不会马上去劝慰，而是让他们哭一会儿，发泄完情绪，然后才去安慰。等那一阵子过去，他们又会高兴起来，满心都是对新环境、新生活的向往。

新生来到汤溪中学后，都有学长、学姐接他们。这边的班主任会分配好，高年级学生和新生一对一地结成对子，这样一来，他们会觉得到这里后一下子就有朋友了。

和田过来的学生中，维吾尔族最多，其他民族少一点。和田班有专门的清真食堂。最早的时候，学校是从新疆那边请师傅，按新疆的口味做饭；后来，学校考虑到浙江具有丰富、独特的饮食文化，也应该让他们了解，就请了浙江的师傅烧菜，但食材都是清真的，不该用、不该进清真食堂的东西坚决不用，充分尊重他们的生活习俗。

历任校长对学生都很关爱，和田班的学生远离家人、故土，来到汤溪中学，给予他们的关爱更多。给新疆学生吃的东西都必须是好的，口味也尽量适应他们。比如，刚开始，学校的牛肉炒得比较干，学生提出后，就用皮牙子（洋葱）来烧。所以，普通班的学生看到和田班学生的伙食，都很羡慕。

新疆的学生喜欢吃肉，不爱吃蔬菜，所以，他们身体最多的毛病就是便秘和脸上长脓包。学校针对这个问题，给他们开了一个健康饮食的讲座。其实，长脓包主要是电解质紊乱造成的。新疆气候干燥，除了夏季，其余时间流汗少，而且新疆的瓜果，比如苹果、葡萄、桃、梨、西瓜等含钾量高。而金华天热的时候多，气候潮湿，学生开学时的9月，天气燠热，他们到校后，可能几天的时间，就把几年的汗水都流掉了。这个时候容易缺钾，使人体酸碱失衡，造成全身无力、疲乏、心跳减弱、头昏眼花，容易晕倒，严重缺钾还会导致呼吸肌麻痹而产生生命危险。此外，低钾会使胃肠蠕动减慢，导致肠麻痹，加重厌食，出现恶心、呕吐、腹胀等症状。朱群兰也会跟家长讲这个情况，怕他们误会。刚开始朱群兰也没经验，也为学生担心，为什么会出现这种情况？不止是脸上长，背上、屁股上也长。她带学生去看医生后，才知道这些都是因为缺钾引起的。

和田学生刚来的时候，还有个习惯，就是不爱开窗户，连门也很少开。很多老师不理解。去过和田后，朱群兰就理解了。和田风沙大，如果晚上开窗户，刮一晚上风，第二天起来，屋里的地板和所有东西上，都会落一层土。而且气温降低后，打开门窗，冷空气进屋，也会感到寒冷，所以他们没有开窗户的习惯。学生到汤溪后，为了让他们每天开窗户通风，朱群兰苦口婆心地劝说了好长时间，但效果并不好。所以，朱群兰会吩咐宿管阿姨在学生去上课后把他们宿舍的窗户打开。

此外，和田的学生总是一进寝室就把外衣脱了。为什么呢？因为新疆冬天室内有暖气，是很暖和的，他们习惯出门裹上厚厚的衣服，到室内就要脱掉衣服。但在金华空调再怎么开，室内温度也不可能一下子上去，不可能和新疆的室内一样暖和，所以，这样做很容易感冒。可形成的习惯短时间内是很难改变的。朱群兰针对开窗关窗开了一个主题班会，落实到具体时间和人配合宿管阿姨开窗关窗。天冷的时候，朱群兰就根据学生的特点，吩咐宿管阿姨在他们去晚自习后，提前把宿舍里的空调打开，待他们自习结束回到宿舍，屋内就是暖和的；气候潮湿的时候，特别是梅雨季节，她就会叫宿管阿姨帮忙把除湿机打开，让房间保持干燥。朱群兰之所以那么细心照顾学生，是因为她认为学生只要身体好了，就什么都好。如果哪一个感冒了，心情不好，就会想家、想父母，影响学习。

和田班的学生看起来身体都很好，其实不见得。好多学生患有胃病、肾炎、甲亢之类的疾病。按医生的说法，这可能跟他们原来的饮食有关。为此，朱群兰经常跟食堂大师傅讨论，结论是孩子们吃的东西太咸了。他们喜欢吃烧烤，盐的摄入常常过量。朱群兰也跟学生说，手机不能当玩具，要当工具用。她让学生们自己上网搜索一下，他们吃的菜里面有什么营养成分，这些营养成分有什么功能，查完后大家一起讨论。刚来的时候，好多学生衣服都不会洗，不懂得要把内衣跟袜子分开，女生也是内衣、袜子混在一起洗。朱群兰耐心地教他们。好在朱群兰的办公室就和清真餐厅在一起，餐厅上面就是学生宿舍。学生生活方便，也便于她管理，有时她把学生集中在餐厅开会。针对生理方面的疾病，朱群兰会把女生和男生分开开会，告诉他们要注意什么，相当于给他们上生理健康课。

和田学生很喜欢健身，朱群兰就向学校报告，特意给他们弄了一个单独的健身房。但他们为了方便，还会偷偷买自己喜欢的健身器材，比如哑铃、拉力器之类的。他们的生活楼旁边就是操场、足球场、篮球场。进行体育运动特别是比赛的时候，易拌嘴、吵架，发生冲突，她怕他们一时激动，用暴力解决问题，就和宿管阿姨隔三岔五去学生寝室里，把有危险的用品收掉。她也会找几个班干部，要他们帮忙关注同学的动态，有什么特殊情况及时向她反映。

学生的观念也在变化。比如，新疆来的男学生，受环境和观念影响，大男子主义思想比较严重。刚开始的时候，朱群兰说今天要搞卫生，要把这块地方腾一腾，清理出来摆上火锅桌，大家吃火锅。男生跟大老爷们一样，一个个坐在那里都不动。朱群兰就跟他们说："你看我们学校的很多男老师都会烧菜，做家务。一个家庭的分工，要男女平等。男生要绅士一点，帮着做事，爱惜母亲、妻子。"说了几次后，朱群兰再干什么事情，男生都会主动上来帮忙，尤其是重体力活。他们回到家，也会帮奶奶、妈妈做家务。朱群兰到和田去，有些家长就跟她讲，出来过和没出来过的孩子区别很大。

新疆的生活节奏跟浙江不一样，朱群兰发现，和田的学生有一个比较鲜明的特点，就是生活节奏特别慢。但经过培养，大部分学生都能很快适应新的学习生活。

朱群兰认为，教育不仅仅是知识的传授，还包括人生中的方方面面。

对于每一批学生，到了她要送他们回和田参加考试的时候，她都觉得特别欣慰，因为她能看出，孩子们都特别健康、阳光。在汤溪中学学习四年，孩子们的气质和品位都完全不一样了。

和田学生到校跟本地汉族学生结对子后，周末或放假的时候，和田的学生会跟着结对的学生到他家里去玩。当地学生和老师跟和田学生有比较多的交流，比如学校教民族舞蹈，就请和田学生当老师。学校还用民族舞蹈参加了市里组织的比赛。汤溪中学篮球队在金华市一直是冠军，其中很多队员都是民族学生。他们参与学校的活动非常多，带动了整个学校竞技体育的发展，学校特色因此逐步鲜明起来。因为这些活动，本地的老师、学生跟和田学生的关系很是亲密，所以和田班的孩子高考的时候，都愿意重新考到浙江来，在浙江读大学、就业、生活，很多人平常有空，就会回校来看望老师，看望学弟学妹。本地的学生也会跑到新疆去找他们玩。

和田的学生到校后，学校对他们的关爱是全方位的。比如，春节里学校有一个活动叫"远方的客人来拜年"。因为这些学生每年只有暑假回家一次，春节就在学校过。每年春节，作为新疆部主任，朱群兰都是和学生一起过，对她来说，学生就是她的家人。除夕夜，校领导都会在学校陪学生过年。18年来，一直如此。正月初一，朱群兰和学生一起包饺子，相互拜年，初二、初三，她就会带学生出门去旅游，到外面住两三天。她带着学生先后去过江西、江苏、上海的很多景点，浙江省内的绝大多数地方都去过。每次出门旅游，一般都是300多人，要动用六七辆大巴，浩浩荡荡的，她作为"领队"，也很操心。"五一"或国庆长假，学校也会组织大家外出体验江南农村生活。有一年国庆假期，校长叶文杰就带着同学去农家打年糕、摘橘子、采草莓、割稻子等，学生看见金光灿灿的稻子很是兴奋。有时学校也会安排他们去实验基地磨豆浆、做豆腐、切切糕、采花、插花、看婺剧、听越剧。

朱群兰出生于1976年10月，在汤溪中学工作快30年了，这些学生从来学校到离开，她都非常了解。她爱人也在这个学校工作，很支持她，帮了她很多忙。儿子在外上学，夫妻俩就把和田班的孩子当成了自己的孩子。朱群兰的切身体会是，新疆部主任这份工作是需要家人支持的。因为她要全身心地投入，连春节都不能与家人团聚，如果家人不理解不支持，这个工作她就做不下去。比如，学生半夜三更生病了，她要叫丈夫开车，把学生送医院；有些学生暑期生病需要在金华住院，她就打自己妹妹的电话，让她给学生送饭。每年春节，她一般都是正月初七才能回去，好多年没有在家过年，公公婆婆也没说过一句不是。

和田学生寒假之所以不回去，主要是要利用这个假期"培优补困"。和本校学生相比，和田班的学生学科基础要薄弱很多，所以要利用寒假给他们补课。他们和浙江孩子有差距，最主要是因为学习习惯不好。本地学生听课会做笔记，他们虽然听课也很认真，但不动笔，不动笔就容易走神。习惯得慢慢培养，需要老师不停地提醒哪些内容要记下来。和田学生的心很宽，成绩偶尔考好一点就很满足。老师就很有经验了，有时候会故意把题出简单一点，让他们有信心；有时候又提高难度系数，给他们施压，让他们把基础夯扎实。

朱群兰平时也会组织学生搞活动。他们喜欢吃火锅，偶尔就让他们吃一顿，菜单由大家讨论后确定，菜品、调料都是自己准备的；有时大家也会一起做蛋糕，做烧烤，很有家庭的氛围。这样的活动都安排在周末，让大家的周末过得有趣一点。星期六上午安排学习任务，下午允许他们去逛街，买点生活用品。外出一般是3个小时,所有同学同一个时间出去,在规定时间回来签到。有些同学不吃午饭,直接出去吃一顿自己喜欢的。他们喜欢吃辣,要有机会满足一下他们,吃过辣的食物回来,心情就很好。

朱群兰对和田班学生的管理很细心、很用心,但她也放手让他们出去接触外面的世界。他们在外出的过程中,交了很多朋友。通过和外面世界的接触,他们的性格变得开朗,对江南生活也有了切实的体验和感受。

其实和田好多孩子的性格很好,也善于交往。他们叫朱群兰不叫"朱老师",而叫"朱妈妈",除了因为她比较年长一点,主要是因为她无微不至地关心他们,一天到晚和他们待在一起,所以他们对她很信任。这一点也正是她所希望的。

这些学生到浙江上学,远离家乡,远离父母,包括叶文杰在内的历任校长,都要求和田班的老师既要当老师,又要当父母。他认为:"管和田班要有三个心,即教师心、父母心,还有中华心。首先,我们是老师,要用老师的身份去看待这些孩子。其次,是要当他们的父母,要事无巨细地关心他们。2020年春,新冠肺炎疫情突至。学校有260余名新疆学生需要留校隔离。学校领导和教职工全程陪伴了100余天。隔离期间,朱群兰老师把每个学生的头发都理了一遍,其实她原来不会理发,是专门去学的——这就是父母心。最后是中华心,我们教育人要站在国家的角度,站在民族团结的角度。学生来这里学的不仅是知识,更重要的是形成对中华民族的认同。和田班的学生毕业之后,在全国各行各业工作的都有,成才率非常高。我觉得这是遵循了教育规律,也是全面贯彻党的民族政策和宗教工作方针的结果。"

学生叫朱群兰"朱妈妈",但她很多时候要做一个大姐姐。只有这样,他们才会把不对老师、父母讲的心里话讲给她听。

有个女学生，家在民丰，民丰是和田一个很偏远的县。女学生的爸爸想生个儿子，她觉得父亲不怎么爱她。可能是缺少父爱的原因，她从小就不自信，有点内向，和同学来往也要少一些。有个男同学很关心她，让她觉得很温暖，所以她就很依恋那个男生。这时候，朱群兰就得像姐姐一样，及时跟她聊天，引导她树立正确的异性交友观。

有些时候，学生做的事情真的让她恼火，她就会很严厉，但是学生总体还是很听话的，因为知道"朱妈妈"是为他们好。比如，孩子们的饮食习惯不好，不爱吃蔬菜，还特别喜欢吃辣的、冷的东西、一年四季都吃。夏天很热，吃点冷饮没关系，但他们冬天也吃。她劝过好几次，他们不听，她就得做个"严母"了。这个时候，孩子们会怕她。他们去超市买雪糕的时候，老远看见她，就把雪糕塞到袖子里，或者背过手，藏到身子后面。她见状就会故意一直和他们说话，这样雪糕就会化掉。她待每一个学生都像她自己亲生的孩子一样，当然她是出于爱才这样做，不会真的生气。

和田班的学生有自己的校服，每个年级不一样，这也是朱群兰为他们设计的。冬天她给他们选珊瑚橙的衣服，颜色很亮，他们皮肤好，穿起来好看，老远看着就像一朵朵花。分管这十年，除了学生暑假回家的时候，她能休息一下，其他时间她基本上没有离开过学生。因为这些学生，她把家搬到了学校办公室，这样和学生离得近，可以天天和他们在一起，彼此就像家人一样，让学生感觉就像在自己家里。

朱群兰知道，学生肯定会犯错误，要允许他们成长。有些东西她不能也不可能"管死"，在可控范围之内，她反而会允许他们犯点小错误。其实，真正有问题的孩子，一般都是家庭有问题，感受不到家庭温暖的。因此，对家庭教育比较缺失的孩子，她会格外地多给予关爱。

到汤溪中学以后，同学之间尤其是室友之间，难免会发生一些小矛盾。这些孩子从来没有住过校，有些孩子讲话很直白，老师要怎么引导？这个问题，朱群兰也格外关注。比如，有一个同学家里的亲戚来看他，结果另一个同学发现钱丢了。丢了钱的同学就说，肯定是那个同学的亲戚拿去了。朱群兰就跟那个丢了钱的同学说："你要先搞清楚真相才能指控别人，而且说话也要注意方法和分寸。"最后发现是这个学生忘了自己把钱放到一个地方了。朱群兰就跟他说："你看现在多尴尬，以后做事情一定不能这么冲动。"那个学生也觉得愧疚，主动去向被他冤枉的同学道了歉。同学之间有了矛盾，遇到问题，朱群兰会帮他们化解，让学生在这个过程中成长。但如果学生犯了原则性的错误，她则是非常严厉的。

朱群兰是体育老师，性格比较外向，不死板。她对女学生的要求是平安。女孩子很爱美，她绝不跟学生说要专心读书之类的大道理，有些时候管太死板了不行，学生不会服。她就说："我们上学的时候就要是上学的样子，节假日就是节假日的模式，放假的时候我也会把自己收拾得干干净净、漂漂亮亮的，你们也一样。但我们一旦进入上课模式了，就得是一个利利索索的学生形象。"这样的说法学生就容易接受，她们很听她的话。

十年间，朱群兰在新疆和田与浙江金华之间往返数十次，但她每次到新疆接送孩子，都尽量不去打扰孩子的家长。因为不少孩子的父母都是政府或事业单位工作人员，非常繁忙。记得2015年春节，有几个学生因为家里有事，就回家过年去了。过完年回来，一个个都瘦了一圈。朱群兰就开玩笑说："你们回家去了，怎么跟没得吃的一样。"没想到学生说，真没得吃。她就问学生是怎么回事。一个学生说："我妈妈来接了我，然后就不管我了。"她了解后才知道，在节假日，干部的值班任务更重，加之和田的干部要和当地老百姓结对子，工作结束了，就住老百姓家去了。所以，孩子一回去，他们是真的管不上。

朱群兰每年送高三毕业班的学生回去参加高考，有些家长向单位请假回来看一眼，马上就得赶回去上班。所以，学生能跟父母聚在一起的时间的确很少。朱群兰每次都很感动，她想：他们那么尽心地为新疆的稳定、繁荣而工作，我们更要帮他们带好孩子。我们把学生带好了，他们的家长就能安心地在和田上班了。

浙江教育给和田孩子留下了美好的印象。以后每届学生回疆高考，成绩都远超当地同类学校，被当地老百姓誉为"金华现象"。据不完全统计，已有30多名和田班学生回疆高考之后又通过志愿填报回到浙江求学、最后留浙工作。他们分别散布在杭州、宁波、温州、嘉兴、金华等地，有一位毕业生如今已经成为回母校任教的教师。2013届的米拉迪力同学拍的传递民族团结正能量的微电影《做梦都想》，告诉了外界一个真实的新疆；他组建的"新丝路创客驼队"帮助700多家农户户均年收入增加5000元，影响6000多名大学生创业。2017年，米拉迪力被授予中国青年五四奖章。

经过多年援建，如今的新疆经济社会取得了长足的发展，2020年，应新疆方面的要求，"浙江和田高中班"停办。在2022年5月，学校送走了最后一届147名和田学生，为"浙江和田高中班"画上了圆满句号。

王昌侯的树及牺牲者王立

王昌侯作为浙江省首批援疆干部中的一员，1997年2月来到了和田地区墨玉县，任县长助理。

墨玉县位于和田地区西北部，昆仑山北麓，喀拉喀什河西侧，塔克拉玛干沙漠南缘。这里的条件比和田市更为艰苦。

王昌侯虽然已至"知天命"之年，但因为援疆，内心又燃起了青春的激情。他是个现实主义者，但到了墨玉，他又有了理想主义的情怀。他总梦想，要是塔克拉玛干沙漠能长满树、变成绿色的森林，那该多好！所以，他觉得自己刚到墨玉不久，就到了植树节，有着重要的寓意。

此前作为浙江省天台县原林业局副局长，植树活动他每年都参加，但在墨玉县植树的感受却完全不同。

墨玉县属干燥荒漠气候，降水量稀少，要栽活一棵树，难度远大于浙江。

墨玉县的春季植树活动，的确如节日一般隆重。植树节前两天，墨玉县召开了全县绿化造林动员大会。由县长亲自做动员报告，相关部门将植树任务具体分配到每一个机关、企事业单位和乡镇，并当场签订绿化造林责任状。

植树节那天，王昌侯与县政府办公室的干部职工都参加了。地点在城关西北约1公里处，任务是种植一条新开道路的行道树。大家先定桩牵线，划出一条长300米、宽1米的种植带，然后开始挖掘。泥土是干燥的,像炒面一样,每次铲土都会扬起一股沙尘。挖了八九十公分深,泥土才有一点点水分。就这样,大家用了两个多小时,挖成了一条长300米、宽1米余、深80公分的沟,再用坎土曼将沟底、沟壁铲平,将沟岸弄方正。沟挖成后,王昌侯仍弄不清楚把树栽在何处。接着,大家又在沟底挖出间距3米、深五六十公分的树坑,再将高约2米的馒头柳树苗放进坑里,敲实根部泥土。这样,一棵树才算种好了。王昌侯终于明白,沙漠种树要先挖好贮水沟,再在沟底挖坑栽植树木,这样才能利用土壤深层少得可怜的水分,提高树木的成活率。在夏季雪山融水时,将这些水蓄在沟内,浇灌树木。这种植树法,比起老家,真不知要多费多少倍的力气!

种完树后,各单位人员又认真地打上木桩、拉上铁丝网,以保护新植的树苗不被人畜破坏。

农民对植树造林也很自觉。每到春暖时节,他们不等政府号召,就自觉地开始植树了。他们总是见缝插针,将房前屋后、田边地角、路边渠岸等一切可种树的地方都种上了树,可以说是到了无户不树、无田不树、无路不树的程度。虽然种下的树因缺水而枯死的也不少,但每个人都始终有一股不服输的劲,种了死,死了再种。正因为这样,虽然黄沙肆虐,但那些绿洲一直活着。

对树的爱护是维吾尔族祖祖辈辈传下来的美德。也许是吃够了风沙肆虐的苦头,维吾尔族人特别喜欢树,特别爱种树,所有人都有保护树的意识,有"植树如育儿,砍树如砍头"之说。

王昌侯这也才了解了,为什么树能在和田地区成为植物传奇。和田地区有核桃树王、无花果王、葡萄王树、梧桐树王,它们是和田绿洲的灵魂和象征,是古老的塔里木盆地南缘绿色历史遗留下来的4个最有代表性的作品,都已作为文物被保护起来了。

其中核桃树王是和田地区,也是新疆的果树之王,独占1亩土地，可荫蔽上千人。树高近17米，树冠直径约21米，主干周长6.6米，已有1300多年的历史，依然枝繁叶茂，苍劲挺拔。无花果王属于小乔木类，维吾尔族人称其为"安吉尔"，它已经历了500多年的人世沧桑。像这样长寿的无花果树在全国也实属罕见，所以人们给了它"无花果王"的美誉。葡萄本是藤本植物，但这棵葡萄王树的主藤比水桶还要粗，因此只能把它称为"树"了。它已是170多岁高龄，占据了700多平方米的空间。看到它时，只觉得有无数苍龙在绿色的葡萄藤中盘绕飞腾。梧桐树王树高30多米，主干直径近3米，距今已有1000多年的历史。

这些存活至今的大树震撼了王昌侯。他觉得沙漠大得如同海洋，墨玉县绿洲小得就像海上的一个岛礁。在这块可供人类生存的土地上，全年有三分之二以上的时间风沙漫天，人与沙漠的抗争从古至今未曾止息。这给了他力量和勇气。

1998年，墨玉县为了实现人均增加半亩地的目标，作出了3年开垦28万亩土地的绿洲拓展规划。这是一场人与沙漠的战斗。王昌侯亲历了这场攻坚战。时值盛夏时节，从全县各地调集的几万民工在绿洲与沙漠的交界处摆开了战场，打破了荒漠的亘古沉寂。数十台推土机轰隆作响，推平一个个小山一样的沙丘。这种开荒模式仍沿用一种古老而原始的方法，先在沙漠中挖出一条条大沟，再将雪山融水引入沟里。成排的民工站在水中，不停地用坎土曼将两边的沙土耙进水里，借着水的冲力，将高处的泥沙冲向低处，以达到平整土地的目的。

作为指挥部成员，王昌侯日夜泡在现场，眼熬红了，嗓子喊哑了，仍然东奔西忙。因为风沙实在太大，他很快就成了泥人。副县长嫌头发里的沙土太多，洗起来麻烦，干脆剃了个光头。民工们夏天露宿在沙漠上，天冷了，就搭起简易帐篷，烤火取暖过夜。王昌侯很多时候都与民工在一起。望着这暗夜里绵延一大片的篝火，他仿佛看到了史籍中描写的古战场上的十里夜营，不由得壮怀激烈。就这样，墨玉县持续开荒4个月，在沙漠上垦出了8万亩土地，完成了首期垦荒任务。

开出荒地，仅仅是整个绿洲拓展工程的第一步，接下来的筑路、修渠、营造防护林带，同样是硬仗。

次年春，王昌侯参加了墨玉县前所未有的大规模营造防护林带的劳动。3月12日一大早，他自备干粮和矿泉水，随县委书记、县长及上千名机关干部、企事业职工前往离城50多里的新垦地种树。

种树的任务很重，每个单位都被划定了地段。王昌侯所在的县政府办公室分到了一条长1公里、宽5米的造林带。在这条造林带上，要种2000株杨树、2000株沙枣树。他与大家一样，不停地铲土、挖坑、种树。手上干出了血泡，就缠上纱布继续干。和田的3月还很寒冷，偏偏那天风特别大，一阵阵狂风卷起尘沙，搅得天昏地暗，有时都看不到两三米外的人。每个人都全身是土，如同泥俑。有人跟女同志打趣："你们今天可占便宜了，美容不用动手，脸上自动打粉了！"县长说："我们办公室的干部，今天比以往任何时候都漂亮！"说得大家都笑起来。吃午饭时，王昌侯一口馍就一口矿泉水，夹杂着无法阻挡的吹进嘴里的沙尘，好像馍里掺了沙子，咀嚼的时候，发出"咯吱咯吱"的响声。许多参加植树的农民带的干粮大部分是干得发硬的馕，啃不动，咽不下，他们就蹲到渠沟边，将馕浸到混浊的渠水里，先泡软，再吃进肚子里。

政府办公室的种树任务足足干了两天才完成。

防护林带有很严格的质量要求，行距、株距都要用米尺确定，树种好后要直行对齐，横行对齐，斜行也要对齐，稍有不齐，就得拔掉重新栽种，因而返工的单位很多。有一家单位种的树老是歪歪扭扭的，因而一而再、再而三地返工，搞得他们都要哭了。但林业技术人员一验收，他们的防护林带仍不合格，还得重新种！他们就这样一共返工5次，经过近10天的劳动才验收合格。

那天，王昌侯与林业技术人员一起检查政府办公室建的那条林带。人们看到他们领到造林验收合格证时的欣喜若狂的样子，无不为之动容。

经过亲身参与这些艰苦的人与自然的斗争，王昌侯内心一次次被震撼。他感慨良多，想到了人类生存的不易，想到了生活在墨玉的人们的辛苦，也想到了"愚公移山"的故事。他认为，人们与沙漠斗争的难度比移山还难！移山固然难，但山不会再长高了，移一点就会低一点。而沙漠就像一头活着的猛兽，时时张牙舞爪，觊觎着，随时可以将绿洲蚕食和吞噬。"沙进人退，人进沙退"的斗争一刻也不能停止，停止了，新开垦出来的土地甚至现有的绿洲就会重新变成荒漠！

吞噬绿洲的，不只有荒漠，还有洪水。

1999年8月2日凌晨2点多，县城的高音喇叭突然响了，一遍又一遍地向人们广播预防洪水的消息。王昌侯爬起来，打开窗户，夜空万里无云，繁星满天，没有一滴雨，而连续几个白天，也是艳阳高照。哪来的洪水呢？他带着疑惑睡到天亮。第二天，他一问才知道，墨玉县虽是极度干旱之地，满眼沙漠戈壁，但连日来持续高温，雪山融雪猛增，雪水奔腾，直泄而下，形成了特大洪水。

上午9时，王昌侯随县政府抗洪队伍驱车赶到托胡拉乡时，喀拉喀什河的河堤已被冲出几个缺口，靠近河边的棉田和稻田已是一片汪洋。登上河堤，只见喀拉喀什河一改往日的温和，已是浊浪滔天。从雪山上下来的洪流，裹挟着沙漠的泥沙，像火山熔岩，以排山倒海之势向下游冲来！河堤缺口在洪流的冲击下，迅速增宽，形势危急。王昌侯和县政府的干部职工，与解放军、县武警中队的官兵一起，立即投入了抗洪抢险之中。大家不停地将沙石装满一个个编织袋，然后飞快地背起沙袋，堵到缺口上。

经过近两个小时的突击，河堤上的几个缺口终于全部被堵上。大家累得瘫坐在河堤上，正想喘口气，危险的事情发生了。一个维吾尔族小伙子在河边垒沙袋，看到上游漂来一段木头，伸手想把它捞起来，于是向前迈出了半步。谁知这原本是缓坡的沙石岸已被洪水掏空，那半步一跨出，他整个人就掉进了洪水里，一下被淹没了。他在水中慌乱地翻腾，岸上的人着急地递出木棒、树枝想让他抓住，都没有成功，眼看他就要被卷入激流。正在这危急关头，只见解放军战士飞奔跃入洪水之中，一个、两个、三个……接连跳下去10多个，手挽手组成人链，将落水者紧紧抓住。但洪水太过凶猛，他们一时也无法上岸，一会儿没入水中，一会儿又浮出水面，所有人的军帽都被洪水冲走了。此时，岸上的其他解放军战士抛下了一根又粗又长的绳索。他们抓住绳索，然后才被拉上了岸。

目睹这惊心动魄一幕的人们，齐声欢呼！每个人都说，那个维吾尔族小伙子，如果没有解放军战士的奋力抢救，肯定就没命了。

中午，烈日当空，气温陡升，天空万里无云。大家一边守护河堤，一边吃午饭。由于灾情火急，大家仓促出发，二十几人，只有一叠馕和几个西瓜作食物，没有水和其他食物。大家用西瓜就馕，凑合着填了肚子，既没有吃饱，也没能解渴。河堤光秃秃的，没有树，也没有风，火辣辣的日头晒得人头脑发昏，燥热难当，滚滚的浊流又不能饮用解渴，每个人都异常难受，但大家仍坚守着。

午后2点多,洪水比之前更大了。从上游冲下的漂流物越来越多,水声更加震耳。河水水位上涨,大家刚刚堵上去的、用粗钢索拴在岸上的装满石块的木笼被激流冲了起来,像油锅里的油条一样翻滚着,一会儿就被洪水撕破、冲散,一根根木头漂在水面上,飞快地被冲向下游。前面的河堤眼看着就要承受不住洪水的冲击了。

王昌侯赶紧和大家一起,不停地捆树枝,装沙袋,扛沙袋,垒筑第二道防洪堤,继续与洪水对抗。一直苦战到傍晚,接到抗洪指挥部命令后,大家才撤下来休整。晚上的抗洪任务,则被移交给了另一支替补上来的队伍。

这次洪水,前后持续了三天,全县干部群众和驻地部队官兵也苦战了三天。县长三天三夜都在一线指挥,王昌侯也只休息了一个晚上。县党委、政府机关人员除值班人员和孕妇外,全都上了抗洪一线。由于抗洪措施有力,损失得以大大减少,但即便如此,全县还是被冲毁了4000多亩庄稼。

因为贫困落后,和田县河防原始而脆弱。蜿蜒几百里的喀拉喀什河,绝大部分河堤是用松散的沙石堆成的,洪水一来,轻易就被冲开。抗洪的方法,就是以木头、树枝、沙石作基本材料,哪里有缺口就往哪里堵。这使王昌侯不由得想起了日本作家井上靖的小说《洪水》。小说写的是东汉献帝时的大将军索励率领大队人马在流经塔克拉玛干沙漠的库姆河畔屯田,在一次与洪水的搏斗中全军覆没的故事。如今同样在塔克拉玛干沙漠,同样是抗洪,时空已转换了近2000年。虽然洪水依然凶猛,但现在的人们万众一心,最终战胜了洪水。

王昌侯是第一批浙江援疆干部中年龄最长者,王立是最年轻的。也正是这个原因，两人有点忘年交的味道。

王立于1969年出生于绍兴农村，毕业于浙江丝绸工学院（现浙江理工大学）丝织专业。1994年大学毕业后，他被分配到杭州富强丝织厂工作。进厂以后，他先到车间实习了半年，厂长陈张仁就把他安排到技术科，主管工艺和设备加工。

丝织厂当时有职工800多人，属浙江省直企业，由浙江省丝绸集团公司主管。

当时大学生比较稀缺，王立工作勤恳，做事认真，还特别虚心好学，更难能可贵的是，他跟工人相处得很好，平时经常到车间去。工人有什么问题，他都尽力帮助他们解决，在群众中口碑很好。一年后，王立便被提拔为技术科副科长，后被评为厂里的技术标兵。

浙江省对口支援和田地区后，省委组织部给浙江省丝绸集团公司分配了一个援疆干部名额，原本应该是集团内的其他公司派人去。但很多人一听是去新疆，就觉得艰苦，不愿去；再听说是到和田地区，就更不愿意去了。集团公司党委书记打电话给陈张仁，征求他的意见，问富强丝织厂能否派一个人去。陈张仁开了会，讲了援疆这件事，请大家回去考虑一下，如有愿意去的，第二天来跟他讲。

第二天上班后，王立找到陈张仁，说："厂长，我去。"

陈张仁很高兴，但考虑到王立的女儿出生才半个月，妻子还在坐月子，又觉得让他去不合适，就问："你去？"

"我27岁，还年轻，我可以去。厂长，您是不是觉得我不够条件？"

"可你家里怎么办？"

"我跟家人都说好了。"

王立能识大体、顾大局，陈张仁很感动。便把王立请求去援疆一事跟集团公司汇报了。集团公司又报到省委组织部。组织部认为和田丝绸厂也是国有企业，有这样一个人才去帮助他们很好，派王立去的话，专业对口。考察之后，就定他去援疆了。

王立来疆后，担任和田丝绸厂副厂长、副总工程师。该厂是西北地区最大的丝织印染联合企业，也是和田地区重点国有企业。

那个时候通信还不发达，王立到和田市后，给陈张仁写过信，汇报了自己到和田市后的工作和生活情况，也给陈张仁打过两次电话，说这里的生活条件也不错——其实是为了让陈张仁放心。

到和田丝绸厂后，王立一心扑在工作上，一边以浙江丝绸先进技术指导厂里生产，一边确定了丝绸印染方面的科技改造、攻关项目。正当他准备大展宏图、放手大干时，却不幸在援疆岗位上牺牲了。

1997年11月10日，王立在工作时，感到有点发热，还以为是感冒了，就到厂医务室开了点感冒药，然后照常上班。因为厂里的事情忙，他一直没有空去医院检查。直到14日聚餐时，一起吃饭的一位浙江援疆医生见了王立，说他脸色发黄，黄得不大正常，可能不是感冒，是肝炎，叫他尽快去医院检查一下。15日，周六上午，王立到地区人民医院检查。验血时他还同那位医生说，如果真的得了肝炎，春节就不能回去了，言语中流露出对亲人的无限眷恋和思念。然后他又说，厂里的科技改造、攻关项目刚确定，如果要住院，就太耽误时间了，最好不要住院，开点药吃就行。因验血报告单要次日才能出来，所以那天检查一结束，王立又赶回工厂加班去了。周日上午，王立到医院检查后，得到的结果是，他得了肝炎，得赶快住院治疗。这些既是援疆干部又是王立战友的医生容不得王立回去拿生活用品和换洗衣服，就帮他办理了住院手续，让他住进了医院。

王立生病后，并没有向厂里汇报——他自己可能也没想到会那么严重。到医院后不久，王立就昏迷过去，不省人事了。医院马上意识到了问题的严重性，一边向地区领导，包括包哲东副书记汇报，一边进行抢救。但王立始终没有醒来。

此后，包哲东一直关注着王立的病情。17日上午，在地区领导的关心下，新疆军区派直升机送王立到乌鲁木齐的新疆医学院第一附属医院抢救。医院诊断的结果是，王立患了乙肝和戊肝混合爆发性肝炎，是急性重型肝炎。发病初期多与急性黄疸型肝炎相似，但病情迅速恶化后，肝脏进行性缩小，黄疸迅速加深，引发急性肝脏功能衰竭。医院进行了紧急救治，但王立始终昏迷不醒。

王立被送到乌鲁木齐抢救时，包哲东的秘书打电话给集团公司，总经理再打给陈张仁。这时候，陈张仁才知道王立病危，已从和田运到乌鲁木齐抢救。当时是下午4点多。

陈张仁感到很突然。王立还那么年轻，去和田时也体检过，身体是健康的。他当即订票，要赶往乌鲁木齐。但杭州到乌鲁木齐的直飞航班没有了，只能乘坐从杭州经北京转机到乌鲁木齐的航班。

晚上10点左右，陈张仁抵达乌鲁木齐，下飞机后就直接赶往医院。

因为重型肝炎有可能传染，所以医院建议尽量避免接触。但陈张仁希望见到王立，执意进入了王立的病房。王立一直昏迷，陈张仁已叫不应他，但王立听到陈张仁的声音，眼睛还会动。

11月19日下午3时许，王立停止了呼吸。一颗年轻的心脏停止了跳动。王立成了浙江援疆干部中的第一位牺牲者。

因事发突然，很多人听到王立去世的噩耗，真如晴天霹雳一般。

王立进疆后,一直没有回过家,原准备春节再回去看望亲人和襁褓中的女儿,没想心愿未了,就倒在了万里之外的和田热土之上。

19日傍晚,王昌侯接到王立在乌鲁木齐病故的消息,他感到十分震惊。

他之前从没听说过王立生病的消息,怎么王立会突然就病故了呢?王昌侯不愿意相信。他希望他得到的消息是错误的,便重新打电话求证,但得到的答案是肯定的。

王昌侯还记得进疆前,在杭州召开的援疆干部欢送会上,省委领导讲话时举了一个感人事例,说援疆干部中有一位同志,他的女儿出生刚半个月,妻子还在坐月子,他就舍小家为大家,毅然决定告别亲人,远赴和田援疆。

他就是王立,当时只有28岁。

当晚10时许,王昌侯接到电话通知,第二天一早全体浙江援疆干部要乘车去喀什,从喀什乘机到乌鲁木齐参加王立的追悼会。

由于和田航班少,当日没有航班,如果乘长途班车去乌鲁木齐,至少需要两天。时间紧急,地区行署决定派专车送大家到喀什,乘当晚的航班,赶往乌鲁木齐。

11月20日上午8点,大家准时登车。

虽然喀什地区与和田地区相邻,但喀什市与和田市却有千里之遥。前不久,全体浙江援疆干部刚去喀什市考察过,王立也同去同回。想不到这次赶往喀什市,却是去与他永别!

车上一片沉默。大家的心情都很沉重,无心观赏沿途风光。

傍晚6时,大家终于到了喀什,吃过晚饭后,直奔机场,于当晚10时许到达乌鲁木齐。包哲东和自治区党委组织部的领导在机场迎接大家。浙江省委组织部和王立原工作单位的领导,以及王立的父亲、妻子、姐姐已于前一天赶到乌鲁木齐。

21日12时许,追悼会在殡仪馆大厅举行。王立年轻的妻子、父亲及两个姐姐泣不成声,悲痛欲绝。

包哲东在致悼词时,声泪俱下,几次哽咽;王昌侯和所有在场的人无不泪流满面。

"出师未捷身先死,长使英雄泪满襟。"这两句诗,正是当时悲壮情景的写照。

首位援建和田地区的女性胡越

胡越是1998年3月到和田市的,当时33岁,是第二批援疆干部中的一位。第一批24人,领队包哲东和队员均是男性,1997年2月前往和田;第二批12人,领队胡望荣。两批一共36人,胡越是唯一的女性,也是浙江省第一位对口支援和田地区的女性。

胡越1987年毕业于温州医学院(现温州医科大学),然后就留在温州医学院附属第二医院工作。1992年,胡越的丈夫被调到温州医学院当老师。同年,他们生下女儿,小家庭更加美满而温馨。

胡越接受援疆任务其实比较突然。当时,温州医学院接到通知,其两所附属医院必须派一名医生去援疆。对照标准,符合条件的有十几个人,胡越是其中一个。但一开始,谁也不愿意去。院里最终决定,由党员带头。符合条件的党员有好几个,但因为各种原因,都说去不了。学院动之以情、晓之以理,还是没有做通大家的思想工作。在万般为难的时候,胡越服从组织安排,接下了这个光荣而艰巨的任务。学院问她有什么要求。其实,所谓的要求,无非是提高待遇、孩子上学择校、分安置房,或者是为丈夫调动工作之类的。她说:"我没有任何要求。"她觉得,即使有困难也不应该在那个时候提。她只是抱着一种朴素的情怀,没有口号,没有豪言壮语。

任务接下来了,但家里的困难总要解决。女儿才6岁,她要去和田,孩子就只能由丈夫带,她实在放心不下。把援疆的决定告诉丈夫后,丈夫说:"困难肯定有,但总有办法克服,你去就是。"他安慰胡越,"我和孩子都有暑假,我到时候会带女儿到和田看你。"胡越说:"那么遥远。"丈夫说:"有你在,我和女儿就觉得很近。"

胡越没想到的是,自己会是第一位对口支援和田地区的女性。"胡越"这个名字的性别特征并不明显,自治区党委组织部一开始把她安排到于田县。后来,和田地区领导考虑到她是女同志,担心她的安全,就把她调到了和田地区人民医院工作。

和田地区人民医院是和田地区最好的医院,条件和浙江比起来却很一般。医院基本设备都有,但按照来源被分成了两大类,一类是捐赠的,一类是非捐赠的、自己购买的。捐赠的设备比较好,但是没钱维护和维修,如果坏了就有可能被弃置。非捐赠的设备就很差了,比如血管钳,可能是最差的那种。这有点像贫苦人家的家具,别人送的是比较好的,自己置办的就很凑合了。医院手术用的药,虽有青霉素、庆大霉素之类,但一般只有最低级别的,储备量也只是勉强能满足医疗需要而已。

和田地区各种妇科疾病发病率较高,尤其是宫颈癌。这跟当地早婚早育和卫生条件较差有关。癌前病变没有得到及时的筛查诊断,不尽快治疗,就会拖成癌症。癌症需要到乌鲁木齐去治疗,很多老百姓没有条件,就等于被判了死刑。胡越援疆前是温州医学院第二附属医院妇科副主任,擅长妇科肿瘤的诊断和治疗,和田地区人民医院的领导就希望胡越能把妇科肿瘤手术开展起来。这让胡越感到压力比较大,因为在温州的时候,肿瘤手术都是专家团队一起讨论的,复杂的手术还能多科联合会诊,而在这里,她的团队实力非常薄弱。胡越知道,一旦答应,很多事情就只能自己独力去做。这让她很没有安全感。

胡越考虑后,跟分管医疗的副院长说:"我可以做,但我不敢保证不出问题。"

"只要你愿意做,如有纠纷,不用你去处理沟通,你只负责把事情做起来,出了事情,我们来承担。"副院长一听胡越同意做手术就很高兴,说,"你大胆去做就是了。咱们医院之前没有条件做手术,和田的患者有的嫌远、怕花钱,又不愿意去乌鲁木齐做手术。如果死了,都是认命,意思是'胡大'叫他走了。你愿意做手术,他们可以就近治疗,你就是天使,感谢你还来不及呢,不会找你麻烦的。"

胡越听了这话,增强了信心,也倍感责任重大。

确实,在胡越到和田地区人民医院之前,和田地区的妇女如果得了比较严重的妇科疾病就只能去乌鲁木齐治疗。如果没钱、行动又困难,就只能放弃治疗。有的人家庭比较贫穷,治病本就花钱,去乌鲁木齐的路途又遥远,吃住交通,把账一算,就更不会去了。胡越能在和田当地开展妇科肿瘤手术,等于救了她们的命。所以,胡越开始做手术没多久,就成了和田地区的名医。

其实,在和田地区,手术大多很难做。其中一个原因是当地妇女肥胖比例比较高。和田地区有一个习俗,妇女结婚后要把自己养得胖胖的,表示自己婚后生活得很幸福。对医生来说,如果患者体型肥胖、脂肪厚,手术切口就得像钻洞一样钻进去。手术做完,要把一层层的腹壁缝好,难度也大。所以,越胖的人做手术越难,手术做完伤口越容易感染。胡越先选了一些手术不是特别困难的患者,比如瘦一点的、宫颈癌早期一点的,然后逐渐增加难度。胡越一连做了5例宫颈癌根治术,每一例都很成功。大家就觉得胡医生太厉害了！

最先把胡越名声传开的地方，是和田大巴扎。

巴扎，就是维吾尔语的集市。和田大巴扎是当时中国最盛大的露天巴扎。人们在这里交易着各种商品，有些商品是我们平常可以见到的，有些商品你可能很难想象得到。比如一毛驴车泥土、一些形状怪异的石头、几种鸟的羽毛……当然，巴扎也是农家土特产、手工艺制品和维吾尔民族风情最集中的展示地。赶巴扎那一天，和田市周围的和田县、洛浦县、墨玉县、策勒县的维吾尔族老乡，穿上好看的衣服，一大早就会坐着拖拉机、马车、毛驴车、骑着自行车，从四面八方涌来，常常会有10多万人汇聚于此。如果遇到节日，有时人数会增加到20多万，仅固定摊位就有6000多个。每一条路上，都是不断的人流，像一条条喧闹的、彩色的河流，汇入这个巴扎里，汇成了人的海洋。

所以，一件事一旦在大巴扎传开，几乎半个和田地区就晓得了。然后不多久，整个和田地区就都听说了。大巴扎上有人说，有一位医术非常厉害的浙江医生来了，不但人漂亮得很，医术还厉害得很，只要是女人的病都能治，以前要到乌鲁木齐、甚至到北京去治的病，她现在都能治了。这样一传十、十传百，把胡越的医术说得越来越厉害，把她做手术的故事越说越传奇，和田人就都知道了。传着传着，有些人甚至没搞清楚胡越究竟能治什么病、能做哪类手术，只知道那个女医生很厉害，不管是什么病，都来找她；怀疑自己有病的人，也都来找她。有人还托包哲东的秘书给胡越打电话。每次杜秘书都说："哎呀，胡医生，我都不好意思了，老是打电话麻烦你。人家说是挂不上你的号，我打这个电话，就是看你能否加一个号，给人家看一下。"

包哲东说，胡越在和田地区的名气都快超过他这个副书记了。

和田地区人民医院上班时间是9点半，患者开始是提前半小时来排队，后来为了拿上胡医生的号，排队越来越早：9点、8点半、8点、6点、5点、2点……有些凌晨就赶了过来，还有些人干脆拿着一块毯子或抱着铺盖卷，就睡在门诊楼外。

有一天，找胡越看病的人排到了100多号。他们是从和田地区各个地方赶过来的。有些人没挂到号，就坐在门诊大厅里一直等，等到下班还不肯走，希望能加号看。胡越尽量满足他们的要求。后来病人越来越多，影响看病秩序，医务人员也不能无休止地加班。门诊护士长没办法，只好在凌晨5点把号源小票全发了，然后劝那些没排上号的人先回去。

也是因为对胡越的信任，碰到稍微严重一点的病，患者都希望胡越来诊断、治疗。胡越都不知道自己为什么突然那么有名气了。

胡越属于典型的江南美女，气质很好，一看还以为是很雅致、特讲究的那种女人。但其实不是。患者那么喜欢她、信任她，也跟她没有架子，对患者贴心、用心有关。

胡越认为，到一个地方，就要尽量适应当地的生活和习俗，这既是对当地人民的尊重，也能获得当地人的好感，结交到当地的朋友。援疆以前，胡越除了吃过新疆的烤肉串，没有吃过维吾尔族的饭食。和田地区当地人家吃的抓饭、烤包子、薄皮包子、曲曲（馄饨）、米肠、面肺、烤肉、羊肉丸子、羊肉汤、油果子、馓子、粉汤……胡越一样一样地尝试着去吃，很快就接受并喜欢上了。医院的维吾尔族同事还有她治愈的患者，请她到他们家去参加婚礼。只要他们邀请，她都很乐意去，并入乡随俗地随上20元份子钱。这样的场合，维吾尔族人都会唱歌、跳舞，她也跟他们一起唱唱跳跳，非常欢乐。

胡越跟患者交流从来都很真诚，没有什么障碍。所以，患者听说她喜欢吃抓饭，在家里做抓饭的时候都会想到她。有些人并不是患者，家里也没有要找她看病的人，纯粹只是想请她吃自己家里做的饭。他们很喜欢她，他们相处很是融洽，胡越也很感动。

很多援疆干部工作起来都是连轴转。包哲东离开温州的时候，妻子就已病重，但他很少有时间回家。他的休假和探亲时间还不到别人的三分之一。胡越到和田后，也几乎没有时间休假。而且，从和田回温州，机票太贵了。花在路上的时间也多，得从和田乘机到阿克苏，再从阿克苏转机到乌鲁木齐，然后从乌鲁木齐到温州，返回也是如此折腾。从和田经阿克苏到乌鲁木齐的航班少、不准时，要在乌鲁木齐至少住一晚，所以即使是乘飞机，来回花在路上的时间也得三五天。

这让胡越觉得，自己离温州的家和家人似乎更遥远了。她到和田以前，孩子从没有离开过她。她到和田以后，孩子常常哭着向爸爸要妈妈。胡越只能给孩子打电话。胡越的丈夫一个人在家带孩子，也很辛苦。女儿读幼儿园，早晚要接送，要给女儿做饭、梳头、扎辫子、洗衣服、讲故事、上兴趣班……他着实体验了既当爹又当妈的不易。

胡越的丈夫实现了自己的承诺，利用1998年、1999年的暑假，带着女儿来了和田两趟。第一次来和田，和田的天气给他们来了个下马威——从乌鲁木齐到阿克苏后，因为天气不好等了很长时间，好不容易飞到和田上空，因为沙尘暴不能降落，又返回阿克苏了。

胡越已经很熟悉和田市的天气了，从丈夫和女儿登机之后，她就很担心。那天胡越特意请假去机场接父女俩。她在机场等了很久，不时和丈夫通电话，了解航班起飞的情况。得知飞机已经起飞，她想见到亲人的心情更为迫切。好不容易听到了飞机的轰鸣声，看见飞机在机场上空盘旋，却迟迟不见飞机降落。过一会儿，飞机又转回去了，没了踪影。胡越吓坏了。没过一会儿，沙尘暴来了，她这才知道了飞机没有降下来的原因。胡越的丈夫和女儿只能在阿克苏等待，又等了五六个小时，才到和田。

胡越的丈夫和女儿第一次体验到了何为遥远，第一次知道了祖国疆域之辽阔。对于艰苦的生活，他们也有了深刻的体验。但孩子很快乐，主要是见到了妈妈，可以吃妈妈吃过的和田小吃、美食，包括葡萄、大枣、无花果，也可以跟妈妈同事家的小朋友玩耍。无处不在的黄沙，是她最喜欢玩的。妈妈在做事情的时候，她就在那里玩沙子。胡越的这次远行，让小孩变得很独立。孩子后来去美国留学，根本不用父母担心。

那天胡越没有接到丈夫和女儿，虽然心里担心，但只能回去继续上班。一回去，就再也走不开了。一个扶贫办的干部听说后，觉得胡越的丈夫和女儿从东海之滨来到和田太不容易了，便主动帮胡越去接他们。所以，当父女俩在小小的、很是冷清的和田机场降落后的第一时间，丈夫没有见着妻子，女儿也没有看到妈妈。好在扶贫干部非常热情，不仅帮胡越把父女俩安全送到了医院，还自掏腰包为两人接风，说要尽地主之谊。到了医院后，胡越科室里的同事，轮流请一家三口到家里去吃饭。

胡越是个做事很认真的人。开始觉得一年半的时间很漫长，但很快就觉得时间不够用了。她想争分夺秒地多做一些事，因此把工作抓得很紧，心里想的是，多治疗一个人，就会多一个人少一分病痛的折磨。她隔一天就要值一次班，连过年过节都是如此。

在和田究竟做了多少台手术，胡越已经记不清了。妇产科是和田地区人民医院一个很重要的板块，一年的分娩量有五六千例。如果是顺产，医生不用操心；如果是难产，需要手术、需要助产，妇产科医生就会很忙。地区医院剖宫产手术的比例一般是40%，每年至少有2000例，当然这些手术是大家一起做的。比较难做的手术都是胡越主刀，包括恶性肿瘤、子宫脱垂等，因为这些手术当时当地的医生还做不了。胡越一个星期至少要做一两台恶性肿瘤手术，良性肿瘤手术就做得更多了。

除了尽量多看门诊多做手术，胡越也一直在想，一旦自己离开，和田地区人民医院该怎么办？当地的医生因为受教育条件有限，水平还是不够；和田地区又偏远、贫穷，留不住人。援疆的医生不能永远留在这里，唯一的办法就是带徒弟。带徒弟不是刻意地带某一个人，只要想学的，她都可以带。最主要的是，她离开后，还有一批又一批的医生会来到这里。

胡越虽然在和田待的时间不长，但的确创造了人生的一个传奇。

后续去的医生都跟她讲："哎呀，胡越啊，在和田地区，你的名气太大了！"

而每次说起，她都觉得不好意思，谦虚地说："也许是因为那一批援疆人员中只有我一个女的，比较引人关注罢了。"她为在和田留下的美名深感惭愧，觉得当地群众那么信任她，对她那么好，她却不能一直留在那个地方。

她离开的时候，只有很少人知道。得知她回温州以后，很多人打电话给她，怪她没有让他们送行。几乎所有的人都希望她能再回和田来。有一个被她治愈的患者说："如果没有你，我可能已不在了。是你让我重获新生，你是人间天使。"

冯水华的女儿们

冯水华，2005—2008年在新疆和田地区工作，属于第五批援疆干部。

1960年6月出生于浙江嘉兴平湖的他，曾任嘉兴市人民政府副秘书长、创卫办主任、市城建委主任、海宁市委书记。

冯水华虽然没去过和田地区，对和田知之甚少，但愉快地接受了组织的安排。

即使到了2005年，对许多人而言，和田地区还是一个遥远而神秘的地方。除了喜欢冒险的人，即使资深背包客也很少前往和田。大家对和田的气候、安全状况、生活习惯等各个方面都不甚了解，家人自是更为担忧。但作为这批援疆干部的领队，冯水华需要比别人更快地调整心态，迎接未知的挑战，更要鼓舞士气，树立信心。因此在跟大家交流时，他首先让大家做好吃苦的准备，但又安慰大家说，跟西藏比，和田的自然条件要好多了；跟前4批去和田的援友比，他们这一批各方面条件也已改善了许多。

对江南的干部而言，在和田地区的工作、生活，最难适应的莫过于恶劣的自然条件。每年3月到8月，沙尘暴说来就来，大漠无垠、戈壁荒凉，浮尘天气始终如影随形。

至今，冯水华还清楚地记得在于田县经历的沙尘暴。

一天，他例行到于田县检查工作，出发时天气很好，碧空烈日。但没想到，车驶出不多远，天空突然昏黄一片，太阳逐渐隐去，一种怪声从远方传来，越来越近，越来越大，起初如蜂鸣，继而像涛声，随即变幻出飞机轰鸣声，最后如海啸声，排山倒海而来。远处的沙丘上，传来沙狐几声忽高忽低、单调凄厉的怪叫，大地颤抖着，白杨树也因恐惧而瑟瑟发抖。他还没明白怎么回事，已是狂风怒吼、飞沙走石、天昏地暗、日月无光。

驾驶员张新民大喊一声："沙尘暴来了！"

天地转眼就被沙尘吞没了，一切陷入昏暗之中，风推拥着大地上的一切，正在移动。整个大地仿佛突然立了起来，正在向某个方向奔跑……

就算是当地的老司机，张新民也不敢再前进，只能原地停车，等待沙尘暴过去。一个多小时后，沙尘暴才渐止，天空依然是暗黄色，车轮陷在沙中，流沙铺满了公路。

除了不期而遇的沙尘暴，浮尘天气也令浙江援疆干部难以适应。和田地区浮尘很严重，很多时候，连红绿灯都看不清楚。冯水华住的地方，即使早上把桌子抹得干干净净，中午回去，还是会有一层黄色的沙尘。

浙江省委、省政府一直很重视援疆工作。当时的浙江省主要领导人曾专程带队检查对口援疆工作，并在与新疆维吾尔自治区党委、政府及和田地委、行署就对口支援工作进行深入交流后，加大了援疆工作力度。

和田·嘉兴幼儿园是在嘉兴市委、市政府的支持下，由冯水华向嘉兴各县、区募资完成的一个援建项目。

冯水华的驾驶员张新民是汉族人，但父辈一直在和田地区生活，属于"疆二代"。冯水华8月中旬抵达和田市后没几天，张新民的小孩正好要上幼儿园。这天，他鼓起勇气问冯水华："专员，能不能麻烦您帮我一个忙？""什么忙？""我家小孩要上幼儿园了，地区幼儿园很紧张，我怕进不去。我们这里幼儿园少，孩子多，太紧张了。"

冯水华了解情况后得知，在和田市区，能上幼儿园的孩子不到40%，整个和田地区则不到30%，且大部分幼儿园设施落后、建筑老旧、师资缺乏，教学水平也比较低。看到这些数据后，他内心很受触动，专程又跑到和田地区当时条件最好的幼儿园——洛浦县幼儿园实地调查。他问院方需花多少钱才能建这样一所幼儿园，对方答复是近600万元。由此，他就暗下决心，要以此为标准，援建一所在和田地区乃至全疆条件都比较好的幼儿园。

有了想法，即刻就要行动。冯水华向嘉兴市委、市政府主要领导汇报了想法，市委、市政府都很支持，但资金问题得由他自己想办法解决。冯水华想到了"众筹"的方式：向嘉兴募资，每个县（市、区）100万元。几通电话打下来，各位领导都非常支持，700万元很快就落实好了。继任的海宁市委书记更是积极表态说，不足的资金由海宁再兜底100万元。

有了这800万元的承诺，他想的是要抓紧落实。当时嘉兴正好开"两会"，他专程从和田赶回来，当时的嘉兴市委书记有天中午对他半开玩笑地说："今天就把几个地方的一把手交给你，把和田·嘉兴幼儿园资金一事敲定。"当天，资金一事落实了。

回到和田，冯水华着手为幼儿园选址，并落实土地问题。幼儿园的设计他专门委托了嘉兴市城建委下属的设计单位。虽然房屋只有3层，但和田地处地震带，对防震和承重的要求很高。在请和田当地一家勘测单位勘测后，为了让自己心里更踏实一些，他又让嘉兴一家勘测单位重新勘测了一次。幼儿园的建设，从选址、设计到工程质量及进度，冯水华几乎亲力亲为，生怕哪个环节有疏漏，对进度和质量产生影响，这既对不起慷慨出资的嘉兴人民，也辜负了要留下一所好的幼儿园的援建初心。

和田·嘉兴幼儿园2007年开始招生。招生时，又碰到一个大的困难——教师编制问题，这要自治区批准才行。而在和田地区，招一个老师不仅是编制问题，也是工资及其他待遇的落实问题。和田财政以国家转移支付为主，所以要落实编制问题就更难了。几经周折，通过和田地区行署专员跟自治区编办协调，幼儿园终于有了50个编制，这样，教师问题就解决了。

但冯水华马上又想到了新问题，新招的教师没有从业经验，真正科班出身的也寥寥无几。要想把幼儿园办好，师资是关键，如何快速提高教师素质呢？"对口培训"是冯水华想到的师资速成法，他当即跟嘉兴教育学院联系，商定每年将20—25名幼儿教师送到嘉兴"对口培训"，效果果然很好。

从2007年开始到现在，除了疫情期间，"对口培训"从未中断过。这么多年来，教师培训的所有费用，包括食宿、交通费用，都由嘉兴市承担。每一批老师来，冯水华只要在浙江，就会去看望他们，而老师们每次见到他，都如见到亲人一样，既激动又感动。说起冯水华为幼儿园做的一切，很多老师都会流下泪来。有老师说，在和田市随便一问，可能哪栋高楼在哪里大家不一定说得上来，但只要问和田·嘉兴幼儿园怎么去，几乎没有人不知道。

现在，和田·嘉兴幼儿园共有36个班，已成为和田地区最好的幼儿园，在全疆都较有名气。之所以能取得这样的成果，自然与坚持"对口培训"分不开。这个项目的成果，对冯水华的触动也很大，让他更深刻地认识到兴办教育的意义，它在增进民族团结、提升当地群众文化素养，进而维护新疆的稳定上，具有极其重要的长远效应。所以，即便离开了和田地区，冯水华也跟和田·嘉兴幼儿园的老师承诺："不管我在哪个岗位，也不管我退休与否，教师培训这件事，你们放心，我会努力做下去。"

时隔多年，2019年8月15日的《人民日报》还以《壮大人才队伍　实现持续发展》为题报道了和田·嘉兴幼儿园的援建成效：

> 在新疆和田打车，只要你说去"嘉兴"，司机师傅一定会把你送到"嘉兴幼儿园"。
>
> 这所幼儿园有什么特别之处呢？它既是一所幼儿园，为和田孩子的成长开启了一扇多彩的窗；又像一所培训学校，为和田幼儿教育发展蹚出了一条路。浙江嘉兴市虽然在2010年调整援疆对象后不再对口帮扶和田，却始终没有停止对和田教育特别是嘉兴幼儿园的援助支持。12年间，嘉兴幼儿园每年都会选派教师前往嘉兴教育学院参加培训，许多教师都已经成长为园长或教育部门的管理者，带动和田地区幼教事业的持续健康发展。
>
> …………

冯水华在行署分管科技和金融两个板块，他注重实地调查，从城市到田头，和田地区的很多地方都留下了他的身影。当时，和田的设施农业只有蔬菜大棚，是农民最重要的增收渠道。地区也有一支专门的农业技术员队伍。但和田的蔬菜大棚跟山东寿光在皮山的蔬菜大棚相比，效益差距很大，同样的面积、品种，寿光的大棚一亩地能有1000元的收益，而和田的大棚只有四五百元。他想，这肯定是技术上的问题，问题可能出在农技员的身上。

通过调研，冯水华得知农技员的工资是固定的，农民的大棚收益与农技员收入无关。要提升农民大棚的收入，就得改革机制。于是他给地委、行署的主要领导建议，农技人员自己要承包大棚，承包后，产出高于当年大棚蔬菜同品种平均收益的部分，按80%奖励给他。比如某一种大棚蔬菜的平均收益是600元，农技员承包的大棚达到了800元，那么，高出的200元里的80%就归农技员所有。如果达不到这个平均水平，不足的就从农技员的基本工资里扣。机制改革先在于田县推行，效果不错，2007年就全面铺开。这项措施有效提升了农技员的积极性和技术水平，当地干部和农民都很认可。

分管金融板块，冯水华面临的最大难题是信用环境差。当时，和田地区的金融信用环境差到什么程度？一个人能从银行贷到钱，算他有本事；贷到钱后，如期还贷却是不可能的。最后逼得金融单位除一些不得不放的政策性贷款外不敢放贷。

这对一个地区的经济发展而言显然是致命的。冯水华了解到这个情况之后，便着手核查贷款不还的人员信息，之后又根据资料与金融单位一起分析。结果出来后，他很是吃惊，因为其中很多人是在地区和县、乡机关工作的干部。

要解决老乡和企业拖欠贷款的问题，得先从干部入手。冯水华把拖欠银行贷款的干部名单全部拉出来，随即跟地委组织部领导商量，决定让干部"老赖"们自己先做一个承诺，说明欠了多少钱，分几次、在多长时间内还清；承诺后，如果没有如期兑现，将被取消年度评优资格，提拔也会被一票否决。组织部通知下去后，效果很好，到2008年，干部承诺的兑现率达到了85%。

有了干部的示范，银行去催一般商户还贷的底气也更足了。这件事情的意义不在于银行收回了多少应收款，而在于建立了一种诚信意识。只有信用体系得到恢复，整个金融生态环境才会得到改善，和田经济发展才能获得金融助推力。

"三年援疆路，一生新疆情"，这是冯水华对和田的感情。援疆结束回到浙江后，他曾两次再回和田，而他最牵挂的无疑是和田·嘉兴幼儿园的老师和孩子们,他想看看幼儿园在他离开后,究竟办得怎样。当然,他也牵挂三年援疆期间为他们做饭的师傅,以及结对的维吾尔族乡亲。

援疆期间,冯水华了解到和田地区的部分孩子,尤其是女孩,因为家庭条件困难,小学毕业后很难继续学业,他就想着通过结对资助的方式来帮助这些女孩。2006年秋季,他资助了一名叫汗克孜的女孩,她母亲曾是一名小学老师,后来因患青光眼失明,失去自理能力,生活很困难。冯水华每学年资助她2000元,直到高中毕业。后来汗克孜考上了卫校,如今已是和田地区医院的一名护士。在他的带动下,他的团队共计资助了一个班的贫困学子,当时这个班被叫做"浙江第五批援和干部高中春蕾班"。

就在冯水华把爱给予和田的孩子时,自己的独生女儿却病倒了。

2005年7月,在他即将去和田之时,女儿以优异的成绩考入香港理工大学,并于8月底去学校报到。他因离浙赴疆,没能亲自送女儿去上大学。

女儿跟他感情很深。知道他要去援疆,高考后填志愿时,女儿对他说:"爸爸,你要去新疆,我就报新疆大学。"

"为什么啊?"

"我和你都在新疆,我离你就近了。"

"傻姑娘,和田到乌鲁木齐还有近1500公里呢。你不用担心爸爸,你去追求你的理想。"

女儿的专业是供应链管理。她成绩优秀,还是学生会干部,第二年就拿到全校最高奖学金——6万元人民币。这笔奖学金她全寄回给了父亲,委托他去母校嘉兴一中,资助两名家庭困难学生。作为父亲,他既高兴又自豪。而女儿更对他说,以后的每笔奖学金,她都希望这样花。

谁能想到，命运对这样一个聪慧、善良的少女会如此不公？

2007年5月1日，冯水华在从和田到喀什出差的路上，得知女儿得了白血病。仅两个多月时间，女儿就永远离开了他。

女儿走后，他很快就回到了和田。他想尽快回到工作状态中，让自己从失去爱女的悲痛中分心出来；另外，他更想要把工作做好，以此来告慰女儿。为共同应对巨大的悲痛，一直非常支持他工作的爱人也随他到了和田，两个月后，又独自回杭州工作生活。

此前冯水华几乎每周都要去一趟和田·嘉兴幼儿园，但女儿生病的两个多月里，他离开了和田，老师们很长一段时间没有见到他，都纷纷打听：冯专员这段时间怎么没有来？他到哪里去了？

他们后来听说了冯水华失去爱女的事。当冯水华再回幼儿园时，老师们都来看望他，那些年轻的老师，都亲切地喊他"爸爸"，她们说，她们都是他的女儿。

这是多么巨大的安慰啊！

巨大的不幸，只有时间方能慢慢治愈。但于冯水华而言，因为有和田·嘉兴幼儿园的存在，女儿的善心与爱意，在和田，以这种方式跟他的心意接续着、传递着。

第六章 边地踏歌

连新良援疆的"温拜模式"

1983年,连新良从乐清中学毕业后,回到乐清县瑶岙乡,经过考试,被招为公社干部,19岁时成为温州地区最年轻的副乡长,分管农业和计划生育工作。对于乡镇来说,农业是重头。

瑶岙乡地处从山区到平原的过渡地带,有着悠久的枇杷种植历史。当时,售卖的台湾水果,经过挑选,已有了单个精美包装。而瑶岙乡还是分散种植,你家3棵,他家5株,果子成熟了,就背到邻近的市场卖一卖。连新良具有开放的视野,认为可以向人家学习,便在乡里推广规模种植,提出"两高一优",即产量高、效益高、品质优。他联系了一位考上大学、在读农林专业的同学,请他帮助引进优良品种,利用嫁接技术种植水果,促成高效农业。几年后,瑶岙乡的水果种植有了规模,且成了有名的特产,农民收入大幅增加。除此之外,具有创新意识的连新良还率先在瑶岙乡搞起了村镇规划和旧村改造,使瑶岙乡面貌焕然一新。

1988年,24岁的连新良担任乐清县南岳镇党委副书记、镇长。南岳有山有海,自然环境优美,但集镇破旧,于是他大刀阔斧地进行集镇改造,吸引投资。他在南岳任职7年,南岳生产总值大幅增长。

2001年12月,连新良调任乐成镇党委书记。乐成镇是乐清市中心城镇。

2003年1月，连新良负责乐清市的征地工作。征地涉及赔偿，事关每个人的利益，需要做大量工作。连新良从一开始就既站在政府的立场、也站在农民的立场来考虑问题，按照要求顺利地完成了征地工作。

2003年，"非典"突袭中国。危难之际，他服从组织安排，从乐成镇党委书记任上转任乐清市卫生局局长。履新之后，他马上着手新型农村合作医疗试点，受到了老百姓的普遍欢迎。之后，连新良又出任了乐清市委办公室主任。

2006年，连新良担任乐清市委常委、柳市镇党委书记。到2009年，柳市当年总产值和财政总收入再创新高。

随后，连新良赴任乐清市委宣传部部长。

在新一轮对口援疆中，浙江从原来的对口支援和田地区和田市、墨玉县、民丰县、于田县调整为对口支援阿克苏地区阿克苏市和库车（2019年建市）、温宿、沙雅、新和、拜城、乌什、阿瓦提、柯坪8个县以及新疆生产建设兵团农一师。

浙江人向来有勇立潮头、敢为人先的精神，在援疆工作中，"浙江速度"再次得到了体现。浙江省委、省政府主要领导率先带领前期考察团赴疆考察、调研，为全面展开援疆工作谋篇布局；杭州及各地级市第一时间召开专题会议部署。随即，在南疆重镇阿克苏组建起了浙江省对口支援阿克苏地区指挥部。

浙江援疆，挑选的都是责任心强、综合素质高、能独当一面的人才，而懂经济、善管理是硬条件，还特别强调了候选人的任职经历。当时的温州市主要负责人在和连新良谈话时说："你年富力强，又在多个重要岗位历练过，能够担当大任、独当一面。组织上考虑再三，觉得还是派你去担当援疆大任最为合适。"

连新良得知后，觉得有些突然。他迟疑了一小会儿，主要考虑的是年过八旬的母亲需要照顾，儿子连政大学还未毕业，妻子瞿良荣得独自撑起这个家。

他回去跟妻子说了，妻子好半天没有说话。过了半响，才半开玩笑似的说："你就是个闲不下来的人，那可不是一项轻松的工作。"

"援疆是国之大事，对任何人来说，无疑都是重任在肩。"

"那就去吧，妈我来照顾。"

有了妻子的支持，组织找他谈话，他便当即表态，愿意服从组织安排，去建设新疆。

连新良的任命很快下达——温州市人民政府副秘书长，温州市对口支援阿克苏地区拜城县指挥部指挥长、党委书记。他的直接领导是裘东耀。

当同事们称连新良"指挥长"时，他感受到了战斗的气息——他知道，援疆的确是一场攻坚战。

作为指挥长，他可以推荐一部分自己熟悉的得力的干部，但有不少人害怕去。另外，当时援疆政策还不明确，一开始说是5年，有人觉得时间太长。

裘东耀去阿克苏之前，是嘉兴市委常委、市政府常务副市长。2010年3月全国对口支援新疆工作会议结束一周后，也就是4月7日，他便先组织了几个人，带队去了阿克苏，为制定"对口支援"工作方案、编制对口支援规划、做好对口支援各项工作打前站，连新良也随其前往。

拜城对连新良来说，的确是一块陌生的土地。自任命下来后，他就一直在阅读跟新疆或阿克苏有关的书籍，终于对这里有了一些认识。他了解到，拜城因其矿产资源丰富，经济发展水平在阿克苏地区还算好的。

拜城县县长阿依努尔30岁出头，汉语流利，待人热情。温州援建拜城，令她格外激动。为了解温州的情况，她也几乎把能找到的关于温州的书籍读了个遍。所以，连新良与她交谈时，觉得她是个"温州通"了。

因为浙江的援疆对象从和田调整到阿克苏，所以一切都得重新开始。为抓紧时间，当时采取的办法是调查研究、编制规划、开展工作同时进行，坚持试点先行、民生优先的原则。连新良审时度势，很快形成了援疆思路：把解决当地实际困难和突出问题作为资金投入的重点，把保障和改善民生放在优先位置，决定启动一批条件成熟、受援地急需、百姓迫切需要的对口援疆试点项目。

在对接会上，阿依努尔表示希望借鉴"温州模式"。她说："拜城不缺资源，缺人才。没有一流的人才队伍，发展必然受限，必然乏力！与项目资金相比，我们更需要人才。"连新良说温州会尽力满足拜城所需，并提出打造"温拜模式"。为此，他一到拜城就马不停蹄地走访调研，了解拜城的经济状况和产业布局。

刚到拜城，指挥部里只有连新良和两位副指挥长白炳兴和吴华，有将无兵。指挥部被临时安排在一家老旧的宾馆里，三人各有一个带轮子的行李箱，里面装着几套换洗衣服。所有的一切日常工作——包括会议记录、材料整理、信息传达等都由他们自己完成。刚开始，没有固定的办公场所，吃住在宾馆，打印材料到街头小店。住的宾馆也不固定，一旦有大型会议要接待他们就得腾地方，来回搬了好几次。

连新良拨通了温州市委组织部主要负责人的电话。

对方说："干部正在选拔。有你这员强将，就得给你配精兵，所以还得等一阵子。"

连新良说："至少得先把我的指挥部武装起来，三个'光杆司令'没法打仗啊！"

"只能先借人给你,到时候被借去的同志如果愿意留,就留在拜城;如果不愿留,可以回来。"

于是,余若鹏、林淡秋、潘宇军等人风尘仆仆地从温州赶到了拜城。他们一到,连新良就下达了新的任务:一是根据他深入调研了解到的情况和拜城方面提出的意见建议,进一步完善细化工作方案,使其更加符合拜城发展的实际需要,更加体现温州的援建工作特点;二是精心组织,确保先行试点项目扎实推进,加快建设进度,狠抓工程质量,为后续援疆项目树立样板。

温州人的特点是"敢为天下先"。早在20世纪80年代初,温州人就以敢想、敢闯的精神,在改革开放的浪潮中异军突起,以"小商品、大市场"的模式"入侵"国人生活的各个角落。有数据表明,1982年,温州个体工商企业超过10万户,约占全国总数的十分之一,当时,温州几乎人人皆"老板"。不少媒体报道过温州人胆大包"天"、胆大包"海"、胆大包"地"。温州逐步形成了"敢于冒险,自立自强,永争一流"的"温州精神"。

连新良从温州乘机到阿克苏需在乌鲁木齐转机。他利用这个时间拜访了新疆温州商会会长黄宣钱。黄宣钱在同连新良谈话时认为,新一拨浙商进疆投资,不能再走"候鸟式"的老路,而要真正参与新疆开发,要重视产业投资经营。这与浙江在阿克苏的发展战略、温州在拜城的发展战略不谋而合——以产业发展为亮点,着力增强自我发展能力。产业发展将坚持政府引导与市场相结合的原则,采取"国企为先锋、民企为主力"的推进策略。

经过考察、思索,连新良大胆提出了温州的援疆模式:由原来的以政府援疆为主,变为政府加温州人共同援疆的新模式。他的这一想法很快得到了温州市委、浙江省援疆指挥部和拜城县委三方的认可和支持。这一模式体现了鲜明的"温州特色",可用

"3个2"来概括:"两驾马车",一辆是温州市委、市政府,一辆是温州人尤其是温州商人;"两个阵地",一个是党委、政府结对援疆,一个是温州商人帮扶援疆;"两种资金",一种是由政府主导的财政援助资金,一种是由温商主导的民间资金。三者相辅相成,相得益彰。

报上来的援拜项目有数十个,连新良认为,援建项目重在惠民生,而教育又是民生问题的重中之重。谁都清楚,一个地方的发展,根在教育。教育一旦落后,地区发展就会落后。所以,连新良首先选定的是幼儿园援建项目。

尽管拜城县委、县政府非常重视学前教育和"双语"(普通话、维吾尔语)教学,但由于客观原因,学前教育、"双语"教学的发展还是跟不上实际的需要。作为学前教育"领头羊"的县幼儿园,不仅规模小,而且年久失修,几近危房。

阿依努尔说:"没有谁不想让孩子上更好的幼儿园,但现实是公办幼儿园严重不足。民办幼儿园如果要达到公办幼儿园的标准,意味着要有巨大投入,学费也会提高,这是普通工薪家庭和农村家庭无法承受的。"她又罗列了一组数字,现在推行"双语"教学,所以一些少数民族干部群众也会把孩子往县幼儿园送,不希望孩子输在起跑线上,数量估计有几千人。这还不算每年涌入拜城的成千上万的外来务工人员,他们的孩子也要入托、上学。别人可以不管不问,她必须把这些事放在心上,因为她是县长。

几经讨论,连新良给幼儿园建设定下的规划是"适度超前,争取一流"。

阿依努尔对这一方案很支持,她对连新良说:"园址选择上,你们要什么地段就给什么地段,如有协调不了的,我来出面解决。"

为选址,连新良与吴华、林淡秋、潘宇军一起徒步走遍了整座县城，最终选定团结路南边的一块空地。那里原先是县工人俱乐部，拆迁后本准备用于商业开发。听了他们的计划后，县里爽快地答应了。

接着，连新良和他的6位干将用几个晚上的时间，编制完成了项目书。新星幼儿园占地面积约13亩，总建筑面积4885平方米，有教学楼和值班室等两栋建筑，其中教学楼3层，值班室1层，都是框架结构。办学规模15个班，容纳480名幼儿，建设总投资1282万元，由2010—2011年援疆资金全额投资。

幼儿园建设是百年大计，容不得半点马虎。连新良毫不懈怠，经过精心筹划，积极跟进，计划于2010年10月中旬开工，2011年9月竣工，10月开学。具体事项由副指挥长吴华带领林淡秋、潘宇军负责。

开工之初，得知那里还有几栋旧房子没有拆掉后，吴华不顾感冒未愈，马上裹着皮大衣，找到县长阿依努尔说明情况，请求帮助。经过几番努力，问题得到解决。接下来是施工的问题。拜城不少地方是流沙地质，部分地方的冻土层厚达70厘米，打地基就很费事。而让他们没有想到的是，拜城建材供应严重不足，劳动力也十分紧张。这些都成了摆在他们面前的难题。

幼儿园是温州援建拜城的首个项目工程，指挥部对施工安全、质量、进度、环境保护、技术创新和投资等方面，都提出了严格的要求，并实行指挥部、监理公司、施工单位、当地政府"四位一体"的自控和监督模式，项目组成员要仔细检查每道工序，不放过一个细节，不遗漏一处安全隐患。

幼儿园如期建设好，取名"温·拜新星幼儿园"，是全疆一流的县级幼儿园，也是温州乃至浙江援疆的标志性工程。

2011年3月，拜城县委、县政府根据优化教育资源、集中办学以及大力发展"民汉合校"的要求,决定建设拜城县第四高级中学(以下简称拜城四中)。经自治区教育厅、发改委批准后,拜城四中被列入自治区第二期30所"民汉合校"校舍建设项目。

这也是温州智力援疆的一个重要项目。在最初安排的援疆项目中,这所学校并未被列入。而且,这所学校是当年建设、当年启用、当年招生,时间很紧迫。但连新良出于提升拜城教育软实力的考虑,冒着凛冽的寒风去考察学习,最终决定以新建拜城四中为契机,将温州教育援疆工作提上议事日程。

温州给予了拜城四中资金方面的援助。但当时的拜城县委书记对连新良说:"拜城四中想挂'浙江大学拜城实验高中'的牌子,能否从温州增派教师,担任学校行政管理骨干和教学骨干,为拜城培养一批人才?"

连新良说:"这也是我的想法,但至少要通过十年援疆,持续为功。增派人员比增加资金难度更大,牵涉到省、市及多个相关部门,需要得到温州主要领导的支持。"

"有什么办法呢?"

"方便的时候,你可去温州直接向市委书记提。"

拜城县委书记听后很高兴,他在带领拜城县党政考察团赴温州考察期间,当面向温州市委书记提了拜城希望温州增派教师的想法,并得到了肯定的答复。

得到主要领导的鼎力支持,只是迈出了第一步。连新良思量再三,决定将温州拓展教育援疆模式的想法直接向裘东耀汇报。裘东耀对连新良的想法予以认可。但他建议,拜城四中增挂"浙江大学拜城实验高中"的牌子牵涉部门多,难度比较大,不利于快速开展教育援疆工作。既然是温州援建,那么增挂"温州大学拜城实验高中"的牌子较为妥当。

连新良很高兴,及时向拜城县党政主要领导进行了汇报,并达成一致意见。为促成此事，连新良不顾舟车劳顿，赶回温州向温州市党政主要领导进行了汇报，市委书记当即批示，请有关部门做好配合工作。

有了"尚方宝剑"，连新良如释重负，但具体事项还要协调相关部门。为尽快促成温州教育援疆项目落地，连新良便到温州相应部门拜访。说是拜访，实为催促。部门负责人不在，他就在办公室等，不见到人就不离去；当有些部门的负责人见到他，表现出一脸困惑时，跟随连新良一起办事的余若鹏就会递上连新良的名片，说明来意。

然后连新良来到温州大学，说服校方同意拜城四中增挂"温州大学拜城实验高中"的牌子；同时，经浙江省委组织部同意，温州市在已增派对口援助拜城技术人才的基础上，再为拜城县增派11名援疆教师，全力以赴开展好拜城四中的管理及教学工作。技术人才的援疆时间是一年半，11名教师的援疆时间是两年。这是令人振奋的消息。关于校名的题写，连新良想到了中华人民共和国中央军事委员会原副主席迟浩田上将。为此，他专门找到在拜城经营大型煤矿的温商林垂午，因为林垂午曾"出师"世界屋脊，支援边防建设，受到过军区表彰，并被中央军委领导接见。他决定请林垂午出面，请迟浩田将军题名。林垂午在详细了解了事情原委后，欣然同意。2011年8月24日，林垂午便带着迟浩田将军的题名来到了温州市援疆指挥部。

因为拜城四中是重大项目，需要尽快投入使用，所以建设速度很快。数月工夫，综合楼、教学楼、实验楼、图书馆、艺术中心、餐厅、宿舍楼、教师公寓、体育馆以及游泳馆等16个单体主要建筑物已经建成，建筑面积9.58万平方米；同时配备了先进的教学仪器、多媒体教学网络体系、生活设施、标准化运动场等。在连新良的努力下，拜城四中还与温州市第二中学结对成为姐妹学校。

拜城四中作为新建学校,虽有"温州血统",但如何将其办出特色、办成名校,却是长路漫漫。走好长路,起步无疑最为重要。为此,连新良一直在思考。他与指挥部的同志经常切磋讨论,最后决定采用一种新的援教模式,即从"单兵作战"到"集体冲锋"。

针对学校教学管理工作,温州市创新教育援疆模式。增派的11人中,有常务副校长、教务主任各1名,他们组成管理团队,参与拜城四中的管理,另外9名优秀教师担任学科组长,参与各个学科建设。援疆教师既是先进理念的推广者,也是管理团队的骨干,从管理和学科教研进行全面更新和改革。

援疆教师根据学校实际提出了教学改革创新思路。重点抓好课程、课堂、课外"三课":一是抓学校课程,充分利用学校教育资源,努力形成自己的特色课程;二是抓课堂教学,通过对教师专业技能和素养的培训,引导教师有效指导学生,提高教学质量;三是课外抓作业分层,因材施教。

拜城四中教学注重技能与素养提升课程的安排,开设绘画、诗歌、舞蹈、朗诵、影视制作、刺绣、国际象棋、足球、篮球等课程,此外还统一对教学管理进行诊断,改变评价标准,取消等级之分,只区分前20%和后20%,将分层教学与减负提质结合起来,促进学生全面而有个性地发展,推动学校教育的特色化。温州的教育援疆模式实现了由援教队伍的助力到学校制度和文化在拜城的"生根发芽"——流动的是教师队伍,带不走的是学校制度和文化。

连新良看着这些可喜的变化,开心地笑了。他说:"我有很多梦想,但我最想实现的,就是教育梦想。现在,我看到我的梦想成真了。"

"光明使者"吴坚韧

2011年初的一天，金华眼科医院院长吴坚韧突然接到金华市卫生局一位领导的电话，对方非常客气地说："吴院长，有个事情想跟你商量。"

吴坚韧爽朗地回道："有什么事情？您尽管说就是。"

"哎呀，不好意思开口。"

"您是领导，我们又是老朋友，怎么吞吞吐吐的？"

"真的不好意思。"他说，"我们这次援疆，别的人员都选好了，只是还需要一名眼科医生。公立医院派了其他医生援疆，眼科这一块，挑了半天，还是你们医院好，想听一下你的意见。"

"没问题，这个任务我接受了！"吴坚韧答应得非常干脆。

金华眼科医院是2004年吴坚韧自己开办的民营医院，是浙江中西部首家集医疗、预防、保健、教学、科研于一体的二级甲等眼科专科医院，在金华当地的影响很大。

2010年，中央新一轮对口援疆工作启动，浙江金华与温宿县结成对口支援关系。金华市援疆指挥部了解到温宿是全国日照时间最长的地区之一，紫外线照射强烈，是白内障疾病高发区，但当地眼病医治条件十分落后，甚至没有一位能够进行白内障手术的眼科医生，遂决定在金华挑选一家医院援建温宿县人民医院。在反复考虑后，市卫生局觉得还是吴坚韧的医院最为合适。但金华眼科医院是一家民营企业，没有援建义务，市卫生局只能尝试去做吴坚韧的工作，于是就有了开头那一幕。

吴坚韧从没有想到这样的任务会落到自己头上，但他感到非常荣幸。他曾在新疆生活过很多年，对新疆感情很深。他当年决心办眼科医院，正是因为他在新疆时，看到了眼病患者的痛苦。所以他没有丁点迟疑，当即答应。

这一答应，开创了当地民营医院援疆的先例。

接受援疆任务后，吴坚韧便去找金华市援疆指挥部指挥长程天云对接。程天云当时正在杭州参加援疆培训，见到吴坚韧，非常感动。

很快，金华眼科医院派出了第一位专家。到达温宿后，专家发现，当地的医疗条件比想象中的还要糟糕。温宿县人民医院没有专门的眼科，只有一个五官科，没有眼科医生，也没有设备，连场地都没有。温宿人以前做白内障手术都要去阿克苏或乌鲁木齐，有的就直接放弃治疗了。专家把看到的情况马上汇报给了吴坚韧。

吴坚韧决定亲自去一趟温宿。这次温宿之行使他了解到眼病给当地各民族乡亲带来的痛苦。他回到金华以后，在当年8月就启动了"光明行"公益行动，免费为当地的白内障病人做手术。程天云得知后，说："没想到你一家民营医院还会主动做这个项目，当地太需要了！"

因为当地医院什么都没有，所以晶体、药品、缝针、手术刀等医疗用品都是从浙江打包带过去的。当年，吴坚韧的团队在艰苦的条件下，做了100例白内障手术。当时，许多温宿的乡亲认为白内障是治不好的，没想金华眼科医院的医生一来，患者就重见光明了。

吴坚韧是义乌人。就在他出生那一年，在中华人民共和国成立以前就是汽车修理工程师的父亲吴斌听说新疆建设需要人，就报了名。当时这类人才非常紧缺，各个单位都抢着要他。最后，吴斌作为技术干部，到了新疆粮食厅汽车队。他自己安顿好后，就把全家人都接到了新疆。

1961年，吴坚韧母亲施凤娟带着父亲的小妹妹、两个儿子和四个女儿，从老家出发来到了乌鲁木齐，吴坚韧年龄最小，当时才三岁。一大家子就这样，在新疆安了家。随后，吴坚韧的小妹妹在乌鲁木齐出生，小姑姑也成了家。一家人就这样开始了平静的生活。之后，受"文化大革命"的影响，一家人的生活经历了不少波折与困苦。

1977年，中国恢复高考。吴坚韧一听，很是激动。他虽只是初中毕业，却想去一试。他把自己关在房间里复习了整整一个月，最后被八一农学院录取。但他想学开车，就上了新疆交通技校。前者是大学，后者是技校。他只读了两年就毕业了，被分配到自治区公路局下属的北疆边防汽车大队（后来改为新疆第一公路汽车大队）成了一名在当时很"吃香"的汽车驾驶员。

吴坚韧驾驶汽车几乎跑遍了天山南北。工作了一段时间后，他逐渐感觉自己应该再学习提高，就办理了停薪留职，去了乌鲁木齐，在电大、夜大学习。为了生计，他课余也做生意。赚了一点钱后，便与人合伙买了辆翻斗车，收了徒弟，请驾驶员帮忙开车，穿梭于建筑工地。此时，辛劳了一辈子的父亲退休回到了义乌。为了能在父母身边照顾，吴坚韧于1987年申请调回金华市中心医院。

医院让他组建车队。他根据现状，很快建立了一套行之有效的管理模式。没多久，医院车队成了令人羡慕的地方。后来，政府允许单位办第三产业。院领导认为他有想法，有管理能力，便让他创建了金华康利实业总公司，吴坚韧成了"吴总"。

当时，虽然很多单位都办了第三产业，但金华市中心医院的第三产业是全省卫生系统中效益最好的,也是职工福利搞得最好的,一时在浙江引发了广泛关注。一篇以《康利把医院改革引向何方》为题目的报道,引起了全省各大媒体的讨论。康利迅速发展,有了分院、门诊部等8个部门。然而,虽然改革的步伐一直向前,但跨步太大,机制和体制不能同步。康利即使运行良好,最终也只能偃旗息鼓。医院给吴坚韧重新安排了管理职位。但他经过一番思考后,毅然于1998年再次停薪留职。他要开创自己的事业了。

因为大哥在新疆是学医的,所以吴坚韧从小耳濡目染,始终有个从医情结。

吴坚韧在新疆开车时,曾走南闯北,每次见到在路上行走的盲人,他总会停车捎上一程。他意识到眼睛对人的重要。于是,他开始了自己的"光明行":第一年开了眼镜店,第二年与温州医学院眼视光医院合作开办了金华市眼视光预防保健所,第三年成立金华市眼视光研究中心,第四年开办金华康利眼科门诊部,第五年筹建金华眼视光医院。到2004年6月,旨在打造浙江中西部眼科诊疗中心的金华眼科医院正式成立。

2004年,吴坚韧启动了防盲治盲"慈善光明工程"公益项目,目的是帮助浙江省金华市白内障致盲的贫困患者重见光明,重返社会。2007年,他捐资在金华市慈善总会设立冠名"慈善光明基金",近4万名贫困白内障患者受到该基金资助,得以复明。

2011年,吴坚韧开始援疆时,金华眼科医院的专家人手也很紧张,他派出一位,医院就少一位。但他派出的,都是最好的眼科专家。

除了派出专家,他还先后捐赠了进口人工晶体300枚,在温宿开展了"光明行"项目。该项目目前已为当地上万名群众进行义诊，为超过1200名各族群众免费手术复明，其中包括一位97岁高龄的老人。医院还与当地建立了长期技术协作关系，不定期派出10余人的专家组前往温宿县进行技术援助，接收当地的医务人员来院进修、学习与培训。经过多年努力，温宿县人民医院眼科有了自己的眼科医生队伍，能自主开展白内障、青光眼手术等诊疗项目。金华眼科医院"授之以渔"的"组团式援疆"得到了浙江省委统战部、省卫健委和金华市援疆指挥部的高度认可和肯定，还被中央电视台拍成专题片，在国际频道播出。

前期援疆主要针对的是老年人群的视觉康复。从第4位专家援疆开始，吴坚韧便把主要精力放在青少年近视防控上。他做了一个新的项目，叫"关爱儿童青少年眼健康工程"，是针对儿童、青少年眼健康，专门做儿童、青少年近视防控的。在温宿和南疆的很多地区，这是视光领域的空白。吴坚韧认为，关注老年人的眼病是眼科援疆的重要工作，但关注儿童、青少年的视力健康便是关注祖国的未来，更是不容轻视。为此，在后续援派专家时，他有针对性地派出了有相应特长的援疆专家。专家到温宿后，结合自己本职专业特长，在当地推广应用了金华眼科医院首创的浙江"1—3—5"近视防控体系。在援疆指挥部的支持下，吴坚韧积极跟当地的教育局、妇联、幼儿园和学校对接，很快把儿童、青少年的近视防控工作做起来了。仅在刚刚开始的一年多时间里，吴坚韧派出的专家团队就筛查学生7000多人次，为学生建立了屈光发育档案，开展眼健康动态监控和医学干预，构建近视防控长效机制。

吴坚韧是民企援疆，派出的专家由他发工资。除工资外，国家要求公家单位给予援疆人才的待遇，包括医生援疆期间的差旅、补助也全部由医院来报销。援疆专家的家庭有任何生活困难，包括孩子读书、上学，家里的水电维修，老人孩子身体有恙，吴坚韧都安排医院工作人员直接上门帮忙，以解除在外专家的后顾之忧。

2018年2月，浙江省"光明快车"慈善助医项目正式启动，旨在为省内家庭贫困的白内障、糖尿病性视网膜病变患者与青少年、儿童低视力患者提供医疗救助。次年6月，吴坚韧与浙江省慈善总会领导一行专程前往新疆维吾尔自治区第二济困医院，开展技术扶贫对接工作，把"光明快车"开到了边疆少数民族群众身边。

吴坚韧的金华眼科医院从2011年2月援疆开始，至今已历时13年，从未中断。现在，金华眼科医院的第9位眼科专家已经在新疆温宿看诊。在此期间，吴坚韧数十次往返于浙江和新疆。在这个过程中，他对新疆也越来越依恋。按他的说法，他应该算"多半个新疆人"。

除了做好"光明行"慈善活动，接下来，吴坚韧还专门成立了公司，响应政府号召，助力消费援疆。一方面，他准备把南疆地区的土特产带到浙江来，让大家足不出户就能买到质优价廉的新疆特产；另一方面，他准备把更多的人带到新疆去，让大家亲自到新疆享受新疆各地的美食，欣赏新疆的壮丽美景，体验新疆的风土人情。他想通过产品走出来，游客走进去，帮助当地的经济活起来，带领当地群众齐走共富路。

"让人人享有看得见的权利"是吴坚韧创办金华眼科医院的初衷。而援疆对吴坚韧来说，是他对新疆的一次回馈。他的慈善义举也曾被众多媒体宣传报道，得到了政府的肯定，受到了群众和社会的广泛好评。金华眼科医院先后获"中华慈善奖""中华慈善突出贡献奖""全国慈善会爱心企业""浙江省残疾人工作先进集体""浙江慈善奖""浙江省文明单位""浙江省卫生健康系统'双强六好'民营医院""浙江省红十字人道促进奖""浙江省企业文化品牌建设先进单位"等国家、省、市各级荣誉60余项。吴坚韧本人也获得"全国慈善会爱心企业家""长三角慈善之星""浙江好人""浙江慈善奖""浙江省儿童工作先进个人""金华市第二届优秀中国特色社会主义事业建设者""金华市二十佳社会工作专业人才"等荣誉。

  而在数千公里之外的温宿，吴坚韧和他的团队被各族乡亲称为"光明使者"。

"天山的灯"姚仁汉

1984年7月,姚仁汉从宁波师范学院(现宁波师范大学)物理系毕业,到镇海中学任教。那时候,他和很多年轻老师一样,住在学校宿舍。因为他一直比较瘦,所以大家一直称他"阿苗",有些女同事经常调侃他是"苗条淑女","阿苗"这个昵称也就在校园里传开了。

他是个很有亲和力的人,大家都愿意聚在他身边。他热情大方,自己的BP机也乐意借给大家用。1990年,他与妻子赵英结婚时,大家都赶去他老家贺喜。当时,大家兴致很高,在他老家的野外不停拍照,把他结婚拍照用的胶卷都用到了自己身上,以致正式要用时,胶卷已所剩不多,搞得姚仁汉哭笑不得,只能一笑了之。婚后,他的家也安在一间教师寝室里,成了很多单身老师常来蹭饭的地方。一到周末,大家就会让嫂子弄点好吃的。

姚仁汉喜欢拍照,喜欢摆弄当时学校仅有的一台海鸥相机,也经常替学校拍活动照片,那架势,俨然一个专业摄影师。他也喜欢航模,经常在中午去学校的航模工作室打副手,和学生一起制作模型。姚仁汉极强的动手能力就是这样锻炼出来的。他的同事王琳军还记得,有时候大家搪瓷脸盆破了,都会找他去焊补,他也总是欣然答应,绝不推辞。

姚仁汉对教学认真是出了名的,但他并不死板。课堂上,他还经常穿插着讲一些笑话,让学生们不至于太紧张。当某个学生一时无法掌握一些知识点时，他会用自己的镇海普通话调侃他："介简单的题你也不会啊?"但语气中没有一丝责备。然后他会俯下身，给学生仔细讲解。他教过的学生都能感受到，他没有杂念，也没有任何功利心，就是一心想把学生教好。学生成绩有提高，他就高兴了。

姚仁汉身材瘦小，私底下说话时声音经常是沙哑的，但只要一站到讲台上，他总是神采奕奕，中气十足，声如洪钟。他生怕有学生听不到，上课时会习惯性地提起嗓门，花120%的力气讲课。即使那些内容他已经讲了几百遍，讲了二三十年，他还是会非常认真地对待。"太妙了！你们说，妙不妙？"他这句在讲解完难题后所说的口头禅，成了无数学生独特的青春记忆。

翻开姚仁汉的一本备课笔记，可见扉页上用端庄的正楷写着："同学们，从你们这一届开始，浙江省全面实施新课改，我们高中物理亦同步实施。"那句话就是他给那一届学生上课的开场白。在课堂上，他思路清晰，语言风趣幽默，布置作业极少。但无论初中还是高中，他带的班级成绩总是名列前茅，他曾经有两届初中毕业班的物理平均分都是全省第一，有一届高中毕业班的高考物理平均分全市第一。他当班主任时带的一名学生日后还解决了著名的数学难题"法伯相交数猜想"。

除了正常的教学工作，他还先后担任过校航模队辅导员和学科兴趣小组指导教师，辅导学生参加省、市航模比赛，多人多次获省、市前三名；辅导学生参加物理竞赛，两人获全国一等奖。

姚仁汉治学严谨。有一次他拿着第二天要考的单元测试卷站在了出卷子的陈老师面前。他把自己提前做好的试卷铺开，一道题一道题地陈述自己的看法——"这道题在前几天的练习中出现了""这道变力做功的题对刚学的学生来说太难了""这个实验题的实验数据不对，不符合实验事实""整张试卷的计算量太大，学生是做不完的"……一位老教师一见，走过来想打圆场，刚开口就被姚仁汉挡了回去，"对于高一的学生，单元测验是很重要的，要下功夫琢磨。试卷无小事，试卷检验学生的能力，更检验老师的水平。"姚仁汉严谨的治学态度，鞭策着每一个人。正是从"试卷无小事"到"教学无小事"，才让镇海中学的物理教学成绩始终处于领先地位。

作为副校长，姚仁汉负责学校的后勤、行政工作，非常忙碌，但他一直坚持物理教学，始终把教学任务放在首位。他任教的有一届是文科班，但为了方便给学生答疑，姚仁汉还是在物理办公室找了一个位置，方便晚上自习时回答学生问题。宁波市名师、同为物理老师的周金中不忍心见他这么辛苦，就半开玩笑地和他说："你的班级是文科班，很多都是物理成绩差的学生，他们也没有那么高的学习要求，你这么辛苦，何苦呢？"姚老师理了理几个约谈学生的作业，笑着说："这几个学生其实不只是物理差，总成绩也不好，我给他们答疑的主要目的不是提高物理成绩，而是让他们感受到老师的关心，让他们不失去自信心。后进生更渴望老师的关爱。"有教无类是教育的本质，姚仁汉始终把它落实在实际工作中。

作为一所百年名校，镇海中学校区设施与省内其他重点中学相比显得比较落后，已不符合现代学校的标准，部分教学设施也无法满足教学的需求。2008年汶川地震以后，按照教育部的要求，全国所有学校都要加固以防震。镇海中学要能防7级地震，因此要对学校进行大规模改造，改造期间，整个学校临时搬到龙赛中学。姚仁汉负责具体搬迁工作。

2010年6月改造开始。为了尽快恢复正常的教学，加之2011年恰逢学校百年校庆，所以要在2011年4月改造好。时间紧张，任务艰巨。

镇海中学占地面积90亩,建筑面积4万平方米。整个校园改造工程其实比重修一所学校还要费力。学校水电要全部改造,每幢楼都要加固,以符合公共安全标准,建筑外立面要改造,环境要优化。所有人都知道这活不好干。姚仁汉要协调,要管理现场,要组织开会,跟施工方沟通。地坪、窗户、桥、架、电、水、气,是不是符合要求,他全部要检查。他是个一丝不苟的人,每个角落、每个插座他都去检查过,所以按时高标准地完成了任务。而在这期间,他还一直上课,该上的课一节也没有减少。因为工作量巨大,每天晚上他都是很晚才回家。

2011年11月,为了探索新的教育援疆模式,更好地做好教育援疆工作,宁波市援疆指挥部决定由镇海中学与库车县第二中学(以下简称库车二中)联合办学,成立了镇海中学库车分校,为期三年。

姚仁汉想主动请缨,便回去和妻子商量。

妻子说:"你都50岁了,那边的条件肯定比较艰苦。"

"50岁刚好,现在不去,更待何时啊?"

看他很是坚决,妻子便说:"你真要去,我肯定支持,家里也没有什么大事,女儿读大学了,不用咱们操心,娘虽然87岁了,但身体还硬朗,我可以照顾,何况还有你姐姐、哥哥和妹妹呢!"

他意识到,家里就妻子一个人,于是对妻子说:"我学校里有一间宿舍,你住那里去。万一有什么事情,学校里还有我的同事可以帮你。"

妻子答应了。她搬到学校的寝室里住了三年,直到姚仁汉回来。

2012年9月,姚仁汉从东海之滨来到天山脚下,在库车二中担任副校长，成为一名援疆教师。当时，他已担任镇海中学副校长多年。

来到库车二中，他首先思考的是：教育援疆应该从何入手？如何提高教学水平？援疆结束时能给这里留下什么？

经过一番了解，姚仁汉看到库车二中硬件条件不错，唯独欠缺师资力量。有着28年教学经验的他，决定从教师培养入手补短板，传授先进的教学理念。

因为常带一张板凳坐在教室后面听课，姚仁汉被大家亲切地称为"板凳校长"。他详细记录授课教师的教学思想、专业知识水平，以及和学生们互动的情况。课后，他与老师们深入交流，分析不足，给予指导。有一次，姚仁汉在旁听了一位老师的讲课后，没有给他留一点情面，直接对他说："你这样上课绝对不行。问题出在备课质量上，要想办法提高。"听了这样的话，那位老师感到被人猛击了一拳，深感羞愧。课后，姚仁汉找到他，真诚地说："我刚才的话应该委婉一点，我是着急。我们教师是教书育人的，跟其他工作不同，所以我对你的要求很严。这样吧，以后我来带你。"在他的悉心指点下，那位老师的教学水平进步非常快。

姚仁汉先进的教学理念、严谨的工作作风，让库车二中教师受益匪浅。为了帮助教师提高业务水平，姚仁汉还提议由一名援疆教师与两名库车二中年轻教师结成师徒关系，开展"传帮带"活动。同时，在宁波市对口支援库车县指挥部的支持下，库车二中每年派年轻教师赴镇海中学接受培训。库车二中由此培养、储备了一批教学骨干。

在库车期间，姚仁汉把镇海中学的教学模式运用到了库车二中的实际教学中，指导老师集体备课，提前一星期和各组老师一起研讨、说课，提高了教学质量，学生的学习成绩也随之明显提升。

在一次新老教师师徒结对仪式后，姚仁汉给物理组年轻教师作总结发言。他没有准备讲稿，也没有多说什么话，而是把他的教案放在大家面前。那教案笔迹工整，用黑色笔书写的是课前教案，用红色笔书写的则是课后教案。这份教案让那些年轻教师爱不释手。他告诫年轻教师："我们做老师的，必须要写好一整轮教学个性化的教案。备课对一名教师而言，是教学业务水平的体现，也是最好的成长方式，我就是这样走过来的。"他还提醒大家，课后反思是备课的终点，也是下次备课的起点。其后，他还无私地把他多年的备课成果拿出来，供大家学习、参考。许多年轻物理教师由此整理出了个人的"备课宝典"。这其实也是姚仁汉在镇海中学一直以来的做法。

姚仁汉到库车二中的第一年，库车二中高考成绩刷新了本校纪录，第一次有1名学生考入清华大学。随后两年，又有5名学生考上清华大学、北京大学。作为浙江省援疆人才首批"传帮带"试点工作室，姚老师领衔的镇海中学名师工作室获得了阿克苏地区援疆人才"传帮带""十佳名师工作室"的荣誉称号。

"没有学不好的学生，只有教不好的老师。"这是姚仁汉的口头禅。

在库车二中，姚仁汉除了担任副校长，同时还管理高一20多个班级。新疆的作息时间与宁波不同，这里早上9：40上第一节课，晚上8点下课。姚老师总是早上8点不到就到校，晚上8点以后，有时甚至11点才离开，每天工作时间都在12个小时以上。很多时候，学生就寝前，他常去学生宿舍串门，了解孩子们的生活与学习情况。他发现，学生几乎人手一部手机，晚上不睡觉，玩游戏，发短信，影响第二天的学习。姚仁汉马上向学校建议：要抓好学风，首先要从学生手机管理开始。但大部分学生住校，要跟家人联系。姚仁汉堵疏结合，在校园里增加了120部固定电话，方便学生使用。库车二中的学风很快得到转变。

姚仁汉有针对性地建立起导师制度、集体备课制度、分级管理制度、教师轮岗宿舍管理制度、师徒"传帮带"制度等，把镇海中学的教学模式与库车二中的实际相结合，使得教师的教学水平迅速提升。其中的导师制度就是让一名老师带2—3名该科目成绩差的学生，导师利用课余时间进行辅导，效果非常明显。

库车二中有许多维吾尔族学生，虽然他们普通话都不错，但家访时老师如能说维吾尔语，就能更好地和学生家长交流。姚仁汉决定学习这门语言。他和援友们一起，请来热孜万·艾莎担任他们的老师。要学习一门语言其实是很难的，大家学得很吃力。为了不让大家打退堂鼓，他建议热孜万老师寓教于乐，多教日常能用的词句，每堂课选择一个有趣的主题，比如饮食、节日、风俗、风景等富有当地文化和生活气息的，这样大家就有兴趣了。他的建议很好，没过多久，大家就能用维吾尔语进行简单交流了。

每批次人才援疆的时间是一年半。2014年1月，援疆教师期满回浙。离别时，学生舍不得姚仁汉离开，师生相拥而泣。老师带学生，就像家长带孩子，是有感情的。姚仁汉来不及跟爱人商量，也还没有征求组织的意见，就对依依不舍、眼里泪光闪烁的学生说："老师会跟组织请求，再带你们一年半，把你们这一届带满。我要看着你们都考进大学。"

他先和宁波市援疆指挥部谈了自己的想法，指挥部当然支持。然后他给妻子打了电话。

夫妻俩感情很深，每天晚上，姚仁汉都会给她打电话。他还特地向年轻老师请教，学会了使用QQ视频聊天，有空的时候，他就会和妻子在网上见面。他开心地说："没想到，年过半百了，还跟老婆浪漫了一回。"

赵英说，打电话，他总是报喜不报忧。但在视频里看到他，见他的精神状态和气色都不错，也就放心了。

赵英本以为一年半后，丈夫可以回家了，一家人就可以团聚了，没想到他自己却要求再多留一年半。他说："这可是孩子们人生最关键的时期。再延期一年半，是为了孩子们的前途，也是为了给我自己在库车的从教生涯画上圆满的句号。"

赵英当时心里有些难过，但嘴上却说："你自己定好了，我没有任何意见。家里你也不用担心，把自己照顾好就行了。"

就这样，在结束了一年半的援疆支教工作后，姚仁汉继续留疆。

一大早，姚仁汉走到库车二中校门口。维吾尔族保安一见他的身影，就欣喜地跑向他："姚校长，您还没有走啊？"

"暂时不走了，要走得一年半过后了！"

"真的啊？"保安有些不相信自己的耳朵。

"放不下这些娃娃。才带了3个学期，还有3个学期呢，总觉得一件事情没有做完。"

保安一听，转头就对学校里的学生喊："姚校长回来啦！"

已经有学生看到他的身影，向他跑来。他被他们簇拥着，走进校园。

姚老师当年的徒弟、库车二中教研室主任张杰说："从高一到高三，我们一起把那届学生送进大学。他言传身教，把教学经验毫无保留地传授给我。那3年，是我各方面成长都很快的3年，我学到了很多教学方面的经验。"

毕业于同济大学的黄奔回忆说："姚老师在学习和品行要求上对学生如严父一般，在其他方面则如慈母。我对他的印象永远停留在一个太阳即将落山的下午。当时我马上要参加高考了，吃完晚饭走向教室，姚老师刚从办公室出来，他看起来身体瘦弱，但脚步有力，行走带风。认出我是高三的学生，他立刻笑着对我说'同学，加油！'正是他的微笑和那句鼓励激励了我，此后一直影响着我。"

刘建珺同学的母亲因健康原因无法工作，家里生活很是拮据。为给家里省钱，她经常不吃晚饭，甚至不愿让老师到家里走访。姚仁汉看在眼里，便资助她，把她当成自己的女儿一样。她不吃晚饭，姚仁汉就把饭打好，让同学给她端到寝室里。他无微不至的关爱，让刘建珺同意姚仁汉到她家去看看。姚仁汉对她讲，自己小时候家里也很困难。按他的高考分数，他可以报更好的大学，之所以报宁波师范学院，一是因为自己想当老师，二是因为宁波离家近，家里不用出路费。那个时候读师范，每个月还有5元钱的补贴。命运要靠自己改变，而改变命运的途径就是好好学习。刘建珺深受触动，后来报考了一所师范学院，选择就读物理专业。她说，将来她要像姚老师那样，做一名受学生爱戴的物理老师。

2015年，镇海中学副校长金洪森代表学校去库车看望姚仁汉。去之前金洪森问过姚仁汉，姚仁汉说他会在学校。飞机到乌鲁木齐要转机去库车时，金洪森收到他的短信，说他要去江西开一个会，非常抱歉。两人对了一下金洪森到库车的时间和姚仁汉从库车出发的时间，发现金洪森乘坐的是一趟从乌鲁木齐到库车的往返航班，这趟航班将金洪森这批乘客运到库车，然后再带着姚仁汉这批乘客从库车飞回乌鲁木齐。两人便决定在机场见一面。两人坐在机场的门口，金洪森把学校领导的慰问信和姚仁汉女儿带的小礼物交给了他，前后也就五六分钟时间。

三年援疆结束，姚仁汉从宁波带来的教学理念润物细无声地滋养着库车二中的师生。2015年的高考，库车二中有2名学生考入北京大学，1名考入清华大学，1名考入香港中文大学，达到一本分数线的学生有335人，实现了历史性突破。

2017年2月25日，姚仁汉因罹患肝癌猝然离世，生命永远定格在55岁。当时，他从新疆库车回到宁波镇海才一年多。他去世的消息在微信朋友圈传开后，宁波、库车两地师生一开始都没人相信。在宁波，近千人自发地聚集到姚仁汉的老家鄞州区瞻岐镇姚家村，为这位优秀的物理老师、"天山的灯"送上最后一程。

姚家祠堂站满了人，仅是祠堂门口的花篮、花圈就摆出了10多米远。一直到仪式开始，还不断有花圈送来。

姚仁汉的耄耋老母泪流不止，特别伤心。老人就住在距离姚家祠堂几百米远的老房里，从两天前的下午开始，她一直看到有人往姚家祠堂送花篮、花圈，可是，她根本没想到，这竟然是送给儿子姚仁汉的。此前，家人为老人身体健康考虑，一直没有把姚仁汉生病的消息告诉她。直到24日一大早，她才知道实情。这"白发人送黑发人"的伤痛实在难以承受。

赵英原来在企业工作，为了支持姚仁汉的工作，她1996年买断工龄，受聘到一家公司做财务，然后又到镇海中学蛟川书院工作。姚仁汉去世后，因为悲伤，她难以继续工作，便退休了。直到多年以后，她才继续到蛟川书院做财务工作。

宁波市第七、第八批援疆干部算是姚仁汉的援友，除了个别出差在外的，都到了告别现场，部分援疆老师和援疆医生甚至驱车两个多小时从余姚、慈溪等地赶来。姚仁汉在援疆期间面对巨大压力，不但不退缩，反而坚持待了三年，把自己的师者风范留在了新疆。他平易近人，热爱教育，关爱学生，将宁波的先进教育理念带到了新疆。人们对姚仁汉的敬重是发自内心的。

姚老师早已桃李满天下。即便无法到现场送别，学生们也通过各种形式寄托哀思。镇海中学1986届初三（1）班全体同学在两个多月前刚举行了毕业30周年的同学会，他们特意邀请了他们的姚老师到场。此次全体同学发了唁文，文末称："人生有幸，在最好的年纪遇上最好的老师。"他的另一位学生写下这样一段话："人生就像一场在无垠宇宙中的探险，姚老师就是一颗善良的星球。"

1990届有个特殊的班叫"五科班"，当时特招了一批没学过英语的农村学生。在这班学生看来，姚仁汉对他们用的心思更多一些。该班学生顾赛晔已是上海某公司的高管，得知姚仁汉老师去世，她一时无法接受，还打了好几个电话确认，25日大清早就从上海赶来。她的眼眶红红的，极力克制悲伤："姚老师心里总放不下我们这些学生。我还记得，当时姚老师刚结婚，为了我们，蜜月都没过就回来上课了。"

他曾经的一位同事得知他去世后，痛惜不已，写了一首《悼念姚仁汉副校长》的挽诗：

> 笑脸暖若春风，心房宽敞无邪。
> 生活朴实至简，工作严谨热血。
> 课堂妙趣横生，言语幽默诙谐。
> 作业布置极少，成绩总是前列。
> 镇中躬耕十轮，积极援疆三年。
> 处事先想他人，常把自己忽略。
> 挑战新岗猝逝，弟子战友心裂。
> 仁君一路走好，天堂好好安歇。

金洪森说："镇海中学2010年6月全面改造，2011年组织百年校庆，姚老师是具体负责人，同时也一直坚持给学生上课。2012年又去援疆，一去三年。姚老师是个任劳任怨的人，什么事都自己扛,再重的担子都自己挑。身体有点累,或者有点状况了,他也不会跟领导和家人说。他就像一台机器,一直在高负荷运转,没有保养的时间,所以突然就出问题了。从他查出疾病到去世,时间很短。得知他去世的消息,所有人都很诧异。我接到电话时,怎么也不相信。我想,生病的话,会有一些预兆啊,比如要求去住院了,或者请假不来上班了,而他一直在上班。"

一个月后,《光明日报》在头版头条刊发了《以一种精神继续存在》的通讯报道,来追忆这位普通的老师,表达哀思:

> 春天来了,姚仁汉却走了。
>
> 白的墙、暗红的地板与家具,家里几乎没有别的色彩。妻子赵英静静地坐着,电视柜旁姚仁汉曾经穿过的衣物叠放得整整齐齐。"按照习俗这些东西是要烧给他的。"再也回不到这个家的,是一个温情的丈夫、一个慈爱的爸爸。
>
> 一个月前,宁波市鄞州区瞻岐镇姚家村姚家祠堂迎回了一位给家族带来荣耀的宗亲。那一天,200多平方米的姚家祠堂站满了人,祠堂外也被人们围得水泄不通。门口摆满花篮和花圈,铺了十几米远。菊花瓣托着水珠,恰似1000多名送行人的泪水。
>
> 从突感不适查出肝癌到2月25日舍世而去,姚仁汉只给亲友留下20天的相守。他的突然离去引起了浙江宁波、新疆库车两地教育界的震动——他是援疆教师、宁波镇海中学原副校长、镇海区委党校副校长姚仁汉。
>
> ············

当姚老师去世的噩耗传到远隔4500公里的库车时,各族师生、家长和众多援友难抑悲伤,为他洒泪送行。库车二中师生们第一时间发来了唁电。"谁能想到援疆结束时的一声再见,竟成永别。姚老师对当地教师毫无保留地传授经验,默默资助贫困学生,大家心中的感谢都还没表达够呢!"库车二中的一名老师呜咽着说。为纪念姚仁汉,在他去世后不久,库车二中"姚仁汉名师工作室"挂牌。2019年,姚仁汉的事迹被排成话剧《天山的灯》,在浙江、新疆巡演。他的精神,留在了浙江,也留在了新疆。

携女援疆的黄期朋、陈柳莺夫妇

黄期朋和陈柳莺是带着孩子一起到拜城的，他们可能是中国第一对携女援疆的夫妻。

那是2011年7月，温州市委组织部联合市教育局、市人保局，决定增派第七批援疆教师11名，前往对口支援的阿克苏地区拜城县支教。按计划，他们将到拜城县第四中学，也就是温州大学拜城实验高中工作两年。温州把援疆名额分配下去，乐清市分到两个名额——一名政治老师和一名英语老师。接到通知后，白象中学校长打电话给黄期朋，问他愿不愿意去。黄期朋毫不犹豫就答应了。看了相关文件后，他发现援疆项目还需要英语老师，就跟校长开玩笑说："要不我和陈老师一起去？"

黄期朋说的陈老师，就是他的妻子，白象中学英语老师陈柳莺。

黄期朋毕业于华东师范大学，毕业时，温岭师范学校（后合并到台州学院）草签了他去任教的协议，同意录用后马上送他去读研究生。但由于黄期朋是家中长子，父母不愿意他到外地工作，所以8月底他就回到乐清，被教育局分配到芙蓉中学当老师。这个学校在乐清郊区，雁荡山的南边，比较偏远。刚开始黄期朋有些失落，后来却觉得，冥冥之中，一切都是最好的安排。因为在芙蓉中学，他认识了陈柳莺，两人喜结良缘。

2003年，两人一起从芙蓉中学被调到白象中学。

黄期朋把一起去援疆的玩笑话给妻子讲了，陈柳莺竟然认真地说，她真的想去。

两人很有激情地规划了一番，但他们很快就冷静下来了。他们的女儿才两岁，如果夫妻俩都去，那孩子怎么办？

双方的父母都在农村务农，孩子也从没离开过他们。这么小的孩子，托付给谁都不合适。他们又想，可不可以把孩子一起带过去？

他们抱着这个想法去找校长，校长不同意。一是孩子才两岁，太小，远天远地的，去了拜城，条件肯定艰苦，一切都不方便；二是学校也有难处，师资本来就很紧张，一下派出两名骨干教师，学校的教学安排肯定会受影响。

黄期朋就自己先报了名。但过了许久，英语老师一直没人响应，名额一直空着，市委组织部和市教育局于是同意让黄期朋和陈柳莺一起去新疆。

跟他们谈话的领导问他俩有什么要求。他们说了家里的具体情况，有些忐忑地提出，能不能带小孩一起过去。

他们本以为，领导肯定会拒绝这个请求。

没想到，领导一听，就说："这很好！说明你们对新疆很放心。别人对新疆还有误解，你们能一家人过去，就是对新疆社会安全的高度认同。"

当时的拜城县委书记得知黄期朋一家三口都到拜城来，也非常高兴。援疆队伍一到拜城，书记就抱起了黄期朋的女儿，问孩子叫什么名字。黄期朋说，叫黄瑜宸。书记把孩子举起来，说："你可是第一个随爸爸妈妈来援疆的小天使。"他还特意跟秘书说，以后过节的时候，天气变化的时候，要记得给小孩子送套衣服。黄期朋一家援疆的那两年，孩子时不时就会收到书记送的小礼物。

黄瑜宸成了温州市援疆指挥部援建的新星幼儿园的第一批学生。按照规定，孩子要3周岁以上才能入园，黄瑜宸当时才两岁。而且，新星幼儿园的孩子年龄相对偏大，5周岁左右的居多。但黄期朋和陈柳莺要上班，只能把孩子送入园。刚开始，老师们也觉得接收这么个小不点儿很麻烦。但让大家都没想到的是，黄瑜宸很快就适应了幼儿园的生活，表现得非常好。

孩子在幼儿园正常上学，黄期朋和陈柳莺才能安心投入教学工作中。说实在的，新星幼儿园的条件和温州还是没法比。虽然硬件条件很好，但毕竟刚建起来，师资稀缺，老师中有一部分是干部家属，没有受过正规的幼儿师范教育。但这些老师对孩子很好，能让孩子有安全感，夫妻俩也就安心了。

幼儿园离黄期朋和陈柳莺任教的拜城四中有两三公里，天气好的时候，他们走路就能接送。冬天太冷时，到处结冰，他们就得用到车。按政策，援疆人员是不能自行开车的，只能坐指挥部的专车，但用专车接送小孩肯定不合适。黄期朋就给指挥部打报告，申请买一辆电动车，组织批准了。

黄期朋一家住在学校的教师宿舍里。拜城四中由温州选派骨干教师从事学校管理和主要学科的教学工作。除了四中，温州还援建了拜城一中，但一中是一所少数民族语言学校。四中当时既有民语部，也有汉语部。黄期朋和陈柳莺到校的时候，学校主体刚刚建好，还没有大门，也没有围墙，学生和本地老师也都还没过来。教师宿舍只有11名援疆教师住着。刚开始没有网络，热水供应不稳定。当地教育局本来安排他们先住酒店的，但老师们觉得住酒店费用太高，太浪费了，就主动要求住到宿舍里。

对于沿海地区的南方人来说，拜城的天气实在不友好。校园还没完全建好，绿化几乎没有做，如果窗户开着，那肯定会床上一层土，桌上一层灰，怎么抹、怎么扫都很难干净。一直到黄期朋援疆结束，学校的绿化才基本做完。学校给每个老师安排了一间宿舍，黄期朋和陈柳莺的两间是对门，一间用来放行李、杂物，备课，改作业，另一间作为卧室。为了保障先行到校的援疆老师的安全，学校也专门安排了保安值守，他们晚上就睡在宿舍一楼大厅的楼梯口，条件十分艰苦。

本地老师要9月底进校，学生则要11月才从拜城二中分过来。拜城二中本来是个完全中学，按照计划，从2011年秋季开始，高中部要全部迁到四中。另外，一中的民族学生里汉语水平比较好的，也可以到四中来就读。

援疆老师8月17日到校，负责毕业班。这批老师和当地老师是完全融合在一起排课的，从早到晚都在学校。在学生搬过来以前，老师们每天早上8点半从四中的新宿舍出发，赶到二中带学生早读；晚上11点半晚自修结束，再统一坐车回宿舍。因为时差的原因，冬天新疆上午的8点半天都还没亮。起初到新疆，老师们经常到凌晨2点才睡觉，起床却还是按温州的作息，6点多就醒了，睡眠肯定不足。

而且，老师们吃饭只能在食堂，不能自己做饭。因为他们大多数不吃辣，而拜城本地人爱吃辣，所以饮食都很不适应。食堂的饭菜比较单调，每天都是土豆片、西红柿、鸡蛋、皮牙子（洋葱），后来才有了点儿青菜。援疆那两年，老师们最盼望的就是指挥部开会，一开会就能在那里吃饭。指挥部会特意叫附近温州餐馆的厨师来烧菜，给老师们解解馋。但这种机会，一个学期也就一两次。

指挥部对黄期朋的孩子还是额外照顾的。因为孩子一点辣都吃不了，所以黄期朋被允许买个电饭锅，可以煮点面条、鸡蛋，偶尔还能炖个排骨。所以总体上来说，孩子还算适应。只是年龄太小，新疆温差大，孩子容易感冒，然后腺样体就会肿起来，躺下的时候，鼻子就会被堵住，只能用嘴巴呼吸。这种时候，他们夫妻俩就只能整晚轮流抱着孩子睡觉。开始有一段时间，这个问题总是出现，而且因为气候干燥，孩子鼻子还总出血。他们也动了把孩子送回老家的念头。但此时他们已经进入正常教学，抽不出时间送孩子回家。幸好，坚持了一段时间后，孩子慢慢适应了。除了有点水土不服，小朋友对新疆其他的一切都很喜欢，爱吃面，尤其爱吃羊肉。若干年后，有人请她吃羊肉，她一尝，就能知道那个肉是否来自新疆。

对于拜城县来说，师资紧缺始终是制约当地教育质量提升的首要因素。虽然在新疆县域经济中，拜城县整体经济实力还算不错，但教师的流动率依然很大。尤其新来的教师没有编制，如果有经济条件更好的地方招老师，他们可能一个学期的课都没教完就走了。所以，打造一支带不走的优秀教师队伍，无疑是教育援疆的重中之重。

黄期朋刚到四中的时候，学校的师资流失和生源流失同样严重。当时，整个拜城县能够考上重点大学的只有二三十人，成绩较好的学生都去库车或阿克苏了，能力强的老师也去那些地方了。一旦有老师突然辞职，学校就会出现某个学科教师特别紧缺的情况，还在校的老师就得补上。黄期朋和陈柳莺在那里的两年，高一需要去高一，高二缺人就去高二，高三也带了一届，哪里需要就去哪。温州市援疆指挥部要求他们师带徒，每节课都必须是示范课，都安排了当地老师过来听课。黄期朋前后带了多名徒弟，他们都获得了县级或地区级教学荣誉，其中还有一个考上了库尔勒的特岗，另外几个都成了学校的教学骨干。陈柳莺带的徒弟中也有一个考上了克拉玛依的特岗。刚到该校任教时，黄期朋、陈柳莺偶尔会看到学生晕倒。了解后他们发现，有的学生为了省钱，经常一日三餐只就着开水吃馕，营养不良导致贫血。他们将这些学生的家庭情况告知家乡乐清的一些朋友，动员他们捐资助学。不到一个月，黄期朋、陈柳莺夫妇便和乐清亲友一起，共同资助了5名贫困学生，为他们每月提供200元生活费，直至这些孩子毕业。

事实上，在浙江援疆的诸多项目中，温州的教育援疆做得非常好。在全国的援疆工作里，温州的教育援疆也走在前列。四中建好后，浙江省委组织部又派了5名教师到二中。2011年初，第七批温州援疆干部和人才到拜城后，温州市援疆指挥部指挥长连新良跟当地县委、县政府对接，想把智力援疆、教育援疆作为重点来抓。拜城县委、县政府也希望温州能够加大力度，帮助他们先把教学模式树立起来，塑造好学校的灵魂。连新良把信息反馈到温州市委、市政府，请求增派援疆教师，对四中进行全学科、全方位帮扶，这才有了黄期朋他们这一批老师。

2013年，黄期朋和同事一起带队，护送学生到库车参加高考。几十辆大巴穿过戈壁的时候，很有出征的感觉。黄期朋看到那种情景，眼眶一下红了。拜城的孩子读书有多么不容易，他太清楚了。他们在茫茫大漠中既轰轰烈烈，又十分孤独地前进，远处依稀有零星的人家。走到半程，所有人统一下车，男生往左，女生往右，找个地方方便。这是他们共同的高考记忆。令人欣慰的是，等他们这一批老师回温州的时候，拜城考上重点学校的学生已经有60多个了，拜城也设置了高考考点。

援疆结束后，黄期朋和陈柳莺回到了白象中学。直到有了二胎，因为通勤距离太远，黄期朋在2016年通过选调来到乐清中学。2022年，陈柳莺被调到了离家更近的乐清市职业中等专业学校。

他们一家人一直很关注拜城的消息，始终有一种援疆情结。

2018年4月，黄期朋再次与新疆结缘，作为乐清市农村文化礼堂建设领导小组办公室、市关心下一代工作委员会联合发起的"千里连心·情暖拜城儿童"关爱新疆拜城农村留守儿童活动的爱心使者，为公益事业、教育援疆再尽一份力。2020年，浙江推出了一个援疆助农活动，叫"我有一棵树，长在阿克苏"，黄期朋每年都会参加。2022年，他还专门组织学校高二的学生，每班认领一棵苹果树。到了秋天，他们就会收到阿克苏的糖心苹果，一起分享收获的甜蜜。

2023年，黄期朋还报名参加了"浙派政治名师送教新疆"的活动，以为可以回趟新疆。可惜因为他是教学处主任，这年又负责高三的教学，最终没有成行。黄瑜宸小朋友如今已是一名亭亭玉立的少女了，虽然离开新疆的时候，她只有4岁，但新疆的美食已经彻底刻入她的记忆，即便在江南水乡长大，她依然爱吃面，爱吃辣。这么多年来，黄期朋家每年至少要买一次馕，在享用新疆的标志性美食中回忆那段难忘的援疆时光。

拜城四中的老师也会给黄期朋寄馕和羊肉，有一年还托乐清中学新一批的援疆老师带特产到温州来。即便已经离开新疆很多年，黄期朋和新疆当地老师依然保持着非常友好、密切的联系。新疆老师在教学上遇到什么问题，依然会向黄期朋请教。

维吾尔族老师艾尼瓦尔和黄期朋同岁，当年是德育主任，如今已经是拜城四中的副校长了。他们都是政治老师，两人一见如故。在那两年的朝夕相处中，他和黄期朋犹如兄弟。那时，如果周末有闲暇，他们就会骑着电瓶车，带着各自的妻小，在拜城附近的乡村旅行，也会一起到艾尼瓦尔的朋友家里去做客。

古丽老师和黄期朋一家的关系也非常好，他们会一起去艾尼瓦尔家里。古丽还会带他们去乡下朋友家。那个朋友家里养了马，还有一个正在上小学的小男孩。大人把黄瑜宸抱到马上，小哥哥牵着马慢慢走。乡村的微风吹着，大家欢快地又唱又笑又跳舞，享受这美好的时光。

这个画面是黄期朋一家对新疆最深刻的印象。到当地人家里去，让黄期朋一家对维吾尔族的风俗习惯有了更深刻的了解。黄期朋认为，只有相互了解了，才能消除隔阂。在他们一家人的记忆中，新疆不仅不危险，新疆人还非常热情、友善、好客。

古丽老师还带他们去了乡下一所学校，和那里的老师、学生交流。师生们在学校里一棵高高的果树下铺了地毯，摆上甜蜜的果子和香浓的奶茶，还专门宰了一只羊，招待远道而来的援疆老师。那整整一个下午，他们围坐在地毯上，边吃边聊，谈各自的生活经历，谈学习和教学，谈理想和未来……一切都是那么快乐、融洽。

到了离别的时候，援疆老师和当地老师都非常不舍。他们一起吃住在教师宿舍，已经亲密得像永远不会分开的家人。新疆老师给黄期朋送来维吾尔族人最爱的艾德莱斯布，还给孩子送了好几套维吾尔族风格的小衣服。

这些跟新疆有关的美好回忆，黄期朋的小儿子只有听的份儿。在电视上看到关于新疆的节目时，他就会说，爸爸妈妈和姐姐都去过新疆了，他也想去。黄期朋就和妻子商量，2024年的暑假，要带着儿子，到新疆走一走，拜访一下老朋友，走一走他们当年因忙于教学，而没能去成的独库公路。

黄群超的柯坪湖羊梦

2013年8月,湖州市第八批对口支援新疆阿克苏地区柯坪县指挥部指挥长、党委书记黄群超带领副指挥长金宁、徐建学、11名援疆干部及13名教师、医生踏上了柯坪这块陌生的土地。

黄群超是浙江德清县人,毕业于浙江林学院(现浙江农林大学)。援疆之前,任湖州市林业局党委副书记、副局长。

黄群超和妻子是大学同班同学,一直感情笃深。她在得知黄群超要去遥远的柯坪时,找来《中国地图册》,翻到了新疆维吾尔自治区那一页,找到了柯坪那个地名,然后把它指给黄群超看。

"挺远的。"她说。

"我知道。可以看到戈壁和荒漠了。"

"三年呢。"

"想做事的时候,三年时间,一晃就过去了。"

"我到时也要去看看戈壁和荒漠。"

他们没有提两人要遥遥相隔、聚少离多的话题。

黄群超到柯坪后,工作再忙、再累,都要在每天晚上10点钟跟妻子通一次电话。他手机设了两次闹铃,一次是7点,这是他起床的时间——虽然因为时差原因,新疆上班时间是10点,但他还是习惯早起,洗漱、锻炼一小时,然后开始工作。他的很多工作,都需要在另外两小时的时间里来做;还有一次闹铃的时间是晚上9：55，这是提醒他，再过5分钟就该跟妻子通电话了。这也是他放松心情的时候，有话则长，无话则短，互道晚安。妻子知道他平安，可以放心入睡；他也知道妻子和家里的情况，放下心来，继续加班。更重要的是，虽然相隔万里，但他们的心依然在一起。给妻子打电话，已成为他的习惯。有一次，他去阿克苏办事，时间太晚了，就留宿在浙江省援疆指挥部。晚上闹铃一响，他就要给妻子打电话。有援友开他玩笑，说他是"妻管严"，他半开玩笑地说："'妻管严'好，少犯错误。"接着，他认真起来，"看起来我们是一人来援疆，其实是全家在援疆。没有家人的支持，我在这里怎么能安心工作？不常与家人联系，家人是会牵挂的。"

后来，在柯坪的湖州市援疆指挥部，一到晚上10点左右，所有湖州援友都会给家里打电话。他们是跟黄群超学的。

黄群超身高一米八，外表大大咧咧，内心却很细腻，业余时间喜欢写点东西。2014年中秋的《新疆日报》上，就刊登过他的诗歌：

> 思念是无形的，
> 遥望空中的月亮，
> 才明白，思念是有形的，
> 她是圆圆的。
>
> 思念是无声的，
> 聆听白杨树叶的窃窃私语，
> 才明白，思念是有声的，
> 她是丝丝的。

> 思念是无味的，
> 当今天特别想尝一下久违的妈妈味道的时候，
> 才明白，思念是有味的，
> 她是苦苦的……

三年援疆，共计千日，但黄群超只在柯坪工作、生活了700多天。他把自己永远地留在了这里。

黄群超刚从湖州来到柯坪时，还是有些不适应。柯坪县位于塔里木盆地西北边缘，阿克苏地区的最西端。虽从汉至唐，其境内留下了克斯勒塔格佛寺遗址、丘达依塔格戍堡、亚依德烽燧、齐兰烽燧等众多历史遗址，但它也是个到处是荒漠、戈壁的地方，气候干燥，极度缺水。这里人口不多，且由于地理位置偏远，当地人思想观念保守、陈旧。全县发展空间极度狭窄，经济基础异常薄弱。

湖州首批援疆人员到达柯坪的第二天，便马不停蹄地下到基层调研。10天后，一份集全体援疆成员心血的调查报告《柯坪经济社会现状及发展考略》摆在了援疆指挥部办公桌上。柯坪县很穷，财政入不敷出，街市荒凉，"一条马路七盏灯，一只广播全县听，半脚刹车出了城"是其真实写照。柯坪工业几乎为零，"轻工业是打馕，重工业是钉马掌，农牧经济靠天吃饭"。柯坪的人才引进缺硬件，人才培养缺资金，人才留住缺环境，人才使用缺平台。柯坪基础教育投入严重不足，外来先进文化和科学观念难以生根发芽。绝大多数柯坪人都听不懂普通话，无法与外界交流，致使其思想认识、生活观念与浙江相去甚远……

这份报告也送到了湖州市委、市政府领导的办公桌上。大家认识到，柯坪亟待外部力量从科教文卫诸领域全方位介入。柯坪要想改变面貌，就必须改变思路。湖州市党政领导通过几次赴疆调研，根据当地实际，独创了援建的"湖州模式"，即大资金投入，大人力派遣，大规划起步。

对于黄群超来说，如何尽快改变当地老百姓贫穷的面貌，尽快让群众受益，成了他首先要考虑的问题。

对于这个农牧县，从哪里找到突破口？他入疆后一直在思考这个问题，以致常常失眠。有一天，他想到了湖羊，不由兴奋得一拍桌子，猛地站起，在办公室里转了好几圈。

湖羊，其祖先原为放牧的蒙古羊，被迁移到江浙一带圈养已有800多年的历史。它是太湖平原重要的家畜之一，是世界著名的多胎绵羊品种，具有早熟、四季发情、多胎多羔、泌乳性能好、生长发育快、改良后有理想产肉性能、耐高温高湿等优良性状。而柯坪本地羊则是一年一胎，经济效益很差，当地人不愿意养；即使养了，也只养三五只，主要供自家食用，没有什么收益。如果能把湖羊引进到这里……他按捺不住自己激动的心情，马上去找时任浙江省援疆指挥部指挥长、党委书记徐纪平。

作为第八批援疆干部，两人同日抵达阿克苏。徐纪平对黄群超一开始就印象深刻，这来自黄群超的务实作风。

2013年，刚到阿克苏，徐纪平就主持召开省市指挥长联席会议，主要讨论2014年援疆项目。其中一个项目是关于阿克苏至柯坪高速公路连接线的。黄群超建议在该公路两旁种植行道树，美化阿克苏至柯坪公路沿线环境，同时，也给看起来很荒凉的柯坪县城建一条"迎宾路"。公路两旁植树、栽花、培育草坪，已成为现代公路的标配。柯坪境内以荒漠、戈壁为多，满眼盐碱地，那条公路两侧一直没有绿化，沿途景色单调。这个项目看得见摸得着，既有面子又有里子，而且项目资金投入不大。大家一致认为，这个项目不错。

黄群超毕业后长期在农林部门工作，还曾到原国家林业部挂职，植树造林显然是他专业所长。会议当即同意立项，要求他回去做可行性方案，提交下一次省市指挥长联席会议审议。

令人没有想到的是，到了下一次省市指挥长联席会议召开时，黄群超没有提交方案，而是自己将之前的建议否决了。理由是，他回去之后，经过调研论证，实地察看了公路沿线环境，咨询了水利部门、林业部门和当地村镇群众，权衡比较之后认为，柯坪极度缺水，在公路沿线植树、栽花、种草成本太高，栽种易，存活难，不建议立项。他检讨了自己之前没有经过调查研究，就贸然提出建议的做法。

徐纪平认为，如果不是一心为公为民，如果没有坦荡的胸怀，务实的作风，要否定自己是很难的。

黄群超接下来所提的，就是湖羊援疆的项目。

黄群超认为，湖羊多胎多羔，繁殖率比柯坪本地的羊高两三倍，是一个精准扶贫的好民生项目，能快速帮助农牧民增加收入。

徐纪平听后，觉得黄群超简直是异想天开。他说："群超同志，湖羊援疆已有先例，并非你第一次想到。湖羊到新疆后，病的病，死的死，教训在先，我劝你别做这个文章。"

黄群超说："那个先例我知道，我也做过调查，失败的原因是饲养方式不当。我之所以想推动这个项目，是因为湖羊援疆，当年投入，当年即可见效，而且投入产出比喜人，1只羊可以抵1亩棉花收益，1个成年劳动力至少可以管50只羊，而1只湖羊占棚面积平均只需1平方米……"

徐纪平打断了他的话："按你这么算，1亩地至少可以养500只羊，10亩地就5000只，100亩地就5万只。1只湖羊能抵1亩棉花收入，也就算300元。换言之，1亩湖羊能产出15万元，10亩湖羊就是150万，100亩湖羊就是1500万。柯坪有的是荒漠、戈壁，放开养就是了……"

"那是你的计算法，我可没这么说。不过这理论上也是成立的。"黄群超继续说，"在柯坪，政府也在鼓励养羊，到处刷着标语，说人均10只羊可以脱贫，20只羊可以致富，30只羊可以奔小康。我觉得这标准有点低，至少应该再翻一番，20只羊脱贫，40只羊致富，60只羊奔小康。这样，人的积极性和财富欲望才能被激发出来……但是柯坪本地羊不行，生育繁殖能力太弱。饲养方式也不行，单家独户散养，形不成规模效益。如果湖羊能在柯坪繁育成功，那么接下来还可以在阿克苏地区，甚至全疆进行推广，继而形成全疆域产业链，效益肯定可观，农牧民肯定欢迎，肯定能发'羊财'！"

徐纪平见他满腔热情，不想再泼冷水，说："我需要的是可行性，你得拿出来给我看。"

黄群超很快就将有关湖羊援疆可行性的报告连同具体方案交到了徐纪平手里。但徐纪平不得不告诉他："那天你说了湖羊援疆的事后，我这些天也在论证其可行性。我咨询了养羊专家，拜访了养羊大户，也征求过各地援疆指挥长的意见，没有一个人认为可行。一方水土养一方人，牛羊等家畜也一样，那是自然规律。这就跟大熊猫在天山活不下来、滇金丝猴没法在昆仑山生存下来一样，况且湖羊入疆早有教训在先……再说，柯坪本地羊就是好品种，在新疆是出了名的。你把引进项目往人家当地优势品种上撞，就是撞车，吃力不讨好。"

黄群超依然坚持："湖羊本就来自蒙古高原。引进湖羊不是撞车，而是把它引进到它本就适宜的地方。柯坪本地羊肉质鲜美，没有膻味，但这并不代表它在品种上有优势。柯坪本地羊与湖羊的投入产出比完全不一样。在我们湖州的养羊场，湖羊有一个被公认的盈利公式：一只母羊平均两年三胎，每胎平均2.5只，每只羔羊平均可卖1000元，每只母羊每年饲养成本约1000元，扣除羔羊成本，平均每年一只母羊和羔羊的利润约1500元。羔羊生长发育快，三月龄断奶公羔体重25公斤以上，母羔22公斤以上。成年公羊体重65公斤以上，母羊40公斤以上。屠宰后净肉率38%左右。在正常饲养条件下，日产羊奶1公斤以上。另外，小湖羊皮被誉为"软宝石"，驰名中外。而柯坪本地羊，一年一胎，你清楚，这连自己吃都不够，怎么能挣得上钱？"

徐纪平说："新疆不是江南，柯坪不是湖州，盈利公式不等于盈利结果。主要是，湖羊援疆没有成功案例可循。"他加重了语气，"我们援疆做的是具体工作，不是风险投资！"

黄群超也沉默了一会儿，但他依然坚持："上一次引进湖羊是失败了，但如果失败了一次，就认为永远不可能成功，我是不认可的。为了这份可行性报告，我查阅了之前湖羊入疆的资料，以及湖羊在柯坪的生存状况，发现问题不是出在湖羊本身，而是出在饲养环节。我为此咨询了湖州本地的兽医专家，又咨询了浙江大学、浙江农林大学的教授。他们分析后认为，那批湖羊患的是非传染性肺部感染性炎症，可能是由外部环境造成的。"

徐纪平也没有想到黄群超会如此固执，问道："你能找到湖羊可以度过新疆冬天的活口佐证吗？"

黄群超认真地说："确实有湖羊存活了下来。"

徐纪平很惊讶："我都打听了，整个阿克苏地区现在没有一只湖羊！"

"指挥长，真有活口。上次入疆的湖羊大部分病死了，剩下的送给了贫困户，大多被宰杀吃了，但也有还活着的，不但活着，还生了小羊。"

"真的啊？"

黄群超站起来，说："我亲眼所见，这一案例写在了给你的报告里，包括那户有湖羊存活的人家的地址，详细到村落、门牌号，你可以亲自去看。"

"那好，这份报告我就先收下。"

徐纪平看了黄群超的报告，报告对在柯坪投资建设湖羊养殖场的市场前景、经济效益、资金来源、技术方案进行了详细分析论证。他明白黄群超为何如此用心，也知道他为何要如此坚持了。如果能够成功，这的确是一个好项目。

没有通知黄群超，徐纪平按照报告中的地址，亲自去了那户人家。湖羊长得挺好，但他觉得那户人家是将湖羊当作宠物在养。他拨通了黄群超的电话："湖羊我看到了，的确长得不错，活得很好。"

"指挥长，你看，只要好好养，是没问题的。"

"但那不是养羊，是在养宠物。"

"但这至少可以证明，在柯坪养湖羊是可行的。"

"你给我的可行性报告我看了。报告很好，但对可行性，我心里还是没底。如果我仍认为在柯坪大规模养殖湖羊的风险不可控，你会怎么样？"

"那我就走另一条路试试。"

"走另一条路？"

"我回湖州化缘去。我要告诉他们，柯坪很苦，这里还有孩子一年吃不上几回羊肉。"

"你跟我说说，为什么一定要坚持湖羊援疆？"

黄群超叹了一口气："指挥长，我就跟你实话实说，我在柯坪领养了一个孤儿，孩子叫艾尼卡尔。我还结对了4户困难家庭，承担孩子的学费。艾尼卡尔这孩子挺懂事。有一天他对我说：'阿塔，我有羊肉票了，我要请你吃羊肉抓饭，想请你上我家一起过古尔邦节，我亲自做给你吃。'我答应了，问他羊肉票是哪来的。他说是政府免费发给贫困户的，每年的古尔邦节都会给。我回头问县里民政局的同志，贫困户一年能得到几回羊肉票，他们说除了几个年节，平时都没有。"

徐纪平说："所以你要养羊。"

"我主要认为，养湖羊是个能尽快脱贫致富的门路。柯坪有羊肉，但比较贵。因为柯坪本地羊肉质好，外地经销公司长年驻本地扫货，抬高了价钱；柯坪农牧民又比较穷，收入来源都寄托在羊身上，每家每户养得不多，自己舍不得吃。如不是政府给贫困家庭发羊肉票，许多家庭恐怕一年也吃不上一顿羊肉。不仅柯坪缺羊，整个阿克苏地区每年缺羊将近150万只。改良柯坪本地羊品种已经被提上阿克苏地区行署的议事日程。"

"你的这个判断没错，养羊业在柯坪确实是一块价值洼地，市场潜力巨大。"

黄群超欣喜若狂："这么说，指挥长，你松口了？"

徐纪平说："明天我来柯坪，听听柯坪县委、县政府领导的意见。不用你陪，不然人家不好说话。"

黄群超说："欢迎你来柯坪！"

徐纪平到柯坪后得知，柯坪县委、县政府的意见是，如果这个项目能得到浙江省援疆指挥部的支持，他们会将湖羊进柯坪列为柯坪2014年一号工程。

"列为一号工程，是你提的要求？"徐纪平问。

"不，是他们自己对自己的承诺。"

"他们？他们具体指谁？"

"县委书记、县长等领导。"

第二天，在由徐纪平主持的有关湖羊援疆的专题论证会上，黄群超所做的报告及可行性方案得到了与会省市指挥长的一致通过。

到了实施阶段，黄群超则变得十分谨慎。他给湖州市畜牧兽医局局长打电话，跟他讲了湖羊援疆这个项目，请他派两位专家来柯坪实地调研并提供建议。

于是，吴阿团和费明锋很快来到了柯坪。前者是浙江省"银龄行动"援疆团的畜牧专家，后者是湖羊生态养殖场的经理——2014年时，他的养殖场每年为市场提供肉羊2000只，种羊3000只。

两人到柯坪后，首先到湖羊养殖现场了解了上次引进湖羊存在的问题，主要是把湖羊和柯坪本地羊、小尾寒羊混养，冬天为保暖，将湖羊封闭在一个大库房里，导致通风条件差。随后，他们了解了湖羊来柯坪之后的活动情况、饮食状况、饲料种类，以及湖羊来柯坪之后的发病过程、死亡情况。接下来，两人又走访了柯坪传统养羊人家，听取他们对引进多胎多羔湖羊以改良柯坪本地羊品种或替代本地羊的看法。养殖大户阿卜杜拉·买拉提告诉他们，他家世世代代养羊，柯坪本地羊一年一胎，一胎一羔，繁殖率低，很多人都想改良本地羊品种。他2000年在全国范围内寻找过多胎多羔羊品种替代本地羊，但没有成功。以前阿克苏、喀什等地的合作社也曾引入过带胎湖羊，看中的就是湖羊繁殖率高、多胎多羔。但湖羊到新疆之后水土不服，生病多，大量流产。

湖羊在江南是好羊，一出塞就成病羊。问柯坪当地的养殖户，每个人都觉得不可能成功。

但吴阿团和费明锋则认为，湖羊就要按养湖羊的方式来养，要养得比较精细。当地人是按养柯坪本地羊的方法来饲养的，非常粗放。湖羊能不能养活，关键在人，在饲养方式和技术。

他们的结论是，在柯坪养湖羊是可行的。他们就湖羊进疆提出了自己的建议，概括起来就是：一要在引种上下功夫。引种时间在4月中旬至6月上旬和9月下旬至10月上旬，要挑选优秀种羊。运输途中，要备好草料、精料、饮用水、兽药、器械。二要在饲养上下功夫。引种后，要加强饲养管理，制定饲养标准。要以青粗饲料为主，适当添加精饲料。对怀孕母羊、羔羊要精心饲养，不能按柯坪本地羊的饲养模式养殖。羊群要分群饲养，怀孕母羊单独饲养。以圈养为主，可适当放牧。三要按照免疫工作要求，在种羊引进7天左右，对免疫抗体不合格的羊加强免疫一次，做好加强免疫、抗体监测和隔离工作。

湖州市援疆指挥部与柯坪县政府经过共同论证，优中选优，决定选择湖州怡辉生态农业有限公司、湖州吴兴明锋湖羊养殖场、湖州雅克家庭农场作为湖羊繁育基地。同时，要求这三家公司不但要提供种羊援疆，还要提供包教、包会的服务，服务期为三年。第一批湖羊计划于4月初入疆。

黄群超说："这批湖羊将改变新疆放牧羊的传统。不仅是新疆，中国所有的传统放牧区，都会关注这批湖羊。它们到新疆，就像当年蒙古羊落户湖州，改放牧为圈养一样，意义重大。"

按计划书要求，柯坪县当地为迎接湖羊进疆做了充分准备。他们为湖羊建造了与湖州种羊场一样规模的羊舍，配备了管理工人。羊舍建造所用的高棚、竹垫也是直接从湖州采购运到柯坪的。

就在这当口，却传来一个不好的消息。库车县哈尼喀塔木乡托依堡勒迪村一养殖户饲养的羊出现了疑似小反刍兽疫症状，紧接着在柯坪县玉尔其乡玉拉拉村和上库木力村,部分养殖户饲养的羊也出现了同样的症状。很快,新疆维吾尔自治区动物疫病预防控制中心和国家外来动物疫病研究中心确诊其为小反刍兽疫。疫情加速传播,截至2014年3月25日,农业农村部发布的疫情数据显示,新疆、甘肃、内蒙古等多个省、自治区多地连续发生了小反刍兽疫疫情。4月1日,农业农村部办公厅发出紧急通知,在全国小反刍兽疫暴发期间,严格限制动物移动和活羊交易、调运,迅速关闭所有活羊交易市场。

虽然湖羊进疆时间被迫推迟,但对新疆技术人员的湖羊选种选配、饲养管理、羊病防治等方面的培训工作依然在进行中。在此期间,柯坪先后派出400余人前往湖州观摩学习,其中200余人分批驻地实习。

疫情缓解已是半年之后,准备4月入疆的种羊已经长大,不再符合要求,只能重新挑选。

1600只湖羊种羊穿越多个省、自治区,行程万里来到柯坪。3天4夜,湖羊在路上零死亡。

从湖羊上路的那一刻起,黄群超就一直牵挂湖羊的运输安全,每隔4个小时就要和运输人员联系一次,还24小时关注沿途气象情况。湖羊被安全运抵柯坪后,又经过了15天的隔离观察,度过了应激反应期,随后被转交给专业养殖场饲养。

黄群超喜极而泣,彻夜难眠,一气呵成,写了一首长诗《湖羊援疆记》:

> 胡羊胡羊,源自漠北。蒙古高原,是我家乡。
> 水草丰美,琴声悠扬。天高地广,任我徜徉。
> 宋室南迁,蒙骑长袭。胡羊随行,背井离乡。
> 战火蔓延,迢迢流浪。止步菰城,始称湖羊。

…………

　　为尽早让湖羊惠及民生，湖州市援疆指挥部大胆创新，采取有偿租赁的方式，将种羊提供给设施完善的民营企业饲养，等湖羊育肥后再发给贫困户，由此形成了"公司＋基地＋农户"的湖羊产业化推广模式。具体操作是，企业将种羊繁育两年后，按照1∶1.2的比例归还柯坪县。

　　在黄群超主持下，湖州市援疆指挥部投资770万元，建起了1250平方米的柯坪县湖羊产业化推广中心。推广中心内有兽医实验室、杂交改良实验室、产业推广中心、疾病防控中心、畜产品检测室、饲草料含量检测室、临床实训室、数十座设施齐全的工厂化羊舍等，吸引当地农牧民积极参与进来。

　　2015年初春，大量"疆二代"湖羊宝宝出生。为增加湖羊的耐粗饲性，湖州市援疆指挥部从澳大利亚引进杜泊羊种公羊与湖羊杂交。杂交后，湖羊所生的下一代小羊不仅耐粗饲性增强，而且生长速度更快了。一个半月体重就达到了19公斤，两个月断奶，两个半月到三个月体重可达到30公斤，不到半年就可以进入市场销售。这个名为"杜湖羊"的新品种抗病力强，适合农牧民粗放养殖，而且产肉量大，羊肉品质高，养殖时间短，成本低，经济效益突出，在柯坪很受欢迎。养湖羊能够致富，这个观念很快就被柯坪农牧民接受了。

　　黄群超到柯坪后，工作起来可谓争分夺秒、马不停蹄。到2015年8月，他到柯坪已经两年。两年间，柯坪的每一个地方都留下了他的足迹。很多维吾尔族老乡的家里，都留下过他的身影，很多人都认识这个个子高高的"黄书记"。两年时间里，除了湖羊成功入疆和湖羊产业化推广中心启用，还有37个项目遍布柯坪县所有乡镇；老年活动中心投入使用；玉尔其乡玉拉拉村的文化礼堂成了全县的示范点，被中央电视台报道；1000余名青年学得一技之长，在企业上班，领到了人生的第一份工资；援疆医生的"南太湖杏林工作室"建成；援疆教师的"红沙子工作室"把课堂延伸到了最偏远的村小……

8月11日那天，跟黄群超度过的每个紧张的日子一样，他还是7点起床，洗漱15分钟，锻炼半个小时，早饭10分钟，然后就到办公室工作。上午，他与建设组的几个同志到项目建设工地去跑了一圈，了解项目进度。吃过午饭，他休息了一会，便与两个副指挥长和项目负责人商量湖羊产业化推广中心与浙江农林大学合作的事宜。晚饭后，在援疆小院的葡萄架下，他还向副指挥长金宁询问新一批人才进疆的准备工作。

到柯坪后，黄群超吃饭的速度也加快了。他吃完晚饭后对金宁、徐建学说："等会儿你们到我办公室来，我们再商量一下人才轮换的事情。我先到办公室去等你们。"

金宁、徐建学几口吃完剩下的饭，到了黄群超的办公室。没有说几句话，黄群超说自己有点不舒服，突然昏倒。两人马上叫了指挥部的车，把他送到柯坪县人民医院抢救。但不幸的是，当晚，因突发心梗抢救无效，黄群超憾然离世。

当时是晚上8点多。黄群超生于1968年8月12日，第二天是他47岁生日。

他去世后，骨灰一半留在湖州，一半留在了柯坪。

刘青青的《天山水长流》

刘青青是金华市文化馆的舞蹈编导，当上级领导问她是否愿意去援疆时，她感到很意外，因为以往去援疆的都是干部、教师和医生，舞蹈编导去援疆，她还是第一次听说。但她觉得这是件很荣幸的事。虽然此时她的小孩即将上小学一年级，但同家人商量后，她便回复领导，自己愿意去援疆。

经过严格选拔，组织最终确定派她去。去后她才知道，作为舞蹈编导援疆，她是浙江省第一人。

刘青青之前没有到过新疆，新疆对她来说，是个神秘而陌生的地方。2020年初，因新冠肺炎疫情影响，原定2月出发，最后推迟到了4月才出发。

她的工作没有旧路可循，无人可问，得自己去寻找答案。但每个援疆人都会扪心自问，你能给当地带去什么，又能留下什么？她对自己说，我既然来了，就不能辜负这一年半的时光，要实实在在地为当地做一些事。

刘青青在温宿县文旅局挂职文化科副科长。援疆人有个特点，就是工作需两头兼顾，也就是说，对她而言，文旅局的工作要做，金华市援疆指挥部的工作也要完成。

工作中，县文旅局书记和刘青青年龄相仿，两人各方面沟通都比较顺畅，这让她一开始就觉得工作很愉快。

文旅局下属的县文化馆当时有一个十来人的歌舞团，成员都是维吾尔族人。他们是整个县的文化活动骨干,主要负责下乡演出和参与县上大大小小的活动,表演的节目以维吾尔族传统歌舞为主。刘青青看了他们的表演后,认为可以适当加入一些新元素,排一些新节目,在活动的策划上更多元化。但她考虑得更长远的是如何提升当地文艺工作者的创新意识,拓展他们的眼界,培养他们的创作能力。

培养文艺骨干人才是刘青青在当地开展的第一项工作,她先后在县里举办了3期舞蹈编导培训班,以及每年定期赴金华学习交流的"双龙计划"文化人才培训班。

第一期舞蹈编导培训班顺利开班,学员有歌舞团成员,有县文化馆的舞蹈、曲艺、办公室干部,还有乡镇文艺爱好者。学员们从来没有正儿八经上过编导课,感觉很是新鲜。他们一直都认为,只要把传统的舞蹈动作整合到一起,表演的时候整齐、好看就可以了。大多数时候,他们都是在网上看人家跳,然后自己模仿,至于为什么这么跳,如何去表达主题思想,从没有去想过。因此,刘青青就先从理念上去突破,让每个人知道得把自己的想法和思想融入舞蹈中,编出独特的、具有当地特质的作品。做一个作品太难,大家可以一点点开始,从30秒、一分钟的小片段开始。理念转变了,哪怕暂时编不出什么舞蹈,以后也会慢慢地做出属于自己的作品。此后的每一期编导培训,他们就有意识地解放自我,尝试去做独舞、双人舞和群舞的片段。当然,每一期培训中刘青青也会穿插教一些普及性舞蹈,比方说最新的广场舞。

短时期内为当地创作富有地方特色的文艺精品并使其成为保留节目,是刘青青做的第二项工作,这方面恰恰是当地最欠缺也是最需要的。在没有下乡演出任务的日子里,她把演员们集中起来,创作了她援疆期间的第一个作品《恋恋白杨林》。刘青青以柯柯牙的白杨林为背景,以独特的创意,运用现代理念与民族元素，将人们对白杨林的美好感受和"柯柯牙精神"融为一体，使这个作品既有时代气息又有民族内涵，让人耳目一新。

紧接着，温宿县承办了阿克苏旅游开幕式活动，应县文旅局书记的要求，刘青青马上又排了《江南忆》。一群打着油纸伞的姑娘在实景拱桥上表演，将新疆文化元素与浙江文化元素进行了融合。

在当地，大大小小的演出挺多。有些工作并不是刘青青负责的，但她也会去关注。她刚到新疆不久，有一次室外演出，走台前一天晚上舞美公司在广场搭台。刘青青没看到过舞台设计图，为确保第二天走台顺利，很晚了她还专门跑广场去看。走了一圈后，她发现舞台大小完全不适合舞蹈表演。现场跟工作人员沟通无果后，她立马汇报局领导并且要求连夜整改。每一个细节她都要操心，所以她常常凌晨才能回到金华市援疆指挥部休息。

温宿县的原创舞台艺术作品是很稀缺的，从来没有作品被推送到地区或者自治区参加过比赛。刘青青觉得，平时的演出节目要排，但更要创作舞台精品。她和县文旅局书记商量，从哪一方面入手，选择什么样的题材来做。书记就聊起了当地古代卡德尔王子的故事。刘青青思考着这个题材的表现方式，多番考虑后，她决定采用歌唱者古今对话的形式来表现，题目就叫《历史的记忆》。在舞台表现形式上，刘青青利用新疆地区具有代表性的维吾尔族门框来做道具造型、构图，门框时而是废墟、时而是历史的一道门、时而是一面墙。这个作品入选2022年度阿克苏地区文艺扶持激励资金项目。节目演出后，深受观众喜欢。其中，地区中级人民法院特别喜爱这个节目，排练了这个节目，并去乌鲁木齐参加了自治区人民法院的展演活动。

刘青青曾随着下乡队伍来到温宿最偏远的边境乡，那里居住着柯尔克孜族人，刺绣是柯尔克孜"非遗"项目。她去收集素材，了解柯尔克孜族的文化，体验老一代刺绣传承人的生活，然后以自己的见闻和体验为基础，创作了舞蹈《幸福长长》，用刺绣作品的创作过程表现了一个绣娘从年轻到年老的人生经历。《幸福长长》体现了人生的美，也体现了生命的沧桑，将柯尔克孜族人鲜明的民族特色和生命情感艺术化地表现出来。

每次排演一个作品，都需要制作舞蹈道具，但当地人没做过。为此，刘青青可谓费尽心思，还跑去做窗帘布艺的店一个个去问。她从不会因为这些困难就放弃创作。在道具制作上，县文旅局书记给她介绍了在温宿创业的杨火火，杨火火之前做过一些文创产品。两人经常就道具制作进行讨论，合作非常愉快。

援疆专技人才队伍中有农业技术人员，他们把浙江的农作物引进温宿。与刘青青同一批的农技人员成功地把武义宣莲引种到了温宿县的金华新村。刘青青在为他们高兴之余，也想用艺术方式表达这个了不得的援疆成果。她多次走进温宿县的莲田，感觉犹如走在江南。映日莲田，农户们忙着采莲。莲是产业援疆的成果，也是"浙"与"疆"深入交流交往的纽带。浙江的莲在南疆、在托木尔峰下栽种成功，蕴含着"浙疆"交流、交往、交融的深厚情感。之后的日子她便全力创作舞蹈《疆南可采莲》。她将三人舞与群舞有机融合，体现了一对维吾尔族夫妇和他们的孩子采莲的欢乐，表现了丰收的喜悦和幸福。

舞蹈排好后，自治区文旅厅正好举办2021年"群星耀天山"音乐舞蹈大赛，选拔优秀节目参加三年一届的全国"群星奖"。"群星奖"是国家为繁荣群众文艺创作，促进社会主义文化事业的繁荣与发展而设立的中国文化艺术政府奖。当时每个省、自治区、直辖市只能推送5部作品进入全国复赛，竞争非常激烈。

刘青青希望《疆南可采莲》能够参赛。但当地的演员让刘青青很是担心。舞蹈演员23人，都是县歌舞团的维吾尔族演员或培训机构的老师。这个临时拼凑的团队，排练时间断断续续，每次排练，组织演员是最让人头疼的事情。

经过一次次排练、磨合、完善，《疆南可采莲》的视频被报送给了自治区文旅厅。过了几个月，刘青青得到通知，作品入围自治区决赛，要求入围的舞蹈作品修改提高后，再次以视频方式报送。为了有更好的舞台效果，刘青青对作品进行了修改，在创作经费有限，演员团队非专业出身的多重压力下，她精益求精，录制了两版视频。最后在确定报送全国"群星奖"复赛前，她又录制了一个版本。每一次录制，从租剧场到灯光、服装、化妆、道具安排，都是她一人来扛，因为演出团队是临时组建的，所以每次录制都不是同一批演员，刘青青要投入全部的精力进行复排、修改。但她认为，艺术本来就是要精益求精的，痛苦的修改、录制过程也是磨炼自我的过程。

从2021年4月开始排练，到2023年3月在温宿县演出，历时近两年，演员换了5批，导演与演员们为了舞台的完美呈现，不畏寒冷、不惧酷暑、不畏伤病，反复排练。汗湿的衣衫、磨破的膝盖、冻坏的脚趾、来不及吃完的冰冷盒饭……正因为刘青青怀揣着对艺术的热爱，反复打磨，精雕细琢，才有了精美的舞台呈现。这部作品先后入选2022年度新疆维吾尔自治区文艺扶持激励资金项目和阿克苏地区文艺扶持激励资金项目，获得了自治区2021年"群星耀天山"音乐舞蹈大赛三等奖，并被选送参加2022年全国"群星奖"复赛，同时获得中国舞蹈家协会主办的2022年首届全国民族民间舞创作作品汇演（华东片区）入围奖。对于一个偏远的边境县来说，能取得如此成绩，实属不易。

刘青青为温宿创作的小型原创舞剧《天山水长流》是另一份沉甸甸的"大礼"。该剧的创作源于另一部大型舞剧项目。2020年6月，县文旅局书记把刘青青叫到办公室，商谈准备打造一部关于"柯柯牙精神"的舞剧。

柯柯牙是一座人造森林公园，原是一道黄土台地，属天山南麓荒漠中的一片荒原，也是阿克苏城区的主要风沙发源地。在阿克苏地区主要领导人的带领下，社会义务植树造林很快获得了成功。1996年，联合国环境资源保护委员会经过考察后，将其列为"全球500佳境"之一。因为有了这道绵延数十公里的防护林带，阿克苏市很少出现沙尘天气，柯柯牙因此成为当地的精神标杆。

一片荒原，变成滔滔林海；一个风沙发源地，化作绿色屏障。刘青青凭她强烈的艺术敏感度，认为这个题材能做出一个非常好的作品。他们的目标，是把这个舞剧打造成温宿文旅的一张文化名片。刘青青马上着手起草舞剧方案及初期台本。她收集各种资料，多次骑车去柯柯牙采风，到柯柯牙纪念馆了解30多年来抗沙造林的人和事。在这个过程中，刘青青深感震撼，对这片土地的情感更深了，她满怀创作的激情，完成了几十页的初稿方案。

刘青青要打造一部大型原创舞剧，初名《绿色长城》。初稿出来后，她立即跟上级部门汇报，温宿县和金华市援疆指挥部组织了多次座谈。2021年4月，决定由援疆指挥部和县文旅局共同出资，两年内完成舞剧创作并进行首演，刘青青作为总导演，牵头组建主创团队及表演团队，其余事项由县文旅局负责。

刘青青按照规划迅速推进。次月，县文旅局领导与主创团队专家在杭州会面。6月中旬，主创团队中的编剧、作曲家来温宿采风。

没想到，就在大家做着舞剧前期工作时，县文旅局换了一位新的书记。新的书记到任后，对这项工作还不了解，资金无法及时到位。此时舞剧已经立项，金华市援疆指挥部领导商议后，决定减少整体创作资金，在保证舞剧效果的情况下，用指挥部预算来进行创作。

6月底，第十批第一期人才一年半的援疆时间结束，刘青青返回浙江金华。在温宿的援疆虽然结束，但刘青青要继续推进舞剧项目的落实。

9月，原创舞剧《我们的柯柯牙》剧本一稿完成，主创团队多次碰面，进行修改，将第四稿发给金华市援疆指挥部进行审查。一个月后，她接到电话，该舞剧创作需暂停，但因项目资金已经拨付，得另辟蹊径，重新提交一个方案。

刘青青一听，有些缓不过劲来。来不及整理沮丧的心情，她马上投入到新题材的选择上。

她想到了金华新村。它是南疆最大的民汉嵌入式聚居移民新村，也是金华援疆成果体现得最为充分的村落，是金华援疆的缩影。从整村迁移开始，金华市援疆指挥部就参与了规划，投入资金和人力，所以这个村子用"金华"来命名。讲好了金华新村的变化，也就讲好了援疆故事。

刘青青决定从这个角度切入，创作舞剧《天山水长流》。经过几次沟通，2022年初，援疆指挥部认可了这个题材，但创作资金只有现已拨付的部分，创作时间也只有不到一年。

资金太少。舞剧编排关系到方方面面：服装、道具、舞美、音乐、编剧、编导……在这样的情况下，刘青青顶着压力，扛住了重担。

既要保持一定的艺术标准，又要少花钱。很多事情只能她自己来做：写剧本、编创、找音乐、勤杂活……

主创团队要成立。刘青青找来浙江省文化馆谢培亮导演。谢导原是《我们的柯柯牙》的主创人员之一，很清楚刘青青这一路走来的艰难，于是欣然答应继续为《天山水长流》这个舞剧服务。他开玩笑说："我这也应该算得上是援疆吧。"

经多方联系，最后主创团队决定与在宁波的浙江省纺织服装职业技术学院舞蹈系合作搭建群舞班底。为方便整部舞剧排练，其他领舞演员也都尽量在宁波当地挑选。

团队就这样慢慢建立起来了。

刘青青从金华到宁波开车要3个多小时，在金华跟宁波之间，她不知跑了多少趟。每次都是她自己开车，因为车上还要带道具。排练的场地都是开放式的教室，大道具要另找地方存放，小道具都装在车上。

2022年正是新冠肺炎疫情肆虐的时候，排练很受影响，每次进学院都要提前报备，学院一层层审批后，排练工作才能开展。

虽然疫情很影响进度，但第十批援疆干部的援疆任务应于当年年底结束，所有的项目必须结项。由于时间限制，她必须抓紧。原计划9月在浙江首演，10月赴新疆巡演。但由于疫情，浙江人去不了新疆，新疆人也来不了浙江。演出时间改了又改，推到11月，再推到12月底。但因为疫情的原因，高校临时决定提前放假，要求全部学生12月14日前离校。

刘青青收到放假通知后非常着急，因为舞剧的演员是大三学生，一旦放假，他们将分散到全国、全省各地去实习，就很难再聚了。她和谢培亮赶紧跟学院领导沟通。最后，学院同意把参与表演的学生留在剧场，单独封闭管理，但首演结束后，学生要立即离校。

2022年12月14日，宁波阴冷，气温降到了0摄氏度以下。演出如期举行。因为疫情，观众不能多，只有院领导和一些舞蹈界人士。一个大剧场实际上就坐了几十个人。刘青青看着心里难受，但特殊时期，谁都没有办法。首演全程被录了下来，视频存档在金华市援疆指挥部和温宿县文旅局。

2023年3月初，应金华市援疆指挥部邀请，刘青青和谢培亮带着主演团队一行9人来到温宿，复排舞剧《天山水长流》。演员人数有50多人，温宿的演员是新疆理工学院、阿克苏教育学院两所高校的学生，以及县文化馆歌舞团的演员。按照原计划没日没夜地排练了10天后，这部剧在温宿公演并进行巡演，之后这部剧就在当地留了下来，能随时进行演出。

3月13日，《天山水长流》在温宿县工人文化宫剧场正式演出。舞剧用舞蹈方式讲述了援疆干部徐国东、驻村工作队员宋建以村为家，与村干部和村民一道顶风沙、战盐碱，引水植绿，共谋发展，建设一个新村庄的感人故事。全剧一共八幕，在"顶沙寻路""实现蓝图""白杨成林""新村新貌"等情节的推动下，达到润物细无声的效果，让台下观众能够与台上的演员们同频共振。

因为故事取材于身边人、身边事，和援疆干部、当地群众生活息息相关，所以引发了广泛共鸣。

温宿县托甫汗镇卫生院党支部书记看完演出后激动地说："今天的节目服装、舞美制作精美，内容感人，非常精彩。"舞蹈演员桑运达说："作为一名舞蹈演员，非常荣幸能用舞剧的方式讲述金华新村的发展。舞剧中塑造的援疆干部及村干部形象是全体援疆干部、专业人才及基层干部的生动缩影。"在接受采访时，刘青青说："金华新村可以说是温宿县发展的一个缩影。正是基于这一背景，我们想到用艺术的形式，通过聚焦金华新村一个点，展示温宿县各个层面的发展，展现我们全体援疆干部、专业人才和基层干部艰苦奋斗、忠诚担当的精神面貌。"

《天山水长流》在温宿演出成功后，刘青青不禁泪流满面。她的援疆，可以说是援了三年，在这一刻，她觉得自己交了一份满意的答卷。青春无悔，她说："不是人在新疆才是援疆，其实援疆在任何地方、任何时间都可以，只要有援疆的心，就是在援疆。愿浙江与新疆的情谊就像天山的水一样长流。"

参考文献

（汉）班固：《汉书》，中华书局2007年版。

（唐）骆宾王著，（清）陈熙晋笺注：《骆临海集笺注》，中华书局1961年版。

（唐）骆宾王：《骆宾王文集》，上海古籍出版社2013年版。

[法]布尔努瓦著，耿昇译：《丝绸之路》，山东画报出版社2001年版。

孙斌主编，新疆《和田简史》编纂委员会编：《和田简史》，中州古籍出版社2002年版。

张大可、郑之惠编著：《西域使者张骞》，商务印书馆2018年版。

梁绍杰：《龚自珍新疆建省计划析论》，《史学集刊》，1997年第4期。

樊克政：《龚自珍年谱考略》，商务印书馆2004年版。

赵予征：《丝绸之路屯垦研究》，新疆人民出版社2009年版。

苏北海：《丝绸之路龟兹研究》，新疆人民出版社2009年版。

袁祖亮主编，袁延胜著：《中国人口通史·东汉卷》，人民出版社2007年版。

李建华：《丝绸之路话丝绸》，浙江大学出版社2019年版。

茅盾：《我走过的道路（上）》，人民文学出版社1981年版。

查国华：《茅盾年谱》，长江文艺出版社1985年版。

茅盾：《脱险杂记》，中国社会科学出版社1980年版。

高阳：《胡雪岩》，生活·读书·新知三联书店2001年版。

骆寒超：《艾青论》，浙江人民出版社1982年版。

艾青：《归来的歌》，四川人民出版社1980年版。

程光炜：《艾青传》，北京十月文艺出版社1999年版。

艾青、高瑛：《诗的牵手》，作家出版社2013年版。

艾青：《艾青说　诗意人生》，中国青年出版社2007年版。

沈苇：《沈苇诗选》，长江文艺出版社2014年版。

沈苇：《异乡人》，北岳文艺出版社2020年版。

沈苇：《丝路：行走的植物》，山东文艺出版社2023年版。

陈柏中：《融合的高地——见证新疆多民族文学60年》，新疆人民出版社2010年版。

陈柏中、张越编：《新疆兄弟民族文学评论集》，新疆人民出版社1982年版。

楼支勤：《远去的眷念》，新疆人民出版社2021年版。

李春华主编：《新疆风物志》，新疆人民出版社2000年版。

农一师史志编纂委员会编：《农一师志》，新疆人民出版社1994年版。

刘云、杨霞主编，政协新疆维吾尔自治区委员会文史资料和学习委员会编：《20世纪五六十年代到新疆的大学生》（第一辑），新疆人民出版社2011年版。

中共新疆维吾尔自治区委员会党史研究室编著：《公仆风范——纪念宋汉良同志文集》，中央文献出版社2014年版。

浙江省政协文史资料委员会编：《浙江援建西部纪实》，浙江人民出版社2014年版。

马永祥：《胡庆余堂》，杭州出版社2006年版。

浙江青年学生赴新疆工作60周年纪念画册编委会编：《青春和理想闪耀的地方——浙江青年学生赴新疆工作60周年纪念》，浙江人民美术出版社2015年版。

郑兴富主编：《天山南北浙江人》，新疆人民出版社2004年版。

任克良、郭刚：《我在天山》，中国文化出版社2013年版。

其恕、杨建强、凌晨、李民：《大漠高歌：中国新时代援疆纪实》，浙江文艺出版社2019年版。

帕提古丽：《龟兹之恋》，宁波出版社2019年版。

徐志莲、吴栋栋、王能靠、冯永平、沙汀：《播种美好的杭州教育援疆路》，浙江工商大学出版社2021年版。

孙昌建、谢志强：《天山情缘：浙江省援疆教师医生的帮带故事》，浙江教育出版社2016年版。

后　记

对于我来说,《援疆志》是一次特别有意义的写作经历。

对口支援新疆和兵团发展,是党中央做出的重大战略决策。浙江自1996年3月开始对口支援和田地区,2010年3月,根据第一次全国对口支援新疆工作会议精神,调整为对口支援阿克苏地区和新疆生产建设兵团农一师,马上就要满30年了。

从"能否出一本书,把古往今来浙江与新疆相关联的内容和援疆以来的内容串起来,作为一项标志性的文化成果?"这个要求出发,《援疆志》既书写了近30年来浙江援疆工作中不同人物所做出的牺牲奉献;也回溯历史,钩沉了第一任西域都护郑吉的事功,唐朝诗人骆宾王的西域诗踪,龚自珍所提的在新疆建省的远见卓识,协助左宗棠收复新疆的胡雪岩的功绩,此后为发展蚕丝业而入疆的60名湖州蚕工对新疆的贡献,抗战时期茅盾对新疆文化的开拓,曾被兵团保护的艾青在新疆的诗情,陈柏中对新疆文学的倾情倾力,以及沈苇对新疆的歌吟;还书写了20世纪50年代被征召入疆的知识青年和青年助产士,以及自那以后因工作、经商、援疆到新疆的具有代表性的人物的牺牲与奉献。以人为志,全景式地梳理、描绘了2000多年来浙籍人士对新疆的开拓与守卫,以及为其稳定、发展和繁荣做出的贡献,以求让读者看到新疆与内地自古一体、紧密相连的历史面貌。

为完成这部作品,我在疆、浙两地马不停蹄地进行了4个多月的深入采访：走遍新疆全境，五越天山，三渡瀚海；去了浙江大多数地方，行程三万余公里。据此，选择各个方面具有代表性的人物，文学化地诠释了"求真务实、诚信和谐、开放图强"的浙江精神是如何世代传衍、历久弥新、与时俱进，从而激励人们励精图治，开拓创业的。

蓦然回首，我与新疆的缘分竟已有35年之久。我自1990年3月入伍进疆后，在那里生活、工作20余年，当年就曾走遍新疆，我的青春、爱情、命运都与她相关，我的很多作品都是写新疆的。我对她怀着比对故乡更深、更复杂的情感。2012年底，我调到成都工作后，最魂牵梦萦的还是新疆，为此，我几乎每年都会多次前往。但再次走遍新疆却再也没有过。这次采访是一个难得的机会，而这个机会是浙江人民出版社给予的，在此，要特别感谢浙江出版联合集团副总编辑、浙江人民出版社社长叶国斌先生，他一直关注着本书的采访和写作；而没有余慧琴、钱丛两位编辑事无巨细的协调、沟通和陪同采访，要完成这部作品是难以想象的。你们给予的莫大支持，令我感动不已！

我一直认为，报告文学其实就是报道，长篇报告文学就是一篇长篇报道，可以是"新闻"，也可能是"旧事"。只不过它要求作者适度地运用文学手法，对一个事件进行更全面、更详尽的报道，同时要体现报道者明确的观点。凭已有的资料，我也可大致完成"历史"部分的写作，但我认为，我必须要通过采访来印证，我要看到今天的遗迹，所以我去了郑吉故里，去寻访了他在西域作战、屯田的遗迹，也寻访了骆宾王的诗踪……在此，要感谢老友廖教授给予的指教！

1955年进疆的500多名浙江青年，存世者很少了。还在世的也已90岁左右高龄，根据老兵邵柏恒老先生提供的线索，我先后去乌鲁木齐、石河子、哈密、伊犁、库尔勒、阿克苏、喀什以

后　记

及杭州等地找到了这些存世者，去看望他们，听他们追忆人生。我要看到他们的精神状态、生活状况，倾听他们对人生的看法，对往事的述说……只有这样，我心里才踏实。虽然有些老人已不能完全记起往事，但我仍可以看到已逝岁月重新点燃他们内心激情后他们眼中的亮光，可以看到他们当年的留影，看到青春的他们，准备去战斗的他们，获得胜利后的他们，归于平凡的他们。在此，要特别感谢邵老和叔叔阿姨们！

在从汉唐到清一直延续至今的漫长历史中，关于浙江的部分虽然仅是万千历史经纬中的一条，但也是如此丰富、独特，是本书难以承载得下的。为了尽可能充分报道浙、疆2000多年的交流史，本书只能选用具有代表性的人物，而包括我采访过的人在内的很多人的故事和经历，虽然很精彩，但因篇幅所限，不能全部写入书中，实在令人遗憾。在此，我更要感谢你们的支持！

真实是报告文学的生命所在，所以本书注重资料的准确性。在尊重历史真实性的同时，我尽可能参考了自己的采访，当事人的讲述，并将其与历史资料、个人回忆录进行对照，做到言必有出处。因此我参考了不少文献资料。随着时间的流逝，这些资料显得格外重要。在此，我郑重地罗列出来，以示感谢！

最后，要特别感谢浙江省委宣传部、浙江省发展改革委员会、浙江省援疆办以及浙江省援疆指挥部、浙江各市援疆指挥部、浙江各市委宣传部、新疆浙江商会、兵团浙江商会等单位的大力支持！

由于时间仓促，对一段漫长而宏大的历史的了解除了需要热情，更需要学识。我的热情足够，但学识浅陋，因此，本书定有诸多缺憾、错误和不足之处，在此，敬请读者诸君和各位方家指正。

作　者

2024年5月8日，白果林